KB274689

결혼

겨울

이덕자 소설집

초판 1쇄 발행 | 2002년 08월 10일
2 판 1쇄 발행 | 2006년 01월 10일

지은이 | 이덕자
펴낸이 | 신현운
펴는곳 | **연인M&B**
기　획 | 여인화
디자인 | 이희정
등　록 | 2000년 3월 7일 제2-3037호
주　소 | 143-874 서울특별시 광진구 자양동 680-25호 (2층)
전　화 | (02)455-3987, 3437-5975 팩스 | (02)3437-5975
이메일 | yeonin7@chol.com
　　　www.yeoninmb.co.kr

값 9,000원

ISBN 89-89154-15-4 03810

이덕자 소설집

結婚

연인 M&B

빛나는 작가정신

소설이란 무엇인가. 이 물음에 대하여 오랜 세월 많은 사람들이 연구해왔고, 그 연장선상에서 참으로 다양한 견해들이 나왔다. 그러나 소설을 한 마디로 딱 잘라 정의한다는 것은 사실상 불가능한 일인지도 모른다. 왜냐하면 시(詩)와 더불어 '문학의 꽃'으로 일컬어지는 소설이야말로 복잡하기 짝이 없는 인생을 담아내는 언어 예술로서 획일화된 잣대로는 섣불리 재단할 수 없기 때문이다.

아주 상식적이고 보편적인 말이지만 인생은 결코 간단하지 않다. 그리하여 인생에 대한 인류의 담론(談論)은 끊임없는 화두(話頭)가 되어왔다. 이렇게 볼 때, 인생의 표현인 소설에 대하여 무슨 시험문제처럼 간단명료한 객관식 해답을 찾기란 쉬운 일이 아닐 것이다.

물론 소설에 대한 사전적(辭典的) 풀이가 없는 것은 아니다. 소설은 문학의 한 형태로서, 작가의 상상력·경험 등을 바탕으로 구상한 사건 속에 인생의 진실을 형상화하는 언어 예술이라는 정의가 바로 그것이다.

그렇다. 소설은 분명 문학의 한 형태임에 틀림없고, 작가의 상상력·경험 등을 바탕으로 인생의 진실을 엮어내는 대표적인 언어 예술이다. 따라서 소설의 기본은 언어를 선별·연마·조탁·정제·가공하는, 이른바 언어의 연금술(鍊金術)에서 비롯된다 해도 과언이 아니다.

그런데 우리 문단에는 유감스럽게도 아직 설익은, 글답지 않은 글을 아무 거리낌없이 발표하는 사람들이 적지 않다. 특히 알게 모르게 인터넷 등 소위 사이버 문학에 나타난, 또는 정체성 없는 무명 잡지를 통해 어물쩍 이름을 내비치기 시작한 일부 신인들이나 검증받지 못한 문학 청년들이 마구잡이로 써낸 글의 경우 대부분 문학의 본질에서 크게 벗어나 있는 것이 사실이다.

문제는 거기에 그치지 않는다. 언제부턴가 문학의 '문' 자조차 모르는 어중이떠중이가 너도나도 작가입네, 하고 뛰어들어 되지도 않는 글나부랑이를 마구 남발함으로써 문학의 질적 저하를 부채질하는 이 현실을 어떻게 받아들여야 할까. 그 결과, 두고두고 길이 남을 작품을 생산하기 위해 창작에 전념하는 정통파 문학인들까지 속절없이 평가절하되는 불행한 사태까지 벌어지고 있다. 이는 실로 가슴 아픈 일이 아닐 수 없다.

한편, 근래에 들어와 가슴 뻐근한 감동으로 다가오는 좋은 작품을 대하기가 어려운 까닭은 무엇일까. 그것은 진지함이 결여된, 때로는 작자의 자질조차 의심케 하는 글들이 난무하기 때문이다. 난삽한 언어들이 말장난을 이루는, 아니 그 뜻조차 제대로 전달되지 않는 어설픈 글들이 문학이라는 너울을 쓰고 괴발개발 거침없이 발표되는 것이다.

그러나 이덕자의 소설은 문학이 지향해야 할 여러 덕목들을 골고루 갖추고 있어서 무척 다행스럽다. 우선 그의 소설은 잘 정제된 언어와 안정된 문장 위에서 출발하고 있다. 여기에 탄탄한 구성력까지 맞물려 소설다운 소설로서 그 완성도를 한층 더 높여주는 것이다.

한편, 문학에서의 서정(抒情)과 서사(敍事)는 아무리 강조해도 지나침이 없다. 언제부턴가 우리 문단에는 문학의 본령을 벗어난 해괴한 글들이 나타나 한 유파(類派)를 형성하기 시작했는데, 가령 글쓴 당사자도 무슨 뜻인지 모르는 희한한 글들이야말로 그 대표적 사례라 하겠다.

아직 작품이라고 인정하기에는 뭔가 모자란 그런 글들일수록 낱낱 서정과 서사를 무시하는 경향이 있다. 즉, 자기만의 넋두리인지, 아니면 감정을 절제하지 못한 '자가발전(自家發電)' 인지 모를 풋내나는 글들이 넘쳐나는 것이다.

그러나 이 작가는 사물을 정밀 관찰하면서 침착하게 점묘(點描)해 나가는 솜씨가 만만찮다. 이와 함께 이 작가의 작품에는 '이야기' 가 있다. 소설의 핵심이, 어떤 사건을 통해 무리없이 이끌어가는 '이야기' 임을 감안할 때 그의 작품 속에는 적절한 사건과 '이야기' 가 자연스럽게 녹아흐름으로써 소설의 진수를 보여주고 있다.

항간에는 의식의 흐름이니 뭐니 해서 일정한 스토리도 없는 글들이 얼마나 많은가. 물론 작가에게는 실험정신이 있어야 하고, 자기 나름의 독특한 목소리가 있어야 한다. 어디 그뿐인가. 때로는 종래의 고정관념을 깡그리 허물어버리는 파격도 필요한 것이다.

그러나 기본을 무시한 실험은 죽도 밥도 안 되는 실패로 끝나게 마련이다. 그리하여 우리는 싫든 좋든 읽기에도 역겨운, 곰삭지 않은 글들을 자주 대하면서 문학에 대한 의구심이랄까 회의를 느끼곤 한다. 이렇게 볼 때, 이 작가는 소설의 본령에 충실하면서 자기만의 목소리로 독특한 작품세계를 펼쳐 나가는 성실한 작가라고 말할 수 있겠다.

가령 이 작품집의 표제작 〈결혼〉은 빈틈없이 짜여진 소설인데, 소녀 희영이 성장하여 사랑에 눈뜨고 마침내 한 남자를 만나 결혼을 결심하기까지의 과정을 그린 작품이다. 어떻게 보면 별로 특별할 것이 없는 소재이지만, 이 작가는 범상치 않은 역량으로 주제 형상화에 성공하고 있다.

그렇다면 이 작품을 성공으로 이끈 원동력은 무엇일까. 그것은 아버지, 어머니, 위문 편지로 맺어졌던 파월 장병, 대학 시절의 선배 등 주변 인물들을 통해 희영의 인간상을 투영해 나가는 솜씨에서 비롯된다. 즉, 이 작가는 여러 인물들과의 끈끈했던 인연을 교직(交織)하면서 희영으로 하여금 마침내 '내 결혼생활은 한 문장 정도의 단순하고 편안한 삶이 될 것' 임을 예감케 하는 것이다.

그런가 하면 〈마당 넓은 집〉은 한 편의 아름다운 그림을 연상케 하는 작품이다. 이 소설은 형식, 은서, 재종 사이에서 일어나는 감정의 변화에 초점이 맞춰져 있다. 이런 소재는 자칫 진부해질 수도 있지만, 이 작가는 그런 위험을 거뜬히 뛰어넘어 깔끔한 수작(秀作)으로 승화시켰다.

여기에 곁들여 이 작가의 작품을 읽으면서 빼놓지 못할, 아니 빼놓아서는 안 될 아주 중요한 사실이 있다. 시대를 읽는 정확한 안목과 투철한 작가정신이 바로 그것이다. 가령 광주 민주화운동 등 한 시대의 역사적인 현상들을 그냥 지나치지 않는다는 점에서 그의 작가정신은 더욱 돋보인다.

이러한 맥락에서 〈별이 된 남자〉는 그의 빛나는 작가정신을 엿보게 하는 대표적인 작품이다. 이 작품에서 화자(話者)인 '나' 는 붕어빵 파는 여인에게 은밀한 연정을 느끼다가 전혀 예기치 못한 새로운 사실을 알게 된다. 그녀의 남편에게 편견을 가지고 있던 '나' 는 마침내 그 사람이 바로 광주 민주화운동의 주역이었음을 알게 되고, 남들이 불의에 항거하다가 청춘을 빼앗기고 육체와 정신까지 망가뜨리는 동안 '눈멀고 귀먹은 채 천연덕스럽게 살았던' 자신을 되돌아보며 깊은 자기 성찰에 젖는 것이다.

　아무튼 참된 문학이 철저히 외면당하는 시대, 그리하여 일찍이 문학의 위기론까지 대두된 이 가치 전도 시대의 한복판에서 일관되게 순수를 견지하는 이 작가의 작품세계는 주목받아 마땅한 일이라고 하겠다. 향후 이 작가의 작품세계가 한 차원 더 높이 도약하기를 기대해 마지않는다.

2002년 7월
李光馥

결혼

별이 된 남자

찢겨진 연극 포스터 한 조각이 바람에 날려 이불처럼 내 가슴 위에 떨어진다.
'……그러나 이별은 쓸데없는 눈물의 원천을 만들고 마는 것은
스스로 사랑을 깨치는 것인 줄 아는 까닭에 걷잡을 수 없는 슬픔의 힘을 옮겨
새 희망의 정수박이에 들어 부었습니다……'

어쩌면 나는 한 번도 연애를 해보지 못하고 죽을지도 모른다. 요즘은 이런 불길한 생각에 사로잡혀 하루종일 우울하다. 이건 정말 끔찍한 일이다. 세상에 제일 흔한 것이 사랑이고 제일 쉬운 것이 연애라는데 어쩌자고 내게는 단 한 번의 기회도 주어지지 않는단 말인가? 세상은 내게 너무 불공평하다는 생각을 떨쳐버리지 못하겠다.

난 사람들을 사랑한다. '들' 이라는 복수조사를 붙이는 것을 서슴지 않을 정도로 언제나 사람을 사랑하고, 그 사랑을 위해 헌신하려 노력했다. 그러나 난 늘 혼자였다. 아무도 내 사랑에 응답을 해주지 않았다. 감정의 마주침이 없는 혼자만의 사랑, 번번이 벽에 부딪쳐 상처만 남기고 되돌아오는 메아리일 뿐이었다.

비록 내 출생이 사랑 속에서 잉태된 생명은 아니지만 그렇다고 사랑할

권리조차 없다고 생각하지는 않는다. 더 늦기 전에 남들처럼 나도 화끈한 연애를 해보고 싶다.

혹자는 '아직 한 번도 연애를 못해보다니요? 설마 그럴 리가 있겠소? 만일 그것이 사실이라면 당신은 도저히 사랑받을 수 없을 어떤 결정적인 결함을 가지고 있는 것이 틀림없소.' 이렇게 말할지도 모르겠다. 그러나 천만에 말씀, 나는 보통의 남자다. 아니 솔직히 여느 남자들보다 더 잘 생긴 외모를 가졌다. 호감이 가는 정도가 아니라 멋있다는 말도 자주 듣는다. 뚜렷한 직업도 있다. 그런데도 나는 늘 사랑에 목이 마르고 허기가 진다.

'그런 말 마시오. 그렇다면 당신은 분명 플레이 보이요. 언젠가 당신 곁에 나란히 서 있던 아름다운 짝을 본 적도 있소. 또 당신에게 정성스럽게 새 옷을 지어 입히는 사람이 있는 것도 내가 아오. 그런데도 새삼스레 연애를 하고 싶다고 하다니. 연애를 한 번도 못해보고 죽을까봐 조바심을 치다니. 아무리 좋게 생각해도 당신은 욕심이 많은, 고약한 바람둥이임에 틀림이 없소.' 누가 이렇게 질책을 한다면 할 말은 없다. 그러나 어찌하랴, 아무리 그렇다 해도 나는 여전히 사랑에 목이 마르고, 허기가 지는 것을……

우리 집에서 오랫동안 재단사로 일하는 총각이 있었다. 어느 봄날 그는 여자를 만났고 금방 연애에 빠져들었다. 그러나 무슨 이유 때문인지 사랑의 열병을 심하게 앓기 시작했다. 그는 세상의 고민을 혼자 짊어진 젊은이처럼 술에 취했고, 밤마다 사랑에 취해 비틀거리곤 했다. 나는 그가 너무 부러워 입술이 터졌다.

어느 날 그는 여자와 이별을 했고, 잠시 의기소침하게 살았다. 그러나 그는 곧 다시 새로운 연애를 시작했다. 지난날 고통까지 보상받으려는 듯 그는 급하고 뜨거웠다. 드디어 폭풍 같은 두 사람의 사랑은 결실을 맺었고, 결혼까지 골인했다. 내가 선물한 턱시도를 입어보며 흐뭇해하던 그 친구가 얼마나 부러웠는지 몇 년이 지난 지금도 그날 내 가슴에 불던 그 허전한 바람소리를 기억한다. 그날 밤 바라보던 싸늘했던 달빛도 기억한다. 그 친구가 신혼의 달콤한 표정으로 내 앞에 나타났을 때 그를 두들겨 패주고 싶은 욕구를 참느라 부르르 떨었던 나의 옹졸함도 부끄럽게 기억하고 있다.

앞에서도 말했지만 나는 사람들을 사랑했다.

내가 처음으로 사랑을 느낀 여자는 교복을 단정히 입었던 여학생이었다. 그녀는 갈래머리를 길게 땋아 양쪽 어깨에 얌전히 늘어트리고 있었는데 자주 우리 가게 앞으로 총총 걸어와 윈도우에 등을 대고 잠시 머물다가 버스를 타고 떠나곤 했다. 나는 그녀의 뒷모습을 바라보면서 그녀가 돌아서서 나를 쳐다봐주었으면 좋겠다고 애태웠다. 그러나 그녀는 참으로 얌전한 여학생이었기 때문에 남학생 교복만을 취급하는 우리 가게를 좀처럼 기웃거리지 않았다.

가끔 일요일에는 예쁜 사복을 입고 나타나 나를 바라보는 경우가 있었다. 처음에는 나를 보고 웃음을 짓는 줄 알고 너무도 기뻐서 앞으로 쓰러질 뻔했다. 그러나 그녀는 단지 우리 가게 유리창에 비친 자신의 모습을 바라본 것뿐이었다. 그녀는 끝내 내 마음을 눈치채지 못했다. 결국 졸업 꽃다발을 가득 가슴에 안고 그녀가 버스를 타고 떠난 이후 다시는 볼 수 없었다.

화가 난다. 그 첫사랑의 쓴 경험이 얼마나 오랫동안 나를 주눅들게 했었는지…… 세상에 부러울 것이 없다고 패기만만했던 나는 그 일로 인해 완전히 기가 죽었다. 그녀를 더 이상 볼 수 없게 되었음을 확인하던 날에는 나는 너무 상심을 해서 잠시 정신을 잃고 쓰러졌었다. 영영 못 일어났으면 좋겠다는 자학이 일기도 했지만 결국 부러진 팔목에 약간의 상처만 남기고 거뜬하게 살아났다. 나는 더 이상 젊은 재단사처럼 소란을 피우지도 않았고, 내 일에 게으름을 부리지도 않았다. 그래서 누구도 갈증과 허기를 참느라 입술이 터지던 내 고통을 눈치채지 못했다.

중, 고등학교 학생들의 교복이 자율화되었다. 그동안 식민지 냄새를 풍기던 획일적인 교복을 벗어 던지고 너도나도 사복으로 갈아입었다. 자연히 교복을 전문으로 취급하던 우리 집은 타격이 컸다. 그래서 삼십여 년 동안 이어져 온 가업을 버리고 불가피하게 신사복을 취급하는 양복점으로 품목을 바꿨다. 그러나 맞춤 양복점도 이미 사양길로 접어들고 있던 사업이었다. 기성복이 유명메이커 브랜드를 내세워 대량으로 상품을 쏟아내며 유행을 주도하기 시작했던 것이다. 그러나 우리 가게는 시내 번화가에 위치하고 있었고 또 버스 정류장이 바로 가게 앞에 있었기 때문에 그런대로 한동안 운영할 수 있었다. 나도 아픈 상처를 잊고 열심히 일을 계속했다.

우리 가게 앞에 버스 정류장이 있는 덕택에 나는 참으로 예쁘고 귀여운 여자들을 많이 볼 수 있었다. 연애를 하고 싶다는 생각은 늘 가지고 있었지만, 나는 결코 바람둥이가 아니었기 때문에 예쁜 여자라고 다 좋아하지는 않았다. 그런데 드디어 내 앞에 참으로 아름다운 여인이 돌연히 나타난 사건이 생겼다. 첫사랑에 대한 쓰라린 경험 이후, 실로 이십 년 만의 느낌이었다.

그 여인과 처음 눈이 마주쳤을 때 나는 사랑하지 않고는 견딜 수 없으리라는 것을 알았다. 너무도 강한 끌림이었다. 은근히 겁이 났다. 더 이상 고통스럽고 외로운 사랑은 하지 않으리라 결심했었지만 몰려오는 이

사랑의 떨림은 스스로의 의지로는 도저히 피할 수 없음을 알았다. 사람을 사랑하기 때문에 감내해야 할 아픔이라면 그 고통이 아무리 크다 해도 그것이 두려워 사랑을 포기해서는 안 되는 거야…… 나는 스스로 이렇게 자신을 타일렀다. 나는 그날부터 다시 지독하게 심한 사랑의 열병을 앓았다. 그녀를 사랑하는 동안 화살에 찔린 심장은 매일 피를 철철 흘렸다.

그녀는 손수레를 개조해 만든 간이 포장마차에 붕어빵 틀을 걸고 종일 서서 붕어빵을 구웠다. 어깨까지 오는 생머리를 뒤로 질끈 동여매고 열심히 빵을 구워 파는 그녀는 참으로 아름다웠다. 나는 그녀의 바쁜 손놀림을 즐거운 마음으로 하루종일 지켜보았다. 그녀가 입고 있는 옷에는 늘 밀가루가 묻어 있었고, 바꿔 입을 옷도 별로 없는 듯 늘 그 옷이 그 옷이었다. 그러나 보기 싫지 않았다. 비록 남루한 옷차림이었지만 그녀가 나타나면 어둡던 거리도 금방 환해졌기 때문에 그녀가 얼마나 맑고 깨끗한 영혼을 지니고 있는지 누구나 금방 눈치챌 수 있었다.

나는 가끔 그녀를 등뒤에서 안아주고 싶은 충동을 억제하느라 어깨에 경련이 일었다. 그녀의 머리카락을 묶고 있는 핀을 빼 던져버리고 그녀의 머리카락을 풀어 어깨에 출렁이게 하고 싶었다. 그녀의 등에 얼굴을 묻고 그녀의 몸에서 풍길 것 같은 해초 냄새에 취하고 싶었다. 그녀를 돌려세우고 화장기 없는 그녀의 뺨을 보듬어주고 싶었다. 약간 벌린 그녀의 입술에 숨이 막히도록 깊은 입맞춤을 해주고 싶었다. 그러나 나는 창백한 얼굴로 그녀의 목에 걸려 흔들리고 있는 작은 별 모양의 목걸이를 바라보는 것으로 만족할 수밖에 없었다.

그녀가 빙빙 돌아가는 빵 틀에서 따끈따끈한 붕어빵을 만들어내는 솜씨는 정말 일품이었다. 기름 붓으로 빵 틀을 깨끗하게 닦아낸 후에 아주

절묘한 손놀림으로 밀가루 반죽 통에 매달린 튜브 끝을 잡고, 빵 틀을 향해 마치 젖소의 젖을 짜듯 하얀 반죽을 리듬을 주며 짜넣었다. 그 위에 팥고물을 주걱으로 듬뿍 떠서 따박따박 붕어빵 속을 채우고 다시 반죽을 한 번 더 짜넣고 한 바퀴 돌리면 잠시 후 노릇노릇 잘 익은 붕어빵들이 툭툭 튀어나왔다.

그녀는 지칠 줄 몰랐다. 빵을 찾는 손님들이 많아 정신없이 바쁠수록 그녀의 얼굴은 환해졌다. 나는 그녀를 오랫동안 지켜보면서 두 가지의 상반된 소망 때문에 약간 갈등을 겪었다. 손님이 더욱 많아져 돈을 많이 벌어 기뻐하는 그녀의 표정을 보고 싶었다. 동시에 손님들이 좀 뜸해져서 그녀가 쉴 수 있었으면 좋겠다는 생각이 간절하기도 했다. 그녀가 내 존재에 대해 아직 인식하지 못하고 있는 것도 그녀가 너무 바쁘기 때문이리라. 그러니 그녀에게 한가한 시간이 생기면 그 초롱한 눈을 들어 나를 볼 것이다. 그리고 자기에게 완전히 빠져 있는 나를 발견하면 상냥한 그녀는 반드시 내게 미소를 지어줄 것이다.

사랑하는 감정은 아무리 감추려고 애써도 결국은 드러나고 마는, 결코 숨길 수 없는 빛이라고 사람들은 말한다. 그런데 내 간절한 마음은 왜 그녀에게 아직도 닿지 못하는 것일까? 일 년이 다 되도록 그런 행운은 내게 일어나지 않았다.

그녀는 지금 성업중인데 나는 허기가 진다. 그녀가 구운 붕어빵을 나도 먹어보고 싶다. 그러나 나는 여전히 한 발자국도 그녀 가까이 다가서지 못한 채 어리석게도 붕어빵을 사 가는 사람들만을 질투하고 있다. 그녀가 상냥하게 웃으며 빵 봉투를 건네주는 데도 건방지게 돈을 던지듯 하며 불손한 태도를 보이는 사람들을 보면 뒤통수를 때려주고 싶을 만큼 화가 났다.

그녀는 부지런했다. 비가 오나 눈이 오나 그녀는 오전 열시쯤이면 수레를 밀고 나와 장사를 시작했다. 밤이 깊어지고 마지막 버스가 떠나 인적이 드물어지는 시각이 될 때까지 꼬박 서서 붕어빵을 구워 팔았다. 우리 집 앞은 밤이 늦도록 지나다니는 사람들이 많았다. 그래서 가끔 그녀는 마지막 버스가 떠난 지 한참이 되는 자정까지도 장사를 할 때가 있었다.

사실 그녀가 처음 수레를 밀고 나온 날부터 나는 그녀가 결혼한 여자라는 것을 짐작했다. 그녀의 약지 손가락에 누런 실 반지가 끼워져 있었기 때문이었다. 그러나 그녀의 남편을 직접 본 것은 최근이었다. 그녀의 남편은 과연 어떤 사람일까? 가끔 상상을 해봤지만 솔직히 과소평가를 하고 있었기 때문에 아주 낮은 점수를 주었었다. 아내를 저렇게 힘든 일터로 내보내는 남편이라면 보나마나 뻔하다고 생각했다.

크리스마스가 얼마 남지 않아 거리마다 캐럴송이 울리던 어느 날이었다. 밤늦도록 사람들이 거리를 몰려다녔기 때문에 그녀는 쉽사리 장사를 거두어 들어가지 못하고 자정이 다 되도록 붕어빵을 구워내고 있었다. 그때 어둠 속에서 그의 모습이 나타났다. 나는 그가 그녀의 남편이라는 것을 금방 알 수 있었다. 상상했던 대로 그는 초라한 모습을 하고 있었다. 몹시 두려운 듯 주춤거리며 주위를 살피는가 하면, 그녀가 정리하는 것을 우두커니 보고 섰다가 그녀가 앞장서서 수레를 끌자 뒤에서 미는 시늉을 했다. 그 모습이 몹시 불안해 보였다. 다리를 심하게 절고 있었다. 목발을 짚지는 않았지만 몹시 뒤뚱거렸다. 그날 이후 가끔 그는 그녀를 마중 나왔고, 절룩거리며 수레 뒤를 따라갔다.

해가 바뀌었다. 그녀가 우리 가게 앞에서 장사를 시작한 지 일 년이 다 되어가고 있었다. 봄이 한창인 거리는 점점 화사해졌다. 사람들의 옷차림도 한결 얇아지고 짧아졌다. 예전 같았으면 나는 버스를 기다리는 젊은 여성들의 늘씬한 다리라든가 아름다운 몸매를 몰래 훔쳐보느라 바빴을 것이다. 그러나 그녀가 내 앞에 나타나면서부터 나는 다른 여자들에 대한 홍미를 완전히 잃었다. 더 이상 그 어떤 것도 내 시선을 끌지 못했다. 내 눈은 오직 그녀를 향해서만 열려져 있었다.

며칠 동안 그녀가 나타나지 않았다. 이런 일은 처음이었다. 그녀는 심한 감기에 걸려 고통스러워하면서도 장사를 포기하지 않았었다. 초조했다. 불길한 생각이 들어 잠시도 가만히 있을 수가 없었다. 그녀를 보지 못한 사흘이 내게는 독방에서 삼십 년을 견뎌야 하는 죄수만큼 끔찍했다. 이것은 나 자신도 미처 생각하지 못한 혼란이었다. 내가 얼마나 그녀에게 완전히 빠져 있는지 그 사흘 동안 충분히 인식할 수 있었다. 그녀가 없는 거리는 그냥 마른 모래 바람만 숭숭 부는 사막 같았다. 세상이 텅 비어버린 듯했다. 그러나 나는 속수무책으로 그냥 기다릴 수밖에 없었다.

나흘째 되던 날, 그녀는 붕어빵 수레를 끌고 아무 일도 없었다는 듯이 나타났다. 여전히 같은 장소에 자리를 잡았고, 다른 날과 다름없이 빵을 구워내기 시작했다. 나는 그동안 너무도 애를 태우며 걱정을 했었기 때문에 아무 일도 없었다는 듯한 그녀의 태도가 반가운 만큼 화도 났다. 그러나 내 애태움을 알 리 없는 그녀는 어느 때보다도 더 여유로와 보였고, 표정도 밝았다.

나는 상대도 없는 질투와 배신감에 한나절을 고통 속에 보냈다. 늦봄의 따가운 햇살이 가게 유리창 안으로 강렬하게 쏟아져 들어오는 것조차 못마땅했다. 그런데 그날 오후, 전혀 기대하지 않았던 기적이 일어났다. 그녀가 내게, 아니 정확하게 말하면 우리 가게로 들어왔다. 날씨가 더워

지면서 한낮에는 빵을 사려는 사람이 많지 않았다. 그 한가한 오후 시간을 이용해 그녀는 친절하게도 빵을 구워서 우리 식구들에게 먹어보라고 들고 들어왔던 것이다. 그녀는 한동안 가게에 머물면서 처음으로 많은 이야기를 나누었다.

나는 비로소 그녀가 사흘 동안 왜 안 나왔으며, 그녀의 남편이 무엇을 하던 사람인가에 대해서도 알게 되었다. 그녀는 남편과 함께 광주를 다녀왔다고 했다. 남편은 오월이 되면 몹시 우울증에 시달리는데 그때마다 그와 함께 광주 5·18 묘역을 다녀온다고 했다. 나는 그녀의 말을 이해하기 힘들었다. 5·18 묘역이라는 말도, 광주라는 지역에 대해서도 아는 것이 전혀 없는 나로서는 그녀의 남편에게 그곳이 왜 그렇게 중요한 곳인지 알아들을 수가 없었다. 나는 그녀의 말을 이해하기 위해 그녀의 말 한 마디, 숨소리 하나도 놓치지 않으려고 애를 썼다.

80년의 봄, 그녀의 남편은 광주에서 대학교에 다니는 학생이었고, 직접 5·18 시민혁명에 가담하였다. 진압군들에 의해 잡혀 심한 고문을 받는 과정에서 몇몇 친구들은 그가 보는 앞에서 죽어갔다. 그는 그때의 충격과 고문으로 인해 풀려난 후에도 오랫동안 병원에 입원해서 정신과 치료를 받아야 했다. 잡혀갈 때 얻어맞아 부러진 오른쪽 다리는 치료 시기를 놓치는 바람에 영영 바르게 설 수 없게 되었다. 그런데 그녀는…… 육체도 정신도 다 망가진 병든 남자, 그를 누구보다도 사랑한다고 했다. 정상적인 생활을 하지는 못하지만 그 남자를 존경한다고 했다.

나는 그녀의 이야기를 들으며 내내 부끄러움에 시달렸다. 그리고 그녀의 남편에게 가지고 있었던 편견에 대해 마음 속으로 용서를 빌었다. 광주시민들의 민주화 항쟁, 일부 정치인들의 사주를 받은 군인들에 의해 무차별 살상이 자행되는 가운데서도 그녀의 남편 같은 젊은 청년들은 굴하지 않았고, 민주와 자유와 정의를 위해 분연히 떨쳐 일어났다고 했다. 그 소중한 청춘을 송두리째 빼앗기고, 육체도 정신도 끔찍하게 망가지면서도 굴하지 않았던 사람들…… 세상은 그렇게 거대한 소용돌이 속에 휘말렸었고, 숨가쁘게 역사의 늪에서 수레가 헛바퀴질을 하며 애를 쓰고 있었다는데, 나는 아무것도 몰랐었다. 눈멀고 귀먹은 채로 천연덕스럽게 살았었다. 더구나 그 시절 나는 철없이 새로 지어 입은 교복을 뽐내며 여학생들의 시선을 끄는 데에만 골몰해 있었던 것이다.

종일 비참한 기분을 떨쳐버릴 수가 없었다. 너무 부끄러워 그녀를 똑바로 바라볼 용기조차 잃고 말았다. 나같이 비겁한 자는 그녀에게 사랑을 갈구할 자격도 없었다. 그런 주제에 내 사랑에 응답해주길 바라고 있었다니 그녀를 모독한 것 같아 괴로웠다. 그러나 그렇다고 어떻게 내 앞에 서 있는 저 여자를 사랑하지 않고 견딜 수 있으랴.

그녀의 이야기를 들은 날부터 내 갈등은 더욱 심해졌다. 낮 시간, 내 이성은 건강한 그녀를 바라보면서 세속적인 욕심을 버렸다. 그러나 밤만 되면 억제되었던 그 욕망의 무게만큼 슬픔이 슬금슬금 기어나왔고, 자기애에 빠져 울었고, 헛된 희망에 사로잡혀 밤을 지새웠다. 때로는 내 두 다리가 동강 부러져 그녀 앞에 쓰러지는 절망적인 상상 속에서 그녀가 가버린 빈자리를 서성거렸다.

어제는 그녀가 나를 한참 바라보았다. 나는 너무 흥분되어 그만 얼굴 근육이 마비되었다. 드디어 내 감정을 그녀가 눈치챈 것일까? 그러나 그녀의 시선은 내 눈빛에 잡히지 않았다. 다만 꿈꾸는 듯한 부드러운 표정으로 내가 입고 있는 턱시도를 오랫동안 바라보았다. 잠시 후 눈길을 접어들이며 그녀의 입술에서 새어나오는 작은 한숨소리를 나는 보고 말았다. 아…… 그러나 그녀의 손길은 어느새 노랗게 익은 붕어빵을 부지런히 집어내고 있었다.

요즘 나는 우리에게 드디어 영원한 이별의 순간이 다가오고 있음을 느낀다. 그동안 우리 가게 터를 탐내는 사람들이 많았다. 하기야 이 좋은 장소에 겨우 현상유지밖에 되지 않는 낡은 양복점을 고집한다는 것은 경제를 모르는 바보 같은 짓임에 틀림없었다. 이 건물을 헐어내고 지하를 넣어 빌딩을 세우면 그 가게에서 나오는 월세만 받아도 떵떵거리며 살 수 있다는 업자의 말은 꽤 설득력 있게 들렸다.

나는 두려웠다. 이제 곧 그녀와 영영 이별을 하게 될 것이다. 죽음보다 더 슬픈 것이 있다면 그것은 사랑하는 사람을 다신 만날 수 없다는 것이리라. 이별은 가을이 깊어지면서 점점 현실로 다가왔다. '……사랑도 사람의 일이라 만날 때에 미리 떠날 것을 염려하고 경계하지 아니한 것은 아니지만 이별은 뜻밖의 일이 되고 놀란 가슴은 새로운 슬픔에 터집니다……' 윈도우에 붙어 있는 연극 포스터에 쓰여 있는 한용운의 〈님의 침묵〉의 한 구절이다. 언제부터인가 나는 그 글을 가슴으로 읽어 내렸고 그때마다 까맣게 타들어가던 입술이 터지며 피가 맺혔다.

양복점 사장인 주인아저씨는 드디어 가게문을 닫기로 결심했다. 낡은 건물을 헐어내고 이 자리에 새 빌딩을 짓기 위해 가게의 물건들을 정리하기 시작했다. 주인아저씨는 물건을 정리하다가 잠깐 나를 바라보았다. 내가 처음 이 가게에 왔을 때 주인 아저씨는 삼십대 초반의 젊은 사장이었다. 그러나 어느새 그는 지난달에 막내아들까지 장가를 보낸 초로의 노인이 되었다. 그는 잠시 내 몸을 쓰다듬었다. 더 이상 내가 필요하지는 않았지만 차마 버리기에는 마음이 아팠던가보다. 그는 몇 사람에게 전화를 해서 나를 데려가 달라고 부탁을 했다. 그러나 아무도 나를 원하지 않았다. 내 모습이 현대감각에 어울리지 않아 쓸모가 없다는 것이었다.

나는 누구도 원망하지 않는다. 사실 나도 이젠 지쳤기 때문에 다른 곳에 가서 더 살고 싶지 않았다.

　내려앉는 지붕, 무너지는 벽, 쏟아지는 흙과 시멘트 가루들. 그런 어수선함 속에서 내 팔, 다리가 떨어져 나갔고, 한쪽 어깨도 부서졌다. 뿌연 먼지와 시끄러운 기계소리 때문에 잠시 정신을 잃었다.
　내 팔과 다리 한쪽이 반쯤 잘려진 기둥 옆에서 뒹굴고 있다. 내 머리맡에는 재단사가 오래 전에 잃어버렸던 가위가 먼지에 뒤덮인 채 놓여 있다. 한쪽이 무너져 내려 뻥 뚫린 지붕 사이로 하늘이 보인다. 어둠이 몰려오고 있다. 낮의 그 혼란스러움이 사라진 고요한 시간을 틈타 작은 별들이 끼득거리며 뛰어나오고 있다. 나도 죽으면 별이 될 수 있을까? 허리가 잘려 나가는 바람에 텅 빈 내 뱃속이 그대로 드러나 있다. 몸통 속으로 허허로운 밤바람이 휙 몰려 들어왔다가 잠시 머문다. 꼬르륵 소리가 들린다. 내내 허기지고 갈증나던 삶, 이제 조용히 끝나려고 하는 이 순간에까지 배가 고프다고 아우성을 치다니…… 죽음에 이르러서도 떨쳐버리지 못하는 질긴 욕망이 부끄럽다.
　어디선가 다시 바람 한 줄기가 시원하게 불어온다. 바람은 잠시 잃었던 정신을 가물가물하게 깨우고 내 얼굴에 묻어 있던 흙먼지를 깨끗하게 날려버렸다. 뿌옇던 시야가 걷히자 낯익은 모습이 눈에 들어온다. 놀랍게도 그녀가 아직 그곳에 있다. 공사로 인한 먼지와 소음 때문에 이곳에서 장사를 하기가 쉽지 않았을 텐데…… 곧 비가 쏟아질 텐데…… 참으로 강하고 사랑스러운 여인이다.
　세차진 바람 속에 비 냄새가 묻어난다. 빗물이 바람 속에 섞여 흩날린다. 간간이 보이던 별들도 어느새 비를 피해 다 들어가버리고 하늘은 온통 검은 먹물이다. 그러나 그녀는 비쯤은 겁날 것 없다는 듯이 반죽이 담긴 그릇에 매달린 호스를 잡고 붕어빵을 열심히 구워내고 있다.

밤이 깊어갈수록 점점 더 배가 고파진다. 평생을 텅 빈 머리, 텅 빈 가슴에 화려한 옷으로만 치장을 하고 살아온 내 몸뚱이에 이제 멋진 턱시도는커녕, 부끄러운 곳을 가릴 천 조각 하나 걸치지 못하고 누워 있다. 빈손으로 왔다가 빈손으로 가는 것이 인생이라니 다 벗어버린 허물이 아까울 것은 없지만 아직도 허기를 느끼는 내 자신이 참으로 딱하다. 찢겨진 연극 포스터 한 조각이 바람에 날려 이불처럼 내 가슴 위에 떨어진다. '……그러나 이별은 쓸데없는 눈물의 원천을 만들고 마는 것은 스스로 사랑을 깨치는 것인 줄 아는 까닭에 걷잡을 수 없는 슬픔의 힘을 옮겨 새 희망의 정수박이에 들어 부었습니다……'

그녀는 아직도 가랑비가 내리는 밤거리에서 붕어빵을 만들고 있다. 그래서 나는 축축이 젖어오는 땅에 누워서도 눈을 감지 못하고 있다. 춥고 배고프다. 따뜻한 젖 한 모금만 마실 수 있다면 편히 잠들 것 같다. 그녀의 얇은 블라우스 속에 탐스런 젖무덤이 보인다. 나는 망설임 없이 그녀의 가슴을 풀어헤치기 시작한다. 박 속같이 하얀 젖무덤에 얼굴을 묻는다. 떨어져 나간 양 손 대신 마른 입술로 젖꼭지를 깊숙이 물자 사막에서 솟아나는 샘물처럼 마른 바람만 서걱거리던 입 안에 단물이 고인다. 그녀에게서 뿜어져 나오는 따뜻한 젖줄기가 흔적뿐이던 내 마른 핏줄을 타고 온 몸통 구석구석을 적시며 흐른다. 부러져 이리저리 나뒹굴던 싸늘한 내 팔에도, 다리에도, 몸통에도 생수처럼 흘러 넘친다. 평생을 감아보지 못한 메마른 내 눈에도 눈물처럼 빗물이 넘친다. 후드득 빗줄기가 더 거세어진다. 이젠 배고픔도 갈증도 없다. 바람에 날려온 옷감 부스러기 한 조각이 내 얼굴을 덮는다. 잠시 후 내 영혼은 비안개처럼 살아 일어나 하늘로 오른다. 아! 나는 지금 이 세상에서 제일 행복한 죽음을 맞이하고 있는 늙은 마네킹이다.

이제 거리는 텅 비었다. 빗줄기가 멎은 세상은 잠시 침묵하고, 밤이 깊은 검은 하늘자리엔 별들이 하나 둘씩 빛나기 시작한다.

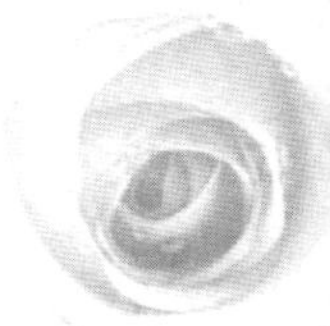

마당 넓은 집

언제나 낮잠은 달콤하다. 부스스 눈을 뜨니 형식이 빙그레 웃으며 내려다본다.
남편은 마룻대에 그려진 무늬가 어머니를 닮았다고 했는데
어느 날 문득 내가 본 것은 남편의 모습이었다.
찡그린 듯 웃고 있는 그 표정은 아무리 다시 보아도 영락없는 남편의 얼굴이었다.
나는 여전한 웃음을 머금고 내려다보고 있는 남편을 향해
기분 좋은 눈맞춤을 해주며 일어났다.

호미를 집어들고 밭으로 나섰다. 내 차림에 이젠 익숙해졌는지 볼 때마다 짖어대던 앞집의 깜순이가 배를 쭉 깔고 엎드린 채 꼬리를 들어 몇 번 흔들며 아는 체한다. 새벽 여섯시인데 벌써 햇빛이 쨍하다. 밤새 소나기 한 차례 시원하게 지나간 땅은 적당히 질척거린다. 넓은 밀집 모자를 다시 한 번 깊이 눌러쓰고 밭으로 들어선다. 맨발이 흰 고무신 안에서 미끈거리고 진흙이 달라붙어 걸음을 떼어놓을 때마다 자꾸 벗겨진다. 발길질로 고구마밭 둔덕에다 고무신을 벗어 던지고 맨발로 땅을 딛는다. 발가락 사이로 붉은 진흙이 삐지직 올라온다. 발바닥에 간지러움이 인다. 그 간지러움이 무릎으로 허벅지로 아랫배를 거쳐 가슴까지 느껴진다. 나는 인적이 없는 넓은 들판에서 혼자 개구쟁이처럼 밭고랑을 이리저리 걸어본다. 발바닥의 간지러움 때문에 자꾸 웃음이 난다.

유월의 밭에는 고구마 잎들이 짙푸른 줄기를 뻗어 두툼한 둔덕을 끌어안고 길게 누워 있다. 비 갠 후 훌쩍 커버린 명아주풀이 들깨 모 심은 사이로 삐죽삐죽 올라와 있다. 그 중 제일 크게 올라온 놈을 두 손으로 틀어잡고 힘을 주어 당긴다. 엄지손가락만큼 굵은 명아주 줄기가 힘없이 쑥 뽑아진다. 땅이 젖어 있음을 미처 생각지 못하고 헛힘을 크게 쓰는 바람에 밭고랑으로 엉덩방아를 찧고 만다. 이미 흙투성이의 작업복 바지 엉덩이가 완전히 진흙으로 범벅이 된다. 땅에 주저앉은 채로 주변을 돌아보니 옆에 무성하게 자란 잡초들이 후드득 물기를 털며 웃는다. 서툴기 그지없는 얼뜬 아줌마가 농사를 짓겠다고 일하는 꼴이 꽤 우스워 보이나 보다. 사실 말이지 경험으로는 마른 땅에서 이 정도 크게 자란 명아주는 어지간한 힘을 주어서는 안 뽑아진다. 보통의 잡초들은 땅 표피에 잔뿌리들을 넓게 틀고 있어서 호미로 조금 긁어내고 뽑으면 되지만 이놈은 다르다. 처음 싹이었을 때는 여린 나물처럼 순한 잎새를 내밀고 있어서 뽑아내기가 안쓰럽게 느껴질 정도로 부드러운 모양을 하고 있다. 그 바람에 잡초를 찾아내던 내 눈길을 번번이 피했다. 그러나 잠시 무심하면 어느 사이에 부쩍 커버려 송곳처럼 곧게 뻗은 외뿌리를 땅에 깊숙하게 박는다. 그렇게 되면 좀처럼 손으로는 뽑아낼 수가 없게 된다. 한해살이 잡초인 주제에 어찌나 곧고 강하게 뿌리를 박는지 예전에는 노인들이 그 줄기로 지팡이를 만들어 썼을 정도라니 그 고집스런 힘을 알 만하다. 그러나 이 건방진 놈, 오늘이 기회다. 비 온 후 잡초를 뽑기가 누워서 떡 먹기보다 수월하니 더 뿌리를 박기 전에 오늘은 명아주를 모조리 뽑아내리라. 들깨 사이에 불쑥 솟아나온 명아주 줄기를 움켜쥐는데 마당 건너편 숲에서 꿩 한 쌍이 후드득 날아오른다.

요즘 들어 낮잠 자는 버릇이 생겼다. 꼭 이맘때가 되면 졸음이 쏟아진다. 새벽 어스름에 일어나 집 주위를 돌아가며 정원을 손질하고, 밭에 나가 김을 매고 나면 여름 햇살은 어느새 머리 위에 덩그라니 올라와 뜨겁게 대지를 달구기 시작한다. 이때쯤 집안으로 들어와 늦은 아침식사를 하고, 몇 가지 빨래를 빨아 널고 나면 시원한 대청마루에 누워 낮잠을 청한다. 말 그대로 꿀맛 같은 단잠이다.

오늘도 나는 어김없이 땀에 젖은 옷을 훌훌 벗고 찬물 샤워를 하고 나서 대청에 누웠다. 곧바로 눈꺼풀에 잠이 매달린다. 소나기 한 차례 쏟아지는 듯 시원한 빗소리가 내 몸 속으로 감미롭게 스며든다. 빗물같이 촉촉한 잠 속에서 나는 또 다른 나를 만난다.

뜰 앞에 놓인 장승의 얼굴에 붉은 노을이 걸렸다. 부리부리하게 튀어나온 천하대장군의 눈동자가 대문을 들어서는 은서의 시선을 휙 잡아끈다. 낯설다. 은서가 이 집을 떠날 때에는 없었던 것인데 언제 여기에 놓여 있었지? 그러나 은서는 그 장승의 존재를 무시하고 몸을 돌려 잔디 사이에 가지런히 놓인 디딤돌을 지나 집안으로 들어섰다. 일 년 가까이 닫혔던 미닫이 유리문을 여니 갇혔던 공기가 후끈 몰려나왔다. 은서는 신발을 벗고 대청으로 올라섰다. 집안 구석구석에서 한 낮의 정적이 부시시 깨어나기 시작했다.

은서는 잠시 아주 낯선 곳에 혼자 버려진 것 같은 두려움에 목을 움츠리며 두 손으로 가슴을 싸안았다. 그러나 다음 순간 은서는 큰 용기라도 낸 듯 빠른 걸음으로 다니며 창문마다 늘어져 있는 커튼과 창문을 활짝 열었다. 대청에서 내려다보는 마당은 깔끔하다. 오랫동안 비워둔 집인데도 마당 구석구석 잡초 한 포기 없이 아름답게 가꿔져 있었다. 장독대 옆에는 일부러 심어놓은 듯한 무리의 달맞이꽃들이 그 노란 꽃잎을 잔뜩 오그린 채 달빛에 열리기를 기다리고 있었다.

은서는 순간 그 어느 여름 노을 속으로 불쑥 들어서던 그 사람이 떠올랐다. 주인 없이 오랫동안 비어 있는 집의 마당을 이렇게 정성껏 손질해 놓을 사람은 그 사람밖에 없었다. 대문 앞에 세워진 장승도 그의 작품이었다.

열린 창으로 들어오는 시원한 바람 한 점이 은서의 이마에 흩어진 머리카락을 약하게 흔든다. 은서는 맑은 공기를 힘껏 들이마시며 돌아오길 잘했다는 생각을 했다. 그 순간 요란스럽게 전화벨소리가 온 집안을 뒤흔들었다. 은서는 흠칫 놀라며 뽀얗게 먼지를 뒤집어쓴 채 그악스럽게 울어대는 전화기를 쳐다보았다. 그리고 천천히 걸어가 수화기를 집어들었다.

―네……

―여보세요? 은, 은서 씨?……돌아오셨군요.

감정을 절제하느라 더듬거리는 목소리 끝의 떨림이 은서가 쥐고 있는 수화기에까지 전해졌다.

―네, 그동안 안녕하셨어요? 이제 아주 돌아왔어요.

은서는 조용히 전화기를 놓았다. 그리고 서서히 어두워지기 시작하는 마당에 외등 스위치를 올리고 대청마루에도 방에도 불을 환하게 밝혔다. 은서는 마루 한쪽에 놓아두었던 가방을 가져다 짐을 풀기 시작했다.

이 집으로 이사를 와서 내가 제일 먼저 마당에 심은 것은 채송화였다. 왜 하필이면 그 꽃씨부터 뿌렸는지는 잘 모르겠다. 아무튼 채송화 꽃씨를 뿌린 것을 시작으로 맨드라미, 코스모스 같은 일년생 꽃씨들을 구해서 뿌렸다. 그리고 요즘은 더 발전을 해서 뒤뜰에 방치되어 있던 텃밭도 일궜다. 잡초를 뽑아내고, 돌을 고르고, 흙을 갈아 울 쪽으로는 옥수수를 심고 마당 가까운 밭에는 상추씨를 뿌렸다. 집 앞쪽으로 있는 백여 평 밭에는 고랑을 만들고 두둑도 쳐서 고구마와 땅콩을 심었다.

　처음 해보는 농사라 시행착오도 많지만 흥미롭다. 마른 흙을 헤치고 나오는 연둣빛의 그 작은 싹들은 가슴을 마냥 설레게 했다. 내가 심은 씨앗에서 새 싹이 돋아나옴은 물론이었지만 심지도 않았는데 메마른 자갈밭에서 다투듯 파랗게 움터나온 새 싹이 마냥 신기하기만 했다. 풀잎을 들여다보며 즐거워하는 내게 앞집 깜순이 주인인 영의 엄마는 까맣게 그을린 얼굴에 비장한 표정까지 지으며 잡초는 어린 싹일 때부터 뽑아 버려야 한다고 했다. 일단 크게 자라면 뽑아내기도 힘들 뿐 아니라 심어 놓은 작물도 양분을 다 뺏겨 자라지 못하기 때문에 반드시 잡초는 크기 전에 뽑아버려야 한단다. 그러나 처음엔 풀을 뽑아낼 수가 없었다. 비록 잡초라 해도 마른 땅을 헤치고 올라오는 여린 싹들이 어찌나 신통하고 예쁘던지. 그러나 봄비가 한 번 주룩 내리고 나니 영의 엄마 충고를 실감할 수 있었다. 처음에는 어쩌다 하나씩 발견되던 풀들이 한순간에 마치 하교 길 교문을 빠져나오는 학생들처럼 온 땅을 뒤덮어버렸다. 화단도 예외는 아니었다. 처음 채송화 씨를 뿌리고 며칠 지난 때였다. 어느 것이 채송화 싹이고 어느 것이 잡초인지를 구별할 상식이 전혀 없는 내게 잡초를 골라내는 일은 결코 쉽지 않았다. 특히 쇠비름은 나를 곤욕스럽게 했다. 이 집에 이사를 와서 첫 씨앗을 뿌렸던 그 해에 나는 대부분의 연약한 채송화 싹은 거의 다 뽑아내고 그보다 조금 더 실하게 올라온 도톰한 쇠비름 싹들을 소중하게 남겨놓았다.

　형식은 결혼 십 주년을 멋지게 보내자고 하며 다양한 스케줄을 잡기에 골몰했다. 은서는 평소 여행을 싫어하던 남편이 세계지도를 펴놓고 이런 저런 궁리를 하는 모습을 바라보면서 가슴 한구석이 서걱서걱 부서지는 통증을 느꼈다. 형식은 세계지도 곳곳에 붉은 색연필로 동그라미를 그렸다. 그리고 일일이 그 나라에 대해 자세한 설명을 덧붙이며 은서의 표정을 확인하곤 했다.

　―당신이 언젠가 제일 가보고 싶은 곳이 인도라고 했지? 이번에 인도에 꼭 들리자. 좋지? 사실 그곳보다는 필리핀에 들러서 부자 흉내를 내며 즐기는 것도 괜찮겠지만 그곳은 다음으로 미루지 뭐. 아니, 계획을 잘 짜면 필리핀뿐만 아니라 싱가포르, 대만도 들릴 수 있을 거야. 여보, 그런데 표정이 왜 그래? 여행가는 게 좋지 않아? 늘 세계여행이 소원이라고 했잖아?

　―아니에요. 너무 좋아요.

　―그런데 표정이 왜 그래?

　―생각만으로도 너무 좋아요. 그런데 여보, 우리 이렇게 하면 어떨까요?

　―어떻게?

　―나도 너무 기대되지만 우리 세계여행은 이십 주년에 가면 어떨까요? 그 대신에 이번에는 당신이 늘 가보고 싶다던 당신 고향에 한 번 가요.

　형식은 순간적으로 바람 빠지는 풍선처럼 들고 있던 화려한 여행코스 안내 책자를 탁자에 던지더니 소파 깊숙이 몸을 묻었다. 눈을 감은 형식의 얼굴이 아주 미미하게 떨리고 있었다. 고향? 늘 그리운 곳. 항상 되돌아가고 싶어했던 행복했던 어린 시절의 추억이 고스란히 남아 있을 고향. 그러나 형식은 은서가 왜 그렇게 조르던 해외여행을 포기하고 고향에 가자고 하는지 그 이유를 알 것 같아 더 맥이 풀렸다. 서서히 서러움까지 일었다. 목젖에서부터 울컥 올라오려는 눈물 덩어리를 삼키느라 형식은 자꾸 눈을 깜박였다. 은서는 형식의 무릎을 껴안은 채 파르르 떨리고 있는 형식의 입술에 가만히 입을 가져다 대었다.

떠나온 고향에 대한 형식의 그리움은 유난했다. 갑작스런 엄마의 죽음이 있기 전까지 형식의 유년은 참으로 평화스러웠다. 형식이 살아온 서른일곱 해를 그림으로 그린다면 가장 따뜻한 색으로 화려하게 그려지는 시절이었다. 그러나 이 세상에는 가장 아름다움의 순간은 곧잘 절망으로 이어지는 경우가 많다. 형식에게 두 번 다시 생각하고 싶지 않은 절망도 바로 그 고향에서 가장 행복한 순간에 갑자기 시작되었다.

평소 몸이 약해 늘 잔병치레를 하던 엄마는 서너 달 감기 몸살로 시름시름 앓았다. 그러나 감기인 줄 알았던 병이 어느 날 간암으로 판명이 났고, 진단을 받자마자 기다렸다는 듯 병은 급속도로 진전되어 외동아들인 형식의 중학교 졸업식을 며칠 앞둔 어느 겨울 저녁, 힘없이 눈을 감고 말았다.

형식이 고등학교를 졸업하던 해 아버지는 고향의 땅과 세간을 모두 정리하고 서울로 올라왔다. 지금은 같은 아파트 건너편 동에서 젊은 새 어머니와 살고 있는 늙은 아버지, 어린 이복동생들. 은서는 오랫동안 남편이 짊어진 그 고통의 무게를 모르는 체하며 살았다. 형식은 고향 이야기가 나오면 몹시 힘들어했다. 그 얘기 끝에는 으레 돌아가신 어머니에 대한 그리움으로 눈물을 흘렸기 때문이었다. 그래서 형식은 맑은 정신으로는 은서에게 속마음을 열어 고향에 대한 그리움을 말하지 않았고, 은서도 남편의 어린 시절이나 고향에 대해서는 관심을 가지려 하지 않았다.

어느 해였는지 사업적으로 고통이 크던 시절에 딱 한 번 정색을 하고 형식이 은서에게 고향에 내려가 살면 어떻겠느냐고 물어본 적이 있었다. 그때 은서는 형식의 말이 끝나자마자 절대로 시골에 내려가서는 살 수 없다고 가차없이 거부해버렸다. 그러나 형식은 서운함을 내비치지 않았다. 그뿐 아니라 그 이후에는 두 번 다시 고향 이야기를 은서에게 꺼내지 않았다. 그런데 갑자기 은서가 고향에 가자고 제안을 한 것이다. 사실 지금 형식은 어머니와 똑같은 병을 앓고 있었다. 그러나 아직 누구에게도 자신의 병의 진행상태에 대해 자세히 얘기한 적이 없었다. 은서에게조차 간 기능이 조금 약해져서 피곤을 느끼는 것이니 걱정할 것 없다고 말해 왔다. 그런데 눈치 빠른 은서가 알았단 말인가? 형식은 가슴이 예리한 칼로 저며지는 듯한 통증을 느꼈다. 형식은 대답 대신 자신의 무릎에 턱을 괴고 올려다보고 있는 은서의 어깨를 가만히 쓸어주었다.

처음 가보는 안동은 은서가 상식으로 알고 있었던 것보다 훨씬 도시적인 모습을 하고 있었다. 형식은 어린 시절 추억을 찾아 이리저리 차를 몰았다. 곧잘 피곤을 느껴 두 시간 이상은 차를 몰지 못하던 형식도 고향을 찾은 들뜸 때문인지 태양의 그림자가 한참 길어진 오후가 되어서야 늦은 점심 겸 저녁식사를 하기 위해 차를 멈췄다. 형식은 많이 변해버린 고향에 매우 실망하는 눈치였다. 한 번도 잊어본 적이 없던 어린 시절이 고스란히 묻힌 성산 마을은 이름만 그대로 남아 있을 뿐 모든 것이 변해 있었다. 울 안에 커다란 텃밭이 있어 마당 넓은 집이라 불렸던 고향집도, 읍장터로 가던 그 고갯길도, 여름이면 미역감고 물잠자리 잡던 그 갈대 많던 냇물까지 어느 것 하나 그대로 있는 것이 없었다.

그러나 형식의 실망과는 달리 은서는 차츰 시골풍경에 마음이 끌리기 시작했다. 시간이 정지해 있는 것 같은 예스러운 풍경 속에서도 깔끔하게 들어선 양옥집들이 마음에 들었다. 풍치 좋은 곳에는 서양 풍경화에서나 봤음직한 언덕 위의 하얀 집 같은 전원주택들이 곳곳에 들어 서 있었다. 학창 시절 여행길에 잠시 머물렀던 기억이 있는 그 불편하기 그지없던 시골집의 주거시설들도 이제는 훨씬 깨끗하게 개조되어 있었다. 거기에 맑은 공기, 한적한 논둑 길, 동네 앞에 버티고 서 있는 느티나무 고목과 그늘 아래에서 한가롭게 앉아 쉬고 있는 순한 눈빛의 노인들. 그 옆에는 으레 강아지 몇 마리가 어슬렁거렸다. 이런 풍경은 은서에게 뜻밖에 강한 매력으로 다가왔다. 맑은 공기를 흠뻑 들이마시며 은서는 어쩌면 이곳이라면 형식의 병이 치유될 수도 있겠다는 생각이 들었다.

은서와 형식은 관광민예품이 많이 전시되어 있는 음식점으로 들어섰다. 토속음식이라는 헛제사밥을 푸짐히 먹고 식당 마당에 놓인 나무 의자에 앉아 잠시 쉬고 있을 때였다. 앞 산마루에 석양이 상여를 따르는 휘장들처럼 붉고 푸르게 흔들리며 걸리기 시작했다. 서울에서는 한 번도 저런 노을을 본 적이 없었다. 은서는 갑자기 뛰기 시작하는 심장 박동소리를 느꼈다. 두 손으로 지긋이 가슴을 누르며 붉게 물드는 하늘과 구름들의 화려한 몸짓을 바라보고 있었다. 황홀한 노을이었다. 노을이 저렇게 슬프도록 아름다웠구나. 은서는 눈물까지 핑 돌았다. 바로 그때 그 아름다운 풍경 속으로 갑자기 스님 한 분이 슬머시 들어섰다. 은서의 놀란 표정을 읽었는지 스님도 잠시 멈칫 하더니 은서와 형식이 나란히 앉아 있는 곳을 지나 식당으로 들어갔다. 은서가 어리둥절하고 있는 사이에 스님의 뒷모습을 바라보고 있던 형식이 잠시 머뭇머뭇하더니 스님이 들어간 식당 안으로 따라 들어갔다.

─저 혹시 성산 마을에 살았던 김재종…… 형님…… 아니신지요?

잠시 낯선 듯 형식을 바라보던 스님이 눈을 크게 뜨며 반색을 했다.

―자네는 그럼 그 마당 넓은 집에 살던 형식이?

　재종 형님이라 불리던 그는 형식의 외가댁과 연관된 먼 친척형이었다. 잠시 형식의 집에서 머물며 형제처럼 지냈던 사이였다. 헤어진 지 이십여 년 만에 만난 그들의 이야기는 밤이 깊어질 때까지 계속되었다. 형식은 고단했던 하루의 피곤도 잊은 듯 기분이 좋아 보였다. 어린 시절 친구들의 이름이 줄줄이 다 나오고 어렴풋한 친척들의 소식을 주고받는 가운데 거의 한 시간쯤 지나서야 형식은 문득 옆에 앉아 있던 은서를 돌아보았다.

　―참, 인사가 늦었네, 형님 내 안사람이에요. 여보, 인사드려, 내가 제일 좋아하고 따르던 고향 형님이셔.

　은서는 이미 두 사람이 주고받는 이야기를 통해 귀동냥으로 그가 어린 시절에 절에서 동자승으로 키워졌고, 청년이 되자 환속해서 객지로 떠돌다가 늦깎이로 고등학교와 대학을 다녔고 지금은 고향에 돌아와 목각공예로 민예품을 만들고 있으며 가끔은 탈춤공연도 하고 학생들을 가르치기도 하면서 자유롭게 산다는 것까지 알게 되었다. 그를 처음 보았을 때 스님이라고 생각했던 것도 마침 마을 광장에서 탈춤공연이 있었는데 스님 역할을 맡았던 그가 공연을 끝내고 나서 그대로 승복을 입은 채 식사를 하러 들어왔기 때문이었다는 것도 알게 되었다. 환속을 했다는 얘기를 들었는데 삭발인 것을 보니 혹시 다시 절로 들어간 것은 아니냐고 형식이 조심스럽게 묻자, 그는 푸르스름한 머리를 쓱 문지르며 단지 머리카락이 거추장스러워 밀어버린 것이라고 말하며 껄껄 웃었다. 그의 웃음소리는 의외로 호탕했다. 옆에서 음식 시중을 들어주며 흥미롭게 두 사람의 얘기에 귀를 기울이던 식당 주인 여자는 몇몇 해 동안은 머리를 깎지 않고 여자처럼 길게 길러 묶고 다니기도 했다며 기분 내키는 대로 사는 자유로운 양반이라며 한 마디 거들었다. 그가 대부분의 식사를 이 식당에서 해결하고 있기 때문에 식구처럼 지낸다는 주인 여자는 다른 손님들 시중을 들면서도 자주 이들의 얘기 속에 참견을 했고 가만히 듣기만 하고 있는 은서에게 호기심이 가득한 시선을 자주 던졌다. 은서는 재종 형님이라 불리는 그 사람을 쳐다볼 때마다 눈을 몇 번씩 크게 깜빡거렸다. 지금은 배경이 완전히 바뀌었는데도 아까 노을 속에서 불쑥 나타났던 그 순간의 모습이 자꾸 어른거렸기 때문이었다. 재종은 자기를 유심히 바라보고 있는 은서의 시선을 전혀 의식하지 못하는 듯 이야기 도중 한 번도 은서와 시선을 맞추지 않았다. 그러나 은서는 그가 자기를 의식하고 있음을 직감할 수 있었다. 그의 시선이 은서 쪽으로 오는 허공에서 잠시 흔들리다 제자리로 돌아가곤 했다.

형식과 은서는 이틀을 재종의 집에서 머물렀다. 빈 농가를 대충 수리해서 혼자 살고 있었다. 그러나 매우 정갈하게 정돈되어 있어 부지런한 안 주인이 있는 것 같았다. 가옥은 좁은 대청마루로 연결된 두 칸의 방과 부엌이 전부였지만 마당은 상당히 넓었다. 한쪽에는 옛 모습 그대로 보존된 우물이 있었고 그 옆으로 작은 돌들을 둘러 만들어놓은 화단 앞쪽에는 채송화 꽃이 만발해 있었다. 울타리 쪽으로는 일부러 공을 드려 심은 듯 장대처럼 곧게 자란 해바라기들이 태양을 향해 가슴을 열고 막 샛노란 꽃잎을 펼치고 있었다.

대문 옆으로 예전에 외양간이었음직한 곳에 작업장이 있고 넓은 마당 곳곳에는 야외 조각 전시장인 양 목공예 작품들이 놓여 있었다. 해바라기보다 더 큰 장승들에서부터 처마밑 벽에 걸려 있는 아주 조그마한 탈들에 이르기까지 그의 작품은 다양했다. 가을에 서울에서 전시회를 열 계획이 되어 있어서 그 준비중이라 했다. 재종은 바쁜 일정임에도 불구하고 오랜만에 고향을 찾아온 형식에게 많은 시간을 내어주었다.

여행에서 돌아온 형식은 한동안 중환자답지 않게 회사 일에도 왕성한 의욕을 보였다. 그리고 은서는 아는 체하지 않았지만 가끔 안동을 다녀오는 기색이었다. 어느 날 형식은 늦은 밤에 몹시 지쳐서 들어왔다. 은서는 이번에도 안동에 다녀왔구나 하는 생각을 했지만 묻지는 않았다. 샤워를 가볍게 하고 방에 들어온 형식은 화장대 불빛 앞에서 무심한 척 책을 읽고 있는 은서를 돌려 앉혔다.

─여보, 나 오늘 어디 다녀왔는지 알아?

은서는 짐작하고 있었지만 약간 상기된 표정으로 마치 보물찾기 쪽지라도 발견한 어린아이 같은 웃음을 띠며 다가앉는 형식의 얼굴을 바라보며 고개를 가로 저었다. 눈빛은 빛났지만 얼굴은 며칠 전보다 더욱 마르고 피부도 한결 검어져 있었다.

─안동 다녀왔어. 당신도 지난번에 고향에 다녀와서는 그곳에서 살아도 좋겠다고 했지? 그래서 내가 고향에 집을 하나 구했어. 당신도 기억하지? 그때 만났던 재종 형님이 아주 멋진 집을 하나 소개시켜주었거든. 당신도 아마 맘에 들 거야. 재종 형님 집에서 아주 가까워. 그리고 이번에 내려가보니까 고맙게도 형님이 그 집을 우리가 당장이라도 내려가 지내기에 불편 없도록 아주 멋지게 고쳐놓았더라구. 정말 잘 된 일이지? 돌아오는 휴일에 우리 함께 내려가보자. 당신도 좋지?

만일 반대하면 곧장 무너질 것같이 형식의 모습은 절실해 보였다. 은서는 무조건 고개를 끄떡거렸다. 이렇게 해서라도 형식의 고통을 조금 덜어줄 수만 있다면…… 몇 번이나 고맙다는 말을 되풀이하다가 지쳐 잠이 든 형식의 얼굴에서 은서는 한동안 눈을 뗄 수가 없었다. 무리한 여행을 하였던 탓인지 형식은 밤새 신열에 시달렸고 아침이 되어서야 겨우 열이 내리기는 했지만 더 이상 회사에 출근할 수는 없었다. 은서는 밤새 형식이 애쓰는 모습을 지켜보면서 하루라도 빨리 형식이 원하는 대로 해 주어야겠다고 결심했다. 형식은 점심때가 되어서야 겨우 의식을 차리고 자리에서 일어났다. 그리고 회사에 곧 사표를 내겠다고 말했다.

　산자락 끝에 자리잡은 집이라 창문만 열면 뒷산이 병풍처럼 눈앞에 펼쳐져 있다. 수령이 백 년은 족히 넘은 소나무들이 빽빽하게 들어선 뒷산을 보고 있으면 언제나 마음이 편안해졌다. 그런데 여름 들면서 숲은 온통 칡넝쿨로 덮이기 시작했다. 소나무도 참나무도 심지어 아카시아도 칡넝쿨에는 속수무책이었다. 줄기를 타고 칭칭 감아 올라가 숨통을 조였다. 넝쿨에 갇힌 나무들은 햇빛이 차단된 음침하고 어두운 공간 속에서 시름시름 앓았다. 그 산자락에 이어져 있는 우리 집 마당까지 그 질긴 칡넝쿨의 손길이 미치고 있었다. 뒤꼍에 울타리로 심어놓은 쥐똥나무 사이로 슬금슬금 기어 들어왔다. 거기에 며느리밑씻개라는 고약한 들풀까지 합세를 했다. 이 풀은 이름에서도 앙칼진 시어머니의 심술이 느껴지듯이 곱게 생긴 작은 잎사귀를 하늘로 펼치고 있어 연약해 보이지만 줄기에는 까칠까칠한 가시가 잔뜩 돋아 있어 무엇이든지 닥치는 대로 휘감아버렸다. 그래서 한 번 이 풀에 감긴 것들은 움직일 때마다 무수한 상처가 나기 때문에 풀어내기도 쉽지 않았다. 하는 짓이 꼭 남편의 가슴을 옥죄어 숨을 막던 그 암세포같이 고약했다. 나는 궁리 끝에 철물점에서 날이 잘 선 낫 한 자루를 사왔다. 처음 쥐어보는 낫이 손에 설고 섬뜩해서 소름이 돋았지만 마음을 독하게 먹었다. 기필코 다 베어버리겠노라고 호기 있게 덤볐다. 한참을 그들과 싸움을 하다보니 깊이 눌러쓴 모자 밑으로 흘러내리는 땀이 눈물을 만들고, 옷은 이미 물 속에 들어갔다 나온 듯

온통 젖어든다. 한나절이 지나서야 서툰 첫 솜씨라 알뜰히 다 베어내지
는 못했어도 대충 쥐똥나무 울타리와 콩 줄기에 붙어 있던 놈들을 다 떼
어낼 수 있었다.

땀에 젖어 달라붙은 끈적끈적한 옷을 홀홀 벗어버리고 차가운 샤워 물
을 한껏 틀고 그 아래 온몸을 맡겼다. 팔뚝이 몹시 따끔거려 들여다보니
여기저기 날카롭게 긁힌 상처가 많았다. 발목은 언제 삐었는지 부어 있
었고 종아리에도 짐승의 날카로운 발톱에 여러 번 긁힌 것처럼 울긋불긋
한 상처가 많았다. 나는 냉기가 도는 지하수로 퍼올리는 샤워기 아래에
아주 오랫동안 서 있었다. 머리에서 발끝까지 온기가 완전히 사라질 때
까지, 그리고 가슴에서 이글거리는 불씨가 꺼질 때까지.

재종은 이 미터 정도 길이의 느티나무 한 토막을 앞에 놓고 한나절을
앉아 있었다. 밑둥치 부분이 제법 실해서 한아름은 족히 되는 올곧은 목
재였다. 재종은 처음 이 나무를 들여왔을 땐 좋은 가격을 주겠다는 어떤
손님에게 팔 장승 하나를 만들 생각이었다. 그런데 선뜻 칼을 댈 수가 없
었다. 나무를 들여다보고 있으면 자꾸 나무 무늬에서 그녀의 얼굴이 어
른거렸다. 새침하게 눈을 내리고 다소곳이 미소짓는 그녀의 얼굴 때문에
나무를 찍을 수가 없었다. 재종은 머리를 흔들었다. 그리고 두 눈을 부릅
뜨고 다시 나무를 노려보았지만 소용이 없었다. 여전히 그녀는 그를 바
라보며 웃고 있었다. 재종은 칼을 내던지고 작업장을 나왔다. 요즘은 이
런 일이 종종 일어났다. 시도 때도 없이 아무 곳에서나 불쑥 불쑥 나타나
는 그녀의 모습 때문에 좀처럼 일에 매달릴 수가 없었다.

재종은 이십여 년 만에 만난 형식의 옆에 그림자처럼 서 있던 은서를
처음 본 순간 소리를 지를 만큼 놀랐다. 가끔 조각을 하기 위해 목재를

들여다보고 있을 때면 어렴풋이 떠오르던 그 알 수 없는 존재, 그 사람이었다. 너무도 낯이 익어 오랫동안 같이 살을 맞대고 살아왔던 것 같던 그 얼굴이 형식의 옆에서 웃고 있었던 것이다. 늘 안개 속에서 바라보는 듯 아른하고 어렴풋하던 그 얼굴이 햇빛 아래 환하게 드러나던 그날 이후 재종의 작품들은 더욱 높은 평가를 받으며 사람들의 인기 속에 팔려 나갔다. 사람들은 재종의 조각품에는 따뜻한 생명감이 느껴진다고 했다. 작품마다 꿈틀거리는 감정이 들어 있고, 그동안 단순하게 조각하던 장승들의 표정도 아주 다양해지고 생기가 넘쳐난다는 평가를 받았다. 그러나 재종은 그것이 은서를 만나면서 생긴 변화라는 것을 인정하고 싶지 않았다.

처음 만난 그날 이후, 서울에서 초대전을 하고 있을 때 은서를 다시 만났다. 럭키호텔 앞 야외 전시장에서 작품을 보고 있는 은서를 다시 보는 순간 재종은 자신의 고독한 운명을 절감했다. 형식이 잠시 자리를 비운 사이에 나신상 옆에 다소곳이 서 있던 은서의 창백한 입술을 홀린 듯이 훔쳐보며 온몸이 불붙는 듯한 고통스런 희열에 잠기던 그 느낌을 재종은 오래도록 선명하게 기억하고 있었다. 재종은 그때부터 운명이라는 단어를 자꾸 중얼거리는 이상한 습관이 생겼다.

그 후 두 달쯤 되어 형식이 혼자 고향을 찾아왔다. 형식은 재종에게 고향에 내려와 살고 싶으니 도와달라고 했다. 형식의 말을 들으면서 재종은 순간적으로 그녀를 가까이 자주 볼 수 있겠구나 하는 생각을 했다. 재종은 자신의 반응에 스스로 당황했지만 그런 감정과는 상관없이 진심으로 형식을 돕고 싶었다. 서울의 탁한 공기 속에서는 오래 버티지 못할 것처럼 혈색이 좋지 않았다. 형식도 공기 맑고 물 좋은 고향에서 살면 건강을 되찾을 것 같은 기분이라고 했다. 재종은 모든 일에 앞서 형식을 진심으로 돕겠다고 약속을 했다.

　집은 생각보다 훨씬 쉽게 구할 수 있었다. 재종이 사는 집에서 약간 떨어진 곳에 있는 집이 팔려고 내놓았다는 것을 확인하고는 형식에게 전화를 했다. 아주 적당한 집이 나왔다고. 형식은 곧장 내려왔다. 그리고 서둘러 계약을 했다.

　새벽 네시면 어김없이 잠이 깬다. 그토록 아침을 괴롭히던 새벽잠 버릇도 요즘 들어서는 싹 달아나버렸다. 밭으로 나선다. 동녘에 아직 해의 기운은 보이지 않지만 달빛의 기운이 남아 있는 탓인지 어슴푸레 길이 보인다. 호미를 찾아들고 콩밭으로 들어간다. 지난 밤에 조금 내린 이슬비에 땅은 축축이 젖어 있다. 콩 줄기에는 대여섯 개 정도의 잎을 달고 있어 제법 모양새를 갖추기 시작했다. 그 사이로 제법 무성하게 올라온 잡초들이 눈에 들어온다. 나는 고랑에 쪼그리고 앉아 조심스럽게 밭을 매기 시작했다. 오랫동안 농사를 업으로 삼아온 이웃집 아저씨는 내가 이렇게 일일이 손으로 잡초를 뽑는 것을 보며 답답해한다. 요즘의 농사는 밭이든 논이든지 무조건 작물을 심기 전에 땅 전체에 제초제를 뿌렸다. 이, 삼 일 지나 잡초가 줄기까지 누렇게 죽어가면 기계로 땅을 갈아엎고, 둑을 만들고 그 위에 비닐을 씌운다. 그리고 비닐에 구멍을 뚫어 모종을 하거나 발아시킨 작물을 심는다. 작물이 조금 커서 땅기운을 맡으면 다시 서너 차례 밭고랑 사이에 제초제를 뿌려 비닐 주변에 잡초가 무성해지는 것을 막는다. 그래서 김 매는 모습은 이제 농촌 어디에서도 흔하지 않다. 모두 이것을 과학영농이라 한다. 그런데 풋내기 농군인 나는 오늘도 고집스럽게 제초제를 마다하고 호미로 일일이 풀을 뽑는다. 물론 텃밭 정도의 조그마한 농토라 가능한 고집이겠지만. 아무튼 나는 여름 내

내 이렇게 새벽이면 밭으로 나가 호미질을 했다.

나는 잡초를 뽑을 때마다 마음 속으로 약간의 갈등을 한다. 사실 식용 작물이냐, 잡초냐는 온전히 사람들의 편견에서 비롯된 판가름일 뿐이다. 엉겅퀴, 민들레, 명아주, 쇠비름, 마름, 질경이…… 몹쓸 잡초로 몰려 무자비하게 뽑혀지지만 그것들도 나름대로 얼마나 소중한 생명인가. 작고 소박한 꽃을 피우고 질긴 생명력으로 씨를 퍼트리며 어떤 역경에서도 해마다 어김없이 싹을 내는 생명들. 우리가 무지한 탓에 잡초라고 부르며 뽑아버리지만 사실 그 풀들도 사람에게 유익한 다양한 약 효과를 가지고 있다고 하지 않던가. 그래서 지혜로운 일부의 사람들은 이 풀들을 아주 유용한 식품이나 약품으로 이용하기도 한다는데…… 그러나 아직 내게는 여전히 이 풀들은 작물의 성장을 방해하는 훼방꾼, 기어이 뽑아버려야 할 잡초일 뿐이다.

햇살이 머리 위까지 올라와 열기를 뿜어낼 때까지 나는 김매기를 멈추지 않는다. 땀이 눈물처럼 후드득 뺨을 타고 흐른다. 흙이 묻은 소매 끝으로 땀을 쓱 문지르고 일어서는데 휘청 어지럼증이 인다. 난 역시 아직도 어설픈 농군이다.

형식이 사들인 집은 마당이 넓었다. 어린 시절 형식이 살았던 고향집을 많이 닮아 있었다. 그러나 집은 몹시 낡아 있었다. 허물어지기 직전인 흙벽과 삐걱거리는 방문, 토방을 밟고 내려서야 하는 푹 꺼진 부엌, 커다란 가마솥이 두 개 덩그러니 놓여 있는 부뚜막. 그러나 농가라고 하기에는 아주 사치스러운 부분이 있었다. 그것은 안방과 건넌방 사이에 가로 놓인 넓은 대청마루였다. 그리고 마루 위 천장 용마루 밑에 서까래를 받치고 있는 굵은 마룻대였다. 그 마룻대가 여느 집 것보다 조금 특이했다.

흙벽돌로 지은 두 칸짜리 일자 농가에는 도무지 어울리지 않았다. 또 도끼로 켜서 만든 듯한 한아름 가까운 마룻대에는(글씨의 흔적이 완전히 지워질 만큼 오래된 고가도 아닌데) 상량식 때 적어놓았음직한 글씨의 흔적도 없었다. 보통 상량식을 할 때에는 마룻대에다가 좋은 덕담이 될 한문 구절을 적어놓거나 상량을 한 날짜 따위를 적어놓는 것이 관습인데 이 집의 마룻대에는 글씨의 흔적은 없었다. 그런데 유심히 올려다보면 일부러 어떤 모양을 음각한 것 같기도 하고 도끼로 나무를 둥글게 다듬으면서 우연하게 생긴 무늬 같기도 한 형태와 흐릿하지만 채색을 했던 흔적도 약간은 보였다. 어찌 보면 채색이 아니라 오랜 세월에 자연스럽게 생긴 얼룩 같기도 했다. 아무튼 추상화 같은 무늬 형태가 선명하게 그려져 있었다.

처음 집을 둘러본 형식은 선뜻 구입하고 싶은 생각이 들지 않았다. 어쩐지 사연이 있는 집 같은 으스스한 기분이 들었다. 그러나 재종의 설명을 들으면서 음산한 기분은 곧 호기심으로 변했다. 재종은 형식에게 이 집을 보여주면서 이런 이야기 들어본 적 있느냐고 했다. 재종이 형식에게 들려준 이야기는 우연하게도 형식의 집에 아주 어렸을 때부터 걸려 있었던 그림에 대한 설명이었다.

─이차대전 말기 눈에 덮인 중국 오지의 산길을 의심에 잠긴 한 사진사가 말을 타고 가고 있었다. 그는 말 등에 실려 "오오 주여, 주의 얼굴을 한 번 보기만 했으면 저는 믿겠습니다." 하고 중얼거렸다. 그때 즉각 그의 마음에 들려오는 음성이 있었다. "사진을 찍어라, 사진을 찍어라." 그곳은 눈이 녹기 시작하여 이곳 저곳에 검은 땅이 보이는 흉한 들판이었다. 그러나 마음에 들려오는 명령에 따라 그는 말에서 내려 그 장면을 그의 카메라에 잡았다. 집에 돌아와 그 필름을 현상했을 때 거기에는 온유

와 사랑이 넘치는 그리스도의 얼굴이 나타났던 것이다.

　재종은 그 이야기를 하면서 마룻대에 얼룩진 무늬를 가리켰다. 그리고 어떤 모습같이 보이느냐고 물었다. 형식은 고개를 젖히고 마룻대에 새겨진 무늬의 진의를 유심히 살폈지만 뚜렷하게 드러나는 형상을 찾아낼 수는 없었다. 한참을 올려다보던 형식은 얼룩처럼 보일 뿐 얘기 속의 사진처럼 예수님의 얼굴은 보이지 않는다며 도대체 어떤 그림이 새겨져 있는 것이냐고 물었다. 재종은 자네가 이 집을 구입하여 살다보면 언젠가는 저 그림이 확연히 보일 걸세. 하며 웃었다. 형식은 그 수수께끼 같은 이야기에 마음이 끌렸다. 그래서 집을 계약하면서 좀더 편리하게 현대식으로 보수해야겠다고 하자 재종은 대청마루와 저 마룻대만큼은 건드리지 않고 그대로 보존했으면 좋겠다고 했다. 형식도 그럴 생각이라고 하며 그 대신 재종이 집수리의 총 책임을 맡아 달라고 했다. 재종은 형식의 말에 흔쾌히 응했다. 집을 계약하고 돌아오는 길에 재종은 지나가는 소리처럼 말했다. "내가 그 집을 처음 가보았을 때 그 무늬를 보면서 무척 놀랐다네. 아주 선명하게 보이는 것이 있었거든. 아주 낯익은 미소, 그 얼굴이 보였어. 정말 자네는 아무것도 보이지 않던가?"

　십여 년 전 처음 재종이 고향에 돌아와 거처를 마련하려고 여기저기 다니다가 이 집을 발견했었다. 그리고 높은 천장을 가로지른 굵은 마룻대를 보고는 너무 마음에 들어 꼭 사고 싶어했다. 그런데 그 당시에는 이 집 주인이던 은실 할머니가 완강하게 팔기를 거부하여 성사되질 않았었다. 자식들이 이 집을 팔고 자기들과 같이 서울 가서 살자고 조르는 중에 몰래 집을 내놓았었던 것인데 할머니의 반응이 너무 완강해 모두 포기하고 말았던 것이다. 그러다가 은실 할머니가 돌아가시고 아들들이 다시 팔겠다고 내놓았던 것이다. 재종은 형식에게 자신이 예전에 이 집을 사고 싶어했다는 얘기를 하며 집도 다 주인이 따로 있고 운명도 이미 정해져 있는가보다며 허허 웃었다.

집이 수리되고 있는 중에 형식은 가끔 내려왔다. 그리고 하루빨리 고향으로 돌아와 살고 싶다고 했다. 그리고 은서에게는 완전히 집을 수리한 다음에 말하고 싶어서 그동안은 비밀로 하고 있다고 했다. 재종은 갑자기 숨이 탁 막힐 것 같은 그리움이 울컥 올라옴을 온몸으로 느꼈다. 지나가는 말 속에서 나온 이름만 듣고도 이렇게 민감하게 반응하고 있는 자신이 이젠 한심스럽다 못해 불쌍하기까지 했다. 그러나 자책은 아무 소용이 없었다. 마른 장작 같았던 재종의 가슴에 은서는 불씨였다. 이 애착은 필시 고통만을 자초하는 어리석은 짓이라는 것을 알면서도 타오르는 감정을 막을 수는 없었다. 재종은 형식이 구입한 집을 수리하는 동안 더 이상 평화롭고 무의미한 삶을 사느니 감미로운 고통을 택하고 싶다는 강렬한 욕망에 자주 몸살을 앓았다.

초여름 내내 마른 장마처럼 가랑가랑 감질나게 빗방울만 몇 번 비추더니, 팔월 들어 늦장마가 들면서 왕창왕창 빗줄기를 쏟아낸다. 그러나 아무리 지루하다 해도 결국은 지나가는 법, 하룻밤에 하늘이 말짱하게 개더니 온 산하에 햇볕이 뜨겁게 쨍쨍거린다. 미처 손이 가지 못한 땅에서는 잡초들이 그 왕성한 생명력으로 다투어 솟아나기 시작한다. 애기땅빈대는 이름 값을 하느라 빈대처럼 땅에 착 붙어서 큰 쟁반 만하게 자라고, 개망초는 꽃대를 있는 한껏 뽑아올린다. 열심히 뽑아버렸나 했는데 곳곳에서 명아주는 보란 듯이 뿌리를 깊이 박고 튼실한 줄기를 맘껏 휘두르며 하늘로 솟고 있다. 둔덕에 자리잡은 엉겅퀴는 그 꽃빛이 예쁘지 싶어 내버려두었더니 일 미터는 족히 넘는 앙칼진 줄기와 잎으로 세력을 불리고 있다. 거기다가 지난번에 그토록 열심히 칡넝쿨과 며느리밑씻개 풀을 거둬냈는데도 어느새 울타리 주변 나무들을 칭칭 감아 올라오고 있다. 도마뱀처럼 줄기를 잘라버려도 어느새 새 가지를 내밀고, 어떤 놈은 오히려 순을 쳐주어서 고맙다는 듯이 굉장한 정열로 잔가지들을 키워내고 있다.

내 힘으론 더 이상 그들의 침입을 막을 수가 없었다. 그렇다고 그냥 내버려둘 순 없었다. 농약상회로 가서 제초제를 사고 농약 뿌리는 기구도 샀다. 마음 속으로는 연신 이렇게까지 하고 싶지는 않았는데 하면서도 한나절 돌아다니며 제초제를 뿌렸다. 드디어 잡초들이 시들기 시작한다. 뿌리까지 녹아드는지 그 뻣뻣하던 줄기들이 누렇게 바래며 땅으로 눕는다. 나는 누렇게 죽어가는 풀들을 바라보면서 서서히 내가 큰 잘못을 저질렀음을 깨달았다. 그러나 이미 때는 늦었다. 나는 잡초를 죽이겠다는 생각만 했지 풀잎들 사이에 살던 수많은 곤충들도 다 죽어간다는 생각은 미처 하지 못했던 것이다. 정말 곤충을 죽일 생각은 없었다. 그러나 선택의 여지가 없다. 풀이 죽으니 곤충도 죽고 덩달아 땅 속에 미생물들도 죽어갔다.

은서는 가방을 풀고 제일 먼저 남편의 사진을 꺼내 화장대 위에 올려놓았다. 형식은 사진 속에서 사람 좋은 웃음을 웃고 있었다. 너무도 갑자기 세상 밖으로 나가버리느라고 웃음조차 거두어가지 못했을 거라고 은서는 남편의 사진을 보면서 생각했다.

안동에 마련한 집을 처음 다녀오던 날 은서는 남편에게 하루라도 빨리 서울 집을 정리하고 시골로 내려가자고 했다. 어쩜 기적처럼 형식의 병이 나을 수도 있겠다는 희망이 생겼다. 그래서 서둘러 이사를 했다. 집은 낡은 농가였지만 어찌나 세세한 곳까지 잘 수리가 되었는지 사는데 전혀 지장이 없었다. 마루에도 환자가 생활하기 편리하도록 미닫이 유리문을 달아놓아 거실처럼 아늑했다. 형식은 고향에서의 새로운 생활에 아주 만족해했고 병세는 크게 호전되진 않았지만 마음이 편안한 탓인지 한동안 통증을 거의 잊은 듯했다.

형식은 집 뜨락에 작은 텃밭을 일구어 각종 채소를 심어놓고 정성껏 가꾸었다. 저녁이면 재종이 이사 선물로 대문 옆 느티나무 아래 놓아준 장의자에 앉아 노을이 지는 먼 산을 바라보며 차를 마셨다. 형식은 편안해했고 은서도 이젠 익숙한 솜씨로 간병을 하며 평화로운 나날을 보냈다. 그러나 그 평화는 일 년을 넘기지 못했다. 그동안 나아가는가 싶던 병세가 급격히 악화되어 바깥 출입도 할 수 없게 되었다.

형식은 여름이 깊어지면서 저녁 무렵 잠시 마당을 산책하는 일 외에는 늘 누워서 지냈다. 가끔 마루 미닫이 유리문을 모두 활짝 열어놓고 대청 마루에 놓인 흔들의자에 앉아 장마비를 바라보는 것을 좋아했다. 재종이 집을 수리하면서 지붕 끝에 잇닿은 차양을 아주 넓게 달아주어 웬만큼 쏟아지는 빗줄기는 마루 안으로 들이치지 않았다.

그날도 몇 숟가락 미음으로 점심식사를 마친 형식은 흔들의자에 앉아 비를 바라보고 있다가 빗속에서 재종이 들어오는 모습을 발견하고 반색을 하며 반겼다. 재종은 부엌 쪽에서 나오는 은서의 인기척에 잠시 주춤 하더니 화가 난 듯 잔뜩 찡그린 표정으로 목례를 하고는 마루로 올라섰다.

─요즘은 좀 어떤가?

─형님 많이 바쁘셨나봐요? 요즘은 통 오시질 않아 몹시 궁금했어요.

─아니, 그냥…… 좀, 미안허이.

─사실, 며칠 전부터 형님을 많이 기다렸어요. 형님과 처음 이 집에 왔을 때 형님이 내셨던 수수께끼를 이제서 풀었거든요.

─수수께끼?

재종은 기억이 나지 않는다는 듯 형식을 쳐다봤다.

─요즘은 종일 대청마루에 누워 천장만 쳐다보며 지내잖아요. 그런데 며칠 전에 바로 저 마룻대에 새겨진 무늬의 정체가 갑자기 보이더라구요.

재종은 너무 뜻밖이라는 듯 놀라는 눈빛으로 빠르게 은서의 시선을 잡았다. 막 설거지를 마치고 들어온 은서는 며칠 전부터 하던 그 말을 또 하는구나 싶어 찻잔을 내려놓고는 심드렁한 표정으로 마루 끝에 걸터앉아 비 내리는 마당을 바라보았다. 재종의 눈빛이 순간적으로 돌아앉아 있는 은서의 하얀 목덜미를 얼른 물었다가 놓았다. 은서는 두 사람의 대화에는 전혀 관심이 없다는 듯 빗물에 움푹 패는 물구덩이를 바라보며 아무 힘도 없어 보이는 작은 물방울도 참 큰 일을 해낼 수 있구나 하는 생각을 했다. 그런데 자신은 아무런 힘도 못쓰고 너무도 무력하게, 속수무책으로 남편이 스러져가는 모습을 그냥 지켜보고만 있구나 하는 생각에 은서는 자꾸 자신에게 화가 났다.

─그래, 어떤 형태가 보이던가?

형식의 움푹 꺼진 눈은 자랑스러운 일을 하고 칭찬을 기다리는 학생처럼 빛나고 있었고 더욱 튀어나온 광대뼈는 불그스레 고운 핏기까지 돌았다.

─형님은 저기서 어떤 형상이 보인다고 했었지요? 형님이 본 것이 어떤 모습이었다고 했는지는 잊어버렸어요. 아무튼 난 무슨 무닌지 인제 알았어요. 바로 우리 어머니였어요. 형님 이리 와 제 곁에 누워보세요.

됐어요. 이렇게 누워서 올려다보는데 갑자기 저기서 어머니가 날 쳐다보고 계시는 거예요. 순간 내 눈과 어머니의 눈이 마주친 것 같았어요. 내 어머니…… 형님도 기억하시지요? 정말 고우셨지요. 오랫동안 잊고 살았는데…… 아마 내가 이렇게 앓아 누워 있는 것이 안쓰러우셨나봐요. 저 보세요. 그날 이후 한시도 흐트러짐 없이 근심스런 표정으로 나를 내려다보고 계셔요. 형님도 그렇게 보이셨나요?

—응, 그러고 보니 정말 자네 어머니 모습 같기도 하구먼. 참 고우신 분이셨지.

재종의 목소리는 작게 잦아들었다.

—근데 형님, 저 사람은 아무것도 안 보인다고 우기네요. 그냥 얼룩이라나, 아무리 나처럼 누워서 올려다보라고 해도 싫다는군요.

재종은 일어나 앉으면서 다시 한 번 세상이 핑그르르 도는 현기증을 느꼈다. 비틀거리는 마음을 겨우 추슬러 돌아온 재종은 오랫동안 미뤄두었던 장승을 다듬기 시작했다.

장승이 거의 다 완성되어 갈 무렵 형식의 병세가 위급해 서울 병원으로 이송하겠다는 전갈을 급히 전해 받았다. 재종이 달려갔을 때는 이미 형식이 의식을 잃은 채 구급차에 실리고 있었다.

일주일 만에 형식은 중환자실에서 일반병실로 옮겼다. 잠시 병세가 호전되었다. 통증도 거의 없는 듯 형식은 오랜만에 재종을 쳐다보며 환하게 웃었다. 형식은 의식이 들자마자 안동 집으로 내려가고 싶어했다. 그러나 은서는 쉽게 결단을 내릴 수가 없었다. 아무런 시설도 없는 곳에서 다시 형식의 병이 악화되면 그땐 정말 큰일이 날 것만 같아 두려웠다. 그러나 형식의 고집은 막무가내였다. 형식은 은서가 잠시 병실을 비운 사이에 재종을 침대 가까이 불렀다.

─형님, 나 내려가고 싶어요. 솔직히 엄마 얼굴 보면서 잠들고 싶어요. 그런데 은서는 내 얘기를 들으려 하지 않아요. 아내가 두려워하는 이유를 알긴 하지만, 형님이 도와주세요. 아내는 원래 겁이 많아요. 나를 따라 내려가긴 했지만 시골살림에 아직은 낯설어 하고…… 이제 조금씩 적응한다 싶어 좋아했는데…… 형님, 우리 은서…… 내 죄로 자식도 없이……

형식이 미처 말을 마치기 전에 은서가 병실로 들어왔다. 재종은 형식의 얼굴을 물수건으로 정성껏 닦아주는 은서의 뒷모습이 슬프도록 아름답다는 생각을 하며 멍하니 훔쳐보고 있는 자신이 갑자기 역겨워졌다.

형식은 안동에 돌아와 일주일을 살았다. 가을이 깊어 밤의 기온이 몹시 싸늘했는데도 굳이 대청마루에 자리를 펴게 하고 그렇게 그곳에서 며칠을 앓다가 눈을 감았다.

내가 잡초 속에서 첫 수확을 얻은 것은 수박이다. 서너 마디마다 순을 따주어야 한다고 윗집 아저씨가 몇 번이나 일러주었지만 차마 그 연하디 연한 순이 아까워서 따버릴 수가 없었다. 그 때문인지 수박은 여기 저기서 다 익었다고 통통 소리가 나는데 크기는 손바닥을 둥글게 마주 잡은 정도였다. 그래도 내가 가꾼 첫 수확이라 수박을 따서 가슴에 안으니 몹시 흥분이 된다. 누군가와 이 순간의 기쁨을 나누고 싶다. 나는 소중하게 수박을 들고 들어와 활짝 웃고 있는 남편의 사진 앞에 놓고 마주 보이는 소파에 앉았다. 당신 정말 장하네 하며 껴안아주는 남편의 손길이 어깨에서 뒷목으로 느껴진다. 남편의 냄새가 난다. 나는 눈을 감고 꽃 내음에 취한 벌처럼 남편이 늘 사용했던 낡은 쿠션에 코를 박았다.

결혼 십 주년 기념여행으로 남편을 따라 이곳 안동에 왔을 때까지만 해도 모든 것이 낯설었다. 그러나 남편과 살았던 이곳에서의 일 년은 내게 새로운 삶을 익힐 수 있도록 해준 귀한 시간이었다. 처음엔 남편 없이 이곳에서 혼자 생활한다는 것이 너무 겁이 났다. 그래서 남편을 시어머니 곁에 묻고 그대로 도망치듯 서울로 갔다. 그러나 시간이 지날수록 이곳이 그리워 견딜 수가 없었다.

서울 어디에도 남편은 없었다. 십 년을 같이 살았던 아파트에도 들러보았지만 그곳에도 남편의 채취를 느낄 수는 없었다. 결국 남편의 혼을 따라 일 년 만에 다시 내려왔다. 그리고 지금 나는 늘 남편이 지켜봐주는 덕에 여기 산다.

언제나 낮잠은 달콤하다. 부스스 눈을 뜨니 형식이 빙그레 웃으며 내려다본다. 남편은 마룻대에 그려진 무늬가 어머니를 닮았다고 했는데 어느 날 문득 내가 본 것은 남편의 모습이었다. 찡그린 듯 웃고 있는 그 표정은 아무리 다시 보아도 영락없는 남편의 얼굴이었다. 나는 여전한 웃음을 머금고 내려다보고 있는 남편을 향해 기분 좋은 눈맞춤을 해주며 일어났다. 한 시간 정도 잔 듯한데 몸이 개운하고 머리가 맑다. 소나기가 잠시 지나갔는지 마당 곳곳에 생긴 작은 물웅덩이가 햇살에 반짝인다. 밀쳐 두었던 상을 끌어놓고 어제 읽다 덮어둔 책을 펴는데 대청마루 끝에 낯선 바가지 하나가 보인다. 바가지에는 방금 찐 듯한 따끈한 옥수수가 소담스레 담겨 있다. 내가 잠든 사이에 재종 씨가 다녀갔나보다. 그는 참으로 선한 사람이다. 종일 작업장에서 일을 하다가 가끔 들러 집안을 돌아보며 불편한 것이 없나 찾아서 도와주고 잠시 남편이 앉았었던 그 장의자에 앉아 차를 한 잔 마신 다음 아무 말 없이 돌아간다. 처음 만났을 때 그는 자주 호탕하게 웃어서 자유롭고 쾌활한 사람이라고 생각했었지만 내가 잘못 안 것 같다. 그는 거의 말을 하지 않는다. 그가 어떤 생각을 하는지 도무지 알 수가 없다. 그러나 그의 생각을 굳이 알아야 할 일이 없기 때문에 별로 불편하지는 않다.

밥집 아주머니가 아침 일찍 옥수수를 땄나보다. 관광객들에게 팔기 위해 옥수수를 많이 심더니 솔솔찮게 푼돈이 들어온다고 좋아했다. 오늘은 아주머니가 아침식사를 하러 간 재종 씨에게 금방 찐 옥수수 몇 개를 건넸던가보다. 재종 씨는 그것을 받아 곧바로 내게 놓고 간 것일 게다. 두 사람 모두 고맙다. 나는 아직도 따끈한 옥수수를 한 입 가득 베어 물며 책을 펴들었다.

샛강 물소리 멎을 때

내 몸에서 주렁주렁 달렸던 기계와 주사바늘이 뽑아진다.
마치 이 생의 인연처럼 길게 매달려 있던
연줄을 끊어내듯 그토록 가라앉기만 하던 무거운 몸이
가볍게 바람 사이로 둥실 실린다.

현기증이 일고 있는 것일까? 전신이 아득하게 가라앉고 있다. 아지랑이로 흔들리는 봄 들판 위로 떨어지고 있는 수소풍선처럼 몸 구석구석에서 기운이 빠져나가고 있다. 내가 지금 또 물 속으로 가라앉는 꿈을 꾸고 있는 것일까? 그 꿈에서는 늘 천근 같은 몸이 자석에 빨려가듯 깊은 물 속으로 빠져들었고 그 절망적인 두려움에 온몸을 휘저으며 소리를 지르곤 했었는데 이번에는 아주 가볍고 편안하다. 마치 애벌레에서 빠져 나온 물잠자리처럼 젖은 날개를 퍼덕이는 기분 같기도 하고, 물잠자리가 빠져나간 빈 껍데기가 된 느낌이기도 하다. 입술을 움직여 소리를 질러보려 하나 바람 같은 숨소리만 혀끝에 흐른다.

"눈을 떠보세요. 내 소리가 들리세요?"

누군가가 자꾸 내 가슴을 친다.

내가 물에 빠지는 꿈을 꾸면서 소리를 지르면 엄마는 흔들어 깨워 품에 꼭 껴안고 등을 다독거려 다시 재워주셨는데, 지금은 누가 가슴을 때리며 이렇게 나를 깨우는 것일까? 눈을 떠야겠다. 내 꿈을 헤집고 들어와 나를 흔들어 깨우는 사람이 누구인지 보아야겠다.

"자, 눈을 떠보세요. 아, 이제 정신이 드는 것 같군요."

정신이 드는 것 같다고? 그럼 내가 꿈을 꾸고 있는 것이 아니라 정신을 잃었다는 말인가? 목소리가 참 낯설다. 그러나 눈이 떠지질 않는다. 눈꺼풀에 내 몸이 매달려 있는지 몸은 무게를 느끼지 못하겠는데 눈꺼풀이 너무 무겁다. 나는 녹슨 창문을 억지로 밀어 열듯 겨우 눈꺼풀을 반쯤 밀어 올렸다.

"아! 눈을 뜨셨군요. 이젠 됐습니다."

조금 환해지는 시야에 들어오는 물체에 초점을 맞추었다. 예상했던 대로 엄마는 아니다. 낯선 얼굴인데 내가 눈을 뜬 것이 꽤 반갑다는 표정이다.

"잠시 후에 보호자를 만나게 해드리겠습니다. 김 간호사, 가족들에게 정신이 드셨다고 일러주고 남편을 들어오시도록 해요."

머리를 돌릴 수가 없어 시야에는 들어오지 않았지만 내 옆에 또 한 사람이 있었나보다. 그런데 간호사라고? 그러고 보니 지금 나를 들여다보고 있는 사람은 의사처럼 옷을 입고 있다. 그럼 지금 나는 꿈을 꾸고 있었던 것이 아니라 병원에 누워 있었던 것인가……?

"여보! 이제 정신이 들어? 나 알아보겠소? 수연 엄마!"

남편이 아주 꺼칠한 모습으로 나를 흔들며 울먹인다. 왜들 이러지? 단양으로 가고 있었는데…… 무슨 사고가 났구나. 갑자기 거대한 암벽이 내 앞으로 와락 달려든다.

"심장박동이 너무 빨라졌습니다. 환자를 쉬게 해야 합니다. 저와 나가 시지요."

'수연 아빠!'

그러나 내 입술은 눈꺼풀보다도 더 무거웠다. 갑자기 텅 비어버린 시야가 아득하다. 시선을 조금 돌리니 침대머리 위에 주렁주렁 매달린 병들과 늘어진 줄들이 뿌옇게 흐려진 공간에서 흔들거리는 것이 보인다. 어지럽다. 그 흔들림을 멈추게 하고 싶은데 손가락조차 움직이지 않는다. 유일하게 내 의지로 움직일 수 있는 것은 그나마 눈꺼풀뿐인가보다. 눈을 감았다.

"봄비치고는 꽤 질척하게 내리네요. 석희 씨 덕택에 토요일이면 답답한 방송국 스튜디오를 벗어나 이렇게 멋진 데이트를 하게 되어서 좋기는 하지만 이렇게 비가 오는 날은 왠지 가고 싶지 않아요. 무슨 슬픈 일이 일어나기를 기대하고 있는 것 같은 저 웅성거림이 싫거든요. 단양에서 방송이 있는 날은 햇살이 화사하게 퍼지는 밝은 날이라야 기분이 나는 건데……"

"그래도 난 이렇게 비가 오는 날이 더 좋더라. 웅성거리는 빗소리도 좋고 비 냄새도 좋고."

강 PD는 비 오는 날이 싫다고 하면서도 얼굴에는 싫은 기색이라고는 조금도 없다. 다른 날보다 더 꿈꾸는 소년 같은 웃음을 지으며 경쾌하게 운전을 하고 있다. 오늘 따라 TV 쪽에서 야외녹화 스케줄이 잡혀 중계차가 모두 그쪽으로 나가는 바람에 강 PD가 직접 자기 승용차를 몰고 생방송 시간에 맞추느라 바삐 단양으로 가는 중이다.

매일 한낮에 생방송으로 엮어지는 라디오 프로그램 진행을 맡게 되면서 나는 담당인 강 PD에게 한 가지 제안을 했다. 비록 지역방송이지만 그래도 현장감 있게 방송을 해보자, 지하 스튜디오에 앉아서 출연자들을 불러다가 인터뷰를 하거나 전화로 연결하는 것은 너무 안이한 방송이다. 적어도 일주일에 한 번 정도는 직접 찾아가 그 지역 소식을 생생하게 전해보자. 모든 조건이 열악한 지방 방송국에서 시도하기에는 조금 무리한 제안일 수도 있었지만 무조건 내 편이 되어주기를 마다하지 않는 젊은 PD는 의욕 있게 내 제안을 받아들였고 그래서 토요일은 단양으로 직접 달려가 그곳에서 방송을 하기 시작했던 것이다.

"석희 씨 고향이 지금 물에 잠겨 있는 단양이라고 했지요? 물에 잠겨버린 마을, 저 물밑의 마을에서 석희 씨가 어린 시절을 보냈다는 것이 실감나질 않아요. 석희 씨에게서는 전혀 시골 냄새가 없거든요."

"내가 단양사람같이 느껴지질 않는단 말이지? 사람들은 누구나 제 고향 냄새를 버리지 못한다는데 내게선 이제 고향 냄새가 나질 않는다면 영영 물에 잠겨버린 그리운 내 고향은 어디서 찾지? 내가 고향의 느낌을 잃었다는 것은 그만큼 순수함을 잃어버린 탓이겠지. 이거 참 슬픈 얘긴데."

짐짓 심각한 척 받아넘기자 강 PD는 당황하며 말을 주워 담았다.

"아니, 그런 뜻이 아니라 촌스러움이 풍기지 않는다는…… 도시스러운 세련됨이…… 아니……"

"됐어, 강희철 씨가 어떤 뜻으로 한 말인지 아니까 굳이 변명하지 않아도 돼."

"중학교 삼학년 졸업여행길에 도담삼봉을 지나간 적이 있었지만 내가 이 고장과 이렇게 인연이 생길 줄은 몰랐어요. 그땐 천길 협곡을 감아 돌며 이어진 비포장 산길을 털털거리며 지나느라고 이 마을에서 석희 씨처럼 아름다운 사람이 살고 있는지 상상도 못했지요…… 그때 그 지독한 멀미를 미련하게 참지 말고 그 핑계로 단양에서 내려버렸더라면 누구보다 먼저 석희 씨를 만날 수 있었을 텐데. 이그! 난 참 멍청했어, 이 바보, 바보."

강 PD는 장난스럽게 이마를 핸들에 부딪치며 웃었다. 나는 여름 한낮에 마을앞 개울에서 물싸움하며 까르륵 웃는 어린아이처럼 그렇게 강 PD를 바라보며 키득키득 웃었다. 차창에 부딪치는 빗물이 어린 시절 장난치며 내 얼굴로 뿌려지던 그 강물 같아 간지럽다. 강 PD는 별 의미도 없는 몸짓 하나로도 사람을 즐겁게 해주는 재주가 있었다.

"내 고향은 정말 아름다웠어. 인간의 말주변으로는 신의 그 완전한 작품을 설명할 수가 없어. 바벨탑을 실패하고도 미련한 인간은 제 자랑에 겨워 지금도 자꾸 자연을 버려놓지만 내 어린 시절에만 해도 이곳은 정말 신비한 비경이었지."

"지금은 구단양에 살던 사람들이 거의 떠났다면서요? 우리 방송국 중계소가 있는 신단양은 댐 건설 이후에 인위적으로 생겨난 읍이라던데 단양에 올 때면 이상하게 석희 씨 얼굴 표정이 달라져요. 그 까닭이 단순히 고향이기 때문일까? 어쩜 이곳에 잊지 못할 사람이 살고 있는 것인지도 모르지, 솔직히 말해봐요. 가슴에 묻어둔 애틋한 첫사랑에 얽힌 사연이라면 오늘처럼 센티해지는 이런 날의 방송거리로는 제격이지요. 오늘 한 번 그런 코너를 만들어볼까요? 비 오는 날의 추억? 좋겠다."

내 마음이 풀린 것을 보자 강 PD는 말장난처럼 역공을 해왔다. 아까의 당황함에 대한 보복인가보다. 그의 표정이 동네 어귀에서 짓궂게 앞을 가로막으며 놀리는 개구쟁이 소년 같다.

"쓸데없는 추측은 그만하고 운전이나 조심해. 지금은 그래도 길이 참

좋아진 편이지만 워낙 굽이굽이 산을 감고 돌아가는 길이라 이런 빗길에
는 베테랑들도 긴장한다구."

"나처럼 공학 출신의 무드 없는 남자도 이런 날에는 뭔가 찡하게 가슴
을 울리는 이야기를 나누고 싶은 것을 보면 청취자들도 분명히 그런 이
야기를 좋아할 거예요. 석희 씨도 그런 느낌 있지요?"

"나는 가슴에 묻어둔 첫사랑이 없어서 그런 것 몰라."

"한 번쯤은 솔직해봐요. 정말 그런 사람이 이곳에 없다는 말이지요?"

아마 그런 얘기를 나누면서 가던 길이었던 것 같다. 그러다 어느 순간
산굽이를 돌아드는데 뿌연 빗속에서 갑자기 버스가 나타났고, 우리 차는
어지럽게 회전을 하는 듯하더니 파랗게 질린 암벽이 와락 달려들어……

'강 PD는 어떻게 되었지? 많이 다친 건 아니겠지? 방송은 어떻게?'

그러나 내 생각은 소리로도 몸짓으로도 표현되지 않는다. 다만 감겨진
눈꺼풀 밑에서 눈동자가 파르르 떨릴 뿐이었다.

인어공주가 바위에 앉아 있는 그림이 가슴에 그려진 수영복을 입은 내
가 푸른빛도 검은빛도 아닌 검푸른 강물 속으로 자꾸 잠겨 들고 있었다.

"어깨 힘을 빼고 두 팔을 앞으로 뻗쳐! 발끝은 지느러미처럼 부드럽게
흔들어봐. 잔뜩 몸을 긴장시키니까 가라앉잖아. 힘을 빼, 그리고 물살에
몸을 맡겨봐…… 옳지 된다, 우리 석희가 물을 무서워하는 겁쟁일 리가
없지. 잘 해낼 거야. 석희야 조금만 더 호흡을 참고 견뎌봐."

'휴욱! 아빠 나 그만 할래. 제발……'

무서웠다. 내 몸을 휘감아 잡아당기는 물의 압력이 마치 마녀의 손바
람처럼 옥죄여 나를 잡아당기는 것 같았다. 그러나 결코 무섭다는 말을
입 밖에 내진 않았다. 차마 아빠 앞에서 겁쟁이가 될 수 없었다. 더구나

너무도 크게 실망할 아빠의 얼굴을 마주 대할 용기가 없었다.

　"조금만 더 해보자. 이제 막 몸이 물에 뜨기 시작했으니 금방 배울 수 있을 거야. 우리 석희는 곧 인어공주처럼 헤엄을 칠 수 있을 거야. 조금만 더 연습하면 장날 읍내에 나가서 석희가 좋아하는 인형 사다 줄께."

　'아빠, 나는 인어공주가 되고 싶지 않아. 그리고 지금 소원은 인형이 아니라 물 밖으로 나가는 거야.'

　그러나 나는 마법에 걸린 인어공주가 되어 있었다. 목소리를 잃어버린 인어공주. 어떻게 하든 물 위로 떠올라야 한다. 어깨에 힘을 빼고 팔을 움직여야 하는데……

　"여보, 눈을 떠봐요, 나 왔소. 당신 이제 살았어. 내 말 들리지? 당신은 사고로 머리를 조금 다쳤지만 수술이 잘 되어서 회복만 하면 된데, 그 외에 외상은 없어. 팔, 다리도 다친 곳이 없으니까 어디 한 번 움직여 봐. 그래, 잘했어 당신 손끝이 움직이는 것 같아."

　손끝만을 움직이고 있는 것이 아니었다. 물에 잠겨 들지 않기 위해 나는 지금 열심히 팔을 앞으로 내뻗고 다리를 인어처럼 흔들며 수영을 하는 중이다. 그러나 물 밖으로 얼굴을 내밀고 눈을 뜨는 순간 몸은 또 다시 가라앉으려 한다.

　"선생님, 깨지거나 부러진 데가 없다면서 우리 며느리가 왜 움직이질 못하나요? 수술은 정말 성공적으로 잘 하신 겁니까?"

　시어머니도 와 계시는구나. 고개를 돌릴 수가 없으니 내 시야 밖에 서 계시는 시어머니의 얼굴은 보이질 않는다. 그러나 그 모습을 떠올리기는 어렵지 않다. 고상한 품위를 드러내는 그 부드러운 표정, 그러나 그 표정은 암초 같아서 마음놓고 헤엄을 치면 다치는 수가 있지.

"서울 큰 병원으로 빨리 갔어야 하는데 이런 형편없는 시골병원에서 무조건 뇌수술을 해놓았으니……"

외아들의 직장 때문에 어쩔 수 없이 서울을 떠나 내려오신 시어머니는 이곳 생활이 십 년을 넘었는데도 아직 서울에 대한 애착을 버리지 못하신다. 도시적인 분위기를 전신으로 표현하고 싶어하는 시어머니. 그런 이유에서 아직도 이웃과 어울리지 못하고 외롭게 살고 계신다. 누가 그것을 탓할 수 있으랴. 세월이 지나면서 점점 짙어지는 것은 떠나온 고향에 대한 애틋한 그리움인 것을. 그러나 시어머니의 가시 섞인 말을 듣고 있는 젊은 의사는 그 심정을 쉽게 이해할 수 있을까? 시골 노인네가 시골병원이라는 이유로 의술을 불신하는 그 날카로운 일침에 뜨악해졌을 의사의 표정을 보지 않고도 쉽게 연상할 수 있다. 나도 철저하게 물에 잠긴 내 고향을 잊어버리고 살고 있다고 생각했는데 시어머니는 곧잘 내게서 촌스러운 습관들을 찾아내곤 하셨지. 그때마다 난 이미 수장시켜버린 고향을 또 한 번 물 속에 밀어 넣어버리는 기분이었다.

'여보, 오늘이 무슨 요일이지요? 수연이는 유치원에 갔나요?

"여보, 수연 엄마, 정신차려야 돼. 도대체 왜 당신에게만 이런 일이 생긴 거야. 당신 그날을 기억할 수 있겠지? 경찰 말로는 커브 길에서 마주 나타난 버스를 피하려다가 암벽에 부딪힌 것 같다는군. 그런데 어째서 운전을 한 강 PD는 멀쩡하고 당신만 이렇게 다칠 수 있다는 건지, 난 용납할 수 없어."

강 PD는 다치지 않았구나. 나는 용납하지 않겠다는 남편의 말끝을 잡아 따지지 않기로 한다. 다만 강 PD가 하나도 다치지 않았다는 사실이 기쁘다. 그의 젊은 아내의 얼굴이 떠오른다. 지난 주말 집들이를 하는 자리에서 출산 예정일이 한 달쯤 남았다며 신랑을 수줍게 바라보던 그녀의 해사한 모습이 얼마나 아름다웠던지. 무심한 듯 찻잔을 들여다보는 강 PD의 옆에 앉아 있던 그의 아내는 작은 결혼반지가 끼워져 있는 예쁜 손가락으로 자연스럽게 그의 이마를 뒤덮은 헝클어진 머리카락을 쓸어 올려주며 또 한 번 수줍게 웃었었지. 나는 웃음이 담긴 그녀의 눈빛과 언뜻 마주치는 순간 가슴 바닥으로부터 온몸을 휩싸고 돌던 그 떨림 때문에 들고 있던 과일그릇을 떨어뜨릴 뻔했었지. 그 해일처럼 일어나던 감정이 질투였을까? 아무튼 그가 다치지 않았다니 천만다행한 일이다.

"여보, 면회 시간이 끝났어. 중환자실에는 면회가 하루에 세 번 삼십 분씩밖에는 허용이 안 된데. 내일 아침에 다시 올게. 힘들겠지만 당신은 강한 여자니까 이런 시련쯤은 반드시 이겨낼 거야. 힘을 내. 내일은 당신의 목소리를 들을 수 있게 제발 정신을 차리라구. 알았지? 약속하는 거야."

남편은 면회자들이 입는 짙푸른 가운을 벗어 들면서 약속을 꼭 지켜야 한다는 신호처럼 내 손을 약간 들어올리고 다른 한 손으로 내 손등을 토닥인다. 팔목이 잠시 들렸다가 놓이면서 주사기에 주렁주렁 매달린 줄들이 흔들린다. 문득 처마 끝에서부터 마당을 지나 싸리 대문 앞 자두나무 가지에 걸려 있던 빨랫줄이 생각난다. 강물보다 더 강물 같은 하늘을 가르고 매어져 있던 빨랫줄에는 늘 우리 형제들이 수영하느라 적셔다 놓은 옷가지들이 걸려 있었고, 그 위로 잠자리들이 날아오르곤 했었는데…… 참 오래 된 풍경인데 갑자기 눈앞의 현실처럼 다가선다. 잠깐씩 잠에서 깨어날 때마다 많은 이야기들이 시공간을 넘나들며 떠오른다. 육체를 이탈한 영혼의 세계는 시간을 초월하는 4차원이라 하더니 내 혼이 육체를 떠나고 있는 것일까.

나는 제법 깊은 물 속으로 잠수할 수 있게 되었다. 아빠의 지칠 줄 모르는 훈련 덕택이었다. 그래도 나는 물이 무서웠다. 깊은 심연으로 눈을 뜨고 잠수를 해야 한다. 햇살이 미치지 못해 검푸른 물밑으로 깊이 깊이 내려가야 한다…… 얼마나 더 가야 내 목소리를 훔쳐간 마녀가 사는 집이 나올까. 내일 아침까지는 마녀를 만나 잃어버린 내 목소리를 돌려 달라고 해야 할 텐데.

내가 누워 있는 곳이 중환자실인가보다. 이제까지 한 번도 관심을 가져본 적도, 방문해본 적도 없는 아주 생소한 곳이라 처음 이곳에서 눈을 떴을 때는 당황스러웠지만 이젠 낯선 느낌이 전혀 없다. 병실의 모습은 가끔 간호사가 내 몸을 이리저리 뒤척여줄 때마다 잠시 눈으로 본 풍경이 고작이지만 소리로 느낄 수 있는 광경은 아주 사소한 것까지 익숙해졌다. 간호사들의 발자국소리만으로도 몇 번째 침대에 있는 환자의 상태가 위급해졌구나 하는 것까지 짐작할 수 있게 되었으니 말이다.

이곳으로 들어오는 사람은 두 부류다. 죽음에 가까이 다가가고 있는 사람이거나, 죽음의 고비를 비껴서 서서히 살아나는 사람들이다. 그들에게 진단된 병명은 각기 다르고 나이도, 사연도 달랐지만 한결같이 홀로 삶과 죽음의 갈래 길에서 서성이고 있는 군상들이다. 이들 중에 많은 사람들은 결국 죽음의 길로 접어들고 만다. 죽음을 맞이하는 몸짓 또한 다양하다. 두려움에 떨며, 혹은 거칠게 항변하고, 또 어떤 사람은 체념한 채 죽어간다. 아주 드물기는 하지만 감사하며 기쁜 표정으로 죽음의 길을 성큼성큼 들어서는 사람도 있다.

잠결에 소란스러운 소리를 들은 듯한데 옆 침대에 있던 할머니가 없어졌다. 그 할머니의 얼굴을 똑바로 보지는 못했지만 밤낮없이 들려오던 고통을 호소하는 신음소리 때문에 멀쩡한 내 오른쪽 가슴까지 무너져 내

렸었다. 간호사들이 흘리는 말로 짐작한 것이지만 그 할머니는 위암이라
고 했다. 갑자기 통증이 심해지면 온몸을 쥐어 짜내는 듯한 신음소리를
내며 살려 달라고 소리를 지르곤 했다. 살려 달라는 그 간절한 절규를 들
으며 나는 처음에 조금 웃었다. 칠순은 됨직한 노인의 삶의 애착이 징그
럽기조차 했다. 그러나 그 할머니를 찾아오는 면회자가 어린 손자 하나
뿐이라는 사실을 알고는 다신 웃지 않았다. 그리고 그 할머니가 무사히
죽음의 고비를 넘기고 다시 한 번 세상으로 나가 손자와 살 수 있게 되기
를 바랐다. 그러나 이제 할머니의 신음소리도 한숨도 세상에서는 들을
수가 없게 되었다. 할머니의 죽음은 잠시 동안 병실을 무겁게 침묵시켰
다. 그러나 침묵도 잠시뿐 중환자실은 다시 간호사들의 신발 끄는 소리
와 간헐적으로 들려오는 신음소리, 고함소리들로 출렁이기 시작한다.

나는 호흡을 하기 위해 수면 위로 떠오른다. 그때마다 내 청각은 후두
득 물기를 털고 섬세하게 살아난다. 햇살이 물결을 타고 까륵까륵 웃고
있다. 나도 웃고 싶다. 같이 소리내어 깔깔거리며 따뜻한 햇살에 내 몸을
뉘인 채 떠 있고 싶다. 그러나 웃을 수가 없다. 사실 아직도 물 속으로 가
라앉는 것이 두렵다.

나는 물에 빠져 허우적거리는 꿈만 꾸었다. 그래서 엄마는 늘 보듬어
안아주시며 다시는 물에 내보내지 않겠다고 맹세를 하곤 하셨다. 나는
울음을 그쳤지만 그 말을 믿지는 않았다. 엄마의 힘으로 아빠의 집념을
꺾을 수 없다는 것을 알고 있었기 때문이었다. 내 어린 시절 추억 속에는
갈피마다 아빠의 모습이 복병처럼 숨어 있다. 아빠,(우리 삼 남매 중에
막내인 나만이 아버지를 아빠라고 불렀다.) 아빠를 생각하면 언제나 코
끝이 찡해지며 눈물이 난다. 아빠는 단양에서는 드물게 도청소재지인 청

주로 나가 고등학교를 다녔다. 전국체육대회에서 우승컵도 몇 개씩이나 받은 도 대표 수영선수였다. 그러나 삼학년 때 뜻하지 않은 부상으로 체육대학으로의 진학이 좌절되었고 그때부터 아빠의 인생은 좌절의 연속이었다. 객지로 떠돌던 아빠는 서울 변두리 가리봉동의 어느 공장에서 엄마를 만난 후 떠돌이 생활을 청산하고 고향으로 돌아와 보금자리를 틀고 새로운 삶을 시작하였다.

아빠는 우리 남매들 중에 누군가가 꼭 아빠의 꿈을 이루어주리라 믿었다. 그러나 오빠도 언니도 아빠가 이루지 못했던 수영선수로서의 꿈을 완성시켜주지를 못했다. 군 대표 수영선수로 발탁이 되기도 했던 오빠는 고등학교를 졸업하자 엄마의 강권으로 서울로 떠나버렸고, 아빠의 말씀이라면 무조건 반항하던 언니는 공부하는 오빠의 밥을 해준다는 핑계로 일찌감치 집을 떠났다.

아빠는 내게 당신의 꿈을 이루어줄 마지막 희망을 걸었다. 나는 여섯 살이 되자 유치원에 다니는 대신 남한강의 지류인 마을 앞 샛강에서 수영을 배웠다. 몰래 밖에서 만들어 데려온 아이 마냥 유난히 품에 끼고 돈다고 엄마에게 악담 아닌 악담을 들으면서도 아빠는 내게 당신의 애정을 몽땅 쏟아부었다. 엄마는 아빠의 그런 모습을 보며 다른 자식들에게 줄 애정까지도 꼭꼭 감추어 두었다가 다 내게 풀어내는 것 같다고 혀를 차곤 하였다. 그러나 안타깝게도 나의 수영 실력은 언니, 오빠의 수준을 넘지 못했다. 더구나 조금만 무리를 하면 며칠씩 앓아 눕는 허약한 체질 때문에 열심히 연습을 해놓고도 번번이 대회에서는 기록을 엉망으로 만들고 말아 아빠를 늘 안타깝게 하였다. 그러나 아빠는 결코 나를 포기하지 못하였다. 그것은 곧 아빠의 삶의 의미를 포기하는 것이나 같았기 때문이었다.

댐이 생기고 단양이 물에 잠긴다는 소문은 사실로 드러났고, 아빠는 처절하리만큼 이곳 저곳으로 쫓아다니며 반대운동을 하였지만 그 목소리는 봄날의 뜸부기소리만큼도 크질 못했다. 결국 아빠는 댐에 물이 차오르던 그 해에 화병으로 돌아가셨고 나는 고향과 아빠를 수장한 보상금으로 그 다음해에 대학을 들어갈 수 있었다. 엄마는 댐이 우리 가족을 서울로 보내주었고 나를 공부시켰다고 말하곤 하였지만 내게 댐은 아빠의 희망과 생명을 삼켜버린 슬픔의 상징이었다.

푸른 가운을 걸친 사람이 내 몸을 흔들어 깨운다. 또 면회시간이 되었나보다. 언제인지 한 번은 멀리 사는 언니 내외가 와서 나를 깨워 한바탕 우는 소리를 하다가 갔고, 방송국에서 같이 근무하던 사람들도 틈틈이 다녀갔다. 어제는 일요일이었는지 내 예쁜 아기 수연이가 찾아와 유치원에서 만난 짓궂은 짝꿍 얘기를 앙징스런 손을 휘저으며 재잘대다가 갔다. 내 아이…… 생각만으로도 마음이 아프다. 아직은 엄마의 손길이 많이 필요한 나이인데…… 아빠나 할머니가 어련히 잘 챙겨주겠지만 그래도 세상 밖으로 나가 홀로 설 때까지 지치고 힘든 날에는 응석처럼 안겨 쉴 수 있는 엄마의 품이 필요할 텐데…… 아이를 생각하자 갑자기 살고 싶다는 욕구가 부글부글 일어났다. 기운을 차려야지. 내 심장의 박동이 빨라졌나보다. 성실한 김 간호사가 타다닥 슬리퍼를 끌고 다가오더니 높아진 내 혈압을 놓치지 않고 재빠르게 측정을 하여 기록해놓고 약물을 투여한다. 그렇게 해서 모처럼 맥을 힘있게 뛰게 했던 내 욕구는 다시 침묵하며 깊은 물밑으로 가라앉았다.

"할머니, 이 환자 보호자분 안 오셨나요?"

"허구헌날 여기만 붙어 있을 수 있나요. 직장에 나갔지요."

"아무래도 이차 수술이 필요할 것 같습니다. 뇌수종의 증세가 보입니다. 보호자분께 제가 좀 보잖다고 빨리 연락을 취해주세요. 자세한 상황은 그때 말씀 드리겠습니다."

젖은 가제수건으로 내 얼굴을 닦아주던 시어머니의 손이 내 뺨 위에서 가볍게 떨리는 소리가 들린다. 이것은 분명 살갗이 느낀 촉각이 아니라 흔들림을 감지한 청각이다. 이렇게 섬세한 스침까지 들리다니…… 내 몸을 지배하던 감각이 모두 청력으로 모아져 있나보다.

"의사선생님, 그럼 우리 며느리가 더 나빠졌다는 말인가요? 이렇게 젊은 애가 다친 곳도 없이 겉이 멀쩡한데 도대체 왜 못 깨어나는 겁니까?"

"당장 위험하다는 얘기는 아닙니다. 그러나 뇌를 심하게 다쳤기 때문에 장담하기가 어렵습니다. 아무튼 아드님께 연락을 해주세요."

"선생님, 선생님…… 아이고, 애야 정신 좀 차려라. 너 어쩌자고 이러니? 불쌍한 내 아들은 어떻게 하라고 너 이러니? 난 모른다. 네 새끼는 네가 키워야지, 이 늙은이에게 맡기고 가려고 그러니? 에미야, 정신 좀 차려라."

"할머니 이러지 마세요. 환자에게 이러시면 해로워요. 이제 면회시간도 끝났으니 진정하시고 가서서 아드님께 연락이나 해주세요. 이러다간 할머니까지 병나시겠네. 며느님은 이제 우리에게 맡기세요."

"아이고! 내가 먼저 갔어야 하는데…… 전생에 무슨 죄가 그리 많아 초년에 남편 먼저 보내고, 이제 다시 며느리를 앞세우게 되었으니…… 이런 기막힌 팔자가 또 어디 있단 말이오."

시어머니의 통곡소리가 멀어지면서 이내 중환자실은 침묵한다. 우르르 몰려 들어왔던 면회인들이 썰물처럼 빠져나간 병실은 몸을 뒤척이느라 내는 철침대의 마찰음만이 음산하게 울린다.

면회시간도 아닌 것 같은데 남편의 얼굴이 보인다. 오랜만에 수염이 깨끗하게 깎여 있다. 표정은 당황함이 역력하지만 그의 깨끗한 얼굴이 보기 좋아 환하게 마주 웃어주었다. 그러나 내 얼굴의 근육도 웃었는지는 모르겠다. 내 감정을 전달하여 반응케 하는 뇌 기능들이 아직도 혼수상태인가보다. 가끔 내 손발이 움직이는 것 같기도 하지만 그것은 내 의지와는 상관이 없다. 나는 그렇게 점잖지 못하게 손을 뒤틀거나 발길질을 하고 싶은 마음은 추호도 없다. 아무튼 내 얼굴의 근육이 조금 예쁘게 움직여 나는 괜찮으니 두려워하지 말라고 남편에게 내 마음을 전했으면 좋겠다.

"여보, 오늘 기분은 좀 어때? 맥박도 정상이고 혈압도 정상이래. 당신은 정말 장해. 대단한 여자라구. 이번에 한 번만 수술을 더 받으면 입원실로 옮길 수 있을 만큼 회복이 될 거래. 그때는 내가 당신 곁에서 잘게. 당신을 여기다 두고 혼자 집에서 편히 자려니까 잠도 오질 않아."

나는 그가 울음을 참고 있음을 본다. 담당의사를 만나고 왔을 그의 표정이 상당히 흔들리고 있는 것을 보면 내 병이 좀 심각하게 진행되는가보다. 불쌍한 사람, 홀어머니에 외아들로 자란 탓에 외로운 것은 유난히 못 참아내는 사람인데 나 없으면 어쩌나. 결혼하는 순간부터 서로 잘못된 만남이라고 후회하고 싸움도 많이 했지만 이렇게 일찍 헤어질 생각은 꿈에도 하질 못하며 살았는데…… 지금 생각해보면 서로에 대한 욕심과 기대 때문에 그렇게 서운함도 컸던 게야. 손쉽게 용서할 수도 있고 이해도 되는 일들조차 왜 그토록 집요하게 트집거리로 잡아 기어이 서로 상처를 만들곤 했었는지. 이미 늦은 후회 같아 안타깝다.

"방송국에서는 당신이 근무중에 난 사고니까 충분히 피해 보상을 해주겠다고 하더군. 나쁜 놈들, 사람을 이 모양으로 만들어놓고 돈으로 해결하겠다면 다 되는 줄 안단 말이야. 아니, 내가 모자란 놈이지, 당신이 지난번에 사표를 내고 싶다고 했을 때 그만두라고 했어야 하는 건데 조금 더 큰 아파트로 옮길 욕심에 차일피일 미루다가 결국 이런 변까지 당하고 말았으니 모두 다 내 탓이지. 여보, 이제 회복되면 내가 더 이상 욕심부리지 않을게. 사표 내도 좋아. 우리 네 식구 내가 무엇을 해서라도 못 벌어 먹이겠어. 그건 그렇고 강 PD가 며칠 전에 내게 죽을 죄를 지었다고 찾아왔더군. 생각 같아서는 영원히 감옥에서 썩게 하고 싶지만 젊은 인생을 망치는 것도 할 짓이 못되고…… 꼴에 돈은 있는지 합의금조로 제법 대단한 돈을 내놓겠다고 하더군. 그 반반한 면전에 물을 휙 끼얹고 거절하고 싶었지만 당신의 앞날을 생각하면…… 아무튼 여보, 나는 당신이 나을 수만 있다면 어떤 치료도 다 해볼 테니까 용기를 잃으면 안 돼, 알았지? 치료비 걱정도 하지마. 내가 다 알아서 할 수 있어. 당신만 얼른 회복되면 우린 다시 행복하게 살 수 있을 거야."

　남편이 나가고 난 후에도 계속 그 목소리가 메아리처럼 울린다. 고산 증세처럼 귀가 먹먹해진다. 마녀가 사는 곳까지는 아직도 멀었나? 수압이 견딜 수 있는 한계를 넘어가고 있나보다. 아빠는 물이 귀에 들어가 먹먹해지면 물 밖으로 나가 뜨겁게 달구어진 돌멩이에 귀를 눕히고 깨금발로 뛰면 물이 빠져나온다고 하셨다. 그리고 높은 산에 올랐을 때 귀가 먹먹해지면 침을 삼키라고 하셨지. 그냥 침을 꼴깍 하고 크게 삼키면 귀가 펑 뚫어진다고 하셨는데 지금은 자갈돌을 주워 들고 깨금발을 뛸 수가 없으니 침이라도 삼켜보자. 그런데 입 안에 침이 없다. 어찌된 일일까, 입 안에는 침이 한 방울도 남아 있지 않다. 내가 입을 벌리고 있었구나. 언제부터 바보처럼 이렇게 입을 벌리고 있었던 것인가. 벌어진 입 안에서 가뭄에 논바닥처럼 쩍쩍 갈라지는 소리가 난다. 벌려진 내 입 안은 갈라 터지는데 머리 속은 홍수가 난 듯 물이 출렁거리는 기분이다. 이건 분명 의사가 뇌수종이라고 하는 소리를 들은 탓에 오는 예민한 반응인 것인가보다. 사람이 아프면 작은 일에도 극히 예민해진다더니 내가 그 꼴이다. 의사의 한 마디에 이런 혼란을 겪다니…… 남편은 무엇을 믿고 나를 강한 여자라고 할까…… 뇌가 물에 둥둥 뜬다.

"석희 씨! 석……희……"

검푸른 강물 속, 그 깊은 곳으로부터 한 소리가 들린다. 그 소리의 진동이 거세게 나를 뒤흔든다. 눈을 뜨자. 아빠는 당신의 어린 딸에게 물 속에서 눈을 뜨는 법도 가르쳐주었는데…… 그러나 아직도 나는 물 속에서 눈을 뜨는 것이 무섭다.

"석희 씨…… 당신을 이렇게 만들다니……"

강 PD의 목소리다. 그리고 보니 그의 나직나직한 이 목소리를 들은 지 얼마 만인가.

"내가 석희 씨를, 당신을 이렇게 만들다니……"

이 사람이 왜 같은 말만 반복하는 것인가? 가만히 듣고 있기만 해도 기분이 좋아지는 목소리를 가진 사람. 다른 이야기를 해줘. 거짓말이라도 좋으니 문병 선물이라 생각하고 내가 없는 방송국 생활이 쓸쓸했다거나, 그동안 몹시 내 안부가 궁금해서 밥맛을 다 잃었다는 말쯤은 해줄 수 있잖아. 그런데 이게 무슨 맥풀리는 소리야? 이제는 내 청각의 세포들도 서서히 기운이 빠져나가나보다. 듣기 좋은 그의 목소리를 잘 듣고 싶어서 열심히 귀를 기울여보나 그의 목소리가 메아리처럼 너무 멀리서 울린다. 내가 안타까워하는 것을 그가 알아차렸나? 그는 무너지듯 내 머리맡에 꿇어앉아 내게 얼굴을 기울인다. 그의 뜨거운 입김이 귀를 간질인다. 뜨거운 자갈돌처럼 그의 입김은 귓속에 차 있던 물기를 말린다.

"내 사랑, 목숨 같은 내 사랑."

지금 누가 이렇게 감미로운 목소리로 속삭이는 것일까? 환청인가? 눈을 떴다. 헝클어진 머리칼이 보인다. 그리고 차마 내가 알던 사람이라고 말하기 힘들만큼 형편없이 일그러진 강 PD의 얼굴이 물안개가 자욱한 강가에 서 있다. 그가 다시 고개를 깊이 숙여 내 귓속에 뜨거운 입김을 불어넣는다.

"잘 가요. 그러나 외로워하진 마세요. 이제 이 세상에 살아남는 것은 빈 껍데기 같은 내 육신일 뿐, 내 영혼은 당신 곁에 묻힐 겁니다."

아! 그가 나를 사랑했었구나. 그의 생각만으로도 가슴 바닥에서 울려오던 그 떨림들이 사랑인 것 같아 두려워했었는데, 그 순간에 그도 나를 그렇게 사랑했었구나. 절대 내 사랑이 될 수 없는 인연임을 확인하느라 대학 선배인 것을 내세워 말을 놓으며 시시때때로 흔들리는 감정을 용케도 감추며 지냈는데 언제 내 마음을 읽었을까? 언제 들켰던가? 가슴이 저리다. 남은 에너지가 모두 심장으로 몰리는 듯 전율이 인다. 그의 아픔이 슬프지만 그의 슬픔이 기쁘다.

사랑하는 사람에게 자신의 존재도 알리지 못한 채, 배 위에서 아름다운 연인과 속삭이는 왕자님을 떠나 보내야 했던 인어공주. 그러나 나는 인어공주가 아니었다. 아빠 미안해요. 저는 결코 인어공주가 되고 싶지 않았어요. 다시 귀에 물이 차오른다.

"울지 말아요. 이제 당신의 영혼은 영원히 내 안에 같이 있을 거예요."

아, 얼마나 달콤하고 듣기 좋은 목소리인가. 흐르는 강물처럼 내 눈에서 끊임없이 흘러내리는 눈물이 내 귓속으로 흘러들고 있다. 너무도 편안하다. 이제 깊이 잠들 수 있을 것 같다.

"당신은 누구시죠? 보호자에게 빨리 연락이 되어야 할 텐데, 댁은 이 환자와는 어떤 관계지요?

"……"

"김 간호사, 지금 이 환자의 임종을 지켜야 될 가족들에게는 제대로 연락을 한 거야?"

다급해진 간호사의 대답, 내 심장을 다시 뛰게 하려고 흉측한 기계를 들이대며 땀을 흘리는 의사의 거친 숨소리, 그러나 이제는 더 이상 힘들게 숨쉬고 싶지 않다. 춥다. 밀쳐놓은 이불을 끌어올려 알몸으로 드러나 있는 내 앞가슴이나 덮어주고 그냥 가만히 잠들게 해주었으면 좋겠다. 나를 흔들어 깨우는 남편의 울부짖음이 너무 안쓰럽다. 눈을 떴다.

"나는 어떻게 살라고, 당신이 이럴 수는 없는 거야! 이렇게 가면 수연이는 어쩌라는 거야, 여보, 수연 엄마!"

당황한 남편의 눈빛이 너무 슬퍼 보여 차마 눈을 감을 수가 없다. 부부의 연으로 같이했던 칠 년의 세월. 이렇게 갑작스런 이별 앞에 무엇으로 그를 위로해야 하나. 내 뺨을 두드리는 남편의 손길에서 체온이 느껴지질 않는다. 남편의 손은 늘 따뜻했는데, 밖에서 꽁꽁 얼어 돌아오는 내 손을 마주 잡아주던 그의 손은 참으로 따뜻했었는데…… 이제 살아 있는 모든 것들과의 교감이 불가능해지고 있나보다.

'수연 아빠, 미안해요. 이제 남겨질 모든 것은 다 살아 있는 당신의 몫일 수밖에 없나봐요. 정말 미안해요. 이젠 눈을 감고 싶어요.'

내 몸에서 주렁주렁 달렸던 기계와 주사바늘이 뽑아진다. 마치 이 생의 인연처럼 길게 매달려 있던 연줄을 끊어내듯 그토록 가라앉기만 하던 무거운 몸이 가볍게 바람 사이로 둥실 실린다. 햇살이 쏟아져 내 몸에 부딪치는 소리가 까르륵거리는 웃음소리 같다. 그 빛 사이로 민들레 꽃씨 같은 물잠자리 한 마리가 투명한 날개를 활짝 펴고 날아오르고 있다.
아, 정말 편안하다.

여름 밤

아침부터 태양이 이글거렸다. 수경은 조반을 준비하던 손을 잠시 멈추고 가슴을 쓸어안았다. 느닷없이 숨결이 가빠졌다. 커다란 바위 같은 것이 치밀어올라 숨통을 막는 기분이었다.

식탁에서 돌아서서 작은 부엌 창으로 보이는 다닥다닥한 아파트 건물들을 바라보며 수경은 깊은 숨을 토해냈다. 아, 싫다. 끈적끈적 조여오는 무더위도 싫고, 무더위보다 더 지독한 이 답답함도 정말 싫다. 수경은 차라리 이대로 숨이 막혀 모든 것을 끝내버렸으면 시원하겠다는 생각을 했다.

정적 속에서 둔탁하게 뚝딱거리는 소리만이 가득하다. 마치 심장에 청진기를 대고 자기의 심장 뛰는 소리를 듣는 듯한 느낌을 받으며 수경은 몸을 떨었다. 그러나 그것은 심장소리가 아니라 식탁 위에 걸린 시계소리었다. 수경은 시계를 바라보며 가슴을 감싸안았던 손을 힘없이 풀었다.

시계는 지구본을 흉내내 만든 둥근 판 모양을 하고 있다. 시각을 가리키는 바늘은 그 짧고 뚱뚱한 몸뚱이를 7자 가까이 누웠는데, 분침이 마치 잠든 토끼 옆을 지나가는 거북이처럼 슬금슬금 시침을 넘어서 기어가고 있다. 그 사이로 빨간 띠를 두른 초침이 휘청거리는 걸음으로 뛰어가고 있다. 시간 속에 생존하는 또 하나의 군상들…… 망상을 떨쳐내려는 듯 고개를 한 번 심하게 흔든 수경은 서둘러 식탁을 차리기 시작했다.

아침상을 차려놓고 수경은 의자에 앉아 식구들이 나오기를 기다렸다. 평소엔 새벽부터 일어나 아침운동을 다녀오던 경섭도 지난밤의 과음 때문인지 아직 일어난 기척이 없다. 방학이 되면서부터 낮, 밤이 바뀌어버린 아이들은 밤새 컴퓨터 앞에 앉아 있는 기색이더니 새벽녘에 잠이 들었나보다.

아홉시가 넘어서야 식구들은 겨우 식탁에 나와 앉았다. 그러나 누구 한 사람도 입을 여는 사람이 없다. 그 침묵이 수경을 못 견디게 만들었다. 무슨 말이든 해야만 했다.

"선아, 오늘은 엄마를 찾는 전화가 오면 무조건 없다고 해. 누구신가만 물어봐. 진이 너도 알겠지? 엄마는 오늘 집에 없는 거야, 그러니까 너희도 오늘은 날 찾을 생각은 하지 마."

수경은 자신도 생각지 않았던 말을 퉁명스럽게 해놓고는 식구들을 바라보았다.

잠결에 끌려나와 부스스한 잠옷차림으로 아침 밥상을 받고 있던 진이는 흘낏 수경을 바라보더니 심드렁하게 "네." 하고 만다. 선이도 밥을 젓가락으로 끼적이며 보일 듯 말 듯 그냥 고개만 한 번 끄덕인다. 두 아이의 표정에는 억지로 깨워 식탁에 앉게 한 것에 대한 불만이 역력했다.

경섭도 아무 말 없이 미역냉국을 훌쩍 들이키고 일어났다. 무슨 말을 할 듯 입가의 근육을 잠시 실룩거렸지만 이내 표정을 거두어버렸다.

갑자기 무슨 뚱딴지 같은 소리냐고, 외출이라곤 거의 안 하고, 걸려오는 전화도 별로 없는 수경이 왜 갑자기 그런 말을 하는지, 무슨 일이 있는 것인지…… 아무도 묻지 않았다.

경섭은 여느 때와 다름없는 낯빛으로 현관문을 나섰다. 딸들의 배웅을 받으면서 잠깐 가볍게 입가에 웃음도 띄웠다. 그러나 수경에게는 여전히 눈길을 주지 않은 채 등을 돌려버렸다. 경섭의 돌아서는 몸짓에서 지난밤의 불만이 잔뜩 배어 있음을 느끼며 수경은 잠시 아득해지는 어지럼증에 휘청거렸다.

어젯밤, 경섭은 자정이 다된 시각에 들어왔다. 달그닥거리며 열쇠로 현관문을 따는 소리를 들으면서도 수경은 꼼짝하지 않았다. 경섭은 살며시 현관문을 잠그고 들어와 켜놓았던 거실의 불을 끄고 방으로 들어왔다. 수경이 누워 있는 침대를 한 번 쳐다보고는 부스럭거리며 옷을 벗고 침대로 올라왔다. 수경은 벽을 향해 누워 잠든 척 고른 숨을 쉬려고 애를 쓰고 있었다.

수경에게 가까이 다가온 경섭에게서 술 냄새가 심하게 풍겨왔다. 웅크린 수경의 어깨에 닿는 그의 손이 축축했다. 돌아누운 수경의 어깨에 힘이 가해졌다. 귓불에 더운 입김이 훅 와닿자 수경은 움칠했다.

"여보, 이리와."

"……"

"돌아누워봐, 내가 다 용서할 테니까, 그만 마음 풀어."

그는 처음부터 수경이 잠들어 있지 않다는 것을 알고 있었다. 그러나 수경은 아무 반응도 보이지 않았다. 경섭의 팔이 감겨오자 수경의 몸은 상처받은 곤충처럼 움츠러들었다. 수경이 거부의 몸짓을 보이자 경섭은 잠시 주춤했다.

"당신, 진짜 그놈과 무슨 일이 있었던 거야?"

수경은 반사적으로 돌아누웠다. 그러고는 벽처럼 눈앞을 막고 있는 경섭의 가슴을 강하게 밀어내었다.

"아니면 됐어. 그러니까 이리 와."

수경의 반항이 강할수록 경섭의 움직임은 거칠어지기 시작했다. 수경은 쉽게 힘을 놓아버리고 말았다. 소극적일 수밖에 없는 반항은 경섭을 더 흥분시킬 뿐 아무 소용도 없다는 것을 수경은 알고 있었다. 경섭의 이마에서 떨어지는 땀방울이 수경의 뺨에서 눈물처럼 흘렀다. 일방적이고 거친 그의 욕망은 잠시 후 한순간의 떨림과 동시에 맥없이 스러졌다. 그의 숨결이 잦아지면서 무더운 여름밤의 열기는 한층 견디기 힘들게 방 안을 감싸고 돌았다. 떨어져 돌아눕는 순간 이내 곤한 잠에 빠져들곤 하던 경섭이 어둠에서 일어나 앉더니 담배를 피워 물었다. 어둠을 가르고 파랗게 피어오르는 불빛에 비친 그의 모습이 벽에 긴 그림자로 흔들리고 있었다. 표정까지는 읽지 못했지만 수경은 순간 자신의 호흡이 멎을 것 같은 긴장감을 느꼈다.

"당신, 왜 그래? 뭐가 그리 불만이야?"

경섭의 목소리에는 이미 취기도, 열기도 가셔져 있었다. 냉랭하게 착 가라앉은 목소리에는 불쾌한 감정만 고스란히 담겨 있었다. 그러나 수경은 아무 말도 할 수가 없었다. 자신도 왜 이렇게 늪을 헤매는 것처럼 절망적인 기분인지 설명할 수가 없었다.

"제길 헐, 당신 진짜 김 선생인가 하는 미숙이 남편 때문에 이러는 거야?"

"……"

"아니면, 뭐가 문제인지 어디 얘기 좀 들어보자구. 원인을 알아야 오해
든 이해든 하지."

경섭의 목소리에는 짜증이 잔뜩 배어 있었다.

요즘 달라진 수경의 태도에 눈치가 빠른 경섭은 아주 예민하게 감지하
고 있었다. 그리고 그런 아내의 태도변화가 지난 번 김 선생의 시집 출판
기념식에 다녀오면서부터였다고 확신했다.

경섭은 그날 처음 만나 인사를 나눈 미숙의 남편이 다시 떠오르자 갑
자기 화가 더 치밀었다.

"마누라 장사 내세워 먹고사는 주제에 잘난 체하는 꼴이라니…… 말만
듣고 어떻게 생긴 놈인가 했더니 그 몰골 하고는…… 그래, 당신도 그런
남자가 더 좋다는 말이지?"

"……"

며칠 전에 김 선생의 시집 출판기념식에 같이 참석한 일이 있었다. 들
떠 있는 듯한 수경의 태도가 저녁 내내 못마땅했던 경섭은 돌아오는 차
안에서 시종 냉소 섞인 어조로 빈정거렸다.

"기념식장이라고 하면서 그 흔한 삼 단 화환 하나 없더군. 행사를 그렇
게 초라하게 치르면서도 자존심들은 살아서 잘난 체하는 글쟁이들 꼬락
서니라니. 나는 영 비위가 상해서 곱게 봐줄 수가 없던데. 당신은 어땠
어?"

경섭은 힐끔 수경을 쳐다보았다. 그러나 수경은 그의 말을 못들은 척
하며 창 밖으로 스쳐 지나가는 화려한 네온사인에 시선을 주고 있었다.
경섭의 말에 장단을 맞출 기분이 전혀 아니었다.

"김 선생인가 하는 그 친구, 내가 보기에는 꼭 몇 끼 굶은 사람처럼 후줄근하게 생겼던데 여자들에게는 그게 매력으로 보이나보지? 다들 좋아하는 꼴이라니, 당신도 넋을 빼고 그 친구를 보고 있던데 내가 잘못 봤나?"

수경은 가슴이 답답했다. 울컥 넘쳐나는 눈물 때문에 숨을 쉬기가 힘들었다. 수경은 결국 울음 대신 그에게 소리를 지르고 말았다.

"당신처럼 기계 같은 사람이 어떻게 가슴이 뜨거운 사람들의 삶을 이해할 수가 있겠어요? 그것이 무엇 때문에 가치 있고, 소중한지 어떻게 느낄 수 있겠어요.? 당신은 죽었다 깨어나도 그런 감정은 알지 못할 거예요!"

전혀 예상치 못했던 수경의 반격에 경섭은 몹시 놀랐다. 다음 순간 그의 입술은 가늘게 떨렸다. 찬물을 끼얹듯 냉소적인 수경의 대구에 경섭은 맥을 놓고 있다가 갑자기 뒤통수를 심하게 얻어맞은 기분이었다. 경섭은 자신의 지나친 말투로 인해 수경이 상처를 입고 있다고는 생각하지 못했다. 그래서 그는 심하게 자존심이 상하고 말았다.

그날 이후 경섭과 수경은 겉으로는 평온한 나날을 보내고 있었지만 서로의 감정에는 차가운 한랭전선이 계속 머물고 있었다.

경섭은 수경을 한동안 용서할 수가 없었다. 더욱이 예전 같았으면 수경이 먼저 용서를 청하고 먼저 잠자리에서 안겨왔어야 했다. 그러나 수경은 벌써 며칠이 지나도 나긋하게 용서를 청할 기색을 보이지 않았다. 경섭은 슬며시 맥이 풀렸다. 그래서 취중에 은근히 술기운을 빌어 먼저 화해를 하려고 했던 것인데 의외로 수경의 반응이 냉담했고 경섭은 감정이 다시 뒤틀렸다.

담배 연기를 내뿜는 경섭의 입에서 단내가 났다. 그가 담배를 신경질적으로 비벼 끄자 방 안은 다시 짙은 어둠에 휩싸였다.

"오라, 그러니까 당신은 가슴이 뜨거운 놈을 좋아하기 때문에, 내게 이렇게 쌀쌀하게 군다 이거지?"

"……"

"도대체 어떻게 사는 게 가슴이 뜨겁게 사는 거야? 어디 말 좀 해보라구. 당신이 그런 놈을 좋아한다면 나도 그렇게 해주지, 그러니까 김 선생인가 하는 미숙 씨 남편처럼 나도 가족들 다 내 팽개치고 혼자 돌아다니며 글 나부랭이나 끼적거리고 살까? 그러면 가슴이 뜨거운 건가?"

경섭은 점점 치밀어오르는 화 때문에 말이 거칠어졌다. 수경의 태도가 얄미워 견딜 수가 없었다. 그러나 수경은 여전히 아무런 대꾸도 하지 않았다. 한참을 혼자 떠들던 경섭은 가뭄에 논바닥 갈라지듯이 목이 타 들어가는 갈증을 느꼈다.

"냉수 한 대접 떠 와."

얇은 홑이불로 맨몸을 감싸고 식물처럼 움직임도 없이 웅크리고 있던 수경은 그제야 방 귀퉁이에 아무렇게나 벗겨 던져진 옷을 더듬더듬 찾아 입었다.

마루로 나온 수경은 발작적인 재채기를 하기 시작했다. 갑자기 콧물을 수돗물처럼 쏟으며 온몸이 흔들리는 기침을 해댔다. 찔끔찔끔 배어오는 눈물, 끊임없이 쏟아지는 콧물, 그리고 강렬한 에너지를 소모시키는 요란한 재채기…… 잠시 후 발작이 멈추자 완전히 탈진상태가 된 수경은 비슬거리며 냉장고로 걸어갔다. 냉수를 꺼내 대접에 따르고 꿀을 한 숟갈 넣어 풀었다. 숟가락을 휘젓는 수경의 손끝이 가늘게 떨리고 있었다.

감기 기운도 없이 갑작스럽게 찾아오는 이러한 수경의 발작적인 증상을 알레르기성 비염이라고 병원에서는 진단을 내렸다. 산업의 발달에 따

른 복합적인 환경오염과 피로, 스트레스에 시달리는 사람에게서 나타나
는 새로운 현대병이라고 했다. 사람마다 반응하는 물질이 다른데 대개는
꽃가루나 먼지, 곰팡이, 기온 등 몇 가지 부분에서 예민하게 그 증상이 유
발된다고 했다. 수경은 아직도 자신이 무엇 때문에 이렇게 알레르기 반
응을 나타내는지 알 수가 없었다.

수경이 경섭을 만난 것은 미숙이가 결혼하고 거의 칠 년 만이었다.

먼 친척의 중매로 만나 일 년 만에 수경이 그의 청혼을 받아들였다는
말을 들은 주위사람들은 새침데기 노처녀가 백마 탄 왕자님을 만나는 동
화 같은 사건이라고 축하를 해주었다. 많은 친구들의 부러움과 시샘을
받으며 결혼하던 날, 눈발이 날리는 예식장으로 가면서 가슴이 드러나는
웨딩 드레스를 입고 몹시 재채기를 했었다. 결혼사진 속에도 남아 있는
그 지독했던 재채기…… 그날 이후 수경은 간헐적으로 알레르기 비염 증
상이 나타나곤 했었는데 이젠 완전히 고질적인 병이 되고 말았다.

경섭은 거실에서 들려오는 수경의 재채기소리에 그만 치밀었던 화가
슬며시 스러졌다. 감정이 격해져서 수경에게 심한 말을 했지만 경섭은
그녀를 일부러 괴롭힐 생각은 없었던 것이다.

잠시 후 수경이 꿀을 탄 냉수를 쟁반에 받쳐들고 방으로 들어왔을 때
는 이미 경섭은 편안하게 잠들어 있었다.

수경은 남은 반찬들을 다독거려 냉장고에 넣고, 빈 그릇을 주어다가
설거지를 했다. 행주를 빨아 널고 손을 털었다. 수경은 습관처럼 청소기
를 집어들다가 제자리에 그냥 놓아버렸다. 대신 주전자에 찻물을 올리고
가스렌즈 불을 켰다. 끓으면 소리를 내게 되어 있는 작은 주전자는 금세
비명을 질러댔다. 그러자 주변의 모든 물건들도 덩달아 소리를 지르는

것 같은 착각에 수경은 얼른 불을 껐다. 수경은 요즘 자신이 작은 소리에도 민감하게 반응하며 긴장하고 있음을 발견하고는 흠칫 몸을 떨었다.

아이들 방에서 흘러나오는 노랫소리도 악을 쓰는 것처럼 들렸다. 수경은 도망치듯 머그 잔 가득하게 커피를 타 들고 방으로 들어와 문을 닫았다.

햇살이 창문 크기만큼 방바닥에 들어와 앉아 있었다. 진한 커피 향에 취한 듯 한동안 잔을 들여다보던 수경은 뜨거운 커피가 빈 속을 뜨겁게 훑으며 내려가자 막혔던 숨통이 트이는 듯 편안해졌다. 그러나 빈 속에 진한 커피는 현기증을 동반했다. 어지럼증이 여느 때보다 깊었다. 지느러미를 접고 거친 물길 위에 몸을 맡긴 채 떠내려가는 물고기가 된 기분이었다. 잠시 후 창 안으로 쏟아져 내리는 햇살 아래에서 수경은 깊이 낮잠이 들었다.

또 하나의 짙푸름, 집 앞에 조그마한 공원이 보인다. 주택가 한가운데 새로 조성된 공원에는 열대야를 못 견뎌 집 밖으로 몰려나온 사람들이 긴 밤을 지새고 있다. 어떤 여자가 가로등 아래 비닐자리를 깔고 남편인 듯한 사내가 그녀의 곁에 앉는다. 가로등 흐린 불빛이 사내의 어깨 위에서 흐느적거린다. 여자의 얼굴이 달빛을 닮았다. 사내가 여자의 손에 들려진 종이컵에 술을 계속 붓는다.

"그만해요!"

극도로 감정을 억제한 듯 차갑고 어두운 여자의 외침이 잠시 주변의 소음을 잠재운다. 여자가 일어난다. 웅성거리던 매미들도 숨죽이고 여자의 모습을 보고 있는 듯 세상이 온통 침묵이다. 여자가 돌아서서 걷기 시작한다. 사내는 따라 일어설 듯하다가 도로 주저앉는다. 가로등 아래의 사내에게서 점점 멀어지고 있는 여자의 어깨에 달빛이 따라가고 있다. 다시 들리기 시작한 매미소리에 주위는 점점 어둠이 짙어지고 사내는 혼자 앉아 소주병으로 나발을 불고 있다.

여자의 발걸음이 빨라진다. 아파트를 지나 큰길로 접어들더니 건널목을 지나 다시 꼬불꼬불한 골목으로 들어선다. 이윽고 나지막한 울타리가 둘러쳐진 작은 문을 열고 들어가 마당에 있는 수돗가에 쭈그리고 앉는다. 뱃속의 오물들을 끄집어내려는 듯 꺼억꺽 구역질을 한다. 여자가 고개를 들어 하늘을 본다. 달빛이 그렁그렁 눈물이 매달린 그녀의 얼굴을 감싼다. 잠시 주변을 돌아보던 여자는 돌계단에 두 무릎을 가슴에 껴안고 쭈그려 앉는다. 달빛 사이로 뽀얗게 덮여오는 안개가 지붕 위에 십자가를 감싸 돌고 있다.

수경은 눈을 떴다.

그곳은 어디일까? 전혀 낯선 곳은 아닌 듯한 그 성당 앞에 웅크리고 앉은 채 잠이 들던 그 여자는 누구였을까? 미숙이…… 수경은 엉뚱하게도 꿈 속의 그녀가 미숙이라는 생각이 들었다. 미숙이에게 무슨 일이 있는 것일까?

수경은 외출차비를 했다.

미숙은 결혼 후 남편의 직장을 따라 타지에 오래 나가 살다가 일 년 전에 다시 고향으로 들어왔다. 고향에 오자마자 그녀가 제일 먼저 찾은 친구도 수경이었다.

미숙은 조그만 옷가게를 운영하고 있었다. 수경과는 여고 동창이지만 결혼을 일찍 한 탓인지 그녀에게 미숙은 늘 언니처럼 느껴지는 친구였다. 생활력이 강한 그녀는 매사에 부지런했고, 쾌활하고 시원시원한 성품 탓에 아무리 힘들게 일을 하고 있어도 조금도 그늘져 보이지 않았다. 선머슴처럼 씩씩했고 웃음소리도 거침이 없었다. 수경은 그런 그녀의 모습을 좋아했다. 그래서 우울할 때면 가끔 가게에 놀러와 한쪽에 앉아서 손님들과 흥정을 벌이는 미숙의 모습을 지켜보곤 했다.

미숙은 가게에 오는 손님들과 밀고 당기며 옷값을 흥정하는데, 본전에서 그래도 이익이 있어야 아이들과 먹고살지 않겠느냐고 능청스럽게 엄살을 떨 때면 수경은 저절로 웃음이 나왔다. 그러나 옷이 손님에게 잘 어울리는 것 같으면 선뜻 양보해 잘 깎아주기도 했다.

어떤 때는 너무 기운이 빠지도록 흥정을 하는 것을 보다 못해 수경이가

"그렇게 깎아줄 것이면 처음에 깎아줄 일이지 진이 빠지도록 실랑이를 하고 나서 깎아주는 것은 무슨 경우니?"

하고 어이없어 하자, 미숙은

"그건 모르는 소리야, 쉽게 깎아주면 손님들은 고맙다고 생각하기보다는 혹시 더 깎아야 되는 것인데 혹 바가지를 쓴 것 아닌가 해서 싸게 사면서도 떨떠름한 표정을 짓기 때문에 장사에서 적당한 실랑이는 필수야. 그런 건 모르지? 이 순진한 아줌마야."

하며 재미있다는 듯이 웃었다.

"그래도 네가 너무 힘든 것 같아. 차라리 편하게 정찰제로 바꾸면 어떻겠니?"

하자 미숙은 대뜸 정찰제는 재미가 없어서 싫다고 했다.

"손님들과 밀고 당기며 깎아주는 재미가 바로 장사하는 묘미야, 이런 것이 다 사는 맛인데 흥정 없이 냉랭하게 정찰제로 팔면 무슨 재미로 장사를 하겠니?

하며 까르르 웃어 넘겼다. 한 손님이 입었다가 벗어놓은 옷은 대개 서

너 벌은 되었다. 또 손님들 중에는 수없이 입어보고는 다음에 오겠다는 실속 없는 말만 남기고 미안한 기색도 없이 훌쩍 나가는 경우도 종종 있다. 그러나 그 벗겨진 옷들을 다시 제자리에 걸어놓으면서도 그녀는 좀처럼 기운이 빠지는 기색이 없다.

그런 그녀가 오늘은 수경이 가게로 들어서는 줄도 모르고 울적한 기색으로 맥없이 앉아 있었다. 더위가 너무 심한 탓인지 토요일인데도 손님이 하나도 없었다. 수경은 미숙의 얼굴 표정을 살폈다.

"어디 아프니?"

"응, 너 왔구나. 아프긴 내가 어디 아픈 것 봤니?"

미숙은 얼른 얼굴 표정을 바꾸며 웃었다. 그러나 그 표정이 평소 그녀의 모습답지 않게 너무도 힘이 없어 보였고 웃음소리도 공허하게 들렸다.

"미숙아, 너 오늘 좀 이상하다. 무슨 일이 있지?"

수경은 점점 불안해졌다. 무슨 일이 생겼구나 싶어 가슴이 뛰었다.

"혹시 너…… 김 선생님이랑 무슨 일이 있었니? 지난번에 출판기념식에서 만나뵈었을 때 이번에 이학기 때는 집 가까운 학교로 오도록 전근신청을 했다고 그러시더니 그것이 잘 안 되셨대?"

"그이는 일부러 내 가까이 오지 않고 있어. 이번에도 말은 그렇게 했지만 자청해서 집에서 다닐 수 없는 벽지 학교로 다시 내신을 낸 것이 틀림없어."

"그럴 리가……"

그녀를 위로하려는 수경의 입술이 갑자기 달달 떨려왔다. '나는 참으로 비겁한 놈이오, 내 짐을 다 떠맡고 사는 아내에게도 못할 짓만 하고 살지. 그렇다고 수경 씨에 대한 내 죄가 가벼워질 리도 없으련만……' 축하객들이 거의 떠난 텅 빈 행사장에서 마지막 정리를 하고 있는 미숙이를 멀리 바라보면서 그는 수경에게 그렇게 중얼거렸다.

거의 이십 년 만에 만나는 그의 모습은 예전과 조금도 달라져 있지 않았다. 속삭이듯 조용한 그 목소리조차 예전 그대로였다. 경섭이 어깨를 치며 이제는 우리도 집에 가자고 재촉할 때까지 수경은 온몸이 굳은 채 정신을 잃지 않으려고 안간힘을 쓰며 버티고 서 있었다.

미숙이가 남편의 시집 출간기념행사를 조촐하게 하겠다고 말했을 때에도 그의 존재에 대한 수경의 느낌은 단순히 친구의 남편일 뿐이었다. 그런데 막상 그를 보는 순간 수경은 이십 년의 세월이 순식간에 사라져 버리는 것을 느낄 수 있었다. 그와 눈이 마주치는 순간 수경으로서는 미처 예상하지 못했던 혼란스러움에 빠져들고 있었다. 그런 와중에서 듣게 된 그의 독백은 또 한 번 수경에게 큰 충격이었다.

"수경아, 사는 것이 참 힘들다, 그치?"

수경은 무엇이라 대답할 수가 없었다. 웃음기를 잃은 미숙의 얼굴을 똑바로 바라본다는 것조차 고통스러웠다.

"오늘처럼 세상을 다 태울 듯이 이글거리는 더위 속에서는 나같이 날씨에 무감각한 여자도 별 수 없이 휘청거리게 되나봐. 수경아, 사실 나 외로워 죽을 것 같애. 우습지?"

늘 환하게 웃는 가운데서도 문득문득 묻어나던 미숙의 그 쓸쓸한 미소를 다시 보자 수경은 진정 가슴이 아팠다.

"미숙아, 이제까지 너는 김 선생님과 떨어져서도 굳건하게 잘 지내왔잖니? 그런데 왜 새삼스럽게 이렇게 나약한 소리를 해?"

"수경아, 너 나하고 잠시 어디 좀 같이 갈래?"

"어디?"

"이글거리는 저 태양처럼 들끓는 이 마음을 식혀줄 곳이 있지…… 언제라도 찾아가기만 하면 위로받을 수 있는 시원한 곳."

"이 세상에 그런 데도 있니? 가만히 보면 미숙이 넌 참 운이 좋은 여자야."

미숙의 목소리가 비로소 시원하게 터져나왔다.

"운이 좋다고? 그래 난 운이 좋은 여자인지도 몰라. 자, 빨리 집에 전화 걸어. 토요일이라 어쩌면 네 남편 벌써 들어와 계실지도 모르잖니? 조금 늦겠다고 일러 드리고 우리 빨리 다녀오자."

수경은 멈칫했다. 그러나 이미 미숙이는 전화를 걸어 수경에게 수화기를 건네주었다. 전화를 끊고 나자 미숙은 슬쩍 수경의 어깨를 건드리며 물었다.

"진이 아빠가 받았니? 퇴근하고 왔는데 너 없어서 혹시 화내시진 않디? 나하고 있다고 하지 그랬어."

미숙은 용건만 퉁명스럽게 말하고 전화를 끊는 수경의 태도에 신경이 쓰이는 눈치였다.

"아냐, 아이들도 방학이라 다 집에 있는데 뭘, 그냥 늦겠다고 했더니 알았데."

수경은 사교성이 없어 늘 외톨이로 지낼 때가 많았지만 어쩌다 동창회라도 나가겠다 하면 경섭은 노골적으로 싫어했다. 어떤 이유로든 여자들끼리만 어울려서 몰려다니는 것을 아주 부정적으로 생각하는 사람이었다. 점심식사를 하려고 음식점에 들어갔다가 자리마다 여자들이 차지하고 앉아 시끄럽게 떠들며 낄낄거리는 모습을 보면 경섭은 그냥 그 식당을 나와버렸다. 그러나 요즘 수경이 너무 우울해하자 경섭은 가끔 친구들도 만나고 외식도 해보라고 권하기도 했다. 그러나 오랫동안 사회와

단절된 채 집안에서만 살아온 수경으로서는 달리 찾아갈 친구도, 나들이를 할 만한 곳도 알지 못했다. 새삼스런 이웃과의 부딪침조차 수경은 힘들었다. 그러던 수경에게 미숙과의 해후는 큰 위안이었다. 가끔 미숙이네 옷가게에 나가는 것에 대해 경섭도 환영했다. 수경이 가게에 다녀온 날은 한결 표정이 밝아졌고, 머리 아픈 증상을 호소하는 일도 훨씬 줄기 때문이었다.

그러나 얼마 전 김 선생의 시집 출간기념식에 같이 다녀온 이후로는 미숙이네 이야기를 꺼내는 것을 서로 꺼리고 있었다. 이런 사실을 전혀 모르고 있는 미숙에게 수경은 자꾸 미안했다.

"정말 싫어. 피곤해. 나도 너처럼 남편과 떨어져서 자유롭게 살았으면 좋겠어."

"자유? 이 철없는 아줌마야. 진짜 자유가 무엇인지나 알아?"

"몰라. 하지만 나는 요즘 자꾸 숨이 막혀. 가슴이 답답해서 미칠 것 같아."

"그래 수경아, 우리 처지야 다르지만 오늘은 나도 숨쉬기가 정말 힘들다. 이럴 때는 숨쉬기 좋은 무공해 산소가 가득한 곳으로 빨리 가서 실컷 맑은 공기를 마시는 것이 최고지. 가자."

미숙은 유리문에 잠시 외출중이라는 메모를 붙여놓고는 작은 자물쇠를 채웠다. 같은 종류의 옷가게를 하는 옆집 종업원인 듯싶은 젊은 아가씨가 미숙을 보며 아는 체를 했다.

"미숙아, 사람들은 다 너를 좋아하나봐. 가끔 보면 옆집 아가씨도 자기 주인보다 네게 더 살갑게 굴더라."

"세상 사람들이 다 나를 좋아하면 뭐하니? 내게 필요한 한 사람은 영 아니라는데……"

수경은 순간적으로 또 아찔해 옴을 느꼈다. 네게 필요한 사람……? 그래, 그는 지금 너에게만 필요한 사람이지. 그러나 한때 그는 내게도 살아갈 의미가 될 만큼 소중한 사람이었어.

택시에 오르자 수경은 차멀미를 참느라 애를 썼다. 종일 빈 속에 커피만 마신 탓인지 울먹임과 현기증이 일었다. 눈을 감는 수경의 손을 미숙이 꼭 잡아주었다.

수경은 고등학교를 졸업하고 형부가 운영하는 작은 책방에서 일을 돕고 있었다. 그 당시 토요일이면 으레 책방에 와서 서너 시간씩 책을 읽다 가던 젊은 초등학교 선생이 있었다. 시를 쓴다는 그는 늘 수줍은 듯한 선한 웃음을 띠고 들어와서는 소리없이 오랫동안 책을 고르곤 했다.

수경은 어느 때부터인지 토요일을 기다리고 있었다. 그리고 그가 책을 고르는 동안 내내 뒷모습을 훔쳐보았다. 그렇게 김 선생의 뒷모습이 자신의 얼굴보다 더 낯익게 다가오면서 그녀는 토요일 오후를 위해 한 주일을 사는 여자가 되어갔다.

오랜 시간이 지난 후, 불쑥불쑥 그가 생각날 때마다 수경은 그리움에 목이 메여 눈을 감았다. 그럴 때면 수경은 늘 그의 얼굴보다 책을 읽고 있는 뒷모습이 떠오르곤 했다. 길에서 그의 뒷모습을 닮은 사람을 발견할 때에 마다 수경은 다리에 힘이 빠져 발길을 멈춰야 했다.

김 선생은 일요일에는 책방에 들르는 대신 작은 스케치북을 들고 산을 오르거나 가까운 계곡을 찾았다. 수경은 몇 번의 망설임과 용기 끝에 김 선생도 자신을 곱게 생각하고 있다는 마음을 확인하게 되었고, 그의 산책길에도 따라나서게 되었다. 데이트라고는 했지만 그림자처럼 조용히 따라가 연필로 풍경을 스케치하고 시상을 다듬는 그의 진지한 모습을 지켜보는 것이 전부였다.

그 당시 수경이 꿈꾸던 세상의 행복은 그를 그렇게 바라봄만으로도 완벽했다. 김 선생이 책을 보거나, 그림을 그리거나, 아니면 먼 산을 보며 사색에 잠겨 있을 때 수경은 몇 시간이고 지루한 줄 모르고 그냥 가만히 그의 모습을 바라보곤 했다. 너무 혼자 버려진 것 같아 아득하게 슬픔을 느끼다가도 그가 가끔 시선을 보내 따뜻하게 웃어주면 수경은 금방 찬란한 은빛 날개를 털고 기상하는 새가 되곤 했었다.

택시는 번잡한 시내를 한참 벗어나고 있었다.

"저기 저 호수가 우리가 학창 시절에 꽤 자주 소풍을 가던 곳이지? 그런데 나는 졸업한 후엔 한 번도 가보지 않았어. 그런데 지금 우리가 찾아가는 곳은 도대체 어디야?"

"아주 특별한 곳이지. 많은 꿈과 추억이 있는 곳. 수경아, 너도 기억나지? 우리가 결혼했던 성당 말이야. 사실은 사는 것이 힘들다는 핑계로 엉터리 신앙생활을 하다보니 자주 찾지 못했어. 하지만 이곳으로 이사 온 후로는 가끔 혼자 찾아가곤 해. 마음이 답답하고 죽고 싶을 만큼 힘들 때에 거기에 가면 많이 위로를 받아."

수경은 성당이라는 말에 깜짝 놀랐다. 미숙이 결혼한 곳이 성당이었고, 옷가게 정면 벽에 걸려 있는 십자가 고상으로 아직도 믿음생활을 하고 있음은 짐작하고 있었지만 가까운 성당을 두고 그녀가 그곳을 자주 찾아간다는 것은 뜻밖이었다. 수경은 아까 꿈 속에서 보았던 장면을 떠올리며 등줄기가 서늘해지는 두려움을 느꼈다.

삼십여 분을 달려 내린 곳은 개발의 손길이 미처 미치지 않아 드문드문 시골 농가가 한적하게 들어 서 있는 곳에 아담하게 서 있는 작은 성당

앞이었다. 이십여 년 전에 잠시 경황없이 황망하게 와보았던 곳이었지만
그 오랜 세월에도 별로 변한 것이라고는 없어 보였다.

미숙이 잠시 성당 안으로 들어가 있는 사이에 수경은 성당 주변을 서
성이며 기다렸다. 같이 들어가보겠느냐고 했지만 미숙의 눈빛은 꼭 그렇
게 해주기를 바라고 있지는 않았다. 수경은 자꾸 가슴이 저려왔다. 마당
한쪽에는 유치원 뜰 같은 아기자기한 동산이 있고 그 가운데 고운 모습
으로 성모상이 서 있었다. 눈앞이 흐려졌다. 꿈에서 본 그곳과 너무 흡사
했다. 이럴 수가…… 수경은 눈물이 가슴 바닥에서부터 넘쳐나와 견딜
수가 없었다.

수경은 눈물을 닦으며 성당 너머 아득하게 보이는 동네를 바라보았다.
가난한 토박이 농민들이 작은 터를 일구며 대대로 살고 있는 마을, 저 동
네 어느 집이 김 선생의 생가였다던가.

순교한 조상이 있는 천주교 집안의 장손이었던 김 선생. 수경은 눈을
감았다. 김 선생과 미숙이 무릎을 꿇고 커다란 십자가 앞에서 혼인서약
을 하던 때의 모습이 지금의 일처럼 선명히 떠올랐다.

미숙이네도 같은 동네에서 대대로 살아온 교우 집안이었던지라 두 집
안의 잔치는 작은 성당의 큰 경사였던 그날, 식장에서 흘러나오던 아름
다운 성가소리에 수경은 참았던 눈물을 펑펑 쏟으며 담을 돌아 도망치듯
그 자리를 떠났었다.

김 선생은 남의 땅을 붙이는 소작농의 아들이라 했다. 육 남매의 맏이.
가난한 부모님과 형의 공부를 위해 중학교까지로 학업을 포기한 동생들,
그 집안의 모든 희망을 등짐처럼 짊어지고 세상의 거친 물살을 건너야
할 운명을 타고난 사람. 집안의 자랑이자 기둥이었기에 더 힘들었던 사
람. 김 선생의 채주와 성실함은 가족의 위안이자 기대였다. 그는 혼자 감

당하기에는 너무 힘겨운 그런 짐을 지고 살면서도 자신의 처지를 불평 없이 묵묵히 견디고 있었다.

그는 어느 날 아주 슬픈 표정으로 말했다.

"수경은 너무 작고 고와서 나를 도와주려고 물에 뛰어들면 그 순간 같이 익사해서 둥둥 떠내려가버리고 말 거야. 그러니 절대 나를 물에서 건져내려 애쓰지 마."

수경이 그 말의 뜻을 이해하는 데는 많은 시간이 필요했다. 다만 수경은 그가 하라는 대로 하는 것만이 옳은 최선이라 믿었다. 그래서 수경은 김 선생의 고통을 그냥 지켜볼 수밖에 없었다. 다만 수경이 굳게 믿었던 것은 김 선생도 자기를 많이 좋아하고 있다는 것, 그리고 수경은 그 백 배 만큼 그를 사랑하고 있다는 것뿐이었다.

늦은 봄 어느 일요일에 두 사람은 강가에 앉아 있었다. 눈부신 햇살 조각들이 화려한 빛으로 반짝이며 흘러 내려가는 강물을 스케치하고 있던 그가 갑자기 연필을 휙 강물에 던져버렸다. 감정을 드러내는 일이 좀처럼 없는 그의 갑작스런 행동에 수경은 눈이 휘둥그레졌다. 그는 강물 위를 노려보듯이 오랫동안 들여다보더니

"수경아, 저기 물결에 떠밀려 내려가는 못난 놈 좀 봐! 꼭 내 꼴을 닮았지?"

하는 것이었다. 그러나 수경에게는 밝은 햇살로 부서지는 물결만 보일 뿐이었다.

"모두들 산란을 위해 지느러미를 힘차게 휘저으며 물길을 거슬러 오르고 있는데 저놈만은 그냥 둥둥 떠내려가고 있잖아. 커다란 몸뚱이를 밀어 올리기에는 지느러미가 형편없이 작거나 병이 든 놈이겠지…… 수경아, 나는 말이야 지느러미만 병이 든 것이 아니라 정신까지도 썩은 비겁

한 놈이야."

수경은 그의 말뜻을 알아들을 수는 없었지만 그의 목소리가 너무도 슬프게 들려 그만 울음을 터트렸다. 그는 와락 수경을 껴안았다. 수경은 가만히 하늘을 보면서 넘치는 샘물이 되기라도 한 듯 자꾸 눈물을 흘렸다.

수경이 김 선생을 마지막 본 것은 그로부터 두 달쯤 지난 한여름, 미숙의 손을 잡고 결혼식장을 걸어 들어가던 모습이었다. 김 선생의 얼굴은 긴장 탓인지 잔뜩 굳어 있었지만 미숙의 화사한 웃음에 주위는 온통 여름의 축포를 터트리고 있었다.

김 선생과 미숙의 결혼은 너무도 뜻밖이어서 수경은 여러 해가 지날 때까지도 그 결혼식을 현실로 받아들일 수가 없었다. 미숙이 김 선생의 전근지로 따라서 이사를 간 후에 소문으로 둘째 아들의 돌잔치를 했다는 이야기를 들었을 때쯤 되어서야 수경은 김 선생이 정말 떠났고, 자신이 홀로 서 있음을 받아들였다. 그때부터 수경은 어지럼증을 호소하며 시름시름 앓았다.

주산이 일급이던 미숙은 졸업도 하기 전에 김 선생이 근무하던 그 초등학교 서무과에 취직이 내정되어 다니고 있었다.

학교 다닐 때에는 키가 크고 늘 친구들과 휩싸여 있던 미숙과 없는 듯이 조용히 앞줄에 앉아 있던 수경과는 친밀해질 기회가 없었다. 그러나 졸업 후 친구들이 진학이나 직업을 찾아 객지로 뿔뿔이 떠나버리고 나자 고향에 남은 두 사람은 급속히 친해졌다. 사실 김 선생이 다니는 학교에 근무하고 있다는 사실 하나만으로도 수경에게는 미숙이 제일 반가운 친구가 되기에 충분했다.

미숙도 자주 책방에 들러 수경에게 학교에서 있었던 이야기를 해주었다. 그 이야기 속에는 자주 김 선생이 등장했다. 그러나 수경은 설마 미숙이 김 선생을 사모하고 있었으리라고는 상상조차도 하지 않았다. 서로 자신들의 감정에만 연연하고 있었던 탓이었을까. 교복과 단발머리를 갓 벗어난 그들로서는 누구를 사랑한다는 말을 드러내놓고 말하기가 쑥스러웠을 것이다. 미숙은 김 선생이 얼마나 성실하고 사려 깊은 사람인가에 대해 칭찬했지만 수경은 그것이 단지 사랑하는 친구에 대한 마음의 선물이라고 믿었다. 그러나 미숙은 수경보다 훨씬 성숙했으며 현실적이고 적극적인 성격이었다.

미숙이 어느 날 결혼하게 되었다고 했을 때, 수경은 축하한다며 그 상대의 이름을 물었을 때까지 미숙을 선택한 사람이 김 선생이라는 것은 상상조차 못했다. 그녀가 불쑥 내민 결혼청첩장을 받고 나서야 수경은 혼절할 듯 놀랐다.

수경은 한동안 막연하게 기다리기만 했던 자신의 소심함이, 나약함이 싫어 견딜 수가 없었다. 그러나 수경이 할 수 있는 일이란 미숙을 진심으로 축하해주고 돌아서서 그를 가슴에 깊이 묻어버리는 것뿐이었다.

수경은 오랫동안 고통스러운 가슴앓이를 했다. 시도 때도 없이 불쑥불쑥 생각나는 그리움, 고른 숨결에 섞여 간간이 들리던 그 나직한 목소리, 손가락에 묻어 있던 분필가루의 선명함까지도 눈앞에서 아롱거려 잠을 이룰 수가 없었다. 급랭을 하듯 갑자기 그렇게 온전한 상태로 가슴에 묻어버렸기에 세월이 그토록 지났으면서도 기회만 있으면 불쑥불쑥 그때의 느낌이 그대로 살아나는 것일까? 그리움 때문에 불현듯 생각나는 사람이 아니라, 늘 생각 속에 살아 있기 때문에 그리운 사람…… 수경은 그런 그리움 때문에 더 절망적인 고통을 맛보아야 했다.

수경의 사랑은 그렇게 끝났다. 경섭과 결혼하던 날, 수경은 그 사랑을 침묵 속에 묻어버리고 삶의 희망도 반으로 접어버렸다.

"수경아, 우리 맛있는 요리 사먹고 들어가자."

어느 새 밝은 모습으로 나온 미숙이 수경의 뒤에서 씩씩하게 웃고 있었다.

"어, 수경이 너 울고 있었니? 왜 그래? 혼자 버려두었다고 화가 나셨나? 아니면 호랑이 나올까봐 무서웠니?"

수경은 계속 울고 있었다. 그러나 그 눈물을 설명할 수는 없었다. 미숙이 짓궂게 놀리자 수경은 멋쩍게 그냥 씩 웃고 말았다. 미숙은 이미 활짝 밝아져 있었다. 어떠한 상처에도 좌절하지 않고 건강하게 회복하는 놀라운 능력을 가진 여자. 그녀는 진정 용기 있는 여자였다. 수경은 그런 미숙이 참 좋았다. 그리고 부러웠다.

"점심시간은 이미 지났으니, 내가 시원한 맥주 한 잔 사줄께."

"안돼, 집에 가봐야 돼. 토요일인데 모두 기다리고 있을 거야."

"아유, 이 조선시대 마나님! 그래 들어가봐. 사랑하는 낭군님 계시는 집으로."

"미안해 미숙아. 월요일쯤 다시 올께, 그때 사줘."

수경은 미숙과 헤어져 들어오면서 꽃집에 들러 백합을 한 다발 샀다. 그리고 남편과 아이들을 위해 슈퍼에서 반찬을 두 손 가득 사들고 집으로 돌아왔다.

"당신 어디 갔었어? 미숙 씨네 전화해도 안 받던데."

"엄마, 배고파."

"엄마는 종일 어디 갔었어?"

거실에서 TV를 보고 있던 경섭과 아이들은 저마다 기다렸다는 듯이 한 마디씩 떠들었다. TV를 크게 켜놓은 탓에 목소리들도 덩달아 웅웅 울렸다.

"친구 생일이라 선물 사가지고 놀러 가려고 했는데 엄마가 안 들어와서 다 틀렸잖아. 멋진 레스토랑에서 한댔는데…… 아까워 죽겠네."

"내가 아침에 오늘은 엄마 없는 것으로 알고 찾지 말라고 했잖니?"

"괜히 해본 소리가 아니라 진짜 없어지려고 나갔던 거야?"

수경이 늦은 점심을 차리기 위해 부엌으로 들어서자 경섭과 두 아이들은 부엌까지 따라 들어오며 저마다 아우성이었다. 수경은 피곤했지만 가족 모두가 자신을 몹시 기다리고 있었다는 사실이 뜻밖에 기뻤다.

저녁상을 치우고 들어온 수경이 TV 앞에 비스듬히 누워 있는 경섭의 등뒤로 다가가 앉았다.

"시원한 맥주 있는데 한 잔 하실래요?"

경섭은 무심코 고개를 끄덕이다가 수경의 목소리가 촉촉하게 자기의 귓불 가까이에서 들리는 느낌이라 뒤를 돌아보았다. 수경이 배시시 웃으며 일어나 부엌으로 가고 있었다.

수경은 샤워를 하고 나와 젖은 머리를 수건으로 닦아 틀어올렸다. 목덜미를 하얗게 드러낸 채 로션을 바르고 있는 수경을 경섭은 눈부신 듯 바라보았다. 경섭은 화장대 옆에 화려하게 꽂아놓은 백합과 그 앞에 앉아 있는 수경의 모습이 참으로 닮았다고 생각했다.

"백합 향기가 참 좋네."

"아까 미숙이와 헤어져 들어오면서 꽃가게를 지나다가 당신이 언젠가 백합이 제일 좋다고 한 말이 생각나서 사왔어요."

"당신 이제 마음이 좀 풀어졌어? 미숙 씨는 역시 당신 기분 풀어주는 재주가 있는 친구인가봐. 그런 줄도 모르고 토요일에 거기 가 있다고 화를 냈지. 미안해."

수경은 잠옷으로 갈아입고 경섭의 곁에 조용히 누웠다.

"사실은 당신이 요즘 하도 우울해하기에 오랜만에 외출해서 기분을 풀어주려고 만사 다 젖히고 일찍 들어왔는데 당신이 없으니까 맥이 확 풀리잖아. 나도 이제 늙었다봐. 당신이 안 보이면 세상이 다 허전해진단 말야."

경섭의 목소리에는 이미 원망스런 감정은 하나도 남아 있지 않았다.

수경은 경섭의 가슴에 얼굴을 묻었다.

'그래요, 사랑은 빈 가슴을 가득 채우는 향기로운 떨림이고 끝없는 그리움이지만, 사랑이 담긴 그 가슴은 진정 용기 있는 자만이 차지할 수 있는 실체이지요.'

부드럽게 안겨오는 수경의 몸에서 짙은 백합 향기를 맡으며 경섭은 감미롭게 취해 들고 있었다.

중선암 가는 길

눈을 떴다. 함박눈이 내리고 있었다.
머리에도 어깨에도 어느새 눈이 소복하게 내려 덮여 있었다.
커다란 눈송이는 마른 나뭇가지마다 부지런히 흰 꽃을 피우기 시작하고 있었다.
겨울 숲에 내리는 눈은 참으로 아름다웠다.

눈을 떴다. 일곱시. 또 늦었구나! 나는 콩 튀듯 침대에서 퉁겨 일어나 급하게 세수를 하고 서둘러 화장대 앞에 앉았다. 거울에 비친 얼굴이 꺼칠했다. 눈두덩도 수북하게 부어 있다. 지난밤에 마신 맥주가 원인이었다. 아무리 바빠도 이런 얼굴로는 도저히 방송을 할 수 없을 것 같아 찬 물수건을 가지러 일어섰다. 그리고 냉장고 문을 여는 순간, 그제야 오늘부터 사흘 동안이 휴가라는 사실이 떠올랐다.

얼굴 부은 것을 걱정하지 않아도 되니 다행이다 싶었다. 그런데 다음 순간 그렇다면 충분히 더 잘 수도 있었는데 하는 생각이 들자 이번에는 억울했다. 어제 일곱시에 일어났다면 너무 늦은 시각이었겠지만 오늘은 너무 이른 시각이 아닌가. 다시 침대에 누워 눈을 감았다. 억지로 잠을 청해보려 했지만 이미 머리 속의 감정 채널은 현실로 돌아와 있었다.

그래도 그냥 일어나기에는 미련이 생겼다. 누운 채 빛 바랜 천장을 올려다보고 있자니 천장 벽지의 기하학적인 도형모양이 꽤나 낯설다. 처음 보는 것 같았다. 하기야 이 집에 이사와서 이렇게 느긋하게 누워 천장 벽지를 바라본 기억이 없다. 아무튼 낯선 느낌 때문에 선뜻 눈을 떼지 못했다. 그런데 자세히 올려다보니 그 도형들이 스믈스믈 움직였다. 착시인가 싶어 몇 번 눈을 깜박여보았지만 그때마다 눈에 맺히는 영상들이 달랐다. 사람의 얼굴인 듯하다가 해바라기 꽃무더기 같기도 하다가 바람에 마구 흔들리는 나무 잎새들 같기도 했다. 잠시 눈을 감았다가 뜨니 이번에는 천장 가득 먹구름이 몰려왔다. 금세 후드득 빗방울을 쏟을 듯했다. 깜짝 놀라 침대에서 벌떡 일어나 몸을 털고 얼굴을 더듬었다. 아무것도 쏟아져내린 것은 없는데 베개가 흥건히 젖어 있었다. 빗물인지 눈물인지. 거울에 비친 부운 얼굴은 이제 눈동자까지 붉다. 앞으로 삼 일. 칠십이 시간 휴가의 첫 시간을 이렇게 시작하다니, 이렇게 막막한 기분일 줄은 미처 생각하지 못했다. 빡빡하게 짜여진 일상에서 단 하루 만이라도 탈출하고 싶다고 입버릇처럼 투정을 부렸던 것이 무안하다. 하던 짓도 멍석 깔아주고 하라면 못한다더니 삼 일의 휴가를 받아든 첫날 아침부터 내 꼴이 사납다.

때 아니게 휴가를 신청하는 내게 박 부장은

―무슨 일이야? 좋은 일이라도 있어? 혹시 우리 모르는 사이에 결혼이라도 하고 신혼여행을 떠나려는 건 아니겠지?

놀란 표정을 짓는 박 부장의 표정이 우스워서 고개를 저으며 그런 스케줄은 안타깝게도 없다고 했다. 그러자 박 부장은 얼른 얼굴 표정을 정리하고는 그런 이유가 아니라면 절대 휴가를 내줄 수 없다고 으름장을 놓았다. 그러고는 내 휴가 신청서는 펴보지도 않고 휙 밀어내며 자리에서 일어나버렸다. 특별한 일도 없다면서 매일 진행되는 생방송을 펑크 내면서까지 휴가를 하겠다니 그 이유나 어디 한 번 들어보기나 하자고 박 부장이 내게 돌아앉기까지 꼬박 이틀이 걸렸다.

　―연휴에도 자진해서 일근을 하던 사람이 갑자기 왜 그래? 정말 아무 일도 없이 그냥 쉬고 싶어서 그런 거야?

　그러나 나는 그럴 듯한 이유를 그때까지도 찾아내지 못하고 있었다. 그냥 며칠 혼자 있고 싶은 것이 절박한 진실이었지만 그렇게 말할 수는 없었다. 그때 결정적인 공헌을 한 사람이 강 아나운서였다.

　그 전날 나는 출근이 삼십 분이나 늦었다. 방송이 시작되기 이 분 전에야 헐레벌떡 스튜디오 문을 열고 들어섰다. 층계를 바쁘게 뛰어 내려오느라 거칠어진 숨을 고르며 목소리를 가다듬는데 옆자리에 앉아 있던 강승우가 장난기 섞인 손짓으로 가슴을 쓸어내리는 시늉을 했다. 십 년 감수했다는 뜻이다. 나는 앞에 놓인 큐―쉬트를 빠르게 눈으로 읽었다. 그리고 문득 고개를 드니 스튜디오 밖에 있는 김 PD의 모습이 눈에 들어왔다. 주먹 쥔 손을 앞으로 쑥 내밀며 스탠바이를 외치는 팔에 쓸데없는 힘이 들어간 것을 보니 내가 늦게 나타나는 바람에 어지간히 속을 끓였던 것 같았다. 그의 얼굴은 박 부장이 휴가신청서 안 받아주었다고 지금 시위하는 거야? 하는 표정으로 일그러져 있었다.

　내가 첫 시작 멘트를 끝내고 잠시 음악이 나가는 동안 강승우는 마이크를 의식하며 내 귀 가까이 얼굴을 내밀고 속삭였다.

　―어떻게 된 거예요? 선배님에게 무슨 일이 생겼나 싶어서 간이 콩알만해졌다구요. 내 간장 녹인 죄로 이따가 커피 사세요.

　―좋아, 그 대신 조금 있다가 내 꿈풀이 좀 해줘. 바로 그놈이 오늘 지각의 범인이거든.

　방송을 끝내자마자 나는 강승우를 자판기 앞으로 데려갔다. 그는 겨우 이거냐고 투덜거렸고, 나는 이번에 성실하게 내 상담에 응하면 점심식사까지 책임지겠다고 약속을 했다.

　—승우 씨는 꿈 해몽에 도사잖아? 내 꿈 좀 풀이해봐. 사실은 비슷한 꿈을 자주 꾸는데 오늘 새벽에도 또 같은 꿈이었어. 그런데 내가 지금도 헷갈리는 것은 방송국에 오면서도 곰곰이 생각해봤는데 그게 꿈이 아니라 실제 오늘 아침에 내게 일어났던 일인 것 같다는 거야. 우습지? 그렇지만 정말 모르겠어. 아무튼 내 얘기 좀 들어봐. 내 방에는 낡은 시계가 하나 있거든. 벽에 걸린 유일한 물건이지. 이사를 할 때마다 살림도 많이 바뀌었는데 그 시계만은 왜 버리지 못하고 늘 가지고 다니게 되는지 몰라. 직장생활을 처음 시작하던 그 해에 사서 이제껏 가지고 다니는 물건이야. 십 년은 족히 됐으니까 고장날 때도 되긴 했지만 이 물건이 가끔 나를 당혹스럽게 해. 보통 때는 정상인 것 같은데 가끔 시계 방향이 이상해져. 바늘이 12에서 1쪽으로 돌지를 않고 11쪽으로 도는 거야. 그때마다 나는 시계방향이란 어느 쪽을 얘기하는 걸까 헷갈린다니까. 그리고 5분, 10분, 하면서 시간을 읽어야 하는지 55분 전, 50분 전, 하면서 읽어야 하는지도 모르겠어. 그런데 오늘 아침에 또 시계가 거꾸로 돌기 시작하는 거야. 나는 계속 그 시계를 보면서 출근 준비를 서둘렀지. 그런데 또 하나 이상한 것은 시계가 그렇게 돌 때면 여지없이 나는 옷을 입는 것이 참 힘들어지곤 했었어. 그래서 은근히 걱정이 됐지만 어쩌겠어. 출근 시간은 다가오고, 부지런히 옷을 갈아입었지. 그런데 또 시작된 거야. 무엇 때문인지는 확실하지 않지만 아무튼 입어보는 옷마다 도저히 입고 나설 수가 없었어. 그래서 서둘러 벗어버리고는 또 다른 옷을 입었다가 또 벗고…… 자꾸 옷을 갈아입다보니 온몸이 땀에 젖어 나중엔 옷을 벗기도

입기도 힘들어 쩔쩔 매고, 이러다간 방송 시간에 맞춰 출근할 수 없을 것 같아 불안해 죽겠는데 옷마다 도저히 입고 나설 수가 없으니, 그래서 나는 궁여지책으로 몸에 달라붙은 속옷을 모두 찢어 벗어버리고 커튼을 뜯어 몸에 두르고는 산더미처럼 옷이 쌓인 방 안을 탈출하듯 헤치고 뛰어나왔지. 그런데 이번에는 신발을 신자마자 그 자리에 주저앉아버린 거야. 일어설 수가 없었어. 온 힘을 다해 겨우 무릎을 펴고 일어나 서너 발을 내딛어보지만 다시 주저앉고 마는 거야. 아무리 일어서려고 해도 자꾸 무릎이 꺾여 힘을 줄 수가 있어야지. 안간힘을 쓰며 일어나 걸어보려고 얼마나 애를 썼던지. 그러다가 너무 화가 나서 그만 울어버리고 말았어. 한참을 울었나봐. 어느 순간 그 울음소리에 놀라 벌떡 일어나 눈을 떴는데 침대이더군. 승우 씨, 그런데 말이야. 정말 내가 꿈을 꾼 걸까? 아니면 진짜 아침에 내게 일어난 일이었을까?

강승우는 웃지 않았다. 그러나 심각하지도 않았다. 나의 혼란이 아주 당연하다는 듯이 고개까지 끄덕였다.

—선배님, 혹시 '데자부' 라는 말을 들어보셨어요?

—데자부? 그게 무슨 뜻이야?

나는 처음 듣는 단어였다. 방송국 직원들 사이에서도 만물박사로 통하는 강 아나운서는 무슨 질문이든지 한숨에 답을 풀어내는 재주가 있었다. 아무리 복잡한 문제도 그에게 건너가면 아주 간단하고 쉽게 답이 나왔다. 이번에도 마치 기다리고 있었다는 듯이 줄줄 이야기를 풀어냈다.

—선배님, 꿈이란 말입니다. 원래 현실세계에서 체험할 것을 미리 체험하는 거래요. 그래서 우리는 가끔 자신이 언젠가 그것과 똑같은 경험을 한 것처럼 느끼는 거지요. 그게 바로 기시감이죠. 어떤 유명한 명상가가 쓴 책에 보니까 그런 느낌을 '데자부' 라고 풀이했더라구요.

강승우가 워낙 독서량이 많고 박학다식한 것은 익히 알고 있었지만 내 의문을 한 마디로 간단하게 결론까지 맺어 풀어버리는 것이 선뜻 이해되지도 않았지만 조금 서운하기도 했다. 그렇게 간단한 일이었나? 내가 설마 하는 표정을 짓자 그는 이내 그 특유의 눈썹을 실룩거리며 속삭이듯 말을 이었다.

―선배님은 무엇을 꿈이라고 하고 무엇을 현실이라고 구분하세요? 사람들이 선배님처럼 혼란스러울 때마다 흔히 들먹이는 장자 얘기도 못 들어보셨어요? 장자도 내가 꿈에 나비가 된 것일까, 아니면 나비인 내가 지금 사람이 되어 사는 꿈을 꾸는 것일까? 하고 고민을 했다고 하잖아요. 그러다가 결국 그는 나비인 것을 포기하고 인간의 삶을 택했지만요. 현실과 꿈의 차이는 이렇게 어느 쪽에 보다 더 강하게 끌리며, 어느 쪽의 체험을 보다 더 확고한 것으로 믿기로 결정했느냐에 달린 거지요. 그러고 보면 선배님과 내가 이렇게 방송국에서 만나 같이 MC을 하는 것도, 그리고 현실이라고 믿는 많은 일들도 어쩌면 지금 한바탕 꾸고 있는 꿈 속인지도 모르지요.

아직도 혼란스러워하는 내 표정을 읽었는지 강승우는 들고 있던 빈 종이컵을 쓰레기통에 던져버리고는 내 옆자리로 옮겨와 앉았다. 그의 눈빛은 어느새 평소처럼 장난기가 가득 담겨 있었다.

―아, 그래서 지각을 하셨다구요? 그런 것도 모르고 이 버르장머리없는 후배, 너 골탕 좀 먹어봐라 하고 일부러 늦게 오셨는 줄 알았지요. 그런데 궁금한 게 있는데요, 선배님 설마 속옷은 제대로 챙겨 입고 출근하신 거겠지요? 혹시……?

내가 짐짓 엄한 표정을 지으며 그의 어깨를 밀치는데 마침 김 PD가 옆으로 지나가다가 한 마디 참견을 했다.

―아까부터 무슨 얘기들을 그렇게 은밀히 하는 거여?

―아, 예, 우리 선배님이 요즘 몸이 안 좋아서 진찰을 받아보았는데요. 심신이 몹시 지쳐 있어서 위험하니 반드시 쉬어야 한다는 결과가 나왔나 봐요. 내가 보기엔 노처녀 히스테리인 것 같은데 그 병도 깊어지면 그렇게 꽤 심각한 증상이 나오는지. 아무튼 선배님은 괜찮다고 하지만 오늘 아침에 지각한 것도 다 그 때문인 것 같아서 제가 지금 잠시 휴가를 내어 쉬어보면 어떻겠느냐고 설득하는 중이었어요. 그렇지만 선배님 성격에 휴가가 가당키나 하겠어요? 크리스마스에도 일직을 자청하면서 방송을 하는 사람인데……

강승우는 마치 배우가 대본을 외워 연기를 하듯 술술 이야기를 꾸며냈다. 나는 어린 후배에게 놀림을 받는 기분이 들어 그에게 꿈 얘기를 털어놓은 것을 잠시 후회했다. 그러나 천연덕스러운 그의 말솜씨에 넘어간 김 PD는 뜻밖에 아주 걱정스런 표정으로 그 동그란 눈을 더욱 동그랗게 뜨고 나를 바라보았다. 그래서 휴가를 청했던 거였어? 정말 심각해? 휴가를 얻어 조금 쉬면 나을 수 있는 것이야? 내 얼굴을 쳐다보는 그의 복잡한 표정이 우스워 나는 터지려는 웃음을 입술로 깨무느라 얼굴을 찡그린 채 고개를 끄덕였다. 강승우의 이 장난기 섞인 임기응변 덕분에 그날로 나는 휴가신청 사유서 난에 개인사정이라고만 쓰고도 휴가를 허락받을 수 있었다. 더욱이 내 휴가에 대해 김 PD는 잔소리는커녕 박 부장을 설득하는 데도 한몫을 더해주었다.

이유야 어찌되었건 며칠은 평소처럼 분주하게 지냈다. 그리고 휴가 전 날은 퇴근 시간이 될 때까지 자리를 비울 며칠 동안의 업무를 미리 챙겨 정리해놓느라 마음이 바빴다. 그런데 어느새 퇴근 시간이 되었는지 여느 때와 다름없이 강승우의 그 듣기 좋은 목소리가 사무실 안에 가득

퍼졌다.

—행복한 퇴근시간입니다, 오늘은 일찍 가정으로 돌아가시고 내일 즐겁게 뵙겠습니다, 안녕!

그의 이런 익살스런 인사에 이미 익숙해진 편성국 직원들은 약간의 미소로 답하며 하나 둘씩 퇴근을 했다. 나도 집에 가져갈 몇 권의 책과 CD들을 대충 정리하고 있는데 강승우가 슬며시 다가왔다.

—오늘 저녁을 책임지시겠다는 약속을 설마 잊지는 않았겠지요? 선배님과의 데이트라, 기다리고 기다리던 순간입니다. 일어나실까요?

나는 언제 보아도 개구쟁이 같은 그의 밝은 성격이 참 부럽다고 생각하며 가방을 챙겨들고 자리에서 일어났다. 그런데 그 순간 어이없는 일이 벌어지고 말았다. 엉덩방아를 찧듯 그 자리에 주저앉아버린 것이다. 손에 들고 있던 물건들도 저만큼 흩어져 나뒹굴었다. 나는 의자에 의지해 몸을 일으켜보려고 했지만 헛수고였다. 구멍난 풍선처럼 무릎에 힘이 빠져 도저히 일어설 수가 없었다. 의자를 의지해 억지로 일어나 발을 내딛어보았으나 결국 두 발자국도 못 떼고 무릎이 꺾여 그대로 주저앉고 말았다. 이런 내 모습에 제일 놀란 것은 강승우였다. 부장도 쫓아오고 퇴근하려고 복도에 나섰던 김 PD도 뛰어들어왔다. 여럿이 내 팔을 부축해 겨우 일으켜 의자에 앉혔다. 나는 엉거주춤 앉아서 잠깐 이 기막힌 사태에 대해 생각했다. 내가 지금 꿈을 꾸고 있는 것이겠지? 그렇다면 걱정 어린 시선으로 나를 바라보고 있는 저 낯익은 사람들도 내 꿈 속에 들어와 있는 인물들이란 말인가? 아무튼 꿈이라 할지라도 주저앉아 있는 내 모습이 창피했다. 괜찮아요? 일어날 수 있겠어요? 여러 사람들의 걱정 어린 물음 사이로 조심스럽게 묻는 강승우의 목소리도 들려왔다. 나는 강승우를 쳐다보며 씨익 웃었다. 거봐 내 말이 사실이잖아. 지금 벌어진 이

상황이 사실인 것만은 틀림없는데 그렇다면 이 순간이 꿈인 걸까? 아님 현실인 것일까?

강승우는 한동안 놀란 눈빛을 풀지 못했다. 나는 잠시 후 걱정스레 지켜보는 동료들 앞에서 언제 그랬느냐는 듯이 가볍게 일어나 혼자 걸어서 방송국을 나섰다. 그리고 아직도 뭔가 하고 싶은 말이 많다는 듯이 따라오는 강승우와 일식집까지 걸어가서 바다회 요리로 꿈풀이 값을 했다. 이차는 자기가 책임지겠다고 기어이 생맥주집에 들어간 강승우는 결국 나보다 훨씬 더 취해버리는 바람에 내가 대신 계산을 했다. 강승우는 술을 마시면서도 내내 자기를 놀리기 위해 일부러 넘어진 것이냐 아니면 진짜 못 일어난 것이냐를 집요하게 따졌다. 그러나 나도 그것이 꿈이었는지 현실에서 일어났던 일인지 알 수 없었다. 생각해보면 그런 일이 과연 실제 있었는지조차 아리송했다. 아무튼 휴가를 얻는데 성공케 한 대가로 나는 강 아나운서에게 고급 일식집에서 저녁을 샀고 이차로 맥주 값까지 치렀으니 뇌물도 꽤 많이 들은 셈이다.

그렇게 해서 얻어낸 휴가인데 처음부터 주체하지 못하고 쩔쩔매다니, 정신을 차려야지. 나는 머리도 식힐 겸 찬바람 속을 산책하며 휴가 계획을 짜야겠다 싶어 머리를 손질하는 대신 모자를 눌러쓰고 집을 나섰다. 출근시간이 지난 텅 빈 거리는 성긴 눈발만이 바람에 이리 저리 흩날리고 있었다.

작정 없이 집을 나선 터라 마냥 도로를 따라 걸었다. 새해 연휴가 지난 지 얼마 되지 않아서인지 셔터가 내려진 상가가 눈에 많이 띄었다. 쇼핑할 생각을 가졌던 것은 아니지만 닫힌 가게 앞을 지날 때마다 마치 세상으로부터 거절당한 듯한 묘한 기분이 들었다. 그들은 다 어디로 갔을까? 내게는 찾아올 사람도, 찾아갈 곳도 없다는 것이 새삼 쓸쓸해졌다. 이번

연휴에는 꼭 한 번 다녀가라고 큰 동생 내외는 성화를 했지만 나는 늘 방송일 핑계로 가지 않았다. 혼자 지내는 내게 늘 미안해하며 가슴 아파하는 동생들의 마음을 헤아리지 못하는 것은 아니지만 그런 걱정을 듣고 싶지가 않았다. 그런데 갑자기 이런 기분은 뭘까? 나이 한 살 더 먹으니까 이런 생각도 드는가보네 하며 잠시 닫혀진 가게 유리문 앞에 서서 거기에 비치는 내 모습을 쳐다보았다. 그런데 유리 거울 속에는 끊임없이 내 옆을 스치며 많은 사람들이 바쁜 걸음으로 지나가고 있었다.

나들이 나온 한 가족인 듯한 사람들이 내 앞에서 걸어가고 있었다. 다섯 살쯤 되어보이는 여자아이가 깡충깡충 뛰어 앞질렀고, 엄마는 넘어질까 조심스러워하며 손을 흔들어 아이를 불렀다. 아이는 까르륵거리며 애교스런 몸짓으로 뛰어왔다가 또 저만큼 내달았다. 그런 아이의 모습이 사랑스러워 못 견디겠다는 듯이 아이의 이름을 부르는 남자의 뒷모습에 홀려서 나는 그들의 뒤를 따라갔다. 남자는 가끔 포대기로 아기를 업은 채 같이 가고 있는 아내를 확인하듯 쳐다보며 싱긋 웃었다. 참 행복해 보이는 가족이구나 하는 생각이 들었다. 가족? 나와는 전혀 관계가 없는 그 낯선 단어가 또 그리움 같은 감정으로 내 가슴을 휘저었다.

잠시 후 그들은 시외버스터미널에 도착했다. 그리고 조금의 망설임도 없이 서둘러 표를 사고 이내 버스에 올랐다. 많은 사람들이 표를 사고 저마다 버스에 올랐다. 나는 어이없게도 혼자 버려진 아이처럼 대합실 가운데 망연한 기분이 되어 서 있었다. 난 어디로 가지? 그때 가까운 곳에서 터미널 직원인 듯한 사람이 소리를 높여 손님을 부르고 있었다. 단양 가실 손님은 이쪽으로 오세요. 곧 차가 떠납니다. 나는 마치 처음부터 단양을 가기 위해 나온 여자처럼 얼른 단양행 표 한 장을 끊어 막 출발하려는 버스에 급히 올라탔다.

버스에는 서너 명의 승객이 듬성듬성 앉아 있었지만 히터를 틀어놓았는지 후덥지근했다. 내 앞자리에 앉은 젊은이 둘이 캔 맥주를 꺼내더니 마른 오징어를 찢어 안주로 삼아 먹으며 연신 떠들어대기 시작했다. 대화 내용으로 봐서 대합실에서 우연히 만난 고향 초등학교 동창생인 듯했다. 잠시도 쉬지 않고 그들은 친구들 소식이며, 가족들에서 직장 얘기까지 끊임없이 주고받았다. 오징어 냄새와 소음으로 가뜩이나 히터로 인해 울렁거리던 내 속은 금방 뒤집어질 지경이었다. 비어 있는 뒷좌석으로 자리를 옮겼지만 결국 나는 비닐봉지를 하나 얻어 얼굴을 묻고 말았다. 얼굴이 벌겋게 되도록 토악질을 하고 나니 속은 조금 편안해졌다. 그러나 머리가 너무 아파서 고개를 들 수도 눈을 뜰 수도 없었다. 그렇게 애를 쓰는 동안 버스는 마른 산과 텅 빈 들을 지나 진회색의 무거운 하늘을 인 채 단양으로 들어서고 있었다.

산허리가 뭉턱 잘린 채 도로가 난 섬뜩한 언덕에서 버스가 잠시 섰다. 중선암으로 가려면 이곳에서 시내버스로 갈아타야 한다는 안내방송을 듣고 나는 서둘러 내렸다. 중선암이란 소리를 듣는 순간 내가 단양행 버스를 탄 것은 우연이 아니라 중선암을 가기 위해 미리 준비했던 여행이었다는 것을 깨달았다. 내린 사람은 나 혼자였다. 모두 재를 넘어 신단양으로 가는 승객이었던가보다. 나는 잠시 선거용 포스터들이 찢겨져 펄럭이는 승강장에서 허허로운 바람을 맞으며 혼자 서 있었다.

단양 중계소로 발령을 받아 처음 이곳을 찾아오던 날도 나는 몹시 멀미를 했었다. 그리고 결국은 내가 선택한 길이었지만 이런 오지로 발령을 받은 내 운명을 잠시 한탄했었다. 졸업하면 좀더 나은 자리에 취직할 수도 있을 텐데 일 년을 못 견뎌서 그런 시골로 들어가려고 하느냐고 친구들은 말렸지만 내가 감당해야 할 짐은 선택의 여지를 주지 않았다. 한

시라도 빨리 취직을 해서 돈을 벌어야 했다. 결국 아버지의 고향으로 내려와 지방방송국에 이력서를 냈고, 첫 발령지가 본사가 아닌 이 단양 중계소였던 것이다.

강물은 흐름을 멈춘 채 얼어 있었다. 강 가운데는 작은 유람선이 지나간 흔적인지 신작로처럼 하얀 길이 나 있었다. 얼음으로 덮였어도 아래로는 강물이 흐르고 있겠지. 그리고 그 아래에는 옛 단양마을이 그대로 전설이 되어 물고기들의 고향이 되어 있겠구나.

저 강물을 가로지르는 다리에 서서 아래를 내려다보며 그렇게 묻혀버린 고향 이야기를 하던 사람이 있었다. 차마 소리내어 불러보지도 못한 먼 사람이었지만 그래도 내게는 산이었고, 태양이었고, 삶의 의미였던 사람이었다. 그런데 이제 그 사람은 이 세상에 없다.

낮게 드리운 회색구름을 열고 잠깐 내비친 햇살에 강물 위에 떠다니는 얼음 조각들이 반짝였다. 저 강 속에 묻혀버린 땅처럼 그의 육신도 한줌의 재가 되어 이 강물에 뿌려졌다고 했다. 그 소식을 들은 것이 지난달이고 보면 지금 저 반짝이는 얼음덩이가 어쩌면 그를 받아 안은 강물인지도……

죽을 만큼 외롭다. 그 사람은 십여 년 전에 이미 내 가슴 속에 영영 수장해버렸는데. 아니 이젠 아무리 해도 이 생에선 볼 수 없는 사람이 되었다는데 새삼 이렇게 보고 싶다니. 그 사람은 죽어서야 내 사랑을 허락한 것일까? 요즘 눈만 감으면 그 사람이 내 동공 안에서 되살아났다. 시계도 내 감정을 아는지 꿈마다 거꾸로 돌며 그날에 멎고, 스치는 바람 속에서도 그 사람의 숨결소리가 들렸다. 방송실에 앉아서 일을 하고 있다가도 그 사람의 입김이 내 목덜미에 따뜻한 온기로 스며드는 느낌 때문에 주위를 두리번거렸다. 그리고 아무도 없다는 것을 확인하는 순간 이런 외로움 때문에 사람은 죽을 수도 있겠구나 생각했다. 그 사람의 교통사고 소식을 사보를 통해 읽은 그날부터 생긴 현상이었다.

눈을 뜨니 강바람이 산마루의 앙상한 나무들을 마구 흔들고 있었다. 코트 깃을 세우고 한껏 몸을 움츠려보지만 옷깃 사이로 스며드는 바람이 매섭다. 삼십 분쯤 후에 중선암으로 가는 시내버스가 올 것이라고 버스 기사는 말했는데 이미 한 시간을 넘게 혼자 서 있다. 발가락을 움직여 보았지만 감각이 없다. 그래, 오늘 여기에서 이대로 얼어버려 그 사람이 있는 저 강물을 바라보며 망부석으로 살아도 좋겠다. 이런 생각으로 태연한 척 웃어보지만 눈에선 눈물만 자꾸 솟았다. 옷 솔기마다 스며드는 바람이 이제는 몸 속에서도 휘몰아치는지 심장도 위도 얼어붙는 듯 뜨끔거렸다. 잠시 깨지고 더러운 저 시멘트 의자에라도 앉아볼까 했지만 은근히 겁이 난다. 만일 버스가 오면, 버스가 왔는데 내 무릎이 또 펴지지 않아 일어날 수 없게 되면 영영 중선암으로 가지 못하고 말 것 같은 두려움 때문에 무릎을 구부릴 수조차 없다. 다음 생에서는 나무로 태어나도 좋겠다고 생각한 적도 있었지만 지금은 그 생각도 위로가 되지 않는다. 두 손을 비벼 그 온기로 얼굴을 감싸 문지르는데 시내버스가 멀리서 보인다. 예정보다 한 시간이나 연착한 버스지만 서운함도 없이 반가움에 이내 목이 메인다.

시내버스에는 설빔을 입은 어린아이와 할머니 두 사람만이 타고 있었다. 버스 안은 시외버스와는 달리 썰렁했다. 입김이 시골집 굴뚝 연기처럼 피어올랐다. 그래도 마음은 따뜻한 아랫목에 두 다리를 펴고 앉아 있는 것처럼 편안했다. 아이는 끊임없이 재잘거리며 할머니에게 무엇인가를 묻고 있었고 대견하다는 듯 손자를 바라보는 할머니의 눈빛이 선했다. 그들 덕택에 버스를 기다리며 그 황량하고 슬펐던 마음이 많이 가라앉았다.

　도로 옆에 비스듬히 세워진 중선암이란 표지판 앞에서 버스가 섰다. 푯말에는 중선암 외에 식당 진입로를 알리는 화살표 하나가 붙어 있었다. 나를 내려놓은 버스는 어린 손자와 할머니를 태운 채 상선암을 향해 출발했다. 깊은 산중에 홀로 남겨진 내 모습이 겨울에 홀로 남겨진 여름 철새 같았다. 이렇게 먼 여행을 할 줄 알았으면 여장을 챙겨 가지고 나올 걸 하는 아쉬움이 다시 한 번 들었다. 아침에 집을 나설 때는 잠시 바람이나 쐬다 들어와야지 하는 마음이었던지라 얇은 스웨터와 바지에 코트만 걸치고 나왔던 것이다. 어차피 무작정 떠나온 여행이니 그냥 부딪쳐보리라 마음을 다지며 낡은 산장의 식당 문을 두드렸다.

　한참만에 안에서 기척이 들렸다. 주인인 듯싶은 아주머니가 놀란 표정으로 유리문 밖에 서 있는 나를 잠시 바라보더니 문을 열어주었다.

　―누구슈?

　이 겨울에 갑자기 나타난 낯선 방문객, 거기에 젊은 여자라 아무래도 이해가 가지 않는다는 듯 의심스런 눈초리를 거두지 못했다. 여름 한철은 꽤나 붐볐을 것 같은 식당 안에는 연탄 난로가 따뜻하게 피워져 있었다. 나는 그 온기가 반가워 난로 가까이 다가가며 이삼 일 머물고 싶은데 방을 빌릴 수 있겠느냐고 물어보았다. 내 목소리는 언 몸이 녹느라 가늘게 떨리고 있었다. 방문이 열리더니 일흔쯤 되어보이는 노인이 내다보았다. 갑자기 나타난 내가 아무래도 의심스럽다는 눈치였지만 이 추운 날씨에 찾아온 사람을 선뜻 내몰 수가 없어서 난감해하는 표정이 역력했다. 나는 만일 여기 머물 수 없게 되면 아까 상선암으로 떠난 버스가 두 시간 후에 다시 돌아나와 이곳을 지나간다고 했으니 그 차를 타고 다시 돌아가야겠다고 혼자 속마음으로 생각했다. 그러나 고맙게도 주인 내외는 여름 한철 손님들을 받던 작은 골방 하나를 치워주었다.

두 평 남짓한 방 천장에는 볏짚으로 엮은 메주가 주렁주렁 매달려 있고, 송판을 잇대어 만든 낮은 선반에는 몇 채의 낡은 이불이 쌓여 있었다. 서둘러 군불을 피워준 덕택에 방바닥이 따끈해졌다. 나는 잠시 코트를 벗고 누웠다. 바람에 많이 시달린 탓인지 이내 눈이 사르르 감겨왔다. 세상에 이토록 아늑한 잠자리가 또 있을까.

—손님, 저녁 들어요.

방문을 두드리는 소리에 잠시 어리둥절했다. 여기가 어디지? 그러나 이내 마음이 편안해졌다. 피로가 조금 풀려 기분도 상쾌했다. 주인 내외와 겸상으로 받은 이른 저녁밥상은 참으로 맛있었다. 아주머니는 요즘 손님이 없어 미리 준비한 찬이 없어 변변찮은 상을 봤다며 미안하다고 했지만 나는 맛있게 밥을 한 그릇 다 비웠다. 김치, 된장찌개, 깻잎나물, 그리고 말린 고사리나물이 전부였지만 참으로 맛깔스런 진수성찬이었다. 그리고 보니 오늘은 처음으로 식사를 하는 셈이었다. 내가 밥 먹는 모습이 며칠은 굶은 사람 같아 보였던가보다.

—아가씨가 많이 시장했나보네. 여기 밥 많이 있으니 더 자시게.

노인의 자상한 배려에 또 한 번 가슴이 울컥 메어왔다. 요즘 내가 왜 이러지? 조그만 일에도 곧잘 울음이 터지니 어린 나이에 망령인 것인지, 늙은 나이에 새삼 사춘기가 온 건지 나 자신도 잘 모르겠다.

아직 저녁 햇살이 많이 남아 있었다. 저녁상을 물리고 식당 문을 열고 나서니 곧장 중선암 계곡이 눈앞에 펼쳐져 있었다. 크고 작은 바위들 틈으로 흐르는 물소리가 바람소리와 어울려 환상적인 실내악을 연주하고 있었다. 작은 음악회의 무대 배경인 먼 산봉우리에는 눈이 하얗게 덮여 있었고 계곡의 바위틈에는 투명한 얼음 꽃이 피었다.

잠시 너른 바위 위에 앉았다.

그 사람은 이곳에 오면 바위 위에 앉아서 기타를 치곤 했었지. 프로에 가까운 클래식 기타 연주 솜씨는 나를 매료시키기에 충분했다. 우리는 먼 능선 너머 하늘이 붉어지기 시작하면 놀이를 다 걷고 이 바위에 몰려 앉아 이야기도 나누고 노래도 불렀다. 특히 나는 그 사람의 기타 반주에 맞춰 노래 부르는 것을 좋아했다.

바위에 앉으니 그날들이 어제의 일처럼 선명하게 떠올랐다. 분명 오늘 버스를 타고 이곳으로 왔지만 마치 타임머신을 타고 먼 여행을 떠났다가 다시 제자리로 돌아온 편안한 기분이었다. 그래서 오히려 오늘 두고 떠나온 일이나 사람들이 더 먼 옛날의 일처럼 까마득하게 느껴졌다.

눈을 감았다. 그 사람이 내게 손을 내밀며 건너오라고 한다. 바위 사이로 흐르는 물살이 세고 급하다. 나는 짐짓 아무렇지도 않은 듯 손을 내밀지만 그 사람을 향한 마음은 물살보다 더 급하게 그의 가슴으로 다가간다. 그 사람이 하늘을 보며 웃는다. 나는 그 사람의 웃는 얼굴이 보기 좋아 따라 웃는다. 그 사람이 노을빛 바탕에 화려한 그림을 그리고 있는 구름을 가리키며 어서 보라고 손짓하지만 나는 그 사람에게서 눈을 떼지 못한다. 불빛을 좇는 불나비처럼 그 사람의 눈빛에 입술이 탄다. 그 사람이 내 가까이 있음만으로 나는 더 이상 외롭지 않다. 그는 기쁨, 그 자체였다. 두 동생과 함께 고아처럼 살아오면서 주렁주렁 매달고 다니던 아픔들은 새벽 이슬을 말리는 햇살 같은 그 사람의 부드러운 미소 앞에 다 사라져버린다. 아버지가 돌아가신 후 처음으로 맛보는 편안함이다. 나는 행복하다고 중얼거린다.

중선암에 온 첫날 나는 오랜만에 아주 편안하게 늦잠을 잤다. 방문을 여니 햇살이 눈부셨다. 겨울 햇살치고는 참으로 따뜻했다. 바람도 없이 바위에도 나무에도 골짜기에도 따스한 온기가 가득 차 있었다. 오랫동안 잊고 살았던 산 냄새, 바람 냄새를 마음껏 마시며 세수를 하고 너른 바위에 다시 올랐다. 어젯밤에 쏟아지는 별빛 아래에서 기타소리를 들으며 노래를 불렀는데 그것이 꿈이었나? 어느 바위 위에서도 지난밤에 그 사람이 다녀간 흔적은 찾을 수 없었다.

'보리밭 사이 길로 걸어가면 뉘 부르는 소리 있어 발을 멈춘다. 옛 생각이 그리워 휘파람 불며……'

바위에 서서 오랜만에 마음을 다해 노래를 불렀다. 마치 그 사람이 옆에 있는 것처럼. 어디선가 기타 선율이 들리는 듯했다.

—손님, 아침식사 합시다. 어서 와요.

내 꿈을 헤집고 주인 아주머니의 목소리가 멀리서 들어왔다. 아침상은 아주머니와 겸상이었다. 주인 할아버지는 먼저 이른 아침상을 받고 첫 버스를 타고 읍에 나가셨다고 했다. 여름 한철은 시간마다 다니는 버스가 있지만 겨울이 되면 하루에 두 번밖에 안 들어온다고 했다. 겨울에는 이 골짜기에 거의 인적이 끊어지기 때문에 그나마 두 번 오는 버스도 빈 차로 들어올 때가 많다고 했다. 그러니 어제 갑작스런 나의 출현은 두 사람을 크게 놀라게 하고도 남았으리라 짐작이 되었다. 아침상을 치우고 들어온 아주머니는 기다렸다는 듯이 아랫목으로 나를 끌어 앉혔다. 꽤나 궁금한 것이 많았는지 이제껏 참느라 혼났다는 표정이었다.

휴가를 얻어 잠시 살았던 단양을 찾아왔고, 그 중에도 자주 놀러왔던 중선암에서 며칠 묵고 싶어서 왔을 뿐이라고 했다. 내 설명이 미흡했던지 이곳에 무슨 사연이라도 있느냐고 조심스럽게 물어왔다. 나는 그냥 웃으며 네 하고 대답을 했다. 아주머니는 사실은 오늘 아침에 내가 일찍 일어나지 않아서 겁이 덜컥 났었다고 조심스레 말을 꺼냈다. 혹시 무슨 일이 생긴 것은 아닌가 해서 귀를 기울였는데 코까지 골며 단잠을 자고 있어서 안심을 했다는 것이었다. 제가 코까지 골았어요? 하고 놀라자 분명 들었다고 하며 환하게 웃었다.

점심때가 되자 고구마를 한 소쿠리 쪄서 내왔다. 정말 심심해서 죽겠는데 마침 말동무가 생겨서 너무 좋다고 하며 김치를 길게 찢어 내가 들고 있는 고구마 위에 얹어주었다.

―겨울에는 손님도 없이 두 분만 계시니까 적적하시겠어요?

아주머니는 기다렸다는 듯이 이야기를 술술 풀어보였다. 기구한 팔자라 남편, 자식 한꺼번에 다 잃고 신단양에서 혼자 살고 있는데 지난 여름에 이 식당에 잠시 일을 봐주러 왔었다고 했다.

―이 집 할아버지도 나만큼이나 외로운 양반이지. 오 년 전에 할머니 먼저 저 세상 보내고 혼자 살고 계신다우. 자식은 둘이나 있어도 소용이 없어. 피서철이 되면 이 식당이 제법 붐비거든. 돈벌이가 되지. 그때에는 며느리들이 들어와서 여름 한철 장사를 하는데 휴가철이 끝나면 휑하니 도시로 가버려. 결국 이 집엔 할아버지만 혼자 남는 게지. 나도 그때 떠났어야 했는데 지독한 독감에 걸려 몸이 아픈 바람에 그만 하루, 이틀 미루다가 그냥 주저앉게 되고 말았어. 나만큼이나 할아버지도 불쌍하잖아. 다 불쌍한 처지라 서로 의지하며 이 겨울을 지내보자고 작정하고 있는데 힘들어. 할아버지가 워낙 부지런하고 또 점잖으셔서 불편한 것은 별로 없는데 심심해서 미치겠구먼. 이 겨울을 끝까지 여기서 지낼지는 나도 모르겠어. 할아버지도 내가 있어줘서 내심 좋아하는 눈치지만 심심해서 원.

아주머니의 표정에서 외로움 이상의 뭔가 아쉬움이 진하게 묻어났다.

―남편에게 할아버지라고 부르는 것이 조금은 이상했는데 그런 사연

이 있었군요

내 말에 아주머니의 목소리가 한 톤 높아졌다.

—손님 눈에 우리가 부부 같아 보였수? 열 살이나 차이가 나는데도 부부 같아 보였다는 말이지?

그 말이 꽤 재미있다는 듯이 까르르 웃었다. 내 말이 결코 기분 나쁘지는 않은가보았다.

어제 내가 타고 왔던 그 버스로 주인 할아버지가 돌아왔다. 장을 봐 온 솜씨가 아주 자상했다. 고등어 한 손, 손전등에 넣을 건전지, 고무장갑, 식당에 갈아 끼울 형광등, 솜을 넣어 만든 버선 한 켤레…… 고운 빛깔의 버선을 받아쥔 아주머니의 얼굴에 웃음이 가득 번졌다. 언뜻 그 모습이 낯익다. 나도 언젠가 저런 기쁨을 느껴본 적이 있다는 생각이 든다.

밖으로 나오니 계곡을 흐르는 물소리가 상쾌하게 들려왔다. 이 겨울엔 유난히 눈이 많더니 골짜기마다 물길도 넉넉했다. 너른 바위 밑 얼음꽃 사이로 휘돌아 흐르는 물길에 눈부신 햇살이 따라 흐르고 있었다.

토요일이 되면 우리는 같이 시장을 돌며 나들이에 필요한 음식들을 준비했다. 직원이라야 총 네 명. 중계소 소장인 그 사람을 제외하곤 모두 객지였고 또 모두 결혼을 하지 않은 터라 토요일이 되어도 집에 가는 사람이 별로 없었다. 그래서 우리는 단합대회라는 명목으로 매주 토요일이면 가까운 계곡이나 산을 찾았다. 그 사람은 가끔 약혼녀와 동행을 했다. 토요일 근무가 끝나면 우리는 당번제로 시장에 들러 장을 봤다. 주된 메뉴가 삼겹살에 소주였기 때문에 한쪽에서 고기를 굽고 다른 한쪽에선 밥을 했다. 나는 삼겹살보다는 카레라이스를 좋아했다. 그 사람은 당번으로 장을 볼 때마다 장바구니에 슬쩍 즉석 카레 한 봉을 넣는 것을 잊지 않았고 가끔은 끓는 물에 데워진 카레 봉지를 뜯어 내 밥 위에 얹어주었다.

그는 참으로 자상한 사람이었다.

　―소장님이 너무 잘 해주니까 여성들이 모두 소장님만 좋아하지 않습니까? 주인 없는 총각들에게도 점수 딸 수 있는 기회를 좀 주세요.

　옆에서 눈치를 주고 놀리면 그럼 한 수 가르쳐주겠다며 태연하게 내 밥그릇을 가져다가 그 위에 얹힌 카레를 썩썩 비벼서 내게 내밀며 씨익 웃었다. 모두에게 자상한 그 넉넉한 마음이 나는 정말 좋았다. 그때 우리가 즐겨 찾던 곳이 바로 이 중선암이었다.

　여름엔 거의 매주 이곳으로 소풍을 나왔다. 너른 바위 위에서 푸짐한 만찬을 즐겼고 흥에 겨우면 옷을 입은 채 물 속에 들어가 물장난을 했다. 그 사람이 물 속에 들어오는 일은 없었다. 그 사람은 늘 바위에 앉아 기타를 치며 우리를 바라보곤 했다. 약혼자와 동행을 한 날은 서로 정다운 눈길을 주고받으며 그녀를 위해 노래도 불렀다. 그 모습이 너무 아름다워 나는 바위에 반쯤 몸을 숨긴 채 물 속에서 그들의 모습을 훔쳐보곤 했다. 그 사람이 결혼한 후에도 우리의 소풍은 계속 이어졌다. 처음처럼 자주 나오지는 못했어도 한 달에 한 번쯤 토요일이면 당번을 정해 시장을 보았고 그 사람은 가끔 아내와 동행을 했다.

　처음 단양으로 오는 버스 속에서 나는 끝없이 멀미를 하며 늘 재수가 없는 내 운명을 무척이나 한탄했었다. 막내가 두 살 되던 해에 돌아가신, 기억도 아스라한 엄마, 어린 동생들을 내게 맡기고 가는 것이 마음 아파서 차마 눈도 못 감고 돌아가신 불쌍한 아버지. 눈칫밥을 먹으면서도 학교를 포기하지 않으려고 이를 악물고 악착을 부렸던 길고도 질긴 학창시절. 큰 동생을 군대에 보내고, 막내를 대학에 입학시켜 기숙사에 보내 놓고 나는 한 학년을 남긴 대학생활을 접었다. 동생들 공부가 끝나면 그때 다시 복학해서 졸업하리라 결심하고 나는 아버지의 고향인 충주에 내려와 취직 시험을 봤고 선택의 여지가 없던 나는 작은 트렁크 하나를 들고 단양행 버스를 탔었다.

그러나 신은 내게 그렇게 가혹하지만은 않았다. 나는 난생 처음으로 내 인생에도 따뜻한 빛이 비치는 양지가 있음을 알게 되었다. 그리고 내게도 눈물이 있고 사랑을 받고 의지하고 싶어하는 어린 심성이 있었음을 처음 실감했다. 단양에서는 아무도 나를 악바리라고 부르지 않았다. 산에 봄비가 내리면 그 빗물을 먹고 바위틈에서 몰래 여린 싹을 틔우는 야생화처럼 그 사람의 다정한 눈길에 나는 한없이 여리고 순한 여자로 거듭 태어나고 있었다. 단양에서 살던 사 년은 내 삶에서 가장 아름답고 행복했던 시절이기도 했고 또 평생 울어버릴 눈물을 다 흘렸던 슬픈 시절이기도 했다.

한길로 나와 산굽이를 따라 걸었다. 햇살 눈부신 양지 쪽은 한겨울에도 따뜻했지만, 산 그림자 길게 누운 음지는 음산하고 추웠다. 산굽이를 돌아드니 눈은 흙먼지와 섞여 회색 무더기로 군데군데 쌓여 있고 길에도 빙판이 많이 남아 있었다. 이런 저런 생각에 마음이 흔들린 때문인지 두 다리도 덩달아 후들거렸다. 두 시간쯤 걸었을까. 서너 번 엉덩방아를 찧고서야 식당으로 돌아올 수 있었다.

식당 안에는 낯선 여자 하나가 난로에 발을 말리고 있었다. 벗어놓은 털신을 보니 닳아서 거의 털신 역할을 못할 것 같았다. 그나마 찢어졌는지 그녀의 젖은 발에서는 김이 모락모락 나고 있었다. 낡은 양말은 서너 번은 더 기워 신었음직했다. 그녀의 행색은 참으로 남루하기 그지없었다. 요즘도 저렇게 낡은 옷을 걸치고 사는 사람이 있나 싶었다. 불현듯 꿈 속에서 내가 마땅치 않아 벗어 던지던 그 옷 무더기가 떠올랐다. 얼굴이 화끈화끈하다.

―추운 밖에 있다가 들어와서 불을 쬐니까 얼굴에 열이 나네요.

나는 붉어진 얼굴을 감싸쥐었다.

―이 겨울에 손님이 드셨나보네유? 아가씨 같은데 이 추운 겨울에 뭐 볼 것이 있다고 놀러 오셨을까?

나를 올려다보는 그녀의 눈이 뜻밖에 참 맑았다. 얼굴도 곱살했다. 몸집이 작아서인지 나이도 많아봐야 나보다 서너 살 정도 더 많겠구나 싶었다. 그러나 겨울 들어서 한 번도 빗질을 해본 적이 없는 듯 뿌옇게 먼지가 없고 헝클어진 머리카락은 그녀를 십 년은 더 늙어보이게 했다. 주인 할아버지와는 막역한 사인 것 같았다. 나와는 별로 눈도 마주치지 않고 조용히 옆에서 듣기만 하던 주인 할아버지가 그녀에게 뜨거운 보리차를 따라주며 정답게 말을 걸고 있었다.

―이 추운 날 뭐 하려고 산을 타는 거여? 군불이나 뜨끈하게 지피고 집에 있지.

―답답해서유.

그녀의 얼굴에 멋쩍은 웃음이 가득 고였다.

―뭐가 답답혀? 영감 생각나서 그랴? 아니면 그 못된 놈들 생각나서 그랴? 에이, 지지리도 못난 것.

할아버지의 말투가 마치 시집간 딸자식 걱정하는 것 같았다.

―아자씨두 참.

할아버지의 핀잔에 그녀의 표정은 이내 울상이 되었다. 할아버지는 애처로워 차마 더 보지 못하겠다는 듯이 방으로 들어가며 아주머니 쪽을 향해 한 마디 던졌다.

―해지기 전에 일찍 저녁 먹고 조심해 넘어가. 길이 많이 미끄럽더라.

저녁식사가 차려지는 동안 나는 난로 앞에 엉거주춤 서서 그녀와 아주머니를 번갈아 보며 그들이 주고받는 얘기를 들었다.

　—많이 줍긴 했어? 그게 무슨 돈이 된다고 이 겨울에 그 고생이야. 아저씨도 걱정이 되니까 저러시는 게지.

　—가만히 있으면 어디서 우유값이 나오남유? 지금은 약초도, 나물도 캘 때가 아니니까 이거라도 주워서 부지런히 돈을 모아야지유.

　그러고 보니 그녀가 앉은 의자 옆에 국방색 보퉁이가 하나 놓여 있었다. 군용 침낭처럼 생긴 배낭은 워낙 낡아서 거의 넝마장수 등짐 같았다. 그런데 열린 틈으로 보이는 것이 뜻밖에도 모두 녹슬고 구부러진 못들이었다. 녹슨 못과 우유값? 그렇다면 늦둥이 갓난아기가 있다는 말인가? 정신없이 밥을 퍼먹고 있는 그녀의 존재 자체가 다 수수께끼 같아 보였다. 그러나 나는 아무것도 묻지 않았다. 그냥 낯선 그녀의 모습을 식당에 두고 방으로 들어와 자리를 펴고 누웠다. 굽 높은 구두를 신고 산길을 걸었던 탓인지 발이 몹시 아팠다. 아픈 발목을 아랫목에 깔린 이불 속에 묻으며 생각했다. 나는 꿈에서나 현실에서나 제대로 맞는 옷을 못 찾아 입어 매번 허둥거리다가 마는구나. 닳고닳아서 마치 주인과 한몸 같아 보이던 그녀의 낡은 털신과 그 남루한 옷. 그러나 그것들은 그 어느 것보다도 그녀와 오래 같이한, 더없이 편한 신발이었으며 옷이었으리라. 보여지기 위해 잠시 걸쳤다 벗겨지는 껍질이 아니라 내 안의 심장과 일치하는 것, 나도 그것을 늘 원했었는데……

　잠시 잠이 들었었나보다. 방문 두드리는 소리에 일어나니 이미 창 밖은 어둠이 짙게 드리워져 있었다. 식당은 텅 비어 있었다. 낡은 배낭과 함께 그녀는 이미 떠난 뒤였다.

　—너무 곤하게 잠이 든 것 같아서 깨우질 않았는데 시장하겠네.

　밥상에는 낮에 할아버지가 사온 고등어가 알맞게 구워져 올려 있었다.

나는 아주머니의 음식솜씨를 칭찬하며 늦은 저녁상 앞에 앉았다.

—아까 그분은 갔나보죠? 참 고운 얼굴이던데 산골에서 사느라 고생이 많은가봐요. 거기다 아기까지 있다니……

—아기? 아, 제천댁이 아까 우유값 얘기를 해서 그렇게 생각했나보네. 그 팔자에 아기는 무슨 아기야. 괜히 허전하고 혼자 살기가 외로우니까 그런 쓸데없는 생각을 하는 거지.

—외로워서 쓸데없는 생각을 하는 거라니요?

내가 궁금하다는 듯이 되묻자 아주머니는 얼른 난로 위에서 끓고 있던 주전자를 들고 식탁 맞은편 자리에 와 앉았다. 얘기 상대가 생겨 반갑다는 표정이다. 아주머니는 할아버지가 들어간 방을 힐끔 쳐다보더니 목소리를 낮췄다.

—나도 들은 말인데 그 제천댁이 속아서 이 산골짜기로 시집을 왔다는 거야. 장돌뱅이로 돌아다니는 늙은 홀아비가 제천에 있는 해장국집에서 일하고 있는 처녀를 꼬셔서 데려왔다고 하더군. 나도 그 식당을 조금 아는데 그 주인 여편네가 십중팔구 팔아 넘긴 게 분명해. 손님도 생각해 봐. 열여덟 살밖에 안 된 계집애가, 그것도 얼굴도 반반한데 뭐가 모자라 자식이 셋씩이나 있는 그런 늙은 홀아비에게 시집을 왔겠어? 거기다 그 영감은 얼굴도 살짝 얽은 곰보였다지 뭐야. 그래도 제천댁이 워낙 부지런하고 천성이 착해서 다 큰 남의 자식들을 제 뱃속에서 난 애들처럼 잘 길렀지. 그런데 몇 해 살아보지도 못하고 그 영감이 장사를 나갔다가 덜커덕 객사를 하고 만 거야. 밤에 술에 취해서 길을 건너다가 뺑소니차에 치었다고 하더군. 아이고 참. 그 어린 색시를 두고 개죽음을 했으니 아마 그 영감 눈도 못 감고 저승 갔을 거야. 그런데 제천댁이 생긴 것은 그렇게 자그마하고 약해 보여도 참 독한 데가 있지. 영감이 죽은 후에도 그 애들

을 혼자 다 길렀으니 말이야. 지어미 속을 어지간히도 썩이던 막내까지 고등학교 졸업을 시켰으니 그 고생이 오죽 많았겠어. 그런데 글쎄, 그 못된 놈들이 키운 공도 모르고 이제 와서 제 어미를 몰라라 한다는 거야. 어떻게 키우고 공부시켰는데, 이젠 다 컸다고 다들 뿔뿔이 나가 버린 거야. 작년엔 지 아버지 제사에도 오질 않았다더군. 남의 자식 키운 공은 없다는 옛말이 딱 맞는다니까. 그런데도 저 착해 빠진 제천댁은 아직도 정신을 못 차리고 또 남의 자식을 데려다 기르겠다고 저렇게 애를 쓰네. 고아원 같은 데 맡겨지는 어린 핏덩이를 데려다가 자식처럼 의지하며 키워보겠다는 거지. 아직 나이도 있으니 차라리 이곳에서 멀리 떠나 팔자를 고쳐보는 것이 어떠냐고 아무리 권해도 소용이 없구먼. 제천댁이 일찍 부모를 여읜 바람에 형제들과도 생이별을 하고 고아원에서 외롭게 자랐다는 거야. 지가 살아온 처지를 생각하면서 불쌍한 아기를 하나 거두고 싶다는 건데, 손님도 알다시피 그게 요즘 세상에 쉬운 일이냐…… 괜한 짓이지, 암 괜한 짓이고 말고.

아주머니의 말은 내가 식사를 다 마칠 때까지 계속되었다. 어린 시절을 외롭게 자란 것은 아주머니도 마찬가지겠다 싶었다. 외롭게 자란 사람은 가장 외로움을 참지 못한다. 그래서 조금이라도 자신을 알아주는 사람에게 금방 마음을 주고 의지하고 싶어한다.

잠이 오질 않았다. 저녁나절 잠깐 눈을 붙였던 탓인지 밤이 깊을수록 머리가 맑아졌다. 정월 대보름이 가까운지 창 밖에 걸린 달이 밝았다. 깊은 산중이라 조금 겁이 나긴 했지만 달빛을 따라 밖으로 나갔다. 여름 한철 쓰고 버려져 있던 빛 바랜 플라스틱 의자에 오도카니 앉았다. 어둡던 시야가 점점 밝아지더니 먼발치에 있는 나무들의 앙상한 가지까지 선명하게 보였다. 가만히 어둠 가운데 앉아 있으려니 제천댁의 그 선한 눈빛이 선명하게 되살아났다. 그녀에게 과연 삶의 의미는 무엇일까? 외로워서 남의 아이를 키울 양이면 주위의 권유대로 새로운 삶을 찾아서 자기 아이를 낳아 기르면 될 텐데 왜 또 버려진 남의 아이를 데려다 키우겠다는 것일까? 정성으로 키웠던 세 아이들에게서도 고맙단 인사 한 번 제대로 못 받는다면서 남의 자식에게 무슨 미련이 그리 많은 것일까?

제천댁이 내게 던져준 화두가 만만치 않았다. 하기야 우리 삶에서 상식적으로 쉽게 풀 수 있는 것이 어디 그리 많으랴.

너를 사랑하기 때문에 너를 가질 수가 없어. 그 사람은 이렇게 말하며 나를 거부했었다. 그 사람이 결혼 청첩장을 슬며시 내 책상에 내밀던 날이었다. 나는 저녁에 잠시 내 자취방으로 들러 달라고 청했다. 그리고 그 사람을 위한 식탁을 차렸다. 그 사람이 내 방에 들어와 엉거주춤 앉으며 변명하듯 약혼한 지 일 년이 넘고 보니 양가 부모들의 성화가 심해 결혼을 결심했다고 말했다. 나는 내게는 그 결혼을 막을 힘이 아무것도 없음을 너무도 잘 알고 있다고 말했다. 그러나 한 가지 소원이 있다고 했다. 당신 일생에 단 하룻밤. 나를 위해 여기 있어 달라고 했다. 그 사람은 잠시 놀라는 듯했다. 그리고 내 말의 의도를 알아차리자 이내 조용히 일어섰다. 나가려는 그 사람의 등을 껴안은 내 손을 풀어내는 손이 떨리고 있었다. 눈은 금방 불이라도 뿜어낼 듯 붉어져 있었다. 그러나 그 사람은 돌아서 내 어깨를 아프게 잡고 조용히 말했다.

—조금만 일찍 내게 오지 그랬어. 그랬으면 얼마나 좋았을까…… 그러나 이 생에서 우리 인연은 이것이 다라고 생각하자…… 그래야 돼. 그래야 모두 편안해져…… 너를 사랑한다. 정말 사랑해, 누구보다도……그래서 나는 너를 가질 수가 없어.

그날 이후 오랫동안 나는 퇴근을 하면 아무데도 가지 못하고 내 방에서 그 사람을 기다렸다. 그 사람이 언제 찾아와줄지 전혀 기약이 없었다. 아니 찾아오겠다는 언질을 받은 적도 없었다. 그러나 나는 그 사람을 위해 술과 안주를 준비해놓았고 매일 밤 커피를 끓였다. 그렇게 그 사람을 기다리는 동안 그 사람은 경찰서장의 외동딸인 약혼자와 결혼을 했고, 그 사람의 아내가 첫 아이를 임신했다는 소식을 들었고, 그 사람을 쏙 빼닮은 건강한 아들을 낳았고, 백일잔치를 했다. 자그마한 마을에서 경찰서장의 사위이며, 단양 토박이로서 주민들의 자랑이기도 한 그 사람의 첫 아들 백일잔치는 큰 경사였다. 나란히 서서 손님들을 맞이하는 그 사람과 그 아내를 보고 돌아오면서 나는 다시 한 번 인정하지 않을 수 없었다. 아무리 애를 써도, 아무리 최선을 다해도 그 사람은 내게 절대 다가오지 않으리라는 것을. 운명은 더 이상 내 편이 아니었다. 결국 단 하룻밤도 내게 그 사람을 허락하지 않았다.

정말 더 이상 혼자이고 싶지 않았다. 외로움이 싫었다. 그러나 세상은 내게 아무것도 허락하지 않았다. 그 사람을 통해 처음으로 발견했던 그 따뜻한 양지는 결코 나를 위해 마련된 땅이 아니었다. 그래도 나는 그곳을 떠나지 못했다. 어떤 내색도 없이 직원들과 어울렸고 열심히 근무했다. 비록 서 있는 자리가 늘 추운 음지라 할지라도 하루 중에 절반의 시간을 그 사람을 바라볼 수 있도록 허락한 것만으로 만족했다. 나를 대하는 그 사람의 태도도 점차 편안해졌다. 잠시 혼란스러웠지만 결혼과 동시에 내가 마음 정리를 했다고 생각하는 듯했다. 나 또한 변함없이 성실한 직원의 모습만을 보이고자 노력했다. 그러나 나는 여전히 저녁이면 두 잔의 커피를 끓였고 아침마다 차갑게 식은 쓰디쓴 커피 한 잔을 마시고 출근을 했다. 사 년 동안 한 번도 운명은 내 편이 되어주지 않았지만 내 의지로는 단양을 떠날 용기가 없었다.

충주로 발령이 났다. 나는 전근과 동시에 야간으로 마지막 학년을 시작했고 동생들도 학업을 끝내고 취직을 하고 모두 장가를 들었다. 많은 것이 정신없이 지나가던 시절이었다. 다만 그대로 정지한 것은 누구에게도 다시는 열리지 않는 내 마음뿐이었다.

이제 떠날 때가 되었다. 삼 일의 휴가가 끝나가고 있었다. 나는 아침상을 물리고 잠시 산책을 나섰다. 상선암 쪽으로 접어들었다. 길은 4차선으로 넓히느라고 길 양옆에는 포크레인 작업을 하다만 흔적이 널려 있었다. 미처 정리가 안 된 장비들이 이리 저리 흩어져 있었고 길 가장자리에는 하수 시설을 만들면서 쓰였던 것인지 낡은 거푸집이 아무렇게나 나뒹굴고 있었다. 그러고 보니 어제 식당에서 보았던 그 여인의 등짐에 있던 녹슨 못들은 바로 여기서 주운 것이었던가보다. 잠시 무거운 거푸집을 뒤척이며 구부러진 못을 주워담는 그 여자의 모습이 떠올랐다. 수없이 박았다 빼낸 못 자국으로 숭숭 뚫린 채 부서지고 닳아진 거푸집이 꼭 그녀가 입고 있었던 옷을 닮아 있었다. 그래도 저 거푸집들은 다시 수거되어 새로운 길을 만드는데 또 쓰여지겠지.

식당 아주머니가 올 봄에 도로공사가 끝나 길이 잘 뚫리면 관광객이 많이 늘 것 같다고 하던 말이 생각났다. 관광객이 늘면 올 여름엔 일손이 더 바빠질 테고. 그렇게 되면 아주머니는 이번 가을에도 떠날 수 없게 되겠구나.

새벽부터 무거운 구름이 덮여 있던 하늘은 금방이라도 눈발을 날릴 것처럼 낮게 내려앉았다. 길 양쪽으로 키 큰 소나무들이 열병하듯 서 있는 탓인지 산중의 생명들은 모두 숨을 죽여 침묵하고 바람조차 없다. 깊은 계곡 첩첩산중에 들리는 소리는 내 안에 뛰는 심장소리와 조심스럽게 내딛는 내 발자국 소리뿐이다. 발을 멈췄다. 덩달아 내 안에 심장도 소리를 죽였다.

　길가 작은 돌 위에 걸터앉아 잠시 눈을 감았다. 절대적인 적막에서는 시간조차 멈춘다. 청각과 시각을 관장하는 뇌가 정지하자 기다렸다는 듯 코끝을 간질이며 커피 냄새가 난다. 잔은 여전히 싸늘하게 식었는데 향은 방금 내린 원두커피처럼 후각을 자극한다. 점점 강하게 느껴지는 커피 향. 그 사람의 입술이 내 이마에 닿는다. 코에도 뺨에도 그 사람의 입술이 머문다. 차갑게 얼어 닫혀진 내 입술 위에 그 사람의 입술이 잠시 멈춘다. 그 사람의 입술이 닿는 곳마다 차곰차곰 물방울이 맺힌다. 그 사람이 드디어 내게 왔다. 한없이 나를 울먹이게 하던 그 입김이 어느새 얼음처럼 차가운 뺨을 스치며 흐르는 눈물이 되어 나를 얼린다. 그 사람이, 이 생에서는 허락할 수 없었던 그 사랑이 이제야 내게 온 것이다.

　눈을 떴다. 함박눈이 내리고 있었다. 머리에도 어깨에도 어느새 눈이 소복하게 내려 덮여 있었다. 커다란 눈송이는 마른 나뭇가지마다 부지런히 흰 꽃을 피우기 시작하고 있었다. 겨울 숲에 내리는 눈은 참으로 아름다웠다. 나는 잠시 황홀감에 빠져 하늘을 바라보고 있다가 문득 눈이 많이 오는 날은 버스길이 끊어지기도 한다던 아주머니의 말이 떠올랐다. 새삼스레 시간이 흐르고 있다는 사실을 실감했다. 내일이 되면 나는 삼일의 휴가를 마치고 다시 일상으로 돌아가리라. 시계를 보니 더 이상의 망설임은 이제 내게 허용되지 않았다. 나는 빠른 걸음으로 식당을 향해 걸었다. 중선암 긴 계곡은 함박눈에 하얗게 덮여가고 있었다.

소설가 이현상

단 한 사람, 그녀만을 위한 글을 쓰렵니다.
내가 가진 모든 행운이 다 그녀의 것이 되길 원합니다.
하느님, 그것이면 족합니다.
이제야 마음이 홀가분하고 생각이 정리됩니다.
그녀의 아름다운 사랑이 이루어지는 이야기를 쓰겠습니다.

나는 지금 다락방에서 소설을 쓰고 있습니다. 한낮이지만 전기를 켜지 않은 다락은 어두컴컴합니다. 그러나 글씨를 쓰는데는 별로 힘들지 않습니다. 작은 창문으로 새어 들어오는 햇살은 다락방 바닥에 사각 보자기 만큼을 환하게 비추고 있거든요. 조금씩 햇살이 창 밖으로 기어나가겠지만 아직은 원고지 크기보다는 훨씬 넓게 비추고 있습니다.

초등학교 삼학년 때 담임 선생님은 내가 숙제로 지어온 시를 친구들에게 읽어주며 장차 훌륭한 시인이 될 수 있겠다고 하셨습니다. 시인이 얼마나 높은 사람인지는 몰랐습니다. 그러나 내가 굉장히 좋아했던 선생님의 칭찬이었기에 그날 이후 내 꿈은 시인이 되는 것이었고, 시인이 되기 위해서 열심히 공부를 했습니다. 그러나 그 꿈은 할머니의 죽음으로 오학년에서 끝났습니다. 그 이후 나는 너무 바쁘게 사느라고 꿈을 다 잊어버렸습니다. 그러나 이제 서른이 다 되어서 나는 다시 꿈을 꾸기 시작했습니다.

소설가가 되기로 결심했습니다. 시인은 가난해도 소설가는 부자가 많다고 합니다. 베스트셀러 작가만 되면 돈도 많이 벌 수 있다고 합니다. 사실 내게는 꿈을 이루는 것도 중요하지만 그 꿈을 현실로 끌어내기 위해선 돈이 필요하거든요. 처음 소설을 쓰겠다고 마음먹었을 때는 돈을 벌겠다는 생각보다는 소설가라는 유명세를 얻고 싶은 욕망이 컸던 것이 사실입니다. 쓰지 않으면 안 될 것 같은 그런 강렬한 문학적 열정이 있었다고는 말할 수 없겠지만 그렇다고 취미로 원고지를 메울 생각은 애초에 없었습니다. 아무튼 나는 소설을 써서 사람들이 좋아하는 베스트셀러 작가가 되어야 합니다.

오랫동안 다니던 공장을 그만두었습니다. 동료들은 나를 정신나간 친구라고 걱정을 많이 했습니다. 제발 엉뚱한 생각일랑 하지 말고 착실히 직장 다니면서 장가들어 가정을 꾸미라고 충고해주었습니다. 그러나 어떤 말로도 내 고집을 꺾을 수는 없었습니다. 결심은 이렇게 단단했습니다. 하지만 실제로 내가 소설을 쓰겠다는 것은 그 발상 자체가 무모하기 그지없는 짓이었지요. 그때까지 소설에 대해 내가 아는 것은 아무것도 없었습니다. 최근에 도서대여점에서 소설책 몇 권을 빌려다 읽은 것이 내가 가진 소설에 대한 상식의 전부입니다. 공장에서 굴러다니는 찢겨지고 낡은 잡지에서 가끔 소설이라고 이름지어진 글이나 콩트, 실화 같은 짧은 글들을 읽어본 적은 있지만 특별히 기억나는 내용도 없습니다. 이런 수준인 주제가 갑자기 소설을 쓰겠다고 직장도 버리고 나섰으니 사람들이 정신이 나갔다고 생각하는 것도 무리는 아니겠지요. 동료 중에 조금 공부가 많은 친구가 있었습니다. 그는 평소에도 책을 많이 읽는 것 같았습니다. 하루는 진지하게 그 친구에게 내 결심을 털어놓았습니다. 그러자 그는 어이없다는 듯이 소설이 무슨 위문편지 쓰는 것쯤으로 아느냐고 맞대놓고 비아냥거림을 하며 웃더군요. 그의 말이 틀리지 않았다는 것은 나도 압니다. 그래서 그의 반응에 새삼 서운하지는 않았습니다. 다만 다시는 남에게 내 결심을 말하지 말아야겠다는 생각을 했을 뿐입니다. 세상이 다 웃는다 해도 나는 소설을 쓸 것이고, 기어이 소설가가 될 것입니다.

혼자 거울을 보고 '소설가 이현상' 하고 중얼거려보니 기분이 참 좋아집니다. 내 이름이 표지에 박힌 소설책이 나오면 아마 사람들이 많이 놀라겠지요. 그리고 몇몇 사람들은 뒤표지에 박힌 내 이력을 슬쩍 곁눈질로 읽고는 노동으로 잔뼈가 굵은 이런 사람이 소설을 쓰다니, 아마 타고난 글쟁이인가봐 하고 끄덕일지도 모릅니다. 개중에는 내게 호기심 어린 질문을 하는 사람도 있겠지요. 소설을 쓰게 된 동기가 있나요? 그러면 나는 이렇게 대답할 것입니다. 소설가가 되기 위해서 소설을 썼습니다. 그 대답이 사람들에게는 엉뚱하게 들릴지도 모르겠습니다. 하지만 나로서는 그것이 가장 솔직한 대답입니다. 그리고 사실 세상 사람들이 나를 어떻게 평가하느냐는 그리 중요하지 않습니다. 다만 그녀 앞에 나는 소설가이고 싶을 뿐입니다. 그것이면 됩니다.

그녀는 소설책을 몹시 좋아합니다. 내 앞을 지나가는 그녀의 손에는 늘 소설책이 들려져 있었습니다. 그녀가 자주 다니는 도서대여점에 가서 슬쩍 알아본 적이 있는데 그녀가 빌려가는 책은 늘 베스트셀러 소설들이었습니다. 주인 말에 의하면 일 년이 넘도록 토요일이면 항상 책을 빌리러 온다고 했습니다. 그것은 나도 잘 아는 사실이지요. 그뿐만 아니라 그녀가 꼭 오후 다섯시쯤 책방에 간다는 것도 알고 있습니다.

내 다락방은 골목으로 창문이 나 있어 조금만 고개를 내밀면 그녀가
종종걸음으로 출근하는 뒷모습도 보이고, 돌아오는 모습도 볼 수가 있습
니다. 그녀는 평일에는 몹시 지친 표정으로 어둠이 이미 내린 깊은 밤에
퇴근을 합니다. 가로등이 켜 있는 그녀의 집 대문 앞에서 잠시 문이 열리
기를 기다리는 그녀의 모습은 금방 주저앉을 것처럼 힘들어 보였습니다.
그러나 토요일 오후 퇴근해서 돌아오는 그녀의 모습은 정말 생기 넘치고
아름답습니다. 동네사람들과 마주치기라도 하면 생글거리며 가볍게 고
개를 숙여 인사를 합니다. 그녀의 인사를 받은 사람들은 오늘은 무슨 좋
은 일이 있는가보구나 생각하며 참 귀여운 아가씨야 하는 기분 좋은 표
정이 됩니다.

나는 공장을 그만둔 그날부터 그녀를 좀더 오래 보기 위해 그녀가 버
스에서 내리는 정류장까지 나가 그녀를 기다리기 시작했습니다. 사랑하
는 사람을 보기 위한 기다림, 내가 알고 있는 행복 중에 가장 큰 행복이지
요. 그래서 토요일엔 나도 더욱 행복해집니다. 버스에서 내린 그녀는 마
술이 풀린 백설공주처럼 나는 듯한 몸짓으로 걸어가 삼거리에 있는 도서
대여점으로 들어갑니다. 잠시 후엔 빌린 소설책 한 권을 가슴에 꼭 껴안
고 나와 문 앞에서 잠시 멈춰 서서는 한 번 하늘을 쳐다보고 긴 호흡을 한
다음에 두 번의 신호등을 건너 집으로 갑니다.

나는 그녀에게 몇 번 편지를 보낸 적이 있습니다. 그러나 아직 단 한 번
의 답장도 받아본 적은 없습니다. 어쩌다 나와 눈이 마주쳐도 내 편지에
대한 아무런 반응도 없습니다. 잘 읽었다는 말까지야 기대하지 않지만
다시는 편지를 보내지 말라느니, 내용이 좀 어떻다느니, 뭐 그런 반응 정
도는 은근히 기다려봤지만 무심합니다. 한 번은 그녀가 좋아할 것 같은
소설책 한 권을 사서 그녀의 집 대문에 걸려 있는 우편물 통에 넣어 놓았

습니다. 그러나 역시 그녀에겐 아무런 느낌이 전해지지 않나봅니다. 혹시 보내준 책 받았다고, 고맙다는 눈인사쯤은 해줄 것 같아 기다렸지만 여전히 아는 체도 하지 않았습니다. 하기야 내가 그 편지나 책을 보낸 사람이라는 것을 그녀가 알 리가 없겠지요. 주소나 이름을 밝힌 적이 없으니까요. 그래도 그녀의 무표정한 눈빛과 마주칠 때면 조금은 서운합니다. 그러나 속으로는 다행이란 생각도 듭니다. 만일 그녀가 나의 존재를 알게 되고 그래서 만일 내가 싫어서, 내 관심이 귀찮다고 나를 피한다면? 그렇게 되면 그녀를 자주 볼 수 없게 될지도 모릅니다. 아, 그것만은 정말 상상하고 싶지 않은 지옥벌입니다.

그녀가 소설을 좋아한다는 것을 알고 나서부터 품어온 내 은밀한 계획은 이제 순조롭게 착착 진행되기 시작했습니다. 사실 소설가가 되겠다고 결심을 하긴 했지만 무엇부터 어떻게 시작해야 할지 알 수 없었습니다. 난감했습니다. 중학교 과정을 야간과 독학, 검정고시를 밟아 겨우 졸업 자격증을 얻은 것이 내 배움의 전부였으니 소설가가 되려면 어떻게 해야 한다는 것을 알 리가 없었지요. 그런 상태임에도 불구하고 직장까지 버리고 본격적인 소설을 쓰겠다고 덤빈 것은 사실 ≪당신도 소설을 쓸 수 있다≫라는 책을 발견한 후였습니다. 그 책이 내게는 구원병이었습니다. 그 책을 읽으면서 나도 소설을 쓸 수 있을 것이라는 희망이 생겼던 것입니다. 내 얼굴이 박힌 소설책을 그녀가 가슴에 안고 책방을 나서는 상상이 좀더 현실로 다가오는 것 같아 행복한 희망에 부풀었습니다.

나도 소설을 쓸 수 있다! 유명한 대학교수님의 말씀이니 의심할 필요가 없었습니다. 나는 기도하는 마음으로 첫 장을 열었습니다. 제일 첫 단원은 소설이란 무엇인가? 하는 큰 글씨가 써 있었고 그 아래에 체험과 상상이 빚은 언어예술이라고 소제목이 붙여져 있습니다. 나는 첫 장부터

기가 질렸습니다. 소설을 쓰겠다고 했지만 이제까지 소설이 무엇인가 하는 근본적인 질문을 스스로에게 던져본 적이 없었기 때문입니다. 더욱이 체험과 상상이 빚은 언어예술이라는 말에는 고개가 갸우뚱해졌습니다. 말뜻이 쉽게 이해되지 않았습니다. 그러나 여기서 마음이 흔들릴 수는 없었습니다. 졸린 눈을 부릅뜨고 낯선 낱말은 사전을 찾아가며 밤을 새워 소설이 무엇인지 진지하게 읽어 나갔습니다.

문제는 그 다음에도 계속되었습니다. 전쟁에 출전하는 병사처럼, 아니 사법고시를 준비하는 재수생처럼 이른 새벽에 일어나 맑은 냉수로 이를 닦고, 세수를 정갈하게 하고, 머리도 단정하게 빗고 다시 책을 펼쳤습니다. 두 번째 단원, 나는 가슴이 후드득 떨렸습니다. 몰래 카메라에 내 속마음이 다 찍혀버린 것 같은 기분이었습니다. 왜 쓰려고 하는가? 사실 나는 이 질문에 대한 답만은 확실하게 가지고 있었지만 그때까지 한 번도, 그 누구에게도 말해본 적은 없었습니다. 그런데 이 책을 지은 저자는 내 속셈을 다 파악하고 있는 듯했습니다. 내 마음을 그대로 읽어내고 있는 글을 보면서 이 저자는 대단한 실력을 가진 박사임에 틀림이 없다는 생각이 들었습니다. 그 큰 제목 다음에 이런 소제목들이 붙어 있었습니다. 소설은 악의의 음모요, 반역이다. 그것은 열등감으로부터 시작된다. 쓰는 일은 자기 구제의 길이다!

그 작은 글씨들이 음흉한 모습으로 곳곳에서 나를 향해 손가락질을 하고 있었습니다. 내 속셈을 다 알고 있는 그들 앞에서 나는 혼란에 빠졌습니다. 말로는 나의 모습 그대로, 솔직한 마음 그대로를 그녀에게 전할 수 있었으면 좋겠다고 생각했었지만 한편으로는 소설 속의 남자 주인공은 현실의 나보다 훨씬 잘난 사람으로 그리고 싶었습니다. 주인공의 어린 시절도 나보다는 조금 덜 남루하게 그리고 싶었고, 현재의 모습도 조금 더 성공한 직장인으로 매력 있게 그리고 싶었습니다. 죄가 되지 않는다면 어려서부터 꿈꿔왔던 나의 미래 상대로, 그런 나의 모습으로 그려내고 싶었습니다. 내 이력에도 조금은 색칠을 해야지 하고 마음을 먹었습니다. 그러나 책에서 지시하는 이론대로라면 소설이란 자체가 이미 무방비 상태로 나를 다 드러내는 거나 진배없다고 합니다. 아무리 꾸민다 해도 소설 속에는 고스란히 작가의 모습이 드러난다니, 소설을 써서 세상에 내놓는다는 것은 마치 대중탕에서 목욕하다 불이야 소리에 허겁지겁 뛰쳐나와 사람들 앞에 얼굴만 가리고 서 있는 기분일 것 같아 갑자기 두려워졌습니다. 그러나 이제 와서 포기할 수는 없습니다. 세상이 다 나를 봤다 해도 아직 그녀가 나를 보지 못했으니까요.

한숨이 나왔지만 다시 한 번 호흡을 가다듬고 다음 장을 넘겼습니다. 소설은 아무 때나 쓰는 것이 아니라 '쓰지 않으면 안 될' 충분한 이유가 있을 때 쓰라고 합니다. 나는 쓸 수밖에 없는 이유를 충분히 가지고 있었기 때문에 붉은 색연필로 이 부분에 밑줄을 진하게 그었습니다. 앞의 장을 읽을 때의 불안했던 마음이 한결 편안해지는 듯했습니다.

나는 출퇴근하는 그녀의 모습을 애달픈 마음으로 먼발치에서 바라보기 시작하면서부터 새로운 소망들이 생겼습니다. 그래서 오래도록 서랍에 묵혀두었던 십자가를 꺼내 벽에 걸었습니다. 내가 알고 있는 분 중 가장 능력 있는 분의 힘을 빌고 싶었습니다. 솔직히 말씀드리고 도움을 청해보기로 했습니다. '하느님, 만일 그녀와 일주일 만 같이 지낼 수 있게 허락하신다면 내 생명의 십 년을 거두어 가셔도 좋습니다.' 그러나 응답이 없었습니다. 아무런 조짐도 없이 한 달쯤 지내고 나자 내 흥정이, 아니 내 소망이 너무 건방진 것은 아니었나 반성이 되었습니다. 생명이야 당신만이 주관하시는 분야인데 나같이 보잘것없는 인간이 감히 생명을 걸고 흥정을 청했으니 말입니다. 그래서 조금 더 마음을 비워내고 새로운 기도를 드렸습니다. '만일 그녀를 단 하루라도 좋으니 실컷 바라볼 수 있게만 허락해주신다면 내게 주실 은총을 다 거두어서 남에게 나눠주셔도 좋습니다. 평생을 고독하게 혼자 살아라 해도 절대 원망하지 않겠습니다. 지독한 가난 속에 살아도 좋습니다. 그녀를 단 하루 만이라도 내게 허락하소서.' 이렇게 기도를 드리고 나니까 마음이 조금 놓였습니다. 서른 살 총각의 처음 부탁인데 하느님도 이 정도라면 들어주실 거란 믿음이 생겼습니다.

드디어 내 기도가 조금씩 이루어지기 시작했습니다. 그 첫 번째 증거는 내 가난입니다. 나는 예전에도 몹시 가난했고, 지금도 가난합니다. 그러나 기도를 드리기 시작할 때는 제법 부자였습니다. 공장에서 받은 월급 대부분을 꼬박꼬박 꺾어 넣었던 적금을 두 달 전에 탔거든요. 그 돈이면 한동안은 일을 안 해도 살 수 있을 것 같았습니다. 사실은 그 돈을 믿고 잠시 일을 쉬면서 소설 쓰는 일에 전념하겠다고 생각했던 것이었습니다. 그런데 지난달, 막차까지 다 지나갔는데 그녀가 아직 오지 않았습니다. 나는 너무도 초조한 나머지 찻길에 나서서 기웃거리다가 그만 뺑소니차에 치는 교통사고를 당했습니다. 생명엔 지장이 없었지만 그 덕에 저축해놓은 돈을 몽땅 치료비로 내고 말았습니다. 다시 빈털터리가 된 것이지요. 소식을 듣고 달려온 몇 친구들은 이러쿵저러쿵 걱정과 충고를 했지만 나는 그리 슬프지 않았습니다. 하느님이 내 기도를 들어주시는 증거라 생각하니 기쁘기까지 했습니다. 그런데 문득 걱정이 되는 것은 그녀와 하루를 지낼 수 있는 소망이 정말 이루어진다면 그날은 돈이 좀 필요할 텐데 무일푼이 되었으니 어쩌지? 하는 것이었습니다. 그래서 조금 우울해졌습니다. 종일 말동무도 없이 혼자 누워 있다보니 쓸데없는 걱정만 늘었나봅니다. 갑자기 걱정거리가 하나 또 생각났습니다. 그녀와 지낼 하루의 스케줄을 어떻게 짜야 할지 난감한 생각이 들었습니다. 어떻게, 무엇으로 그녀를 기쁘게 해주어야 할지 방법이 전혀 떠오르질 않았습니다. 나는 그녀가 책 읽는 모습을 종일 바라보고만 있어도 행복하겠지만 그녀는 별로 좋아할 것 같지 않습니다. 두드리면 열린다더니 종일 고민하던 중에 방법이 떠올랐습니다. 내 친구 중에 아주 여자들에게 인기가 많은 놈이 있거든요. 그 친구에게 물어보면 그녀를 기쁘게 해주는 방법 하나쯤은 알려줄 것입니다.

사실은 내게는 속으로만 품어온 꿈이 하나 있습니다. 이 생에서는 내가 너무 부족해서 그녀 곁에 머물 수 없겠지만 다음 생에서는 무엇으로 태어나든 간에 꼭 그녀 곁에서 사랑하며 살고 싶습니다. 다음 생이 허락된다면 어떤 모습으로 만나더라도 그녀가 내 사랑을 받아주길 바랍니다. 그렇게 되려면 죽음조차 지우지 못할 아름다운 추억을 인호처럼 그녀에게 남겨주어야겠지요. 너무 엄청난 음모라 아무래도 이 문제에 대해선 소설가가 된 다음에 더 진지하게 연구해봐야 할 것 같습니다.

병원에 입원해 있었기 때문에 그녀를 꽤 여러 주일 못 보았습니다. 사실 몸이 아픈 것보다 그녀를 못 본다는 것이 더 참기 힘들었습니다. 다리 수술을 하고 난 다음날, 그녀가 먼 곳으로 이사를 가버리는 꿈을 꾸었습니다. 나는 어찌나 마음이 산란하던지 곧 죽을 것만 같았습니다. 의사 선생님은 왜 이렇게 열이 안 떨어지는지 모르겠다고 짜증을 냈지만 나는 그 원인을 알고 있었기 때문에 빨리 퇴원하게 해달라고 말씀을 드렸습니다. 그러나 아무도 내 말을 들으려 하지 않더군요. 열에 들떠서 헛소리를 한다고 애매한 해열주사만 자꾸 놓아주었습니다. 의학박사라 해도 사람의 병을 다 아는 것은 아닌가봅니다.

　병원에서 나오자마자 나는 도서대여점이 보이는 골목에 서서 그녀를
기다렸습니다. 토요일이었거든요. 아직 목발이 익숙하질 않아 오래 서
있기가 힘들었지만 그녀를 볼 수만 있다면 그 정도의 아픔쯤은 백 번도
견딜 수 있었습니다. 한 시간쯤 기다린 듯했습니다. 드디어 그녀가 나타
났습니다. 내가 병원에서 혼자 앓고 있는 사이에도 그녀는 여전히 퇴근
길에 도서대여점에 들러 소설책을 빌리고 있었습니다. 정말 사랑스럽고
고마운 여인입니다. 먼발치에서 바라본 그녀는 변함없이 빌린 소설책을
가슴에 안고 나와서 잠시 하늘을 보며 고운 한숨을 한 번 쉬고는 밝은 표
정으로 집으로 향했습니다. 얼마나 기뻤던지 나는 창피한 것도 모르고
길에 서서 눈물을 흘렸습니다.

　참으로 오랜만에 차분한 마음으로 책을 폈습니다. 병원에 입원해 있는
동안 못 읽었기 때문에 조금 서둘러 더 열심히 공부를 해야 할 것 같았습
니다. 3장의 제목은 무엇을 쓸 것인가 하는 것이었습니다. 나는 잠시 생
각했습니다. 나는 지금 무엇을 쓰려고 하는가? 내 이야기를 쓰려고 합니
다. 내 출생에 대한 이야기, 내가 살아온 삼십 년의 그 간절하고 슬펐던
이야기들, 그리고 내 안에 자리잡은 사람들에 대한 그리움의 흔적들. 그
걸 쓰려고 합니다. 그런데 그런 이야기를 어떻게 써야 소설이 되는 건지
나는 또 잠시 아득해졌습니다. 더욱이 글은 독자의 신뢰를 얻어낼 수 있
어야 한다는데 도대체 나의 어떤 이야기가 그녀로 하여금 신뢰감을 가지
게 할 수 있겠는지 갑자기 암담한 기분이 들었습니다. 더구나 돈과 함께
다리까지 하나 없애버린 못난 주제에. 절망적인 심정으로 잠시 책을 덮
었습니다. 그러나 이대로 포기할 수는 없었습니다. 더 이상 잃을 것이 없
을 때 사람은 용감해지나봅니다.

　책을 다시 펴고 계속 읽어 나가기 시작했습니다. 그리고 지금 현재의

모습은 소설을 쓰는데 크게 영향을 미치지 않는다는 대목에서 힘을 얻었습니다. 하기야 다리를 하나 잃었다고 소설을 쓰지 못할 이유야 없겠지요.

소설을 쓸 때 가장 보편적으로 도움이 되는 것은 어린 시절의 기억과 일기장이라고 하는군요. 아, 그러고 보면 나는 참 운이 좋습니다. 별로 기억력이 좋지 않은데도 이상하게 어린 시절을 상징하는 몇 개의 단상들은 잊혀지질 않습니다. 한때는 그 기억들을 잊고 싶어서 술을 마시기도 했습니다. 그런데 그렇게 잊으려 했던 기억들이 소설을 쓰는데는 밑천이 된다니, 참으로 세상일은 무조건 나쁠달 것도, 항상 좋달 것도 없나봅니다. 무엇보다 일기장이 좋은 단서가 된다니 기분이 좋습니다.

자주 이사를 다니는 편이라 이삿짐을 싸는 일에는 익숙합니다, 실제 이삿짐이랄 것도 없지만. 부엌 살림으로 몇 개의 그릇과 낡은 가스렌지. 그리고 옷을 넣은 가방 하나, 이불 보따리 하나, 잡동사니 살림을 넣은 종이박스 하나. 그리고 가장 무게가 나가는 것이 있다면 바로 초등학교 때부터 계속 쓰고 있는 일기장들. 그 쓸데없고 낡은 추억들을 왜 그리 끌고 다니는지 나 스스로도 모를 때가 많았습니다. 다 태워버리겠다고 밖에 가지고 나가 불을 지피려고 한 적도 몇 번 있었지만 그때마다 수북히 쌓인 일기장 앞에서 밤새 소주를 마시고는 새벽녘이면 꾸물꾸물 도로 들여다 상자에 넣고 봉해버리곤 했었습니다.

다음 장을 펼치니 소설을 쓸 때는 자신의 열등 콤플렉스를 무기 삼으라고 하네요. 사실 열등 콤플렉스라는 단어는 온전히 이해하지 못합니다. 그러나 그와 비슷한 감정을 처음 체험했던 날은 아직도 여러 아픈 추억들 중에 하나로 기억하고 있습니다.

아홉 살 때였습니다. 두 번이나 입학통지서를 받고서야 할머니는 나를 학교에 보냈습니다. 그 바람에 나는 친구들보다 머리 하나는 늘 더 컸습니다. 그러나 맨 뒤에 서는 것이 싫었습니다. 그래서 학기마다 번호를 정하기 위해 키 순서대로 서라고 하면 어떻게 하든 꼴찌가 되지 않기 위해서 목을 움츠리고 다리도 약간 벌리고, 허리도 구부정하게 서곤 했었습니다. 그러나 번번이 친구들 속에 끼고 싶은 내 희망은 사라지고 항상 내 자리는 맨 끝이었습니다.

입학식 다음날, 첫날과 마찬가지로 나는 혼자 학교에 갔고 전날 선생님이 일러준 대로 교실을 찾아가 맨 뒤에 놓인 내 자리에 앉았습니다. 꽃샘추위가 있었던 날이었는지, 교실에 난로가 있었는지는 기억하지 못하지만 교실 뒷문 옆에 앉아 있던 나는 문틈 사이로 스며드는 차가운 바람 때문에 몹시 떨었던 기억은 선명합니다. 담임 선생님은 반 아이들에게 몇 가지 조사할 것이 있다고 하시며 묻는 대로 손을 높이 들라고 하셨습니다. 질문사항이 꽤 많았지만 나는 어느 질문에도 손을 들었던 기억이 없습니다. 몇 개의 질문에는 손을 안 들은 아이가 여럿 있었습니다. 그러나 거의 대부분은 많은 아이들이 계속 손을 들었기 때문에 나는 점점 창피해졌습니다. 그리고 나도 손을 들 수 있는 질문을 해주기를 간절히 바라며 선생님을 바라보고 있었습니다. 그런데 선생님께서 끝으로 묻겠는데 글씨를 읽을 수 있는 사람 손들어봐요 하는 것이었습니다. 나는 그만 고개를 숙이고 말았습니다. 할머니가 말씀하시길 글씨는 학교에서 선생님이 가르쳐주시는 거라 했는데 학교 온 지 하루 만에 친구들은 어떻게 벌써 글씨를 다 배웠을까? 그때 선생님이 말씀하셨습니다. 다시 하겠습니다. 그러면 글씨를 읽을 줄 모르는 어린이는 손을 들어보세요. 아직 자기 이름을 읽거나 쓸 줄 모르는 학생도 손을 들어봐요. 나는 고개를 들고 선생님을 향해 손을 번쩍 들었습니다. 아, 이제 나도 선생님께서 글씨를 가르쳐주시겠구나, 내 이름도 쓸 수 있겠구나 싶어 기뻤습니다. 머리 위로 높이 처든 오른손에 힘을 주어 더욱 똑바로 들었습니다. 그 순간, 친구들은 모두 혼자 손을 들고 있는 나를 돌아보았고, 키득키득 웃는 소리가 들렸고, 반 아이들의 어깨가 맨 뒤에 앉아 있는 내 눈앞에서 파도처럼 흔들렸습니다. 선생님, 현상이는 거지 할머니랑 둘이 살아요. 할머니가 가끔 가서 일을 해주는 방앗간집 철진이가 의기양양하게 소리를 질렀습니다. 나는 우리 할머니는 거지가 아냐 하고 소리를 질렀지만 그 말은 어찌된 일인지 소리가 되어 나오지 않고 눈물이 되어 쏟아졌습니다. 나는 지금도 이십 년이 넘은 그날의 장면을 생생하게 기억합니다. 그날 이후 학교에서나 사회에서 그 어떤 질문에도 나는 손을 들지 않습니다.

이런 기억들은 아직도 나를 몹시 고통스럽게 합니다. 사실 이런 이야기를 솔직하게 내 소설 속에 털어놓고 싶진 않습니다. 비록 부모의 얼굴도 모른 채 고달픈 삶을 살아왔지만 소설 속에서는 훌륭한 가문의 자손으로 자존심이 강한 청년으로 나를 그리고 싶습니다. 무슨 자서전도 아니고 회사에 내는 이력서를 쓰는 것도 아닌데 다 솔직히 털어놓을 필요는 없겠지 하는 생각이 미치자 조금 마음이 편안해집니다.

소설을 쓰려거든 자기의 관심을 지배하는 그 인물에 대해서 쓰라고 권하는군요. 두 번 생각할 것도 없이 그녀에 대해 써야 할 것 같습니다. 지금 내 머리 속에는 오직 그녀에 대한 생각밖에는 없으니까요. 전에는 책을 빌려 가지고 나오는 그녀를 가끔 뒤따라가 그녀가 들어간 집의 대문을 오래도록 바라보다가 돌아오기도 했었습니다. 그러나 이제는 내 걸음으로는 그녀를 따라갈 수가 없기 때문에 잠시 책방에 들어갔다가 나와 골목 어귀로 꺾어 들어설 때까지의 모습만 잠깐씩 봅니다. 그러나 그리움이란 같이 있는 시간과 반비례하나 봅니다. 보기 힘들수록 그리움은 배가 되어 끝없이 커집니다. 그녀가 입고 있었던 스웨터와 같은 푸른색만 보아도 가슴이 저립니다. 푸른 풀잎만 봐도 눈물이 흐르고 그녀와 비슷한 몸매를 닮은 사람만 봐도 숨이 멎는 듯합니다.

그러나 나는 그녀에 대해서는 쓸 말이 없습니다. 나는 그녀의 모든 것을 사랑하지만 실제 내가 그녀에 대해 알고 있는 것은 별로 없기 때문입니다. 그녀는 소설책 읽는 것을 몹시 좋아한다는 것과 짙푸른 스웨터를 잘 입는다는 것, 그리고 그녀가 살고 있는 집 대문에는 양철 우체통이 걸려 있다는 것과 가끔 대문 앞에서 놀다가 나를 보면 집안으로 뛰어 들어가 문틈으로 나를 내다보는 예쁜 계집아이 동생이 있다는 것이 그녀에 대해 내가 아는 전부입니다. 그러고 보니 그녀에게 부모님이 계시는지, 그녀는 몇 살이나 되었는지, 그럴 리는 없겠지만 혹시 그녀가 사랑하는 사람이 있었는지, 그녀는 무엇을 좋아하는지, 모든 것이 궁금해지기 시작했습니다. 갑자기 참을 수 없는 욕망이 내 안에서 꿈틀거리면서 그녀에 대해 모든 것을 알고 싶다는 갈망에 목이 타들어가기 시작했습니다. 그러나 나는 아무런 방법도 알지 못했습니다. 이 열망으로는 누군가 그녀에 대해 알고 싶은 사람 있으면 손을 들고 나와보라고 하면 제일 먼저 손을 들고 나갈 수도 있을 것 같았습니다. 그러나 몇 날을 생각해도 방법이 생각나지 않았습니다. 나는 거의 먹고 잠자는 것조차 잊은 채 그녀에 대해 알고 싶다는 욕망으로 인한 오열로 심하게 몸살을 앓았습니다.

친구의 배려로 사글세 보증금만으로 얻은 이 다락방은 나에게는 안성맞춤입니다. 전에는 늘 구부리고 지내는 것이 힘들어 큰 키가 꽤나 성가시더니 이제는 아주 편안합니다. 어차피 목발을 놓으면 서서 걸을 수도 없는 터라 나무로 된 두 계단을 기어올라가면 앉아 있기도 편하고 눕기에도 넉넉합니다. 병원에서 나온 이후에는 어찌나 게을러졌는지 천장에 매달린 삼십 촉 백열전구를 켜기 위해 일어서는 것도 귀찮아 불을 켜지 않은 채 지내는 날이 더 많아졌습니다. 그날도 혼자 낮, 밤을 앓다가 문득 어둠 속에서 그 도서대여점이 떠올랐습니다. 그 대여점에서는 그녀에 대해 많은 정보를 가지고 있겠구나 하는 생각이 들었던 것입니다. 나는 날이 밝아지기를 기다려 집을 나왔습니다. 며칠을 앓던 끝이라 금방 길에 쓰러질 듯 힘들었지만 그 대여점까지 가는 데는 그리 오래 걸리지 않았습니다. 너무 이른 탓인지 아직 문이 열려 있지 않았습니다. 나는 우선 정신을 차려야겠다는 생각에 가까운 해장국집으로 들어가 아침식사를 주문했습니다. 며칠을 비어 있던 속은 뜨거운 국물이 들어가자 뜨끔뜨끔하며 통증이 일었지만 그래도 한 그릇을 다 먹었습니다. 언젠가는 이루어질 그녀와의 만남을 위해서도 나는 건강해야 하기 때문입니다. 처음 병원에서 나왔을 때는 상가 윈도우에 비친 내 모습을 보고는 너무 낯설어 많이 놀랐습니다. 그리고 사고 당시에 그냥 죽어버렸으면 얼마나 좋았을까 하는 불손한 생각도 했습니다. 그녀의 파트너로는 이제 단 하루도 허락될 것 같지 않아 몹시 슬펐습니다. 그러나 이젠 그런 걱정도 하지 않기로 했습니다. 내 소설이 나오면 제일 첫 권을 그녀에게 보낼 것입니다. 내 책을 가슴에 꼭 껴안고 걸어오는 그녀의 모습을 상상하다보면 어느새 새 희망이 막 솟아납니다.

　해장국집에서 나와서도 한참을 기다려야 했습니다. 도서대여점 주인은 주변의 모든 가게들이 다 문을 열고 나서도 한참 있다가 나와 셔터 문을 열었습니다. 그러고 보니 주인도 바뀐 것 같습니다. 전에 들렀을 때는 남자였는데 지금은 초로의 아주머니가 가게 바닥을 대걸레로 닦고 있었습니다. 첫 손님으로 내가 들어서자 조금 의외인 듯한 표정을 잠시 짓더니 청소를 계속하기 시작하였습니다. 대여점 내부는 밖에서 보기보다는 의외로 넓어 양쪽 벽에 붙은 진열장에는 그녀가 좋아하는 소설책들이 즐비하게 진열되어 있었습니다. 나는 긴 호흡을 하며 잠시 눈을 감았습니다. 그녀가 이 자리에 이렇게 서서 소설을 고르곤 했겠지. 그 진열장 제일 가운데 베스트셀러가 된 소설들만 있는 칸에 내 이름이 적힌 소설책이 꽂혀 있습니다. 그녀가 얼른 내 책을 뽑습니다. 그리고 반가운 표정으로 표지 앞뒤를 살피고 있습니다. 표지 뒷면 한쪽에 조그마하게 들어 있는 내 사진을 그녀가 자세히 들여다보고 있습니다. 그녀의 입가에 작은 미소가 번지는 듯합니다. 그녀는 다시 속 페이지를 열고 작가의 말을 읽는 것 같습니다. 내가 그녀에게 바친 작품이라는 것을 그 글을 읽고 눈치를 챘나봅니다. 처음엔 조금 놀란 표정을 짓더니 차츰 볼이 붉어지며 그녀 특유의 부드러운 미소가 얼굴에 가득 번집니다. 그리고는 카운터로 가서 이 소설책을 살 수 없느냐고 묻습니다. 주인은 그녀를 한 번 쳐다보더니 요즘 사람들에게 많이 읽히는 소설이라 사겠다는 사람들이 많아서 새 책을 여러 권 가져다놓았다며 내 소설책을 봉투에 넣어줍니다. 그녀는 책을 받아들자 가슴에 책을 꼭 껴안고 가게문을 나섭니다. 그녀의 머리카락을 스치며 들어오는 바람에 가게 안이 상쾌한 샴푸 냄새로 아득해집니다.

　손님, 그 책을 빌려 가실 건가요? 청소를 끝낸 주인 아주머니가 카운터에 앉아서 나를 바라보고 있었습니다. 나는 꿈에서 깨어나 그때까지 내 손에 들려 있던 책을 얼른 도로 꽂았습니다. 그러나 아직 그냥 나올 수는 없었습니다. 그렇다고 단도직입적으로 그녀에 대해 주인에게 물어 볼 용기도 나질 않았습니다. 어떻게 그녀를 설명해야 할지도 모르겠고, 설령 그녀에 대해 주인이 알고 있다고 해도 단골손님인 그녀에 대한 신상을 나에게 얘기해줄 것 같지 않아 더 망설여졌습니다. 나는 매사에 이 모양입니다. 수백 번 생각하고 다짐한 일이면서도 막상 결정적인 순간에는 어찌해야 좋을지 몰라 쩔쩔매다가 그만 일을 그르치기 일쑤입니다. 가슴이 답답해지면서 숨쉬기가 힘들었습니다. 이럴 땐 소리를 내어 울고 싶습니다. 엉엉 소리내어 눈물을 흘리고 나면 조금 가슴이 시원해질 것 같았습니다. 그러나 그것도 내 다락방에 들어가서나 할 수 있는 일이었습니다. 우선은 온 목적을 수행해야만 할 텐데 나는 벌써 한 시간이 넘게 이 책 저 책 눈에 띄는 대로 꺼내 읽기만 하고 있었습니다. 주인 아주머니와 눈이 마주쳤습니다. 주인의 눈에는 내가 아주 수상한 손님 같아 보였나 봅니다. 나를 바라보는 그 눈빛이 곱질 않았습니다. 더 이상 꾸물거릴 수가 없을 것 같았습니다. 나는 아무 책이나 한 권 골라 가지고 카운터로 갔습니다. 주인은 처음 대여하는 것이라 주민등록증이 필요하다고 했습니다. 나는 주민등록증을 내밀며 조심스럽게 물었습니다.

"저 혹시 토요일 오후면 와서 소설책을 한 권씩 빌려 가는 아가씨를 기억하시나요?"

"누구요?"

"토요일 다섯시쯤이면 늘 퇴근길에 들러 소설책을 빌려가는 아가씨가 있잖아요?"

"아, 토요일이면 와서 책 빌려 간다는 그 아가씨? 그 아가씨 얘기를 들은 적은 있지. 오후엔 아들이 가게를 보는데 그런 아가씨가 있다고 하더군. 나야 본 적도 없으니 잘 모르지. 그런데 댁은 그 아가씨와 무슨 관계가 있는 거유? 혹시 그 아가씨 오빠라도 되시나? 아들 말로는 그 아가씨가 혼자 우리 아들을 좋아하는 것이지 우리 아들은 그 아가씨에게 마음이 전혀 없다고 하던데. 우리 아들은 오랫동안 사귀고 있는 아가씨가 있고 올 가을엔 결혼할 예정이라우. 조금 있으면 우리 아들이 나올 텐데 의심나면 직접 물어보슈."

그 아주머니는 내가 무엇인가 따지기 위해 그녀의 집에서 찾아온 사람인 줄 알았나봅니다. 나 같은 사람이 그녀의 식구로 오해를 받게 했다는 것이 그녀에게 너무 미안했습니다. 황급히 그렇지 않다고 말하고는 그곳을 빠져나왔습니다. 그런데 왜 그렇게 다리에 힘이 빠지고 눈앞이 어지러운지, 쓰러지지 않고 집에까지 무사히 온 것이 참 용하다 싶었습니다. 나는 다락방으로 돌아오자마자 깊은 잠에 빠졌던가봅니다. 깨어보니 햇살이 다락방 창문으로 비집고 들어와 내 얼굴을 따갑게 비추고 있었습니다. 하루 낮, 밤을 자고 일어난 일요일 한낮이었습니다.

나는 더 이상 소설 쓰는 법을 가르치고 있는 책을 보지 않기로 했습니다. 많은 사람들에게 인정을 받는 소설을 쓰고 싶은 생각이 없어졌습니다. 돈을 많이 벌 수 있는 베스트셀러 작가가 되고 싶다는 욕심도 버렸습니다. 도서대여점에 꽂혀서 책장이 낡아지고 손때가 까맣게 묻도록 읽히는 재미있는 소설을 쓰고 싶지도 않습니다. 그녀를 하루만 훔치고 싶다는 내 소망까지도 잠시 접기로 했습니다.

단 한 사람, 그녀만을 위한 글을 쓰렵니다. 내가 가진 모든 행운이 다 그녀의 것이 되길 원합니다. 하느님, 그것이면 족합니다. 이제야 마음이 홀가분하고 생각이 정리됩니다. 그녀의 아름다운 사랑이 이루어지는 이야기를 쓰겠습니다. 이 글이 완성되어 그녀의 집 대문에 걸려 있는 편지함에 넣는 날, 나는 친구에게 전화를 할 것입니다. 얼마 전부터 구두 수선을 하고 있는 친구가 자기 가게에 나와서 일을 배우라고 성화를 했습니다. 나는 가벼운 마음으로 새로운 일을 다시 시작할 것입니다.

다락방 창문으로 새어 들어온 햇살이 이젠 다 물러나 더 이상 원고지가 보이질 않습니다. 이제 또다시 세상은 어둠입니다. 그러나 나는 무섭지 않습니다. 분명 내일도 햇살은 이 다락방을 찾아줄 테니까요.

침묵은 깊어지고

내가 그녀를 만난 것은 깊은 가을이었다. 목숨처럼 사랑했던 사람과의 이별 앞에 더 이상 생명을 지탱할 의미를 잃었다. 죽음을 택했다. 그러나 나는 다음날 병실에서 하얗게 깨어났고 그곳에서 그녀를 만났다.

나는 억지로 위 세척을 당한 끝이라 일어날 힘도 없었지만 다시 시작할 수밖에 없게 된 세상살이가 너무 막막해 손끝 하나도 움직일 의욕조차 잃고 있었다. 종일 창 밖의 은행나무에 시선을 풀어놓은 채 지냈다. 그러다 문득 나와 창 밖의 은행나무 사이에 조용히 누워 있는 그녀를 발견하였다. 그러나 그녀의 시선도 늘 창 밖에 머물러 있었으므로 좀처럼 나와 눈을 마주치는 일은 없었다.

나무들은 겨울나기 준비로 분주했다. 늙은 수도승 같은 플라타너스는 모든 양분을 뿌리로 내린 채 꺼칠한 갈잎을 휠휠 날리고 있었고, 두 아름은 넉넉히 됨직한 은행나무는 화려한 몸짓으로 햇살같이 눈부신 노란 잎들을 떨어내고 있었다. 잎이 지는 가지 사이로 점점 크게 다가오는 짙푸른 하늘은 눈이 시렸다.

나는 꽤 여러 날 창 밖의 가을풍경을 그녀와 함께 지켜보고 있었다. 가끔은 그녀의 모습이 창 밖으로 보이는 깊은 가을 속의 한 풍경인 양 느껴졌다. 하얀 벽에 걸린 액자 같은 창틀 안에 담겨진 한 폭의 그림. 그 속엔 낙엽들을 부추겨 춤을 추는 갈바람이 있고, 그 아래에 하얀 모습으로 고요히 누워 있는 여인이 있었다.

그녀의 몸집은 자그마했다. 가끔 간호사와 대화를 나누는 목소리도 속삭임처럼 작고 부드러웠다. 나이를 가름하기는 어려웠다. 어찌 보면 희끗희끗한 머리카락과 조심스런 몸놀림이 회갑은 되었음직했다. 하지만 아직도 수줍음이 담긴 듯한 그 조용한 목소리와 품위 있는 말투, 가끔 보여주는 밝은 웃음은 마치 잿더미 속에 아직 뜨거운 불씨를 간직한 사십 대 여인 같은 인상을 풍기고 있었다.

여섯 명의 환자가 같이 입원해 있는 병실은 언제나 북적거렸다. 문병객과 병간호를 위해 기거하고 있는 보호자들로 인해 잠시도 조용한 틈이 없었다. 그러나 그녀의 침대 주변은 이상하리만큼 항상 부드러운 침묵이 흐르고 있었다. 살아 있음조차도 거부하고 싶을 만큼 세상 모든 것을 철저히 외면하고 싶었던 내가 그녀에게 호기심을 느끼기 시작한 것도 사실은 그런 이상한 침묵 때문이었다.

창 밖의 전경은 하루가 다르게 변화했다. 바람은 깊어가는 계절의 전령답게 부지런히 겨울을 불러들이고 있었다. 늦가을의 찬비가 한 차례 지나간 뒤끝의 하늘은 더욱 투명하게 높아지며 또 하나의 풍경화를 그려냈다. 화려한 단풍들을 다 떨어낸 앙상한 가지 끝에는 산사의 처마에 달린 풍경같이 잎새 하나가 흔들리고 있었다.

신음하던 병실의 수선스런 소음도 잠시 휴식을 취하는 초저녁, 나는 침대를 높여 비스듬히 몸을 기대어 앉아서 서서히 노을이 번져 들고 있는 병원 마당을 바라보고 있었다. 그때 문득 마지막 잎새가 흔들리는 소리가 들리는 듯했다. 닫힌 창 틈 사이로 바람에 실려 들려오는 청아한 풍경소리 같은 잎의 떨림. 그 이파리의 떨림 소리에 온 정신을 모으고 눈으로 바람을 좇았다. 순간이었다. 노을 속에 홀로 매달려 있던 은행잎이 가지에서 떨어져 허공에서 잠시 맴돌다 시야에서 사라졌다. 마치 허공을 가르며 승무를 추던 여인의 마지막 몸짓 같았다. 나는 그 강렬한 느낌으로 인해 나도 모르게 아! 하고 작은 외마디를 질렀다. 그녀가 순간 나를 향해 고개를 돌렸다. 그녀도 창 밖의 그 풍경을 바라보고 있었던 것 같았다.

"이제 정말 겨울이 오시나봐요."

갑작스럽게 내게로 향한 그녀의 시선에 당황했다. 아직도 낙엽이 구르는 창 밖에서 서성대고 있는 마음을 급하게 추슬러 들이며 그녀를 마주보았다. 그러나 주인 몰래 집안을 기웃거리다 들킨 아이처럼 얼굴이 달아올랐다. 더구나 너무 오랫동안 마음의 문을 굳게 닫아걸고 살아온 탓에 낯선 사람과의 대화에 매우 서툰 나는 한참 후에야 더듬거리며 그녀를 향해 입을 열었다.

"……네, 가을이 가나봐요…… 안녕하세요?"

나는 바보 같은 대답을 하고 말았다. 이렇게 같은 병실에 누워 있는 지도 나흘이 넘었는데 새삼 안녕하냐는 인사를 하다니. 대인관계가 늘 이렇게 어정쩡한 내 자신이 한심스러웠다. 그러나 창 밖을 향해 누워 있던 자세를 내게로 향해 비스듬히 기대앉는 그녀의 눈빛은 따뜻했다.

"이렇게 병실에서 은행잎이 떨어지는 것을 보니까 예전에 읽었던 〈마지막 잎새〉라는 소설이 새삼 실감나게 떠오르네요."

"네, 정말 그러네요."

그녀의 부드러운 목소리에 순간적으로 도사렸던 긴장감이 슬며시 풀어지는 기분이었다.

"어디가 많이 아프셨던가봐요?"

질문을 하고는 나는 또 난감해졌다. 조금 친절하다고 해서 분수 넘게 남이 어디가 얼마만큼 아파서 입원했는지 묻고 있는 내가 우스웠다. 그러나 그녀는 아주 상냥한 사람이었다.

"심장이 조금 약하다나봐요. 그러나 이젠 괜찮아요. 괜스레 딸아이가 놀래서 입원을 시켰지만 며칠 후면 퇴원하게 될 거예요."

그리고 보니 늦은 저녁시간쯤에 자주 문병을 오는 젊은 부부가 딸 내외 같아 보였다. 젊은 부부는 함께 직장을 다니는지 퇴근시간 무렵 같이 잠시 들렀다 가곤 했다. 휴일에는 유치원을 다님직한 개구쟁이 소년과도 같이 온 적이 있었다.

"따님이랑 사시나봐요?"

오지랖도 넓지, 그녀가 누구와 살던 그게 왜 또 궁금하단 말인가. 아마 병원에 오래 누워 있다보니 나도 꽤나 심심했던가보다. 그러나 내 이런 자책에도 불구하고 그녀는 여전히 내게 온화한 미소를 짓고 있었다.

"딸은 결혼했고 또 직장이 서울이라 나 혼자 시골에서 살지요…… 혼자 산다는 거 참 편해요. 그런데 사위와 딸은 마음이 영 놓이질 않는다고 성화지요. 이번에도 텃밭에서 가을걷이를 하느라 약간 무리를 하는 바람에 잠시 지친 것뿐인데…… 조금만 편히 쉬면 될 것을 이렇게 호들갑스럽게 입원을 시키고는 치료를 받으라고 수선을 부리는군요."

말을 하면서 자주 숨을 고르는 모습이 약간 피로에 지친 정도의 가벼운 병은 아닌 것 같았다. 그러나 나는 그녀가 한 번도 다른 환자들처럼 아프다고 호소를 하거나 신음을 내는 것을 본 적이 없었다.

병실이란 늘 소란스럽다. 환자들은 대개가 자기와 눈이 마주치는 사람마다 붙잡고 자신의 병력을 실감나게 설명하려 애썼다. 종일 기운이 없이 누워 있다가도 얘기를 들어줄 상대만 나타나면 어디서 그런 기운이 솟아나는지 지칠 줄 모르고 아픈 증상을 설명하며 자신의 처지를 호소했다. 아침에 한 차례 회진하는 담당 의사가 나타나면 환자들은 한결같이 엄마에게 매달리며 응석을 떠는 어린아이처럼 좀더 자기에게 오래 머물러주기를 바라며 수다스러워진다. 그러나 나는 아직 그녀가 누구에게 먼저 말을 걸어 자신의 병세를 말하는 것을 본 적이 없었다. 그녀의 표정은 아픈 사람답지 않게 늘 평화스러웠고 묻는 말에도 말을 아껴 대답을 하곤 하였다. 그런 그녀가 내게 말을 걸어오고 또 자상하게 자신의 이야기를 들려주자 나는 괜히 코끝이 찡해졌다.

첫인사를 나누기가 힘들어서 그렇지 일단 말문을 열고 보니 그녀와 서로 마주보며 이야기를 나누는 것이 생각보다 어렵지 않았다. 그러나 남의 친절에 별로 익숙하지 못한 탓에 나는 번번이 대화의 끈을 놓치곤 했다. 그 때마다 그녀는 그냥 조용히 미소를 지으며 기다려주었다.

그녀는 대부분의 시간을 독서로 보내고 있었다. 그 모습이 참 보기 좋았다. 평소 책과는 거리가 멀게 살아왔던 나도 무엇인가가 읽고 싶다는 생각이 들 정도였다. 그러나 내게는 미리 준비된 책도 없었고 책을 구해다 달라고 부탁할 방문객도 없었다. 그래서 나는 그냥 창 밖의 가을풍경과 그 가을 속에서 책을 읽고 있는 그녀를 바라보는 것으로 만족하고 있었다.

어느 날 그녀가 내게 혹시 시를 좋아하느냐고 물었다. 나는 무어라 대답을 못하고 그냥 우물쭈물하며 고개를 끄덕거렸다. 그러자 그녀는 자신이 보던 시집에서 시 한 편을 읽어주었다.

……

외치지 마세요

……

때는 와요
우리들이 조용히 눈으로만
이야기할 때

……

좋은 언어로 이 세상을
채워야 해요.

시의 내용은 잘 모르겠지만 읽는 그녀의 목소리가 너무도 듣기 좋았다.
"참 아름답네요."
"이것은 신동엽 시인의 〈좋은 언어〉라는 제목의 시인데 맘에 들지요?
좋아할 줄 알았어요. 이 시집을 빌려 드릴께 한 번 읽어봐요."
그녀는 늘 이런 식으로 나를 대해주었다. 자기의 그릇이 아니면 음식을
먹을 수 없는 이솝우화의 여우와 두루미처럼, 살아온 환경이 다른 사람들
끼리는 서로 어울려 같은 느낌의 대화를 한다는 것이 얼마나 힘든 일이라
는 것을 나는 그동안 너무도 실감하며 살아왔다. 그렇기 때문에 겨우 야
간산업체 중학교의 학력이 전부인 나는 가방 끈이 긴 사람들과는 처음부
터 별종이라는 사실을 잊지 않으려고 애를 쓰곤 했다. 그것은 내가 타인
들로부터 더 이상 상처받지 않는 최선의 자구책이기도 했다. 그런데 이상
하게 그녀를 대할 때는 그런 압박감이 없어졌다. 그래서 많은 이야기를

나누지는 않았어도 그녀를 보고 있으면 오기로 버티느라 일그러지고, 조바심 치느라 잔뜩 긴장되어 날카로웠던 내 신경 줄들이 슬그머니 느슨하게 풀어지는 기분이 들었다.

겨울로 들어선 창 밖은 더욱 황량해졌고 메마른 대지는 점차 회색으로 변하고 있었다. 그러나 나는 그녀로 인해 점차 이불을 뒤집어쓰고 소리 죽여 울음을 삼키는 횟수가 줄어들고 있었다. 불쑥불쑥 몰려오는 고통도 한결 견디기 쉬워졌다.

그녀의 퇴원 날짜가 정해졌다. 우연인지 나도 같은 날을 받았다. 그런데 그날 저녁에 그녀와 그녀의 딸 사이에 작은 승강이가 벌어졌다. 딸은 엄마를 외딴 시골집에 홀로 계시게 할 수 없으니 서울에서 같이 살자고 강력하게 졸랐다. 그러나 그녀는 한사코 시골집으로 내려갈 것을 원했다. 나는 그들 모녀의 작은 다툼을 흥미롭게 듣고 있었다. 그렇게 같이 살자고 떼를 쓸 엄마가 있어 본 적이 없는 나로서는 한껏 부러운 눈빛으로 모녀의 입씨름을 지켜보았다. 자식을 이길 부모는 없는 거라며 드디어 딸은 두 가지 제안을 내놓고 하나를 선택하라고 했다. 병원에서 완치가 될 때까지 장기 요양을 하든가, 아니면 자기네 서울 집에서 같이 살든지 결정을 내리라는 것이었다.

그녀는 밤새 뒤척이는 듯하더니 다음날 아침 아주 조심스럽고 간절하게 내게 응원을 청했다. 자기와 함께 시골에 내려가 살지 않겠느냐는 것이었다. 식구가 생기면 딸도 굳이 시골로 내려가 사는 것을 반대하지는 않을 것이라고 했다. 사실 나는 그녀와 헤어져야만 하는 것이 몹시 서운하던 터였다. 또 퇴원을 해도 기다려주는 사람도, 마땅히 갈 곳이 없었던 나로서는 그녀의 제안이 가뭄에 장대비만큼이나 반가웠다. 그래서 기꺼이 간병인으로 따라나서겠다고 선뜻 대답을 했다.

그녀의 딸 내외도 그동안 인사를 몇 번 나눈 사이인지라 내가 함께 살며 잘 간병하겠다는 말에 저으기 안심이 된다며 엄마를 잘 부탁한다고 몇 번이나 손을 잡아 흔들며 고마워했다.

나는 퇴원을 하자마자 그동안 독하게 벌어 마련했던 반지하 전세방을 내놓았다. 그리고 아주 간단한 물건들만 챙기고 나머지는 모두 정리해 없애 버렸다. 서로에게 고통일 수밖에 없었던 사람과의 인연도 공중전화 부스 안에서 말 한 마디로 끊어냈다. 내가 원한 일이었지만 참으로 허망했다. 그 질긴 세월 속에서 악착스럽게 부둥켜안고 살았던 내 흔적들은 한 점의 미련도 남기지 못하고 너무도 손쉽게 지워져버렸다.

먼저 내려와 있던 그녀는 혼자 거칠게 살아온 젊은 여자의 자그마한 가방을 받아들며 몹시 반겼다. 나는 힘겨운 삶의 짐 보따리를 그녀에게 맡겼다. 사실 내가 그녀를 간병한다고 했지만 위로를 받으며 사는 것은 오히려 내 쪽이었다. 서울생활에서 늘 외로움으로 지쳐 있던 내게 그녀와 함께 하는 시골생활이란 그야말로 분에 넘치는 넉넉함이었고, 더할 수 없이 평화스러운 안식이었다.

이곳은 충청도 월악산 자락 아래 천수답의 작은 논과 밭을 일구어 농사를 짓는 사람들이 모여 사는 산동네였다. 한길에서 조금 떨어진 곳에 이십여 호의 농가가 옹기종기 모여 마을을 이루고 있는데 논길을 따라 삼백 미터쯤 올라오면 그녀와 내가 사는 조그마한 집이 커다란 느티나무가 서 있는 길 끝으로 보였다. 이 집의 특징이라고 하면 뒷마당이 그냥 산으로 이어져 있다는 것과 앞마당에 외양간 대신 작은 텃밭과 돌 디딤돌이 놓여 있는 잔디와 과실수가 몇 그루 자라고 있고, 쟁기가 걸린 벽 대신 커다란 유리창이 한쪽 벽을 차지하고 있는 양옥집이라는 것이다.

그녀가 이곳에 내려와 정착한 것은 그녀의 남편이 퇴직하던 해였다고 한다. 평소 몸이 약했던 남편의 건강 때문에 그녀는 칠 년 전에 서울생활을 청산하고 낯선 이 마을로 찾아들어와 보금자리를 마련했다. 그러나 청정한 공기와 맑은 물의 효능도 채 맛보지 못하고 결국 그녀의 남편은 지병으로 내려온 지 삼 년 만에 세상을 떴다고 했다.

혼자의 살림이지만 그녀의 부지런한 천성 탓인지 집안에는 늘 윤기가 돌았다. 결코 호화스럽지는 않지만 품위를 지닌 조촐한 살림살이들이 가지런히 정리되어 있었다. 지금은 겨울이라 볼 수 없지만 봄이 되면 마당 한쪽에 텃밭을 일구어놓고 일용할 채소는 손수 심고 거둔다고 했다.

그녀에게서는 홀로 늙어가는 외로운 여자의 청승이라거나 안쓰러움 따위의 몸짓은 한순간도 찾아볼 수가 없었다. 마치 먼 여행에서 곧 돌아올 사랑하는 사람을 맞이하기 위해 늘 준비하고 있는 아낙 같은 분위기가 풍겼다. 책을 읽다가 잠시 창 밖을 바라보는 그녀의 눈빛에는 문득문득 누군가를 기다리는 듯한 알 수 없는 그리움도 담겨 있었다. 남들과 사귀는데 전혀 소질이 없을 뿐 아니라 낯가림이 심한 내가 선뜻 그녀를 따라나선 것도 아마 그녀의 그런 살가운 표정에 끌렸던 것 같다. 그녀가 달필로 적어 식탁 유리 밑에 깔아놓은 시는 그녀의 모습을 한눈에 선하게 그리게 해주었다.

보인다
서로의 가슴을 서로가
한 줄기 물소리로 건너다니는 것이
보인다
맨발로 건너오고 있는
여자의 하얀 발이

보인다
그런 물소리의 바닥에서 놀고 있는
한 마리
깨끗한 물고기가 보인다
가을이다
한밤에 문득 그가 잠을 깨운다
돌아눕지 말일이다
돌아눕지 말일이다
차가운 향기
우리가 그간 잘못 살아왔음을
한꺼번에 깨닫듯
차가운 향기의 집 한 채를
그런 가을 집 한 채를
새벽이 오기 전에
세상이 보탤 일이다
이 가을엔
숨어살지 말일이다
따뜻한 국이 있는
아침상을 받아도 될 일이다.
　―정진규의 〈깨끗한 물고기〉

　나는 이제 그녀의 간병인이라기보다 친구로서, 아니 가족이 되어 그녀의 모습을 지켜보며 그녀의 마음을 읽는 일을 더 즐기고 있었다.
　새벽잠이 없는 그녀는 늘 동이 뜨기 전에 거실의 두터운 커튼을 걷고 유리문을 열고 작은 베란다로 나가 해맞이를 했다. 통나무 널빤지로 만든 두 평 남짓한 데크에는 차양이 길게 걸려 있고 그 아래 두 개의 낡은 흔들의자와 둘이 마주앉아 차를 마실 수 있는 작은 탁자가 놓여 있었다. 그날도 다른 날과 다름없이 새벽에 일어난 그녀가 커튼을 열다 말고 탄성을 질렀다. 바깥 세상이 흰 눈으로 하얗게 덮여 있었던 것이다. 예년에 비해 눈이 너무 늦으시는구나 하며 지난 밤 잠자리에 들며 이야기를 나누었는데 그 밤사이에 첫눈이 소담스레 내린 것이었다. 그녀는 내 방문을 조심스럽게 두드리며 아주 감격스러운 목소리로 '첫눈이 왔어, 어서 일어나 나와봐.' 하며 나를 깨웠다. 나는 그녀의 들뜬 소리에 놀라 흐트러진 옷매무새로 뛰어나와 밖을 바라보는 순간 너무도 아름다운 바깥 풍경 때문에 나도 모르게 환호성을 지르며 그녀를 껴안았다.

참나무 마른 가지마다 첫눈의 잔설이 떠오르는 햇살에 찬란한 눈꽃을 피우는 아침이었다. 첫눈치고는 참으로 푸짐한 함박눈이 밤새 내린 것이다. 그러나 눈은 한나절이 못 되어 그 흔적을 감추고 말았다. 햇살은 눈부셨으나 눈을 녹여낸 바람은 싸늘했다. 보일러 온도를 한껏 높여놓고 우리는 거실 벽난로 앞에서 각각 독서삼매에 빠져 있었다. 다른 날과 조금도 다름이 없는 오후였다. 그러나 그날은 결코 다른 날과 같지 않았다. 밤사이에 첫눈이 갑자기 찾아온 것처럼 해질녘에 우리에게 아니 그녀에게 아주 뜻밖의 손님이 찾아왔다.

붉은 노을이 창 안으로 가득 들어왔다가 서산으로 슬며시 그 빛을 거두어가던 시각이었다. 전화벨이 요란하게 울렸다. 나는 전화기를 집어들고 약간은 퉁명스럽게 물었다. 이 시각에 전화가 올 곳이 없음을 알고 있었던 터라 필경 잘못 걸린 전화일 것이라고 미리 짐작을 했던 것이다. 상대방의 목소리는 굵은 바리톤의 점잖은 남자였다.

"실례합니다. 그곳이 정연희 씨 댁입니까?"

나는 그녀의 이름을 미처 알지 못하고 있었다. 역시 잘못 걸린 전화였구나 싶어 그런 사람 안 산다고 말하며 끊으려는데 옆에서 그녀가 누구를 찾는 전화냐고 물었다. 나는 어떤 사람이 '정연희 씨'를 찾는다며 전화기를 내려놓으려는 순간 그녀는 아주 황급한 목소리로 자기를 찾는 전화라고 했다. 그녀에게 오는 전화란 가끔 딸과 사위에게서 오는 것 말고는 없었던지라 의아해서 전화를 넘겨주며 그녀의 이름을 다시 한 번 입 속으로 중얼거렸다. 다시는 이런 실수를 하지 말아야지 하며 전화를 받고 있는 그녀를 바라보았을 때 나는 다시 한 번 놀라지 않을 수 없었다. 그녀의 표정이 너무도 이상했다. 그토록 침착하던 목소리가 몹시 떨리고 있었다. 통화를 끝내고 수화기를 놓으며 그녀는 쓰러지듯 소파로 가서 주저앉았다.

"왜 그러세요? 무슨 나쁜 전화였어요?"

"아니야, 재영 씨 우리 집에 손님이 곧 오실 거야. 차 준비를 해야겠는데…… 커피가 떨어진 것은 아니겠지? 아니, 그분은 녹차를 즐기셨는데……"

나는 잠시 아연했다. 그녀가 그렇게 들뜬 상태에서 허둥거리는 것을 처음 보았기 때문이었다.

"어떤 손님인데요? 귀한 분이신가봐요?"

"재영 씨, 이야긴 나중에 해줄 테니 찻물 올리고 잔 준비 좀 해줘. 지금 출발하신다니까 삼십 분쯤 후엔 도착하실 거야."

도시 누가 오는지 짐작조차 할 수 없었다. 이곳으로 내려와 이제까지 그녀를 방문한 사람은 동네사람들이거나 딸 내외밖에는 없었던지라 몹시 궁금해졌다. 더욱이 삼십 분 후에 들어올 손님을 위해 찻물을 빨리 올리라고 서두르며 찻잔을 고르는 그녀의 모습이 낯설었다.

그녀는 이제까지 돌고 있던 CD판을 꺼내고 바하의 무반주 첼로 모음곡이 들어 있는 음반을 찾아 걸었다. 카잘스의 첼로 연주가 집안 가득 흐르기 시작했다.

벨이 울렸다. 은발의 노신사가 현관을 들어섰다. 아니 목발을 짚은 모습이나 낡은 잿빛 한복을 입은 모습이 신사라는 말과는 걸맞지 않았다. 그렇다고 선비 같은 풍채나 예스러운 모습도 아니었다. 그러면서도 첫눈에 결코 범상하지 않은 독특한 분위기를 지닌 사람이라는 것은 느낄 수 있었다. 그러나 그분의 강한 첫인상이나 분위기 때문에 내가 놀란 것은 아니었다. 그분을 맞아들이는 그녀의 모습, 울컥 눈물이 솟을 만큼 기쁨이 벅차게 피어오르는 그녀의 표정 때문이었다.

그분은 현관으로 들어서며 그녀를 한동안 말없이 바라보았다. 잠시 호흡조차 멎는 듯한 순간이 지나자 그분은 웃음을 띤 예사로운 표정을 지으며 빠르게 말을 건넸다. 곁에 서 있는 사람에게나 겨우 들릴 정도의 낮은 목소리였다.

"당신이 쓰러져 병원에 입원했다는 말을 바람결에 전해 들었소. 당신이 다시 돌아오기만 하면 꼭 찾으리라 내내 다짐했었소. 그런데 이제야……"

"이젠 괜찮아요. 괜찮아요……"

나는 거의 울음인 듯한 그녀의 목소리를 등뒤로 들으며 마당으로 나왔다.

그날 이후 그분은 가끔 오후에 방문을 하여 저녁식사도 하고 차를 마시며 담소를 나누다 돌아가곤 했다. 어떤 날은 아침 일찍 찾아와 점심식사를 하고는 두 사람이 함께 외출을 했다. 그분의 작업실에 다녀온다고 했다. 그 분의 작업실은 차로 삼십 분 남짓한 거리에 있다고 했다. 나의 궁금증은 시간이 지날수록 더욱 커져 갔으나 그녀에게 물어볼 수가 없었다. 누구도 침범하지 못할 어떤 신비스런 비밀이 두 사람 사이에 있는 것 같았다.

스승과 제자 사이도, 인척도 아닌 듯했다. 연인처럼 보이기도 했지만 서로에 대한 정중한 예의는 애정 이상의 어떤 느낌을 주었다.

첫눈과 함께 찾아왔던 그분은 이제 우리 생활에 아주 귀한 존재로 자리잡았다. 그분이 오기로 한 날은 종일 손님맞이를 위해 마음을 썼다. 물론 겉으로 수선스러운 준비는 없지만 그녀의 모습은 눈에 띄게 활기를 되찾았다. 날씨가 흐린 날은 행여 길어 막혀 못 오는 것은 아닐까 나까지 은근히 조바심을 쳤다. 그러나 그분은 한 번도 약속을 어긴 일이 없었고 아무리 눈길이 깊어도 밤이 되면 돌아갔다.

그분이 집에 머무는 동안에는 나는 되도록 두 분만을 위한 자리를 마련하려고 애썼다. 같이 있자고 청했으나 저녁 산책을 나간다거나 날씨가 나쁜 날은 내 방에 들어와 음악을 틀고 책을 읽었다. 나는 두 사람에게 어떤 사연이 있었는지는 알지 못했지만 지금 그대로의 모습이 너무도 보기 좋았다. 아름다웠다. 두 사람이 찻잔을 마주 하고 앉아 조용조용 이야기를 나누는 모습은 내가 이제까지 살아온 세상과 사람들의 관계에서는 한 번도 상상하지 못했던 풍경이었다.

나는 스물일곱 살의 나이에 남자를 처음 알았고 그를 목숨처럼 사랑했었다. 직장상사였던 그는 내게 작은아버지 정도의 나이 차이가 났지만 매우 자상하고 친절한 사람이었다. 그 당시 나는 너무도 춥고 외로웠기 때문에 그냥 그의 곁에 머물러 몸을 녹일 수만 있다면 그 어떤 것도 아까울 것이 없었다. 그는 누구보다도 간절히 내 젊음을 탐했다. 나는 그가 원하는 모든 것을 주고 싶었다. 나도 누구에겐가 꼭 필요한 존재이고 무엇인가를 나누어줄 수 있다는 사실이 참으로 기뻤다. 더 이상의 욕심은 없었다. 그러나 우리 사이를 사람들은 쉽게 불륜이라 단정했다. 나를 따뜻하게 감싸 안아주는 그를 행복하게 해주고 싶을 뿐이라는 내 소망은 뻔뻔스러런 가정 파괴범이라는 죄명이 붙었고, 그의 아내 손아귀에서 수없이 머리칼을 뽑혀야 했다. 그러나 그런 수모나 육체적 아픔보다도 더욱 나를 절망케 한 것은 이런 상황에서도 한 마디의 변명이 용납되지 않는 고아원 출신이라는 딱지였다.

그가 자기 아내에게 내가 불쌍해서 조금 봐주었더니 어찌나 매달리는지 떼어버릴 수 없었다며 단순한 동정심에서 잠시 한눈을 판 것이니 한 번만 너그럽게 이해해 달라고 초라하게 용서를 청하는 모습을 목격하던 날, 나는 내 삶을 저주했다.

자살을 결심하고 약을 사 모으면서 이 세상에서는 믿음이란 존재하지 않는다고 생각했다. 고아원에서 원장아버지는 입만 열면 소외되고 가난한 자가 복되다고 말했었다. 그러나 사회는 사랑도 소망도 다 있는 사람들에게만 허용했다. 아픈 체험의 대가로 겨우 깨달은 것은 믿음도 잘난 사람들 사이에서나 주고받는 신용거래일 뿐이라는 사실이었다. 힘없는 고아에게까지 복을 나누어줄만큼 세상은 넉넉하질 못했다. 너무 어둡고 추웠다. 난 더 이상 견디며 살아낼 용기가 없었다. 그러나 죽음조차도 내게는 선택할 권리가 없었다.

그분의 방문 이후 그녀는 부쩍 웃음이 많아졌다. 크게 소리내어 웃는 일도 자주 있었다. 기쁨은 슬픔보다 더 전염이 강한가보다. 나도 그녀를 따라 웃는 일이 잦아졌다. 내 얼굴에도 웃음이 만들어질 수 있는 여유가 마음구석에 있음을 알았을 때 처음엔 꽤 당황했다. 그녀는 내가 웃는 모습이 참 예쁘다며 그렇게 자주 웃어보라고 했다. 그러나 내 웃음 끝에는 아직도 까닭 모르는 눈물이 처마 끝의 고드름처럼 매달리곤 했다.

　시골생활에 익숙해지면서 내게 변한 것이 있다면 마치 하품을 따라하듯 그녀를 따라 잘 웃는 것 말고도 자연에 대한, 생명에 대한 경이로움에 자주 놀라 환성을 지르게 되었다는 것이다.

　어머머, 이것 좀 보세요. 고구마에서 싹이 돋았어요! 아! 함박눈이 내리시네! 어머나 예쁘기도 해라. 창가에 있는 연산홍이 꽃망울을 터트렸네요! 여기 좀 와보세요. 개미들이 행진을 하고 있어요…… 그러다가 문득 호들갑스럽게 수선을 떠는 내 자신이 쑥스러워져서 피식 웃곤 했다. 긴 겨울잠에서 깨어 일어나 땅 위로 나온 한 살배기 새끼 곰이 봄빛으로 꿈틀거리는 세상을 처음 경험하면서 신기해서 두리번거리는 꼴이었다. 나는 이곳에서 모든 것을 새롭게 배우고 있었다.

　새해가 되고 서서히 봄기운이 감돌기 시작하던 어느 날, 그분에게서 급하게 서울을 올라갈 일이 생겨 방문을 할 수 없게 되었다는 전갈이 왔다. 우리는 갑자기 허공에 뜬 것처럼 아무 일도 손에 잡을 수가 없었다. 허둥거리다가 우리는 서로 마주보고 웃었다.

　그녀는 내게 가까이 와 앉으라고 했다. 나는 커피를 두 잔 타 들고 그녀 곁으로 다가가 웃으며 꿩 대신 닭이라고 하더니 그분 대신 나보고 대화 상대가 되어 달라는 거냐며 짓궂게 물었다. 그녀도 따라 웃었다. 그녀는 그 분과의 이야기가 그동안 궁금하지도 않았느냐고 물었다. 나는 일부러 그녀의 목소리를 흉내내며 작게 속삭였다.

　"물어봐주지 않아서 은근히 고마워하였잖아요?"

　"그런 점도 있었지. 그렇지만 한편으론 서운하기도 하던 걸. 아직도 재영 씨가 나를 남처럼 서먹하게 생각하고 있구나 싶었거든."

　"사실은 정말 궁금했어요. 그러나 내가 무슨 자격으로 그런 걸 물어볼 수 있었겠어요."

그녀는 크게 놀라는 표정으로 나를 바라보더니 들고 있던 커피 잔을 상에 내려놓고는 내 손을 가져다 꼭 잡았다. 그리고 아주 슬픈 목소리로 말을 했다.

"재영 씨가 아직도 그렇게 슬픈 생각을 하고 있다니 내 마음이 몹시 아프네. 이 세상에서 재영 씨만큼 착한 영혼을 가진 사람도 드물 거야. 재영 씨는 그 누구보다도 아름다운 여자야. 사랑받을 자격이 있어. 그것을 왜 인정하려 들지 않지?"

"고마워요. 그러나 내 이야기는 더 이상 하지 말기로 해요. 슬픈 생각으로 이 저녁을 보내고 싶진 않아요. 그럼 이제 정식으로 그분에 대한 이야기를 물어봐도 되겠지요?"

"그럼, 사실 난 이 세상에서 우리 둘 말고 누군가 한 사람쯤에겐 우리의 이야기를 알려주고 싶다는 생각을 했었어. 그러니 마침 잘됐네. 어차피 오늘은 그분을 위해 마련되었던 날이었으니까."

그녀는 목에 걸린 작은 나무 십자가를 두 손으로 감싸쥐며 꿈꾸듯 추억 속으로 빠져들기 시작했다. 그분을 생각하는 것만으로도 행복한 듯 그녀의 목소리는 감미롭게 젖어들고 있었다.

그분을 만난 것은 이십여 년 전 방송국에 근무하고 있을 때였어. 나는 그 당시 아침시간 라디오 프로그램을 생방송으로 진행하고 있었는데 하루는 시작 시간이 다가오는데도 출연자가 나타나질 않는 거야. 그래서 시그널 음악이 나가는 사이에 초조하게 출입구를 바라보고 있었지. 일층 지하에 있는 방송실로 들어오려면 창을 등지고 층계를 내려와야 하는데 그날 따라 가을의 햇살이 창문을 통해 지하로 내려오는 계단에 눈부시게 쏟아져 내리고 있었어. 그때 그 빛 속에서 불쑥 어떤 검은 형체가 나타나더니 급한 걸음으로 층계를 내려오는 거야. 후광처럼 햇살을 등에 받고 들어오는 탓에 얼굴은 잘 볼 수 없었지만 역광으로 찍힌 사진처럼 그분의 머리카락이 은 실타래처럼 햇살에 반짝이고 있었어. 그분이 내 앞에 얼굴을 내밀며 '늦었습니다. 참으로 죄송합니다.' 하며 웃을 때까지 나는 그냥 무엇에 홀린 듯 정지된 화면처럼 서 있었지. 그가 나타나 내 앞에 서기까지는 불과 삼십 초 정도의 짧은 순간이었지만, 그때 이미 그분은 내 마음에 영원한 영상으로 사진이 찍힌 거야…… 이해하기 쉽지 않겠지? 그러나 재영 씨 생각해봐, 사진이 찍히는데는 그리 긴 시간이 필요한 것은 아니잖아. 빛처럼 오신 그분의 모습을 내 마음에 담기에 삼십 초는 아주 충분한 시간이었지.

그날 그분과 어떤 이야기를 나누었는지는 잘 기억나질 않아. 다만 참으로 깊고 맑은 눈빛을 가진 사람이었다는 것과 개성이 강한 고집스러움을 아주 천진하게 표현할 줄 아는 사람이었다는 거야. 밖에서 지켜보았던 PD가 출연자보다 진행하는 내가 더 더듬거리더라고 방송이 끝나자 일침을 놓더군. 아마 그분의 깊은 눈빛에 최면이 걸려 그만 넋을 잃었었나봐. 사람의 눈빛에서 그렇게 신비스럽고 다양한 느낌을 전달받을 수 있다는 것을 그때 처음 발견했지. 잘 생긴 얼굴이거나 특별한 차림도 아닌, 그냥 평범한 모습이었는데 나는 왜 그렇게 강렬한 인상을 받았는지 모르겠어. 전생의 어떤 인연 때문이었는지, 아니면 후광처럼 그분의 모습을 뒤쪽에서 감싸안았던 그 가을 빛살 때문이었는지, 그건 지금도 내겐 풀 수 없는 숙제야.

그분은 생활근거지는 서울이었지만 산골에 작업실을 가지고 나무를 이용하여 전통기법으로 목공예품을 만드시는 분이었어. 그 당시 높은 찬사를 받으며 인사동에서 전시회가 열려 화제가 되었기 때문에 방송 출연을 하게 되었던 거야. 아무튼 그것이 인연이 되어 나는 그분을 만났고, 그 후에 몇 번 작업실에 초대도 받았지.

그분의 작업장은 중부고속도로 음성 인터체인지에서 노선을 바꿔 국도로 한참을 들어가는 작은 읍에 위치하고 있었어. 깊은 산자락 아래 서너 집이 모여 있는 산골마을이었어. 바로 여기서 멀지 않은 저 설매실이라는 곳이지. 소연 아빠가 서울생활을 청산하고 시골로 내려가자고 했을 때 제일 먼저 이곳이 떠오른 것도 몇 번 내려와 본 적이 있었기 때문이야.

소연 아빠도 이곳이 마음에 든다며 아주 흡족해하셨지. 물론 소연 아빠는 끝까지 그분을 몰랐어. 굳이 숨기려고 애쓰지는 않았지만 그분에 대한 이야기를 소연 아빠에게 일부러 할 생각은 전혀 없었거든. 내가 그분을 만남으로 인해 가정생활에서 변화된 것은 아무것도 없었고 또 앞으로도 달라질 것은 없었으니까. 평소 우리 부부는 별로 비밀을 가지지 않고 살았었기 때문에 약간 미안한 마음이 들 때도 있었지만 그분에 대해서만은 어쩐지 나 혼자만 간직하고 싶었어. 내게도 아무도 모르는 아주 아름다운 비밀 하나가 있다는 것, 그것은 생각보다 참 행복한 느낌이었지. 그분에 대한 내 마음의 떨림, 그것은 참으로 감미로웠어. 그래서 더 은밀하게 간직할 수 있었을 거야.

재영 씨는 웃을지 몰라도 그 비밀은 의외로 내게 참 큰 힘이 되어왔어. 어떤 처지에서도 그분을 떠올리면 외롭지 않았거든. 어려움에 처하게 되었을 때나 슬플 땐 눈을 감은 채 조용히 그 비밀 문을 열고 들어가는 거야. 그렇게 잠시 그분의 생각으로 온전히 젖어들면 긴장되고 얼어 있던 몸과 맘이 따뜻하게 녹아지며 나는 행복해졌어. 행복한 마음으로 세상을 보면 아무리 어려워도 못 풀 문제는 하나도 없다는 자신감이 생기게 되지. 아마 내겐 그 비밀이 종교 같은 것이었는지도 몰라.

여기로 내려와 몇 해밖에는 살지 못하고 돌아가셨지만 소연이 아빠에게도 이곳은 참 좋은 곳이었어. 몇 번이나 이곳으로 내려온 것은 참 잘한 일이라고 하셨지. 몸이 워낙 약한데다 평소 지병인 기관지 천식이 깊어지자 주치의도 공기 맑은 곳에 가서 요양을 하기를 권했거든. 소연이는 이미 대학교 졸업반이라 혼자 자립하겠다고 더 환영하는 바였고, 나도 잡다한 사회활동에서 이미 손을 떼고 집안에서만 생활을 하고 있었던 터라 우리의 시골생활은 아무런 문제도 없이 참 만족스러운 것이었지.

나도 참 독한 데가 있나봐. 소연이 아빠에게도 그분에 대해서는 한 마디도 비친 적이 없었어. 그리고 그분에게도 내가 이곳으로 내려와 살고 있다는 것을 알리지 않았지. 그러나 믿음은 있었어. 그분이 설매실에 아주 내려와 살고 계시다는 것을 내가 알고 있었던 것처럼 그분도 내가 이곳에 와 살고 있다는 것을 아시리라는 것을…… 느낄 수 있었지. 텔레파시라는 거 알지? 나는 그 강력한 느낌 전달을 믿거든.

말로 모건이라는 여자가 쓴 ≪무탄트≫라는 책에서 보면 호주의 원주민들은 텔레파시를 이용하여 의사를 소통한다고 하더군. 그들은 말이나 어떤 기구를 이용하지 않고 그냥 정신적인 교감을 통해 삼십 킬로미터 떨어져 있는 사람에게도 메시지를 전달한다는 거야. 그들이 텔레파시를 이용할 수 있는 것은 그들이 거짓말을 하지 않기 때문이라 하더군. 거짓말을 전혀 하지 않기 때문에 그들은 감출 게 하나도 없고, 그래서 서로 마음을 열고 정보를 받아들이는 것을 조금도 두려워하지 않는다는 거야. 그러니 서로에게 기꺼이 정보를 넘겨줄 수가 있는 거겠지. 나는 그 원주민들이 텔레파시를 이용해 대화를 한다는 이야기를 읽으며 어렴풋이 우리가 신을 향해 내 마음을 다 열어보일 때 신의 응답을 듣는 것과 비슷하다는 생각을 했지. 내게 그분은 어쩜 그런 존재인지도 몰라. 그래서 나는 그분에게 내 마음을 열어 텔레파시를 보내면 반드시 느끼리라 믿었어. 그분을 깊이 생각하면 전화벨의 진동처럼 갑자기 가슴 한가운데가 떨려오지. 그럴 땐 정말 간절한 마음으로 그분에게 내 생각을 전해. 그러면 응답이 오는 것을 느낄 수 있어. 또 불현듯 그분 생각으로 가슴이 저릴 때는 나는 마음을 열고 그분이 보내는 메시지를 들으려고 귀를 기울이지.

재영 씨가 웃으니까 내가 좀 부끄러워지는군. 마치 열다섯 살짜리 어린 소녀의 풋사랑 얘기같이 들리나보지? 그러나 사랑이란 그런 것 아닐까? 가장 작아지고 순수해지는 감정 말이야.

내 이야기가 엉뚱한 곳으로 한참 흘렀군. 내가 처음 그분의 작업실을 찾아가던 이야기를 하는 중이었던가? 그분의 작업장에 초대받은 것은 그분을 섭외했던 담당 PD와 함께였지만 내게는 평생 잊지 못할 참으로 의미가 깊은 하루였지.

작업실에 들어서니 예전에 동네에서 보았던 그런 작은 목공소 분위기가 나더군. 흩어진 톱밥하며 각종 목공용 도구들, 그리고 여기 저기 진열되어 있는 작품들…… 나는 그곳을 두리번거리며 돌아보다가 한쪽 구석에 놓여 있는 커다란 나무토막 하나를 발견했지. 둘레는 두 아름쯤 되었고 길이는 이 미터 정도 되는 목재였는데 이백 년 된 밤나무라고 하시더군. 나는 어쩐지 그 나무가 마음에 들었어. 그래서 그것으로 무엇을 만들 계획이냐고 물었지. 그분은 나무를 손으로 쓰다듬으며 몸매가 고르고 재질이 단단해서 인위적인 어떤 꾸밈도 주지 않고 그냥 지름으로 길게 반을 잘라 다리를 붙여 볼까 한다고 하시더군. 나는 주저 없이 그 작품을 내가 주문하겠다고 했지. 반으로 잘라 하나는 다리를 좀 높게 해서 책상으로 하고 반쪽은 낮게 다리를 달아 걸상으로 쓸 수 있도록 만들어 달라고 했지. 그분은 웃으시며 미안하지만 두 쪽을 다 팔 수는 없다고 하시더군. 이미 당신 아내를 위해 베란다에 놓아줄 벤치를 하나 만들어주리라 생각하고 있었다는 거야. 그래서 나는 이백 년 된 밤나무 반쪽으로 만든 긴 상을 하나 구할 수 있었지.

재영 씨가 참 특이한 물건이라고 했던 저 상이 바로 그때 그분이 만드신 거야. 그분 말씀이 나무는 살아서 이백 년이면 죽어 목재로도 이백 년이라고 하셨지…… 만일 내가 이 세상을 떠나거든 재영 씨가 가져가도 좋아. 저 상에 얽힌 이야기를 아는 사람은 이 세상에 재영 씨 뿐일 테니까.

저 상은 내 분신 같았어. 나는 저 상에서 책도 읽고, 차도 마시고, 한쪽 끝에는 작은 항아리를 올려놓고 들꽃을 한아름 꽂아 그 향기를 맡는 즐거움도 누렸지. 젊은 날 한때는 자주 상 위에 놓인 모든 물건들을 치우고 침대처럼 누워 낮잠을 청하기도 했었어. 엎드려 두 팔로 나무를 껴안으면 한아름에 안긴 상이 그렇게 따뜻할 수가 없었거든. 그런 자세로 그분이 보내오는 텔레파시를 들으려고 나무에 귀를 기울이기도 했지. 유난히 그분에 대한 그리움이 커지는 날은 나무가 뿜는 숨소리가 내 가슴으로 파고드는 듯한 강한 생명감을 느낄 때도 있었어. 그럴 땐 어떤 강력한 에너지가 나를 감싸안는 것 같은 느낌을 받곤 했지. 재영 씨도 그런 느낌 받은 적이 있겠지? 선물로 받은 물건이라든가, 어떤 추억이 깃든 물건들을 볼 때 그 물건이 비록 무생물체라 해도 은밀히 손을 내밀어 잡아주는 그 어떤 생생한 감정 같은 것 말야.

그러나 그뿐이었어. 그분과 나 사이에는 더 이상 어떤 관계도 새롭게 만들어진 것은 없었지. 그분은 아주 아름답고 상냥한 아내와 건강한 아들과 함께 서울에서 살고 있었고, 시골에 작업실을 가지고 꾸준히 왕성한 작품활동을 하셨지.

나는 여전히 직장생활을 하며 소연이 뒷바라지를 했고, 남편과도 무난하고 평화로운 결혼생활을 유지하고 있었지. 굳이 그분을 만나야겠다고 안달을 하거나 그립다고 소식을 전하는 따위는 하지 않았어. 남들은 유아적인 낭만이라고 말할지 모르지만 내가 그분을 알고, 그분도 나를 알

고 있다는 사실만으로도 나는 행복할 수 있었거든. 자주 만나거나 확인
하지 않았어도 그를 향해 한 번 맞추어놓은 주파수는 한 번도 바뀐 적도,
꺼져본 적도 없었으니까.

도저히 이해가 되지 않는다고? 그래 재영 씨는 젊으니까 이해하기 힘들
지도 몰라. 요즘처럼 빠르고 화끈한 것을 좋아하는 세상 눈으로 보면 답답
하고 바보 같겠지. 어쩌면 솔직히 그때 내 처지에서는 그 이상 어떤 욕심
도 부릴 수가 없어서 그것으로 만족하고 있었는지도 몰라. 그러나 결코 세
상 이목이 두렵거나 용기가 없어서 만은 아니었어. 갑자기 내게 다가온 그
분의 존재는 너무도 소중했거든. 그래서 더욱 밖으로 드러내 펼쳐보이고
싶지 않았을 거야. 열면 날아가버릴 향기 같은 그리움이랄까? 아니 사실
은 내 서툰 욕심으로 인해 혹시라도 그분에게 상처가 되는 일이 생길까봐
두렵기도 했었지. 진실이야 어떻든 사람들은 이런 이야기로 억측을 만들
어내어 풍자하기를 즐기잖아. 당사자가 어떤 치명적인 상처를 입고 고통
스러워하든 그런 것에는 누구도 관심을 갖지 않지. 나는 주변에서 그런 슬
픈 모습들을 많이 보아왔고 또 그 상처가 얼마나 치명적인지 너무도 잘 알
고 있었기 때문에 세상이 내 마음을 엿볼까봐 겁을 내고 있었는지도 몰라.

글쎄, 진정 사랑하는 사람이라면 그렇게 말도 하지 않고 바라만 볼 수
는 없었을 것이라는 재영 씨 말에도 일리는 있을 거야. 어쩌면 그분과 나
사이의 관계는 이 세상에서 흔히 말하는 남녀 사이의 그런 사랑이 아닐지
도 몰라. 그래서 난 가끔 생각했지. 막달라 마리아에게 예수님은 어떤 존
재였을까 하고 말이야.

그분과의 만남은 그렇게 여러 번은 아니었어. 내가 주문했던 상을 건
네 받기 위해 두 번, 전시회에 초대받아 갔다가 함께 식사를 한 것이 한
번, 그리고 많은 무리 속에 섞여 몇 번 그분을 뵈었지…… 그렇게 이, 삼

년이 좀 넘어가던 어느 날 나는 그분의 사고소식을 듣게 되었어. 그분이 운전을 하고 가다가 그만 마주 오는 트럭과 부딪쳐 아내와 아들이 그 자리에서 숨지고 그분은 몹시 다쳤다는 소식이었지. 허둥지둥 내가 그분의 병실을 찾았을 때…… 아, 그토록 고통스러웠던 순간은 세상에 두 번 없을 거야. 아내와 아들의 죽음은 온전히 당신 자신의 잘못 때문에 빚어진 것이라며 고통스러워하는 그분의 모습은 차마 볼 수가 없었어. 그분은 자신의 다리 한쪽이 잘려나간 것이 그나마 조금 속죄인 듯싶어 다행이라고 여길 정도였으니 말야.

두 달쯤 지나 병원으로 그분을 다시 찾았을 때는 격한 감정은 많이 진정되어 있었지만 그 슬픔은 점점 더 깊어지고 있음을 알 수 있었지. 그날 그 분은 내게 다시는 찾아오지 말라고 하시더군. 나는 그때서야 비로소 그분도 나와 똑같은 감정을 가지고 계셨음을 확인할 수 있었지. 그랬기 때문에 더욱 고통스러워하고 계시다는 것도 충분히 이해하게 되었어. 글쎄, 그분이 마지막 악수라며 내게 손을 내밀었을 때 그 간절한 눈빛은 어쩜 떠나지 말고 좀더 가까이 와 달라는 것이었는지도 몰라. 그 후 그때를 생각할 때마다 그런 생각이 들었거든. 하지만 그 순간은 그런 생각을 할 수 없었어. 너무도 슬펐기 때문에 나는 그분의 손을 놓으면서 한 마디 작별 인사도 하지 못한 채 그냥 병실을 나오고 말았지.

그러니까 그분이 이 집으로 나를 찾아온 것은 우리가 그렇게 헤어지고 거의 십오 년 만이야. 그분이 사고 후 서울의 생활을 정리하고 작업장이 있는 설매실로 완전히 짐을 옮겼다는 말을 전해 들었지만 그곳을 찾아갈 생각은 하지 못했어. 어떤 날은 그리움이 깊어져 몹시 참기 힘들었지만 이 생에서의 내 인연의 모습은 처음부터 그분을 향한 해바라기일 뿐이라고 스스로 타이르곤 했었지.

사 년 전이었나? 벌써 그렇게 세월이 흘렀군…… 우연히 신문에서 그분이 오랫동안의 침묵을 깨고 작품 전시회를 갖는다는 소식을 보았지. 한동안 나는 아무 일도 할 수 없었어. 아무 생각도 할 수 없었어. 오로지 그 전시회에 가보고 싶은 마음으로 들떠 있었거든. 그런데 그 전시회가 열리기 전날, 소연 아빠가 돌아가셨어……

이 세상에서 그분과의 인연은 그만큼밖에는 안 되나 보다고 받아들이기까지는 그리 많은 시간이 걸리지는 않았어. 그러나 그때만큼 많이 울어본 기억도 드물 거야. 평생 지병을 끌어안고 고생을 하다가 훌쩍 떠난 소연 아빠의 모습이 자꾸 눈에 밟혀 눈물이 멈추질 않더군. 거기다가 불편한 몸으로 홀로 작업실에서 밤을 새우는 그분의 어깨에 뿌옇게 덮여 있을 먼지도 자꾸 마음에 걸려서 또 울었지.

그렇게 울면서 스스로 다짐했지. 저 뒷산에 지천으로 자라는 억새처럼 그렇게 살겠노라고 말야. 그 당시에는 홀로 살아내야 할 삶이 두려워서 잔뜩 긴장하고 겁을 먹은 터라 생활이 참 힘겨울 줄 알았지. 그런데 생각보다 그리 어렵지만은 않더군. 눈물은 모든 것을 정화시키는 놀라운 힘이 있었고 세월도 나를 홀로 서게 하는데 더없이 큰 몫을 했지.

그런데 지난해 겨울 그 첫눈 오던 날, 뜻밖에 그분이 우리를 찾아오셨던 거야. 감히 이런 말을 하면 안 되겠지만 부활하신 예수님을 만난 막달라 마리아의 기분이 그런 것이지 않았을까 싶어. 늙은 여자가 참 주책없다고 생각되지? 그러나 세월을 계산한다는 것은 그분과 나 사이에는 아무 의미가 없었어. 그분에 대한 내 감정은 처음 만난 그 순간에서 아무것도 변한 것이 없으니까.

"재영 씨에게 내가 이런 이야기를 하게 될 줄이야. 그러나 어쩐지 마음이 홀가분하군. 이젠 좀 쉬어야겠어. 밤이 깊었으니 재영 씨도 들어가. 잘 자."

그녀는 많이 지친 듯했지만 얼굴은 고운 홍조를 띠고 있었다. 나는 쉽게 잠이 올 것 같지 않았다. 그녀가 방으로 들어가자 살며시 현관문을 열고 마당으로 나왔다. 봄기운이 완연한 마당에는 달빛이 환하게 비치고 있었다. 달빛 아래 서서 하늘을 올려다보았다. 철이 들면서부터 밤하늘을 올려다 볼 때는 늘 내 마음이 미움과 분노로 차갑게 얼어 있었다. 그런데 오늘밤은 북극의 빙하처럼 두껍게 얼어 있던 내 가슴에 미풍이 불어와 쩍쩍 갈라져 녹아 내리는 소리가 들리는 듯했다. 이제까지 홀로 살면서 나를 지탱시키느라 오기로 도사렸던 어깨도 맥없이 힘을 풀어내고 있었다. 이제까지 사랑의 모든 것인 줄 알고 매달렸던 내 육체가 밀알처럼 썩어지는 느낌 때문에 몸이 떨려왔다. 문득 그녀의 방 창문을 바라보았다. 불이 꺼지지 않았다. 그녀도 쉽게 잠들지 못하고 있었다.

그녀와 같이 산 이 년 동안은 내 일생에서 가장 평화스럽고 행복한 날들이었다. 그녀가 다시 쓰러진 것은 그로부터 일 년쯤 지난 어느 가을이었다. 소식을 듣고 소연 내외가 달려왔을 때 그분은 그녀 곁에서 그림자처럼 앉아 계셨다. 딸과 사위는 한사코 그녀에게 서울 큰 병원으로 가서 치료를 받자고 졸랐다. 그러나 그분이나 나는 이미 그럴 시기가 지났음을 알고 있었다. 누구에게도 말하지 않았지만 그녀의 병은 오래 전부터 회복이 불가능할 정도로 깊어져 있었던 것이다. 그녀는 울부짖는 딸을 오랫동안 가슴에 품고 달랬다.

남편의 직장과 아이들의 학교 때문에 할 수 없이 떨어지지 않는 발길을 돌리는 딸을 지켜보며 그녀는 몰래 눈물을 닦았다. 세상에 혼자 남게 될 자식에 대한 애틋함에 마음이 몹시 아프다고 했다. 그녀의 얼굴을 물

수건으로 닦아주며 나는 일부러 퉁명스럽게 투덜거렸다. '태어나면서부터 혼자인 사람도 이렇게 잘 살고 있으니 걱정하지 말아요. 산 사람은 다 잘 살게 되어 있다구요.' 그녀는 내 손을 꼭 잡았다. 그렇지만 당신과 같이 산 이 년 동안이 내 일생에서 가장 행복한 날들이었다고 나는 그녀의 귀에 대고 속삭여주었다. 그녀도 나도 잠시 마주보고 웃었다. 그러나 내 눈에서는 쉼없이 눈물이 흐르고 있었다.

그분은 그녀와 마지막 시간을 함께 하기 위해 집으로 돌아가지 않고 종일 그녀의 곁을 지켰다. 그녀는 소망대로 마지막 며칠을 따뜻한 햇살이 드는 거실에서 그분과 마주 앉아 함께 시간을 보냈다. 무언의 대화를 나누는 듯 소리 없이 서로 바라보시다가 작게 소리내며 웃는 모습은 한 폭의 성화였다. 햇살이 따뜻하던 가을 오후, 그분이 지켜보는 가운데 그녀는 조용히 눈을 감았다. 그녀의 죽음은 노을처럼 평화스러웠고 단풍처럼 아름다웠다.

이별 연습

진땀이 흘렀다. 약속시간은 다가오는데 열쇠가 눈에 띄지 않았다. 방금 전까지도 보았던 것 같은데 감쪽같이 사라졌다. 귀신이 곡할 노릇이었다. 문득 열쇠를 냉장고에 넣고 며칠을 찾았다고 하던 성희엄마의 말이 생각났다. 냉장고 문을 열고 내용물을 하나 하나 꺼내 바닥까지 살펴보았다. 소용없었다. 핸드백을 뒤집어 탈탈 흔들어 쏟아보았지만 그것도 허사였다. 옷장에 걸린 옷의 주머니마다 손을 넣어보았다. 아무데도 없었다. 부엌에서 안방으로, 거실에서 화장실까지 다 찾아보았지만 열쇠는 오리무중이었다. 어디로 사라졌다는 말인가? 동네사람들을 따라 관광을 떠나기로 약속한 시간이 이미 십 분이나 지나고 있었다. 결국 출발 약속시간을 삼십 분이나 넘기고야 열쇠 찾기를 포기했다. 차라리 잘된 일이야, 가겠다고 말은 했지만 사실 낯선 무리와 여행을 한다는 것이 썩 마음에 내키지 않았거든. 놓쳐버린 여행에 대한 미련을 떨쳐내며 소파에 풀썩 주저앉는데 뚜뚜뚜뚜— 전화기에서 신경질적인 파열음이 들렸다. 열쇠를 찾다가 전화기를 건드려 잘못 놓여졌었나보다. 나를 기다리던 일행들이 떠나기 전에 전화를 했음직하지만 전화마저 저 모양으로 놓여 있었으니…… 요즘 내가 하는 일들이 다 이 모양이야. 자책하며 현관 앞에 내놓았던 배낭 보따리를 집어드는 순간, 그 밑에 얌전히 놓여 있는 열쇠꾸러미.

여행가방을 도로 푸는 손끝이 저렸다. 가슴에선 울컥 노여움 같은 서러움이 치밀었다. 떠나지 못한 여행에 대한 미련 때문만은 아니었다. 새로운 생활에 순조롭게 적응하고 싶었다. 그 시도가 또 이처럼 어이없는 건망증 때문에 무산되다니……

이십여 년 동안 잠시도 마음놓지 못하고 긴장하며 바쁘게 살아왔던 직장생활을 포기하고 집에 들어앉는 그날부터 이런 일들은 자주 일어났다. 그때마다 습관처럼 굳어졌던 생활리듬이 바뀌면서 생기는 일시적인 불협화음이겠지 하며 스스로를 위로하곤 했지만 황당한 기분은 쉽게 떨칠 수가 없었다. 나는 외출복을 벗으려던 생각을 멈추고 그 대신 열쇠를 집어들고 집을 나섰다.

어떤 목적지를 생각하고 버스를 탔던 것이 아니었던 만큼 별 생각 없이 앞좌석에 앉아 있던 젊은이들을 따라 버스에서 내렸다. 미술관 앞이었다. 개인전을 알리는 현수막이 낡은 건물 한 귀퉁이에 길게 드리워져 있었다. 잠시 갈등이 생겼다. 들어가보고 싶은 욕구만큼이나 쑥스럽기도 했다. 나는 무임승차하려는 사람처럼 주변을 두리번거리며 엉거주춤 익숙하지 못한 걸음으로 전시관에 들어섰다.

한산했다. 입구에 놓여 있는 거대한 화환에 비해 정작 실내에는 두어 사람만이 작품을 감상하고 있었다. 안내석에 앉아 무료하게 발장난을 하고 있던 아가씨가 녹차 한 잔을 들고 다가왔다. 따뜻한 종이컵의 온기가 손바닥을 타고 가슴까지 전달되면서 마음이 한결 가라앉았다. 그림 앞에 섰다. 빈 속에 독주 한 잔을 넘기는 것처럼 짜릿한 전율이 목줄기로 넘어갔다.

한때 화가의 꿈을 가졌던 적이 있었다. 여고 시절 내내 미술반 활동을 했다. 유화를 즐겨 그렸었다. 한 점의 빈틈도 없이 화폭에 꽉 찬 세상을 좋아했다. 수없이 덧입힌 정물화의 그 현란함, 빈틈없이 잘 잡힌 구도로 그려진 풍경화, 다양한 표정이 살아나는 인물을 그려내고 싶어 애를 쓰곤 했었다. 그 당시 내 삶은 풍성했고 평화스러웠다. 잘 짜여진 계획표에 의해 한 점의 오차도 없이 잘 진행되던 명쾌한 시절이었다. 그러나 갑작스런 아버지의 사업실패와 잇따른 죽음은 모든 질서를 일시에 허물어버렸다.

나는 대학진학을 포기하는 대신 결혼을 함으로써 잃어버린 꿈을 보상받고자 했다. 나이 차이가 많다는 이유로 가족들은 몹시 반대했지만 내 고집을 꺾지는 못했다. 나는 사회적인 기반을 갖춘, 안정된 직업을 가진 남자와 결혼했고, 그의 여유로운 생활을 공유하게 되었다는 사실에 만족했다. 그러나 서둘러 뛰어든 결혼생활은 이 년을 넘기지 못했다. 남편의 교통사고, 식물인간이 된 채 지낸 일 년의 병원생활, 끝내 말 한 마디 남기지 못하고 떠난 남편의 시신을 땅에 묻으며 스물네 살 여자의 꿈도 함께 합장되었다. 그 이후 나는 희망이니, 새로움이니 하는 말을 잃어버렸다. 언제나 벼랑 끝에 내몰린 짐승처럼 떨어지지 않기 위해 발톱에 피가 맺히도록 힘을 주어 버티고 살았다. 날카롭게 곤추세운 신경줄은 이십여 년 동안 팽팽하게 당겨져 있었다. 그리고 이제 또다시 한 남자를 떠나 보

내고 나서야 탁 놓아버린 고무줄처럼 긴장을 풀어버릴 수 있었다. 그러
나 너무 오랫동안 당겨져 있었던 줄은 이미 탄력을 잃은 지 오래였다.

전시된 작품들은 대부분 오십 호 이상의 대작들이었다. 그러나 그려진
실체들은 화폭 한 귀퉁이로 몰려 웅크리고 있는 듯이 아주 적은 공간
만을 메우고 있는 괴이한 그림들이었다. 사막처럼 광막하게 펼쳐진 갈
색 공간 한구석에 조그마한 발가락 같은 몇 개의 물체들이 그려져 있
는가 하면, 텅 빈 공간 한쪽으로 안개같이 희미한 그림자들만이 웅성
거리고 있었다. 그런 중에도 한쪽에선 치열한 생명력으로 악착스러운
몸싸움을 하고 있는 날카로운 이빨, 손톱, 거칠고 주름 짙은 손등, 매듭
굵은 손가락들이 세밀화로 그린 듯 주름 한 가닥 놓치지 않고 그려져
있었다. 문득 초음파를 통해 뱃속의 생명체를 영상으로 보는 것처럼 지
금의 내 마음상태를 그대로 그려놓은 듯한 섬뜩한 일체감이 느껴졌다.
치매환자처럼 현실에 대한 인식균형이 깨어진 채 모든 기억이 사라지
고 일부분만 악착스럽고 생생하게 되살아나는 현상. 온몸에 푸른 돌기
가 섰다.

전시실에는 안내를 맡은 아가씨와 나뿐이라 더욱 썰렁한 분위기였다.

"아가씨, 작가분께선 어디 가셨는가보죠?"

무심히 내 뒷모습에 시선을 두고 따라오던 아가씨는 갑작스런 질문에
놀란 듯 순간 당황하는 표정을 지었다.

"손님이 찾아와서 나가셨는데 금방 들어오실 거예요."

대답을 하며 나를 유심히 쳐다보았다. 등산복 차림의 내 모습이 어쩐
지 여느 구경꾼 모습은 아니다 싶었는데 작가를 찾으니 작가와는 친척쯤
되나? 하는 호기심 어린 눈빛이 되었다. 허기야 예술과는 무관하게 살아
온 내 평범한 중년 아줌마의 모습이 미술관의 풍경과는 어울리지 않겠

지. 내가 잠시 작가에 대해 궁금해졌던 것은 사실이지만 굳이 만나보고 싶다는 생각을 했던 것은 아니었다. 다만 작품마다 숨조차 제대로 쉴 수 없을 만큼 절대 침묵으로 일관한 그 고독을, 그 처절한 외로움 속에 꿈틀대는 생의 애착을 그려낸 그 사람이 누굴까 잠시 궁금했다. 그러나 그가 누군들 알아서 무엇하랴.

전시된 스무 편 정도의 그림들을 돌아보고 막 나오려는데 미처 보지 못했던 그림 하나가 나를 잡아당겼다. 아가씨가 앉아 있는 안내석 바로 뒤에 걸려 있는 작품이었다. 다른 작품에 비해 비교적 작은 화폭으로 전체 바탕이 연한 녹색의 파스텔로 그려져 있었다. 다른 작품에서는 보지 못했던 평화스러운 색조였다. 그 허공인 듯, 안개 속인 듯, 들판인 것도 같은 공간 한 귀퉁이에 난데없이 자전거 한 대가 덩그마니 서 있다. 아니, 정확하게 말하자면 바퀴 두 개가 앞으로 내닫듯 허공에서 구르고 있다. 순간 나는 뛰어들어가 그 자전거에 올라타고 그림 속의 세상으로 달려들어가고 싶다는 충동에 몸을 부르르 떨었다.

나는 세 발 자전거에 앉아 처음으로 동네 밖을 구경했었다. 그 당시 세 살이던 나는 고집이 아주 센 아이였다고 했다. 막내딸의 성화에 못 이겨 세 발 자전거를 사주신 아버지는 내가 스스로 자전거를 탈 수 있게 될 때까지 자전거 핸들에 끈을 묶어 동네 골목골목을 끌고 다니셨다고 했다. 이것은 내 스스로 기억해낸 추억이 아니라 그 당시 중학생이었던 오빠가 숱하게 들려준 우리 가족사 속에 나오는 한 장면이었다. 아무튼 세 살짜리 여자아이는 아버지가 끌어주는 자전거에 앉아 아주 흥미롭게 세상구경을 시작했다고 한다. 그러나 세발자전거에서 내려온 이후 더 이상 자전거를 탄 기억은 없다.

전시실을 나와 거리에 서자 밝은 햇살이 눈부셨다. 작정한 목적지가 생각나지 않았다. 그냥 길로 나섰다. 평일의 한낮에 이렇게 한가롭게 길을 걸어보는 것이 얼마 만인가? 결혼하고 줄곧 살아온 동네이지만 보이는 모든 풍경이 낯설었다. 서울과 인접한 위성도시인 이곳에 처음 정착했을 때는 시골과 다름없이 야산 아래 옹기종기 동네가 형성되어 있었다. 차츰 타지에서 올라온 사람들이 집단을 이루며 동네를 넓혀놓더니 오 년 전부터는 건축 붐을 타고 재개발 사업이 활발해지면서 이 마을에도 고층 아파트들이 즐비하게 들어섰고 어색한 채로 문화시설도 얼기설기 들어옴으로 해서 신흥도시의 형태를 갖추게 되었다. 그러나 이십 년을 줄곧 서울 중심지에 있는 병원으로 출근을 했던 나로서는 가끔 버스차창 밖으로 스치는 풍경으로 도시의 변화를 지켜봤을 뿐이었다.

조그마한 자전거 수리점 앞에서 나는 발길을 멈췄다. 눈부신 한낮의 거리, 그 길가에 방금 그림에서 본 것처럼 노란 테를 두른 자전거 한 대가 놓여 있었다. 잠시 숨을 고르고 다가갔다.

"이 자전거 파시는 거예요?"

어두운 점포 안에서 나온 주인은 기름때가 묻은 손을 바지춤에 슥슥 문지르며 너스레를 늘어놓았다.

"중고품이지만 얼마 타지 않던 것이라 새 거나 마찬가지라우. 기아도 달려 있어서 웬만한 비탈길도 잘 달릴 수 있습지요. 아드님 주실려고 그러시나 본데 요즘 학생들 새 것으로 사줘봐야 소용없지. 손타기 십상이고 값만 비싸지. 이런 헌 자전거라야 애써 잠그지 않아도 잊어버릴 염려가 없지요."

"학생을 주려는 것이 아니라 내가 타려고 하는데 가능할까요?"

자전거포 주인은 약간 의아한 표정으로

"아주머니가 쓰실 거면 여성용 새 자전거도 있는데…… 가격도 헌 자전거랑 크게 차이가 나는 것도 아니고 앞에 바구니가 달려서 시장 보기도 편할 텐데, 한 번 보시겠수?"

검은 기름때가 잔뜩 낀 손가락으로 가리킨 것은 핸들 앞에 바구니가 달린 보라색의 예쁘장한 자전거였다. 내가 굳이 노란색의 헌 자전거를 사겠다고 하자

"하기야 처음 타는 거면 낡은 자전거가 마음 편하지."

하며 안장 위에 뽀얗게 쌓인 먼지를 손으로 쓰윽 닦아냈다. 그 말만은 맞을 것 같았다. 곳곳에 다시 칠을 한 흔적이 조잡하게 나 있었고, 누가 탔던 물건인지는 모르겠지만 꽤 많이 달렸던 흔적이 역력했다. 그것이 오히려 좋았다. 애써 잠그지 않아도 남이 집어가지 않을 거라는 말도 맘에 들었다.

"사겠어요. 그 대신 집에까지 배달해주실 수 있지요?"

사실 난 아직 자전거를 탈 줄 몰랐다.

요즘 나는 길, 길에 대해 매혹되어 있음을 솔직히 고백하지 않을 수 없다. 우스운 일이지만 길이 손짓하는 유혹에 완전히 빠지고 말았다. 살아오면서 한 번도 예상해본 적이 없었던 낯선 경험이다. 마치 아름다운 음모를 꾸미는 젊은이 같은 은밀한 설렘도 느낀다. 오늘도 딸애가 출근을 하자마자 바람난 여자처럼 서둘러 찌그덕 덜컹거리는 자전거를 타고 길로 나섰다. 어디로 가야 할지 미리 정하지 않는다. 그냥 달리다가 낯선 농로가 나오면 그리로 달리고, 그 길이 끝나는 지점쯤에서 다시 새로운 길과 만나면 그 길을 따라가다가 가끔은 인도로도 들어가 달리고, 갓길이 없는 1차선 도로에서는 대형 트럭들이 날리는 흙바람을 뒤집어쓰며 아슬아슬하게 곡예를 하기도 한다.

몇 달 전 딸에게서 처음 자전거 교습을 받을 때 만해도 이런 기쁨이 있

으리라고 까지는 기대하지 못했다. 단지 전시회 때 보았던 그 그림에서처럼 푸른 공간 속으로 꼭 한 번 달리고 싶었다. 그 욕구가 강했던 만큼 딸의 핀잔도, 우려도 귓전으로 들렸다. 마흔이 넘은 나이에 처음으로 올라타본 자전거가 이상하리만큼 편했다. 충동적으로 사다놓고 어떻게 배울 것인가, 과연 내가 해낼 수 있을까? 두려워했던 것에 비해 실습은 의외로 쉬웠다. 사실 자전거를 타는데 필요한 것은 타고 싶다는 간절한 욕망과 그것을 실천하는 용기뿐이었다.

힘차게 페달을 밟으며 달리면 맨 먼저 입술을 간지럽히며 목구멍으로 싸하게 넘어가는 바람을 느낀다. 바람은 폐에도, 위에도, 뱃속 구석구석 온갖 장기 속까지 몰려들어가 한바탕 휘저어놓고 콧구멍으로 푸스스 빠져나간다. 그 바람이, 그 간지럼이 참 좋았다.

오늘은 먼길을 달려보리라 결심을 하고 나섰다. 평소에도 사, 오십 리쯤은 거뜬히 타고 다녀서 딸애를 놀라게 하곤 했지만 오늘은 마음이 닿는 곳까지 맘껏 가볼 작정이다. 조그마한 가방까지 챙겨 핸들 앞에 걸었다. 달리다가 한가하고 경치가 좋은 그늘이 나타나면 자전거를 세워놓고 잠시 휴식을 즐기리라. 날씨 좋은 날 자전거를 타고 교외로 나가 한적한 들길로 접어들면 나는 가끔 가던 길을 멈췄다. 나무 그늘이나 풀숲에 앉아 책을 읽기도 하고 물을 한 잔 마시며 잠시 솔바람에 몸을 맡기고 때론 앉은 채 선잠을 즐기기도 했다. 자전거를 타면서 느끼는 이 낯선 즐거움은 결혼 이후, 아니 그 이전에도 느껴보지 못한 여유이며 휴식이었다. 동행자도 필요치 않았다. 혼자 길을 나서는 것이 좋았다. 미리 계획을 세우지 않아도, 어떤 양해도 받을 필요 없이, 시간의 구애도 받지 않아 자유로웠다. 사실 완전한 자유는 혼자일 때만 가능하다.

제법 뜨겁다. 쏟아져 내린 햇살에 아스팔트가 후끈 달궈져 이글이글아지랑이가 핀다. 길가에는 무성해진 들풀들 사이로 개망초 꽃이 지천이다. 얼마 전까지만 해도 민들레꽃이 마른 길바닥에 웅성웅성 피어 있었는데…… 밭두렁에는 비닐에 씌워졌던 갖가지 씨앗들이 저마다 줄기를 뻗고 나와 제법 무성하다. 가지밭에는 보랏빛 꽃이 진 자리마다 벌써 아기 손가락 같은 열매들이 곰실곰실 크고 있다. 오늘은 지칠 때까지 달려보리라. 그리움도 미련도 다 바람에 날려보내리라.

종일 햇볕 속을 달렸다. 낮이 길어진 탓인지 짙푸른 산 그림자가 쉽게 길어지지 않는다. 점점 페달을 밟는 다리에 힘이 빠지기 시작한다. 완전히 소진해버리는 에너지. 자전거에서 내려 가파른 오르막길을 걸어서 오르니 땀에 흠뻑 젖었던 옷이 산바람에 마르며 으스스 한기가 든다. 만족스러운 탈진이다. 이제 집으로 돌아가야지. 멀리 보이는 이정표에는 서울과 경기도의 경계가 갈려져 있다.

나는 집으로 가기 위해 경기도 구리시를 가리키는 화살표를 따라 꺾어들었다. 2차선으로 접어들어 좁은 도로에서 갓길을 따라 달렸다. 그때 내 앞으로 갑자기 승용차 한 대가 급정거를 했다. 순간적인 일이라 자전거와 함께 비틀거리는데 승용차에서 한 사람이 내렸다. 갑자기 뛰어들어 아찔했던 탓에 나는 잠시 놀랜 가슴을 쓸어내리며 내게 다가오고 있는 그 사람을 쳐다보았다. 순간 쓰러진 자전거를 일으켜 세우던 내 손에 힘이 쭉 빠졌다. 자전거와 함께 나는 그대로 길가에 주저앉고 말았다. 걸어오던 사람이 내 눈앞에서 발을 멈췄다. 분명 그였다. 햇살을 등지고 있어 얼굴은 어둑한 그늘이 졌지만 긴 머리카락은 은빛으로 빛나고 있었다.

"서…… 선재 씨."

"은경 씨? 우리 형을 돌봐주시던 간병인, 은경 씨 맞군요."

그는 선재가 아니었다. 자주 문병을 온 적이 있는 그의 이복형이었다.

겉모습은 친형제보다도 더 똑같이 닮았지만 성격은 정반대라고 하며 호탕하게 웃던 사람. 그는 주저앉아 있는 내게 손을 내밀었다.

"설마 하면서도 혹시나 싶어서 차를 세웠는데…… 참 오랜만이네요. 그동안 어떻게 지내셨어요? 이젠 병원에도 나가시지 않는다고 하던데……"

나는 그가 내민 손을 피해 일어나 엉덩이에 묻은 흙을 털고 넘어진 자전거를 일으켜 세웠다.

"안녕하세요?…… 오랜만이네요…… 그럼, 이만."

서둘러 자전거에 올라앉는 나를 어쩌지 못해 저, 저 소리만 되풀이하는 그를 뒤로 하고 빠르게 페달을 밟았다. 왜 이렇게 떨리는 것일까? 눈앞이 뿌옇게 흐려졌다. 눈물이 흐르기 시작했다. 뜻밖이었다. 내게도 이런 눈물주머니가 있었다니. 눈물을 흘리며 소리내어 울어본 때가 언제였나……? 미라처럼 굳어진 남편의 시신 앞에서도 울 줄 몰랐던 난데 왜 지금 이렇게 눈물이 쏟아지는 것일까? 나는 집을 향해 가던 방향을 바꿔 오던 길을 되돌아 달리기 시작했다.

계속 울고 싶었다. 고인 물처럼 쌓여 있던 눈물을 다 쏟아내고 싶었다. 흐르지 못하고 고여 있는 물 때문에 내 몸과 마음이 썩고 있었구나 하는 생각이 들었다. 둑을 허물어 세상 밖으로 한 방울도 남기지 말고 다 쏟아버리리라. 마음에만 담아둔 이 눈물덩이를 더 이상 막지 않으리라. 터트려 다 쏟아내리라. 나는 미친 듯 계속 달렸다.

서울시 입구인 망우리로 들어서는 재를 넘었다. 공원묘지 관리 사무실 앞에 자전거를 버려두고 뛰어 올라갔다. 그의 무덤 앞에 쓰러지듯 주저앉았다. 묘는 잔디가 벌써 실하게 퍼져 한껏 물기를 끌어올려 푸릇한 잎을 내고 있었다. 나는 그의 묘비에 등을 기대고 앉아 오랫동안 고여 있던 눈물을 마음껏 쏟아내기 시작했다.

　그가 영영 떠났다는 사실을 한동안 실감하기 쉽지 않았다. 너무도 선명하게 되살아나는 환한 얼굴, 아름다운 미소, 아침마다 악수를 하자고 내밀던 하얀 손…… 그는 아침에 눈을 뜨면 병실 창가에 서서 하루 일을 준비하고 있는 나를 바라보며 씨익 웃었다. 고통이 조금 덜한 날은 농담처럼 사랑의 전령사 같은 누님이라며 내 손을 쥐고 흔들었다. 가끔 우울한 표정을 짓거나 지친 듯 보이면 나를 즐겁게 해주려고 애를 썼다. 그의 간병인이 된 후로 내 삶도 어느새 그를 닮아가기 시작했다. 작은 기쁨에도 크게 웃었고 감사하다는 말도 스스럼없이 잘했다. 나로서는 놀라운 변화였다.

　그가 떠난 후 내 삶은 다시 정지되어버렸다. 손끝 하나 움직일 수 없을 만큼 자꾸 잦아드는 기운을 어떻게도 추스를 수가 없었다. 계속 일을 할 자신도 없어졌다. 더 이상 누구와 새로운 만남을 갖고 또 이별해야 한다는 것이 두려웠다. 간병인이란 직업은 늘 새로운 환자를 만나기 마련이다. 더러는 죽음에 이르기까지 챙겨주고, 더러는 완쾌되거나 병이 호전되어 기쁘게 헤어지면 그뿐이다. 내가 간병인으로 일하는 이십여 년 동안 만났다가 헤어진 인연은 줄잡아 수십 명도 더 되었다. 한 달이 안 되는 짧은 만남도 있었지만 대개는 서너 달, 때론 이, 삼 년을 함께 지낸 환자도 여럿이었다. 간병인에 종사하면서 나는 스스로 전문 직업인임을 자처했었다. 그런데, 그렇게 지내 왔음에도 불구하고 그의 죽음만은 냉정하게 받아들일 수가 없었다.

　그를 보낸 후 더 이상 다른 환자를 만날 용기가 나질 않았다. 이십 년 경력의 간병사 생활을 마감하고 집에 들어앉았다. 종일 집안에만 있는

것에 익숙하지 않아 처음엔 당황했지만 시간이 지나면서 서서히 익숙해
졌다. 그러나 한유한 시간이 늘어날수록 그에 대한 추억이, 그에 대한 그
리움이 점점 더 커지고 있었다. 바라볼수록 더 보고 싶어지던 사람, 그래
서 눈에 보이지 않으면, 시간이 지나면 그리움도 사라질 줄 알았다. 그러
나 사라진 것은 그리움이 아니라 내 웃음이었다. 그는 정말 아름다운 미
소를 지을 줄 알았다. 고통 중에서도 짓궂은 장난으로 나를 웃기던 사람.
누가 간병인이고 누가 환자인지를 자주 헛갈리게 하던 사람. 그래서 만
날 때부터 미리 이별의 순간이 예정되어 있었다는 사실을 까맣게 잊고
지냈었는지도 모르겠다. 그는 수십 년을 잠들어 있던 내 혼을, 아니 한 번
도 제대로 느껴본 적이 없었던 감정을 세차게 흔들어 깨워놓고 떠났다.
병원에서 예상했던 날보다 겨우 한 달을 더 살다 간 사람.

  그를 처음 소개해주던 담당 간호과장의 말이 간암 말기의 환자로 통증
이 오기 시작했는데 돌봐줄 가족이 없기 때문에 장기 입원을 하게 되었
으니 마지막까지 간병을 책임져 주었으면 좋겠다고 했다. 나보다 세 살
아래인 그와 첫 대면에서 그는 손을 내밀어 악수를 청하며 마치 일상적
인 인사처럼 '잘 부탁드립니다.' 하며 씩 웃었다. 얼굴빛은 병색이 짙었
으나 표정은 누구보다도 평온했다. 그는 이제까지 간병해 온 어떤 사람
보다도 수월한 환자였다. 통증을 호소하지도 않았고, 괜한 짜증을 부리
는 일도 없었고, 간병인이나 담당의사들에게 요구하는 것도 별로 없었
다. 그가 가끔 부탁하는 것은 잠에서 깨어났을 때 옆에 있어 달라는 것 정
도였다. 통증이 멎고 약 기운에 정신이 맑아질 때면 옆에 앉아 이야기 나
누는 것을 무엇보다 좋아했다.

  그는 가장 하고 싶은 일이 실컷 달리는 것이라고 했다. 처음 그 소리를
들었을 때 직업이 마라톤 선수냐고 묻자 그는 고개를 저으며 크게 웃었

다. 간암이라는 판정을 받고 그것도 말기에 이르렀다는 진단을 받던 날, 그가 제일 먼저 한 일도 달리기였다고 했다. 병원을 나서자마자 무작정 달리다가 길가에 쓰러져 다시 병원으로 실려왔다고 했다. 달리고 싶어 늘 몸이 근질거린다고 짓궂게 웃었다. 나만 눈감아주면 지금이라도 병원을 빠져나가 마음껏 달리다가 숨이 다하면 그대로 길에 누워 눈을 감고 싶다고 했다. 그가 나 몰래 뛰쳐나갈지도 모른다는 두려움에 내가 가끔 당황해하면 그는 나를 놀리는 것이 즐겁다는 듯 껄껄 웃었다.

"그러니까 나를 혼자 내버려두지 말고 꼭 지키고 있어야 해요. 자고 일어나 아직 살아 있구나 싶은데 눈앞에 누님이 안 계시면 그대로 눈을 감고 영원히 자버릴까, 뛰쳐나가 달리다 죽을까 고민을 하게 되거든요."

장난처럼 말하고 있었지만 그의 웃음 속에 배인 처절한 외로움은 늘 내 가슴을 무너지게 했다.

통증이 오기 전에 그가 제일 먼저 실행한 것은 패션계에서 크게 성공을 하여 바쁘게 일을 하고 있는 아내를 놓아주는 일이었다고 했다. 아내에게 돌연히 이혼을 요구하면서 그가 내세운 이유인즉 다른 여자를 만나 새 살림을 차렸다고 했다던가. 고등학교에 다니는 두 아들과 그의 아내가 어느 일요일에 그를 찾아온 일이 있었다. 정말 이렇게 되었는지는 몰랐다고, 미안하다고 서럽게 우는 아내에게 그는 웃으며 나를 소개했다.

"누님이야. 나를 잘 챙겨주시지. 잔소리는 당신보다도 한 수 위지만 엄마처럼 누나처럼 때론 애인처럼 날 잘 보살펴주시니까 당신은 조금도 걱정할 필요 없어. 그렇지요? 누님?"

그를 간병하기 시작한 지 한 달쯤 되면서부터 그는 나를 곧잘 '돌아와 거울 앞에선 내 누님' 이라고 불렀다. 그는 내 손을 잡고 정말 어린 남동생이 누나에게 응석을 부리는 것처럼 흔들어 보이며 씨익 웃었다. 그러나 그의 눈가에 맺힌 눈물방울을 나는 자주 보았다. 이혼한 그의 아내도 병원을 나서면서 내 손을 잡고 흔들었다. 이 집 식구들은 모두 악수하기를 좋아하나보다고 혼자 웃었다.

"간병 아줌마, 잘 부탁해요."

그녀가 붉은 스텔라를 타고 떠나고 그녀의 두 손에 잡혔던 내 손에는 몇 장의 지폐가 쥐어져 있었다. 흔하지는 않았지만 가끔 환자의 보호자들이 쥐어주는 선물이나 돈을 받을 때가 있다. 그럴 때는 감사한 마음으로 편하게 받았다. 그러나 그날은 처음으로 돈을 받아쥔 손이 부끄러웠고, 거절하지 못한 자신이 한심스러웠다.

힘들기는 했지만 이십 년 동안 간병인이라는 직업에 대해 후회해본 적은 없었다. 비록 어쩔 수 없는 상황에서 생계수단으로 택한 일이었지만 나름대로 보람도 있었고 조금은 긍지도 지니고 있었다. 남편은 병원에서 오랜 투병생활을 했다. 그러나 끝내 생명줄을 놓았고 나는 남편의 장례를 치르고 나서 얼마 되지 않아 남편이 입원했던 병원의 수간호사에게서 간병 일을 해보면 어떻겠느냐는 건의를 받았다. 나는 조금의 망설임도 없이 그 뜻을 받아들였다. 현실적으로 당장 일을 해야 되었고, 그 당시 내가 할 줄 아는 유일한 기능은 남편 덕에 배운 환자를 돌보는 일 뿐이었다. 정식으로 호스피스 교육을 받아 자격증을 얻고 본격적인 직업인으로 뛰어든 것은 남편의 장례를 치른 지 육 개월 만의 일이었다.

중매로 만나 주말부부로 살았던 이 년의 짧은 결혼생활, 너무 어렸던 탓인지 그때의 건강한 남편에 대한 추억은 거의 없다. 다만 교통사고로 중태에 빠져 식물인간이 되어 무의식 상태에서 일 년 가까이 병원생활을 하는 동안 매일 바라본 남편의 무표정한 얼굴만이 오랫동안 기억 속에 각인되어 있을 뿐. 그러나 이제는 그 얼굴조차 희미해졌다. 일 년에 한 번 제사 때마다 꺼내놓는 사진 속에서 겨우 굳은 표정의 젊은 청년이 낯선 내 남편으로 남아 있을 뿐이었다.

백일을 갓 넘긴 딸을 업고 남편의 간호를 위해 병원에서 지냈던 그것이 인연이 되어 시작한 간병인이란 직업. 그 후 이십 년 동안의 내 삶은 온통 아픈 사람들의 고함과, 신음소리와, 잔소리와, 눈물을 받아주고, 닦아주는 것으로 일관된 세월이었다. 다른 곳에 곁눈질을 할 여유가 없었다. 일을 해서 내 힘으로 딸을 가르칠 수 있다는 것만을 다행으로 여겼고, 건강하게 자라주는 딸을 바라보는 것이 유일한 기쁨이고, 보람이었다. 거울 앞에 서서 치장을 해본 기억도 별로 없었다. 나를 스스로 바라보는 행위는 아주 생경한 짓이었다. 그가 '돌아와 거울 앞에선 내 누님' 이라고 부르던 날 처음으로 내 모습을 병원 화장실에 붙은 뿌연 거울 앞에서 오래오래 들여다보았다.

그에 대한 내 감정은 지금도 어떻다 말할 수 없다. 거울을 보기 시작하면서 그를 사랑한다는 말을 속으로 여러 번 되뇌인 것 같은데 그 사랑한다는 것이 꼭 집어 이성에게 느끼는 애정이라곤 말할 수 없었다. 그를 돌보는 것이 좋았다. 그가 웃으면 행복해지는 느낌을 받았지만 그에게서 육체적인 욕망을 느껴본 적은 없었다. 그의 표현대로라면 나는 그에게서 모성애적 연민을 느꼈을 뿐인지도 모르겠다. 어찌되었거나 내 애정의 색깔을 뚜렷하게 그려낼 수는 없어도 확실한 것은 그가 가까이 있다는 사실이 즐거웠고 행복했다. 격렬한 고통을 겪다가 잠시 통증이 멈추면 땀으로 범벅이 된 머리카락을 닦아주는 내 손을 잡고 장난스러운 표정을 지으며 '내 마지막 사랑, 나의 누님' 이라고 속삭일 때마다 나는 속으로 대답했다. 내게는 성재 씨가 첫사랑인 양 싶다고.

그가 숨을 거두던 날은 바람이 거세게 불었다. 창문 밖으로 내다보이는 풍경은 한층 더 을씨년스러웠다. 그는 진통제 없이는 한순간도 견딜 수 없을 만큼 고통을 겪고 있었다. 아침부터 몇 차례 격렬한 고통을 겪어 내느라 창백한 얼굴은 온통 땀에 젖어 있었다. 나는 한시도 그에게서 눈을 돌릴 수가 없었다. 고통에서 잠시 놓여나는 순간마다 눈으로 나를 찾기 때문이었다. 마지막인 듯 잠시 정신이 맑아졌다. 그는 평소처럼 개구진 웃음을 지으며 내 손을 끌어 자기의 가슴에 올려놓았다.

"내 누님, 내 사랑, 내 마지막 여인. 마지막까지 날 지켜줘서 고마워요. 이젠 저승이 무섭지 않아요…… 외롭지도 않고…… 나 숨 끊어져도 누님 절대 울지 말아요. 누님 우는 소리 들으면 저승 가다 말고 도망쳐 와야 되잖아요. 그랬다가는 금방 저승사자에게 다시 잡혀갈 텐데 괜히 몰매 맞으며 다시 끌려가고 싶지 않아."

내 손을 잡고 있는 그의 두 손이 바르르 떨리며 힘이 들어갔다. 표정은 영락없이 누나 치마꼬리 붙들고 심술부리는 동생 같았다.

"그런 걱정은 아예 말아요. 결혼한 지 이 년 만에 남편을 죽이고 겨우 첫돌 지난 딸 하나 데리고 청상이 되었을 때에도 눈물 한 방울 안 흘렸는데 행여 성재 씨 앞에서 울까."

"정말 그때도 울지 않았어요?"

"울긴 왜 울어, 나만 이 낯선 세상에 덩그마니 남겨놓고 홀쩍 떠나는 매정한 사람들 때문에 울진 않을 거야. 억울하고 분해서도 나는 울지 못해요."

"그럼 됐어요. 휴 이제 안심이네……"

그는 내 손을 자기의 입술에 잠시 가져갔다가 놓아주었다.

"마지막 부탁 하나 더 있어요. 내가 죽을 것 같아도 의사를 부르지 마세요. 사람들 수선 떠는 거 보기 싫어요. 내 동공에 누님만 넣고 갈 거예요. 눈감는 순간까지 내 눈을 놓치지 말아요."

　잠시 후 그는 고통으로 일그러졌던 표정이 서서히 펴지며 뚫어질 듯 부릅떴던 눈을 스르르 감았다. 나는 약속대로 울지 않았다. 젖은 가제수건으로 정성껏 그의 얼굴을 닦아준 후에 의사를 불렀다.

　노을이 짙게 물든 하늘을 올려다보며 긴 울음을 그쳤다. 묘지에서 내려오니 이미 길은 컴컴해져 있었다. 한길로 걸어나와 택시를 탔다. 구리로 가자고 겨우 말을 해놓고 깜박 기운을 잃은 듯했다. 택시기사는 시내로 들어서서야 나를 깨웠다. 묘지에 다녀오는 퉁퉁 부은 얼굴의 아낙을 보고 나름대로 사연을 지레짐작했는지 부드럽게 나를 깨우고는 집이 어디냐고 물었다. 그러나 나는 아직도 정신이 몽롱해 무사히 집 앞까지 데려다준 친절한 운전기사에게 고맙다는 인사도 못하고 내렸다.

　오랜만에 깊은 잠을 편히 잤다. 이미 해가 중천에 걸린 듯 창 밖이 소란스러웠다. 나는 잠자리에 누운 채 잠시 어제의 일들을 떠올렸다. 그리고 내 자전거를 묘지공원 사무실 입구에 세워놓고 왔다는 것이 생각났다.

　크게 기지개를 하고 자리에서 일어났다. 식탁에는 딸이 출근하면서 적어놓은 메모가 놓여 있었다.

　"엄마, 너무 곤하게 잠드신 것 같아 깨우지 않고 먼저 나갈 게요. 지금 일기예보를 들으니 종일 비가 온다나봐요. 자전거도 탈 수 없으니까 오늘은 종일 잘 챙겨 드시고 푹 쉬세요. 일찍 들어올 게요."

　딸의 동글동글한 글씨가 구슬을 흩어놓은 듯 예쁘다. 나는 공원묘지 사무실에 전화를 하는 대신 병원에 전화를 걸어 친분 있는 간호과장님을 찾았다.

　"안녕하세요. 저 기억하시지요? 다시 일을 하고 싶은데 제가 돌봐줄 환자가 없을까요?"

"정말이세요? 참으로 반가운 말이네요. 그렇지 않아도 은영 씨를 찾는 환자가 참 많아요. 역시 은영 씨는 최고의 간병인이에요. 그러니 다시 일 하겠다면 우린 대 환영이지요. 마침 열 살짜리 사내아이 환자가 들어왔 는데 급히 간병을 해줄 사람을 찾고 있어요. 소아백혈병에 걸려 장기입 원을 해야 하는데 부모가 모두 직장을 나가기 때문에 누가 그 아이를 봐 주어야 할 형편이거든요."

"정말 고맙습니다. 당장 오늘 오후부터 일하러 나가겠습니다."

나는 자전거를 찾으러 가는 대신 노란 우산을 받쳐들고 병원으로 가는 버스를 타기 위해 부지런히 걸었다. 또 다른 이별을 예감하면서.

두 여자

'박봉조성형외과' 로 들어서는 문은 자동장치가 되어 있었다. 두 개의 계단을 올라와 유리문 앞에 다가서면 스르륵 거침없이 열렸다. 다가서려는 기색만 있어도 양쪽으로 화들짝 열리는 자동유리문. 자동문 앞에만 서면 나는 번번이 낭패감을 느꼈다. 누구에겐가 내 행동을 감시당하고 있다는 느낌에 선뜻 앞으로 몸을 내딛지 못하고 뒤로 주춤거리면 위협처럼 주룩주룩 거리며 금방 닫힐 기색을 보이다가도 내가 몸을 앞으로 조금만 내밀면 거 보라는 듯 이내 활짝 열렸다. 나는 잠시 동안의 머뭇거림 끝에 용기를 내어 자동문 안으로 들어섰다.

내 고향집은 아직도 열고 닫을 때마다 힘겹게 끼이—익 거리는 낡은 나무 대문이 달려 있다. 굵은 서까랫감으로 문지방을 걸쳐놓은 탓에 어려서는 마치 담을 넘듯이 문지방을 손으로 잡고 드나들었던 기억이 있다. 세월이 흘러 문지방은 닳고 내려앉아서 문을 여닫으려면 대문의 반질반질해진 나무 손잡이를 잡고 약간 들어올리면서 힘껏 밀어야 했다. 그렇게 대문을 열고 들어서서 문간방 앞을 지나 ㄱ자 기와지붕 처마 밑을 따라 몇 발자국을 가면 앞마당이 보인다. 마당 가운데는 아직도 두레박으로 퍼올리는 이끼 낀 우물이 있다.(물론 지금은 쓰지 않아 송판에 비닐장판을 덧댄 뚜껑이 덮여 있지만) 담벼락에서 그 우물 주변까지는 제법 넓게 화단이 조성되어 있는데 지금도 변함없이 그 화단에는 꽃들이 무성하게 피어 있다. 우리 형제들이 다같이 살던 그때에는 담을 기어오르던 나팔꽃, 팔등신의 크고 화려한 달리아, 접시꽃, 해바라기, 맨드라미들이 앞 다투어 피었다. 화단 앞쪽으로도 봉선화, 채송화들이 철 따라 그 앙증스런 꽃잎들로 피어났다. 그 사이 사이에 고욤나무, 자두나무, 우물터에 그늘을 드리우던 포도나무, 그리고 가을이면 도깨비 방망이 같은 수세미도 포도와 어울려 주렁주렁 달렸다.

어머니는 꽃밭 가꾸는 일을 제일 즐거워했다. 아무리 바쁜 농사철에도 매일 아침 물을 주고 잡초를 뽑아주는 일을 게을리하지 않았다. 그 덕에 동네 아낙들에게도 우리 집 꽃밭은 구경거리였다. 나도 우리 집 우물가 화단이 늘 자랑스러웠다. 그러나 지금은 스스로 뿌려진 씨들이 잡초와 같이 어울려 아무렇게나 자라 몇 그루의 고목들 사이에서 수선스럽게 피었다 지곤 한다.

"아버지 우리 집을 고쳐야겠어요. 대문만이라도 옆집처럼 파란 페인트를 칠한 철문으로 바꿔요, 제발."

나는 가끔 집에 내려갈 때마다 성화를 했다. 그러나 아버지는 돌아가실 때까지 그 낡은 나무대문을 고집하셨다. 새마을 운동이 한참일 때 이웃집들은 지붕 개량 사업으로 융자를 얻어 낡은 기와나 초가를 벗겨내고 붉고 푸른 페인트를 칠한 슬레이트로 지붕을 얹었다. 그러나 우리 집은 아직도 동네에서 유일하게 옛 기와집을 끝까지 고수하고 있다. 지어진 지 칠십 년이 넘은 고가는 지붕 기와 사이로 잡초들이 듬성듬성 자랐고 문지방이 내려앉은 대문은 문을 여닫을 때마다 한적한 시골의 적막을 깨웠다.

아버지는 지병으로 오랫동안 고통을 받았지만 돌아가시기 며칠 전까지도 새벽마다 대문을 여는 일을 거르지 않았다. 눈비가 와도 동녘이 환해지는 새벽이면 우리 집 대문은 어김없이 열렸다. 아버지는 대문을 열기 전에 잠시 문 앞에서 자세를 고쳐 숨을 고른 후에 마치 '열려라, 참깨!' 하는 주문이라도 외는 듯이 입을 오물거리며 몇 마디 웅얼거리고는 대문 빗장을 풀었다. 그러나 아버지는 항상 두 문짝을 다 열어놓는 것이 아니라 한쪽 문만 겨우 한 사람이 드나들 수 있을 정도만 열어놓았다. 그래서 하루종일 식구들이 들락거릴 때마다 독특한 파열음을 냈고, 우리는 초인종이 없이도 누가 들고나는지 금방 알 수 있었다.

자식들이 다 객지로 나가 살게 되자 아버지가 새벽에 열어놓은 대문은 종일 바람만 문지방을 타고 넘나들다가 어머니가 저녁 설거지를 마치고 들어갈 때야 그 어둠 속에서 종일 감췄던 소리를 풀어내듯 요란한 소리를 내며 닫혔다.

나는 처음 나간 맞선 자리에서 남편을 만났다. 그를 보는 순간, 어디서 많이 보았던 느낌을 받았다. 나는 그 느낌을 인연이라 믿었다. 그러나 그는 내게 관심이 있어 보이지 않았다. 맞선 자리에서 으레 나올 만한 질문들을 하나도 묻지 않았다. 차 한 잔 마시는 것으로 짧게 끝난 첫 만남. 나는 실망했다. 그러나 다음날 상대방 집에서 전해온 소식은 너무 뜻밖이었다. 그 남자가 나와 결혼하겠다고 집에 통고했다는 것이었다. 그것도 빠른 시일 내에 결혼날짜를 잡았으면 좋겠다는 소식에 우리는 기쁘면서도 당황했다.

고향에서 상업학교를 졸업하고 조그마한 사무실에서 경리로 근무하던 나에 비해 그의 조건은 너무 좋았다. 어머니의 말을 빌지 않아도 도회지에서 대학을 나와 이름 있는 회사에 근무하고 있는 그는 무엇으로 봐도 분에 넘치는 신랑감이었다. 그의 외모 또한 누가 보아도 호감이 가게 생겼다. 훤칠한 키, 투명하고 하얀 피부, 특히 깊은 눈빛은 인상적이었다. 그러나 그의 표정은 밝지 않았다. 웃을 때에도 약간 울먹이는 듯 어두운 그늘이 느껴졌다. 나는 사실 그런 우수에 젖은 듯한 분위기에 첫날부터 반해버린 터였다. 그에 비해 나의 조건은 보잘것이 없었다. 스물두 살이 되도록 인사치레라도 예쁘다는 말을 한 번도 들어본 적이 없던 깡마르고 볼품없는 작은 여자였다.

결혼상대가 되기에는 스스로 모자람이 많음을 알았기 때문에 도리어 나는 망설일 수밖에 없었다. 자꾸 주춤거리는 내게 그는 아무 조건도 상관하지 않겠다고 했다. 나는 신데렐라가 된 기분으로 그의 청혼을 받아들였다. 그때까지만 해도 신데렐라가 되는 절대적 조건은 예쁜 외모와 착한 마음이라 알고 있었다. 그런데 그는 내게 손을 내밀었다. 나처럼 못생긴 여자도 신데렐라가 될 수 있다니, 나는 세상에서 제일 행복한 여자가 된 기분이었다. 그러나 나는 잠깐씩 순이 언니의 고통을 기억해내고는 마음이 불안해지곤 했다. 너무 조건이 다른 결혼은 결국 불행해질 수밖에 없다는데…… 가정 환경만이라도 그의 집안과 우리 집안 형편이 비슷한 조건이었으면 얼마나 좋을까 하는 것이 그 당시 그에게 품었던 제일 큰 아쉬움이었다.

　어느 날 나는 마르고 약한 내 모습을 거울로 들여다보며 결심했다. 결혼 이야기는 없었던 것으로 하자고 말하리라. 내가 신데렐라를 꿈꾸다니, 당치도 않은 욕심을 부리고 있다는 생각이 들었다. 그러나 나는 끝내 그 말을 하지 못했다. 이미 나는 그에게 온전히 마음을 빼앗기고 있었던 터라 혼자 결심한 이성적인 판단은 별 도움이 되질 않았다. 머뭇거리기만 하다가 돌아서는데 그가 찻집 테이블에 있던 메모지에 몇 자 적더니 그 쪽지를 내 핸드백에 넣어주었다. 나는 집에 돌아와 떨리는 손으로 쪽지를 펼쳤다. 낯선 글씨체였다. 그러나 그 내용은 너무도 익숙한 말이었다. '굳게 닫혀 있는 희경 씨 마음의 문을 어떻게 하면 열 수 있을까요? 내가 만일 아라비아의 도둑이라면 당신 가슴을 향해 '열려라 참깨.' 라고 소리라도 쳤으면 하는 심정입니다.' 편지를 읽는 순간 이 편지가 내게 올 것이 아니라는 생각을 떨쳐버릴 수가 없었다. 누구에겐가 전해줘야 할 것이 내게 잘못 전달되었구나 하는 마음이 들었다. 그러나 난 이미 첫 만남에서 운명을 예감했던 터였고, 더 이상 그의 청혼을 거절할 명분도, 용기도 없었다. 내게 넘치는 사람이 그렇게 나를 원한다는데. 나는 드디어 신데렐라가 되었다.

　내가 초등학교에 들어가 막 글씨를 익혔을 무렵이었다. 우리 집 뒤란에는 조그마한 채마밭이 있었다. 그 채마밭 뒤로는 이웃집과의 경계가 되는 돌담이 둘러져 있었는데 이 돌담도 오래 된 터라 군데군데 무너져 이웃집 건넛방이 반쯤은 넘겨다보였다. 언제부터인지 낯선 청년이 그 방에 머물러 있었다. 뒷집 서울새댁과 어머니가 하는 대화로 미루어 짐작한 것이지만 새댁의 친정 막내 동생으로 대학생이라 했다. 무엇 때문인지는 알 수 없었으나 잠시 휴학을 하고 내려와 있다고 했는데 여름이 지나 가을이 깊도록 떠나지 않았다. 나는 그 대학생 오빠가 많이 아픈가 보다고 생각했다. 그렇게 얼굴이 하얀 남자를 그때까지 나는 본 적이 없었다. 우리 동네에서 제일 예쁘다던 이장네 둘째 언니 얼굴도 하얗기는 했지만 그 언니보다 훨씬 얼굴이 고왔다. 더구나 그 오빠는 하모니카도 멋지게 불었다. 그것이 얼마나 듣기 좋은지 몰랐다. 그래서 괜히 어머니 심부름을 하는 체하며 뒷마당 채마밭으로 가지를 따러 가고, 파도 뽑으러 가서는 돌담 너머 그 방을 기웃거리곤 했다. 그 대학생 오빠는 가끔 방 앞에 붙은 쪽마루에 나와 앉아 하모니카를 불었는데 나를 보면 웃으며 손을 약간 들어 흔들어 보이곤 했다. 그때마다 나는 앞마당으로 급히 뛰어나오며 괜히 혼자 까르르 웃곤 했다.

추석 전날쯤이었을 것이다. 늦도록 차례준비를 하는 어른들 사이를 돌아다니며 나는 늦도록 마당에 나와 있었다. 내일 아침에 입으라고 챙겨준 추석빔을 어머니 몰래 입고 나와 뒷마당으로 갔다. 긴 치마를 두 손으로 잡고 사뿐사뿐 걸었다. 색동 저고리에 붉은 꼬리치마를 입고 나서니 나 스스로 공주가 된 기분이었다. 달은 어찌나 밝고 환하던지 배추 잎사귀에 앉아 우는 여치의 몸놀림까지도 선명하게 보였다. 채마밭 앞을 서성이는데 어디선가 나를 부르는 나직한 소리가 들렸다. 무너진 돌담 너머 달빛 아래에 그 대학생 오빠가 서 있었다.

"희경아, 이리 와봐. 부탁이 있는데."

"……"

"집에 언니 있지? 이 거 언니에게 좀 전해줘."

"언니?"

"어른들 안 보게 줘야 해."

　그 대학생 오빠가 전해준 것은 편지지를 작게 접은 쪽지였다. 언니에게 전해주라고? 나는 쪽지를 받아들고 안마당으로 돌아나와 곧장 부엌으로 뛰어들었다. 그러나 순이 언니가 없었다. 차례음식 준비도 거의 끝났는지 한참 분주하던 대청마루에는 마무리 정리를 하고 있는 어머니뿐이었다. 나는 안방으로 들어가 다락문을 열었다. 그리고 좁은 계단을 밟고 다락으로 기어올라갔다. 낮은 천장에 매달린 삼십 촉 백열등을 켜고 쪽지를 조심스럽게 펼쳤다. 세로 줄의 흘림체라 조금은 읽기가 힘들었지만 나는 소리내어 더듬더듬 읽어 내려갔다.

　'요즘은 왜 나를 피하는지 모르겠습니다…… 그대를 그리는 맘이 너무 깊어 어제도 찬바람에 파랗게 멍이 들었습니다. 꼭 할 말이 있으니 이 쪽지를 받는 대로 우리의 장소로 나와 주십시오. 당신 그리며 혼자 지새우는 밤은 너무도 길기만 합니다……'

　내용을 다 이해할 수는 없었지만 대학생 오빠가 순이 언니를 기다리고 있다는 것은 알 수 있었다. 나는 편지를 다시 접어들고 다락에서 내려왔다. 그리고 작은 방 창문 밑으로 가서 뒷마당 돌담이 보이는 벽에 몸을 숨겼다. 돌담 사이로 언뜻 대학생 오빠의 모습이 보였다.

　"희경아, 너 거기서 뭐하니?"

　순이 언니의 목소리가 뒤에서 들렸다. 나는 도둑질하다 들킨 사람처럼 소스라치게 놀라 정말 기절하는 줄 알았다.

　"언니, 이 거."

　나는 꼭 쥐고 있던 쪽지를 순이 언니 앞에 내밀고는 뒤도 돌아보지 않고 방으로 뛰어 들어갔다. 추석빔 색동한복을 아무렇게나 벗어 던지고는 이불 속에 몸을 숨겼다. 얇은 이불이지만 머리까지 덮어쓰고 있으려니 숨이 막혔다. 그래도 나는 이불을 걷어내지 못하고 가쁜 숨을 몰아쉬다가 그만 잠이 들고 말았다.

추석날 아침, 차례를 지내고 설거지도 끝낸 후 부엌에서 나오는 순이 언니는 밤새 아무것도 달라진 것이 없었다. 잠시 후 어머니는 조그마한 음식보따리를 이고 대문을 나섰다. 아버지는 돗자리를 말아 쥐고 동생과 저만큼 앞장을 섰다. 그러나 사실 우리는 집에서 십 분쯤 뒷산으로 오르면 조상들의 묘가 있었기 때문에 평소에도 성묘 가는 기분이 별로 나질 않았다. 무덤들 사이의 잔디밭은 늘 동네 꼬마들이 어른들의 심부름을 피해 몰려가서 노는 놀이터였다. 우리가 성묘를 마치고 돌아오자, 순이 언니는 돌아가신 아버지 산소에 성묘를 하러 다녀오겠다며 인사를 하고는 대문을 나섰다. 그런 언니의 모습이 조금은 더 쓸쓸해 보이기도 하고, 예뻐진 듯도 했다. 어머니는 순이 언니에게 하얀 레이스가 달린 자주색 원피스를 추석빔으로 사주었다. 조그마한 음식보따리를 들고나서는 순이 언니의 뒷모습을 보며 어머니는 가엾다는 듯 작은 한숨을 쉬었다.

순이 언니의 고향은 버스를 타고 고개를 넘어 읍에서도 한참을 더 들어가야 하는 산골이었다. 순이 언니가 우리와 같이 살기 시작한 것은 내가 태어난 다음 해였다고 한다. 아버지의 먼 친척벌이 되는 순이 언니는 초등학교 사학년 때 아버지를 잃었고, 어머니가 개가하면서 남동생은 데려갔지만 순이 언니는 우리 집에 맡겨졌다고 했다.

그 후 나는 가끔 대학생 오빠의 편지 심부름을 했다. 그리고 번번이 그 편지는 다락방에서 내게 먼저 읽혀진 다음에 순이 언니에게 전달되었다. 그런데 이상한 것은 편지를 전할 때마다 순이 언니는 다음부터는 이런 것 받아오지 말라고 했다. 그러나 편지를 받아들며 살포시 붉어지는 순이 언니의 얼굴은 참 예뻤다.

자동 유리문 안으로 들어서자 문과 마주 보이는 접수창구에 앉아 있던 간호사가 태엽이 감긴 자동인형처럼 반사적으로 소리를 질렀다.

"안녕하세요, 어서 오세요."

"지난번에 와서 예약을 했었는데요. 오늘 열한시로 수술 날짜가 잡혔다고 해서……"

"성함이 어떻게 되세요? 박희경 씨라고 했나요? 잠시 저리 가 앉아서 기다리세요. 성미옥 씨! 들어가세요."

나는 엉거주춤한 자세로 돌아서서 대기실 한쪽에 놓인 빈 의자를 찾아 앉았다. 개원한 지 얼마 되지 않은 탓인지 여느 병원에서 느끼는 것 같은 불쾌한 소독약 냄새는 나지 않았다. 벽도 지저분한 얼룩 대신 화사한 파스텔 색으로 도배되어 있었고, 부분 조명은 벽에 걸린 사진들을 매혹적으로 비추고 있었다.

"얘, 아무래도 최진실 코보다는 황신혜 코가 내게는 더 어울릴 것 같아."

"너무 콧대를 높이면 시집갈 때 괜히 신랑 쪽에서 부담스러워하지 않겠니?"

"얘가 웃기네, 이왕 높이는 것인데 확실하게 높이는 것이 낫지 무슨 소리니? 그런데 문제는 내 각진 이 턱뼈를 감쪽같이 깎아버려야 되는데 말야, 은근히 겁이 나는 거 있지. 작년에 쌍꺼풀 수술할 때는 그래도 참을 만했는데, 이번에는 자꾸 겁이 난단 말야."

"그래도 괜찮은 사내를 낚으려면 참아야지 뭐. 후후, 지난번에 선봤던 의사라던 그치가 니 턱이 너무 각져서 고집스러워 보인다고 했다며?"

인형처럼 화장을 한 아가씨는 계속 눈을 깜박거리며 키득거리다가 문득 자기를 바라보는 내 시선을 느꼈던지 도전적인 표정으로 나를 쏘아보았다. 나는 황급히 거두어들인 시선을 어쩌지 못하고 잠시 허공에서 쩔쩔맸다. 그 때문에 아까부터 지근거리던 두통이 점점 심해지더니 속도 매슥거리고 어지럼증까지 일었다. 눈을 감았다.

"명철이 엄마, 글쎄 걱정하지 말라니까, 지난번에 지예 엄마도 이 병원에서 수술받았는데 지예 아빠가 얼마나 좋아하는지 모른데. 요즘 그 집엔 깨가 쏟아진다고 하잖아. 그렇게 술 먹고 자정이 되서야 들어오던 지예 아빠가 글쎄, 아홉시도 안 되어서 들어와서는 치근거린다지 뭐유. 지예 엄마는 다 늙어 주책이라고 하면서도 좋아 죽겠다는 시늉이더라구."

이번에는 내 바로 뒷자리에서 두 여자가 계속 소곤거리고 있었다. 나는 옷깃을 여몄다. 여름으로 들어서는 더운 날씨인데 왜 자꾸 추운 것일까? 에어컨 바람 때문인지 얇은 블라우스로 스며들어 오는 서늘함에 나는 소름이 돋치는 팔뚝을 손으로 비볐다.

"남자들이 바람을 피우는 것은 알고 보면 거의 여자 탓이더라구. 이제 지가 어쩌랴 싶어서 푹 퍼져서는 강짜나 부리니 어느 사내가 그런 마누라를 좋다고 하겠어? 명철이 아빠 회사도 젊은 여사원들이 득실하다며? 그래도 원래 착하시니까 그만한 거야. 어느 사내가 자기보다 늙어 보이는 마누라를 좋다고 하겠어? 사실 말이지 명철이 아빠는 지금도 총각이라고 하면 믿겠던데. 그렇지만 명철이 엄마도 이 기회에 눈가에 주름을 없애고 콧날만 조금 세워 화장을 하면 아직도 삼십대 초반쯤으로 보일 거야."

나는 더 이상 두통을 참지 못하고 벌떡 일어났다. 순간 현기증이 일어 다리가 휘청거렸다. 입술에 힘을 주었다. 하루의 입원을 위해 준비해온 묵직한 가방을 들고 대기실을 가로질러 병원 문을 나섰다. 등뒤에서 내 이름을 부르는 간호사의 목소리가 휘청거리며 따라왔다. 거리에 나서자 더운 공기가 후끈 다가왔다. 나는 길게 심호흡을 하고는 시계를 보았다. 열한시. 갑자기 들고 있던 가방의 무게가 부담스러워졌다. 어디 쓰레기통에라도 슬쩍 버리고 싶었다. 가방 속의 물건들을 잠시 떠올려보았다. 갈아입을 속옷 한 벌과 여행용 세면도구, 화장품 등등…… 그러나 나는 몇 개의 쓰레기통을 그냥 지나쳐 걸었고 점점 가방보다 더 무거워지기 시작한 발걸음 때문에 아무 곳에나 주저앉고 싶었다. 예고 없이 텅 빈 채 남겨져버린 이 하루의 시간은 가방의 무게보다 더 주체하기 부담스러웠다.

남편은 아침에 출근을 하면서 밤샘을 해야 할 상갓집이 있다고 했다. 곧 학교에서 돌아올 아들도 이웃 친구네 집에 하룻밤을 부탁해놓았기 때문에 그 집에서 잘 지낼 것이다. 내일은 일요일이고 오후까지 집안에서 내가 해야 할 일은 이미 다 준비해놓고 나왔으니 이대로 집으로 들어가긴 싫었다. 그러나 딱히 갈 만한 곳이 생각나질 않았다. 나는 걸음을 잠시 멈추고 가방을 바꿔 쥐었다. 순간 눈에 띈 것이 극장 간판이었다. 나는 예정했던 사람처럼 망설임 없이 표를 사고 재빨리 유리문을 밀고 들어섰다.

극장 안은 칙칙한 어둠이 이백여 개의 빈 의자 위에 덮여 있었다. 잠시 눈이 밝아지기를 기다려 텅 빈 의자 사이를 지나 맨 뒤쪽 구석진 자리를 잡고 앉았다. 한낮이라 그런지 극장 안에는 듬성듬성 몇몇의 관객들만이 있었는데 모두 젊은 쌍들이었다. 혼자 영화를 보러 들어온 사람은 나뿐인 듯했다. 영화는 이미 시작되어 있었다. 70mm의 커다란 화면 가득 지붕이 덮인 다리가 보이고 카메라 셔터를 눌러대는 초로의 남자를 향해 화장기 없는 중년의 여자가 수줍게 웃고 있었다. 서로를 바라보는 눈빛의 뜨거움이 내 가슴을 후끈 전율케 한다. 나는 곧 영화 속에 빠져들었다. 후드득 떨어지는 눈물을 무심히 훔치다가 울고 있는 나 자신에게 흠

첫 놀랐다. 언제부터인지 나는 울지 않았다. 눈물이 말라버렸다고 생각했다. 아무리 슬픈 드라마를 보아도, 안타까운 이야기를 들어도 눈물이 나질 않았다. 지난 봄 아버지가 돌아가셨을 때도 눈물이 나질 않아 스스로도 야속하고 주변 사람들에게도 민망스러웠었다. 그런데 지금 영화를 보면서 철철 눈물을 흘리고 있는 것이다. 영화 속에 두 주인공이 주고받는 그 안타까운 사랑 때문이라고 말하기에는 너무도 어이없는 현상이었다. 나는 끝없이 흐르는 눈물을 닦을 생각을 하지 않았다.

화면 속의 침묵, 그 틈을 타고 앞좌석에 앉아 있던 젊은 여자의 키득거리는 소리가 몹시 귀에 거슬리게 들려왔다. 연인인 듯 처음부터 둘은 서로에게 머리를 기댄 자세로 앉아 있었다. 영화를 감상하러 온 것인지, 데이트를 즐기러 온 것인지, 처음부터 영화를 보는 것보다는 서로 귓속말을 주고받는 것에 더 열중하고 있었다.

"어머머 세상에, 저렇게 늙은 배우를 주인공으로 썼을까? 저런 여자가 무슨 사랑타령이야, 와! 저 여배우 원피스 입은 몸매는 완전히 푹 퍼진 아줌마네. 자기야, 저 여배우는 우리 엄마보다 더 늙어 보인다 그지? 에이, 완전히 스토리 버리네."

나는 그들의 뒤통수를 한 대씩 때려주고 싶은 맘을 누르며 슬며시 일어나 반대쪽 빈자리로 옮겨 앉았다. 그러나 이미 눈물은 그쳐 있었다. 빗속에 서서 사랑하는 사람이 탄 차가 멀어지는 광경을 바라보는 남자 주인공의 비통한 눈빛도 나를 더 이상 울게 하지 못했다. 나는 영화가 끝나기 전에 서둘러 나왔다.

거리는 한낮의 태양으로 지글거리고 있었다. 긴 꿈에서 갑자기 깨어난 기분이었다. 벌겋게 부풀어오른 눈두덩과 콧등이 갑자기 신경 쓰였다. 혹시 아는 사람이라도 만나면 어쩌나. 퉁퉁 부은 얼굴로 커다란 가방을 들고 거리를 걷고 있는 자신의 몰골을 남들이 보면 뭐라 오해할 것만 같았다.

집 대문이 보이는 골목으로 들어서면서 난 혼자 실소를 터트리며 중얼거렸다. '그래, 새삼 무슨 영화를 누리겠다고 성형수술을 하겠니. 다 부질없는 짓이지.' 현관 신발장 옆에 걸린 거울 속에는 혼돈의 터널에서 빠져 나와 다시 현실로 돌아온 내 얼굴이 초라하게 웃고 있었다.

새벽에 들어온 남편은 서둘러 샤워를 하고 옷을 갈아입고는 곧장 출근을 했다. 요즘 들어서 남편은 일이 많다며 일요일에도 회사에 나갔다. 오늘도 남편은 식탁에 앉아 차를 마시면서도, 웃옷을 받아 입고 골라주는 넥타이를 받아 매면서도 나와 눈길을 마주치지 않았다. 아예 옆에 없는 듯, 보이지 않는다는 태도였다. 한 달이 넘게 계속되는 이런 분위기에 이제는 나도 익숙해져 있었다. 오히려 남편이 나를 똑바로 쳐다보고 '당신 얼굴이 왜 그래? 울었어?' 하고 물었으면 얼마나 난감하겠는가. 그러니 무심하게 그냥 출근해줘서 다행이다 싶었다. 아들은 아침을 먹자마자 컴퓨터 앞에 앉더니 오락에 정신을 빼앗기고 있다. 일요일이니 억지로 말리지 않으면 종일토록 혼자 게임을 할 것이다.

텅 빈 집. 나는 마당으로 나와 수도꼭지에 물 호스를 끼웠다. 작년에 이 집을 마련해 이사를 와서 제일 먼저 한 일은 마당에 화단을 만든 것이었다. 다섯 평 정도의 작은 마당에 깔려 있던 시멘트 블록 조각들을 모두 걷어내고 흙을 받아다가 터를 만들었다. 그리고 친정에서 꽃나무들을 몇 그루 옮겨다 심었다. 워낙 좁은 터라 포도나무나 대추나무처럼 자리를 넓게 차지하는 나무는 옮겨 심지 못하고 연산홍과 배롱나무 같은 작은 꽃나무들만 가져다 심었다. 그리고 일년생 화초들의 꽃씨를 뿌렸다. 자리를 옮긴 탓인지 뿌리내림에 애를 먹는 꽃나무들이 여름 가뭄까지 겹치자 겨우 틔운 손톱 만한 잎들을 노랗게 떨구고 있었다. 잎보다 꽃을 먼저 터트렸던 연산홍이나 개나리도 목마르긴 마찬가지인 듯했다. 흙이 질척 하도록 물을 듬뿍 주고 나무들도 소나기 한 차례 맞은 것만큼이나 물을 흠씬 뿌려주었다.

나는 물방울이 뚝뚝 떨어지는 나뭇가지에서 문득 어린 시절 이른 새벽 에 잠에서 어렴풋이 깨면서 늘 듣던 아버지 어머니의 작은 다툼소리가 들리는 듯했다. 아버지 손에는 항상 전지가위가 들려져 있었다. 아버지 는 나무를 잘 가꾸는 비결은 쓸데없는 가지를 얼마나 잘 잘라주느냐에 달렸다고 했다. 그때마다 어머니는 아까운 가지를 왜 자르느냐고 성화를 했다. 그냥 생긴 그대로 자라게 내버려두자고 우겼다. 마당에는 오래된 유두화 나무가 한 그루 있었는데 아버지는 기회가 있을 때마다 가지치기 를 했고 그때마다 어머니는 그것이 안타까워 잘려진 가지들을 주워서 모 래나 물병에 주욱 꽂아놓았다. 줄기 끝에서 실 같은 흰 뿌리가 나오면 마 실 오는 동네 사람들에게 하나씩 나눠줬다. 미처 나눠주지 못한 유두화 가지는 화단 가장자리에 울타리처럼 심었다. 내가 꽃나무를 가지러 갔을 때도 어머니는 제일 먼저 유두화를 캐가라고 했다. 그러나 나는 유두화 를 심을 맘은 아예 없었다. 평소에 진딧물이 많이 끼는 것도 싫었지만 아 버지처럼 가지치기를 할 생각도 없었고 어머니처럼 잘려진 가지마다 주 워 뿌리를 내릴 맘은 더더욱 없었다.

흠뻑 땀에 젖고 보니 머리가 좀 개운해지는 것 같았다. 젖은 옷을 벗고 오랫동안 쏟아지는 물을 전신으로 맞았다. 요즘 체중이 더 줄었다. 그 바 람에 가슴이 더욱 빈약해져 이젠 흔적처럼 거무스레한 젖꼭지만 힘없이 매달려 있다.

한 달 전쯤 술에 취해서 밤늦게 들어온 남편은 성급하게 나를 안았다.

그러나 이내 떨어져 나가며 중얼거렸다. '뻣뻣하기는 원. 마른 장작을 안는 것 같으니 기분이 날 게 뭐야.' 못내 못마땅한 듯 입맛을 몇 번 다시더니 돌아누워 이내 코를 골았다. 나는 밤새도록 잠이 들지 못했다. 비 오는 마당에 내던져진 타다 만 장작 같은 기분으로 밤을 새우고 말았다.

이 집에 이사와 얼마 되지 않아서부터 남편은 의식적으로 내게 등을 돌렸다. 눈을 마주치는 것조차 꺼리는 눈치였다. 결혼 초부터 자상하거나 말이 많은 성격은 아니었지만 그렇다고 목석 같지는 않았다. 결혼과 동시에 분가한 남편은 가끔 같이 외출하여 외식도 사주었고, 아들을 낳고는 정기적으로 친가에 다녀오는 일 말고도 아들 손을 잡고 공원에도 같이 나가고 일 년에 한 번쯤은 여행도 했다. 그래서 나는 신데렐라가 된 여자의 여유로움으로 행복한 주부 역할에 성실했었다.

처음엔 달라진 남편의 태도에 당황했고, 내 잘못을 찾아내느라 밤잠을 설쳤다. 점점 늦어지는 남편의 귀가를 기다리느라 번번이 저녁을 굶고 잠자리에 들 때마다 가끔은 조금 억울하다는 생각이 들기도 했지만 항변을 할 엄두는 내지 못했다. 그러나 잔인하다는 생각이 들 정도로 무신경해진 남편의 태도를 그냥 모르는 척하기에는 내 삶에 남편의 비중이 너무 컸다. 그러나 어떤 해결 방법도 생각나질 않았다. 몇 달을 그냥 마음만 태우다가 문득 결혼 초 술이 취해 들어온 남편이 내 젖무덤에 얼굴을 묻고는 장난스럽게 '열려라 참깨!' 하며 몸을 부르르 떨곤 했던 추억을 아프게 기억해냈다. 나는 성형외과에 전화를 걸었고, 진찰을 받고 유방 확대 수술에 대한 몇 가지 절차를 밟은 후 어제로 수술 날짜를 잡았던 것이었다. 어제의 일이 떠오르자 갑자기 온몸에 소름이 돋았다. 한기가 일었다. 서둘러 욕실을 나온 나는 외출 준비를 했다. 갑자기 순이 언니가 보고 싶었다.

이제는 친정 동네도 많이 변했다. 넓혀진 길은 모두 포장이 되어 있었고 집들도 거의 벽돌집으로 개축되었다. 이웃들도 낯선 사람들이 더 많아졌다. 세상에서 변하지 않는 유일한 것은 여전히 삐거덕거리며 열리는 나무대문이 달린 우리 집뿐인 것 같았다. 친정 집은 예나 다름없이 대문이 반쯤 열려 있었다. 조금 밀며 안으로 들어서니 고양이 한 마리가 경계하는 눈빛으로 몇 번 야옹거리며 휙 뒷마당으로 뛰어 달아났다. 뜻밖의 사람 기척에 꽤 놀랐나보다.

"이게 누구야? 희경아, 네가 갑자기 어떻게 왔니? 어머니, 희경이 왔어요. 희경이가 왔어요."

텃밭에서 상추를 한 소쿠리 뜯어 나오던 순이 언니가 반색을 했다. 내일 모레면 쉰을 바라보는 나이에도 목소리는 처녀 때처럼 맑고 고왔다. 대청 마루로 올라가 어머니를 부르니 방문이 빼꼼 열리며 어머니가 고개를 내밀었다. 어머니는 낡은 이 고가와 운명을 같이 하는 듯싶었다. 생전 늙지도 않고, 앓아 누울 것 같지도 않게 정정하다는 소리를 많이 듣던 분이었다. 그런데 아버지가 돌아가시자 뿌리 뽑힌 나무처럼 힘을 잃었다. 우리는 아버지의 오랜 병간호 때문에 많이 힘들었으니 이젠 좀 자유롭게 놀러도 다니며 편하게 사시겠구나 생각했었다. 그러나 어머니에게 아버지는 짐이 아니라 든든한 뿌리이자 버팀목이었던가보다.

"김 서방은 안 왔는가? 오늘이 노는 날일 텐데…… 그러고 보니 김서방 본 지도 한참 되었구면."

"오늘도 회사 나갔어요. 요즘 굉장히 바쁜가봐요."

순이 언니가 차려내 온 점심상엔 뒷마당에서 갓 뜯어온 싱싱한 상추쌈에 금방 버무린 겉절이 열무김치가 먹음직스럽게 놓여 있었다. 순이 언니의 밥상 차리는 그 음식 솜씨 또한 이 집과 함께 아직 남아 있는 옛 모습이었다.

"언니, 뒷마당에 있는 담은 아직도 무너지지 않았나보죠? 아버지는 그렇게 고치라는 대문은 다 쓰러지도록 내버려두시더니 그 돌담은 왜 그렇게 튼튼하게 다시 쌓아놓으셨는지 원."

나는 슬며시 옛날 이야기처럼 삼십 년 전의 일을 상기시키며 싱긋 웃었다. 순이 언니도 눈가에 깊이 주름이 잡히도록 씨익 웃었다. 아무리 고통스럽고 아픈 사연도 추억이 되면 아름다움으로만 걸러진다더니 순이 언니를 보면 그 말이 틀림없는 사실인 것 같았다.

순이 언니가 식구들 모르게 뒷집 대학생 오빠를 따라 서울로 올라가 버린 것이 내가 초등학교 이학년 여름이었으니 연애편지 배달부 노릇도 거의 일 년이나 했던가보다. 순이 언니가 어느 날 죄송하다는 짧은 글 한 장을 남겨놓고 사라졌을 때 아버지는 몹시 노했다. 갑자기 사라진 이유도 모르는 형편이라 어머니의 걱정도 대단했다. 평소 큰소리를 잘 내지 않던 아버지는 며칠을 입버릇처럼 배은망덕한 계집이라고 중얼거리시며 괜히 눈앞에 보이는 식구들에게 역정을 냈다. 나는 혼자 비밀을 간직하고 있기에는 너무도 무서웠다. 그래서 그만 그동안 편지 배달부 노릇을 했던 것을 이실직고하고 말았다. 결국 쓸데없는 짓을 한 죄로 나는 매서운 싸리나무 회초리로 종아리가 터져 피가 맺히도록 맞았다. 그리고 아버지는 그 다음날 뒷마당에 무너져 있던 돌담을 치워버리고 시멘트 담으로 높이 쌓아버렸다.

다시 순이 언니가 집으로 돌아온 것은 내가 중학교를 졸업하던 해였다. 어린 딸 하나를 등에 업고 나타난 순이 언니는 너무도 변해 있어서 금방 알아볼 수조차 없었다. 그 대학생 오빠와의 동거생활은 순탄치 못했던 것 같았다. 나중에 들은 얘기지만 그 오빠네 집에서는 절대 며느리로 인정할 수 없다고 집안에 들이지도 않았다 했다. 방 한 칸을 얻어 살면서 생활력이 없었던 오빠는 복학과 휴학을 번갈아 하며 오 년 만에 겨우 대학을 졸업했는데 그때까지 학비와 생활비는 전적으로 순이 언니가 식당에 나가 일을 해서 벌었다고 했다. 그런데 졸업을 하고 어느 조그마한 회사에 취직을 한 오빠는 차츰 순이 언니에게서 마음이 떠났고, 어느 날 오빠는 집에서 주선한 맞선녀와 결혼을 했다. 더 이상 돌아오지 않는 남자를 일 년이 넘도록 기다리던 순이 언니는 결국 여섯 살짜리 어린 딸을 데리고 우리 친정으로 내려왔다. 그리고 내내 우리와 살았다.

"언니, 아직도 선화 아빠에게선 연락이 없어?"

"연락이 오면 뭐해. 이미 서로 잊은 지 오랜 걸."

"그래도 선화 결혼식은 알려줘야지."

"아니, 선화도 그것을 원하지 않고 나도 굳이 그럴 마음은 없네."

순이 언니의 표정에는 이미 옛 감정이 하나도 남아 있지 않은 듯 담담했다. 나도 저렇게 될까? 이미 마음이 떠난 남자에 대해 연연하는 것만큼 미련스러운 것이 어디 있을까, 그러나 나는 자신이 없었다. 잊을 자신도, 용서할 자신도, 혼자 살 자신도 없다.

남편은 결혼할 때부터 내겐 넘치는 사람이었다. 그래서 남편이 웬만큼 내게 서운하게 대해도 나는 잘 참아냈다. 넘치는 사람을 차지하고 사는 만큼 그 정도의 희생은 마땅히 받아야 할 것 같았다.

"그런데 어째 근심이 있어 보이네. 집에 무슨 일이 있는 거여?"

아무 일도 없다고 했지만 순이 언니는 무슨 불길한 직감이 느껴진다는 듯이 근심스런 표정으로 다가와 앉았다.

"혹시 김서방에게 무슨 일이 생긴 거여? 바람이라도 났데?"

"아냐!"

나는 스스로의 대답에 깜짝 놀랐다. 나도 모르게 나온 강한 부정이 오히려 사실임을 확신하는 것처럼 들렸을 것 같았다.

"그래, 아니겠지. 김서방처럼 매사에 정확하고 성실한 사람이 함부로 일을 저지를 리가 없지. 그래, 아닐 거야."

순이 언니도 설마 하며 넘겨짚은 말에 내 반응이 예민하게 나오자 내심 당황하는 눈치였다. 나도 내 대답에 엉겨 잠시 어색한 침묵 속에서 손가락만 만지작거렸다.

"언니, 그 사람, 바람이 난 건 아닌데, 그런데 나도 언니처럼 남편을 놔 줘야 할까봐. 그냥 모른 척하고 살자니 힘들어."

남편은 술에 만취해 들어오면 미안하다고 했다. 그리고 실수였다고 했다. 나와 결혼한 것을 그는 실수였다고 했다. 서둘러 결혼을 하는 것이 아니었는데, 미움과 복수심에 제정신이 아니어서 저지른 잘못이었다고 했다. 처음엔 알아들을 수 없이 술 주정으로 횡설수설하는 말이라 무심히 흘려들었다. 그러나 자주 술이 취해 들어왔고 비슷한 말이 반복되면서 나는 서서히 남편의 속마음을 읽을 수 있었다. 나와 결혼하기 전 사랑하는 사람이 있었고, 어떤 사정이었는지 그 여자가 떠나는 바람에 남편은 몹시 비통해했고, 아들의 고통을 보다 못한 부모는 서둘러 혼처를 구했고, 남편은 자포자기 상태에서 상대의 여자가 어떤 여자든 상관없다는 기분으로 결혼을 결심했고, 그 자리에 내가 나갔던 것이었다. 그러나 나는 남편을 조금도 원망할 생각은 없었다. 그렇지 않았다면, 그가 실수를 하지 않았더라면 내가 어떻게 잠시 동안이라도 신데렐라가 되는 기분을 맛볼 수 있었겠는가.

"그런데 뭐가 문제야? 이미 지난 일이고, 네가 참을 수 있다는데 새삼스레 뭐가 문제가 되는 거야?"

순이 언니는 입술이 타는지 바짝 다가와 앉으며 내 손을 흔들었다. 남편은 마음이 약한 사람이었다. 그는 나에게 상처가 될 말을 대놓고 할 배짱도, 용기도 없었다. 내게 미안해서 나와 마주 쳐다보지도 못하고, 일요일에도 일을 핑계로 집을 나가는 것이 틀림없었다. 그러나 남편은 얼마 전부터 그 여자를 다시 만나고 있다는 것을 내가 모르는 줄 안다. 하지만 나는 그 여자를 알고 있었고 또 만나기까지 했다. 물론 내가 누군지 밝히지는 않았지만. 아주 매력 있는 여자였다. 남편이 나를 품을 때마다 왜 그렇게 불만스러워했는지 나는 그 여자를 보는 순간 알 수 있었다. 그리고 이해했다. 왜 남편이 지금 갈등하고 있는지도.

"이런 바보 같으니, 그렇다고 그 여자에게 남편을 양보하겠다는 거야? 세상에, 이런! 그래서 김서방도 너와 이혼을 하고 그 여자랑 살겠다는 거야?"

남편은 절대 그렇게 말하지 못할 것이다. 그러나 그 여자가 다시 떠나지 않는 한 남편은 그 여자에게서 놓여나지 못할 것이 뻔했다. 문제는 내가 남편을 놓고 그 여자와 경쟁하고 싶지 않았다. 지고 싶지도 않았지만, 또 기어이 이겨 남편을 내 안에 가둘 자신도 없었다. 아니, 사실은 대적할 용기가 없었다.

"기가 막히는군. 잊을 자신도, 용서할 자신도 없다면서 남편을 옛 여자에게 보내겠다는 거야? 지금 제정신이야? 사는 게 무슨 소꿉장난인 줄 알아?"

"언니도 혼자 잘 살고 있잖아. 나라고 왜 혼자 못 산다는 거야?"

"나랑은 다르지. 그럼, 다르고 말고, 암 다르지."

순이 언니는 자기와 다른 내가 자기와 같은 삶을 살까봐 몹시 걱정이 되는지, 절대로 자기와 다르기 때문에 자기처럼 살면 안 된다고 몇 번이

나 다짐을 했다. 내게 절대 그런 생각을 하지 않겠다는 약속을 받아내고
서야 힘주어 잡았던 두 손을 놓아주었다. 나는 담쟁이넝쿨이 가득 엉켜
있는 뒷마당 담벼락이 바라다보이는 툇마루에 앉아 마른 빨래를 손질하
는 순이 언니 곁에 잠시 누웠다.

"나, 한 잠 자고 갈까봐. 요즘은 하는 일도 없는데 괜히 피곤하네."

"그래, 한숨 푹 자고 나면 다 편안해질 거야. 아무 생각하지 말고 자."

그러나 나는 알고 있었다. 아무리 잘 자고 나도 내게 달라지는 것은 아
무것도 없으리라는 것을. 잠시 꿈을 꿀 수는 있겠지만 무엇도 영원할 수
는 없을 테니까. 소나기가 한 차례 지나려는지 바람에 대문이 흔들리는
파열음이 잠결에 아득하게 들려왔다.

결혼

우리의 결혼이 인연이었으면 어떻고, 우연의 일치로 맺어진 것이라면 어떤가.
중요한 것은 이 남자와 함께 하는 내 결혼생활은
한 문장 정도의 단순하고 편안한 삶이 될 것이라는 것이다.
'그 후 그녀는 아들 딸 낳고 남편과 해로하며 잘 살았다.' 하는.
결혼은 이만하면 족하지 않겠는가.

엄마는 초하루, 보름이면 어린 나를 데리고 상원사에 가셨다. 그 절은 읍내에서 십 리 길은 족히 되는 곳에 있었는데 엄마는 계절 없이 먼동이 뜨기 시작하는 새벽녘에 길을 나서곤 하셨다. 새벽 어둠에 머리를 감고 흰빛 옷으로 갈아입은 엄마는 늘 묵직한 쌀자루를 이고 가셨다. 정갈하게 빗어 넘긴 엄마의 머리에 흔들흔들 얹힌 쌀자루가 신기해서 나도 들꽃 한 송이를 꺾어 머리 위에 올려놓고 엄마를 따라 조심조심 걸어보지만 서너 발자국도 못 가서 꽃을 떨어뜨리곤 했다.

새벽에 졸린 눈을 비비며 먼길을 따라나서는 것은 몹시 귀찮고 힘든 일이었다. 그러나 나는 한 번도 보름에 한 번씩 있는 엄마와의 나들이를 포기하지 않았다. 어쩌면 엄마보다 더 그 나들이를 기다렸었는지도 모르겠다. 무엇보다도 많은 사람들과 어울려 먹는 절밥이 맛있었다. 어쩌다

아버지가 오시는 날이면 받아보는 그 푸짐한 밥상보다도 훨씬 먹을 것이
많았다. 그리고 넉넉한 저녁공양까지 하고 떡 한 조각 손에 들고 붉은 석
양의 배웅을 받으며 집으로 오는 기분도 좋았다. 엄마의 치맛자락을 흔
들면 대웅전 법당에 피워놓았던 향내가 진하게 배어났다. 기분이 좋아
폴짝폴짝 뛰어 내달으면 엄마는 나를 불러 손을 잡아주셨다. 돌아오는
길에 엄마가 들려주던 이야기는 무궁무진했다. 아름답고 착한 공주님들
과 멋진 왕자님 이야기는 아무리 들어도 재미있었다. 엄마는 입은 바늘
구멍만 하고 배는 태산같이 커서 늘 배가 고픈 아귀 얘기며, 작은 벌레들
이 죽을까봐 하수구에 더운 물을 붓지 않는다는 스님들의 이야기나 발에
무심히 밟힐지도 모를 개미나 작은 벌레들에 대한 이야기도 해주셨다.
나는 그런 얘기를 들을 때마다 발꿈치를 들고 조심조심 걸으며 엄마 손
에 대롱대롱 매달리기도 했다. 그리고 엄마에게서 배운 노래들도 목청껏
신나게 불렀다. 엄마도 작은 소리로 같이 부르곤 하셨다. 어둠이 가득 내
려앉은 길 끝으로 마을의 불빛이 보이기 시작할 때쯤 되면 엄마의 이야
기도 끝이 나고, 나도 몇 번씩 부른 노래에 흥미가 없어지고 피곤했다. 힘
들다고 칭얼거리면 엄마는 얼른 나를 업어주셨다. 대부분은 엄마 등에서
곧바로 잠이 들어서 집으로 들어갔지만 어떤 날은 잠이 오지 않아 계속
옛날 얘기를 해 달라고 졸랐다. 엄마의 이야기 가운데는 이해하기 힘든
것도 있었다. 가끔 숨죽인 한숨을 쉬며 '아가야, 이 모든 것은 다 전생의
업 때문이란다. 그러니까 고통도 운명이려니 하고 참아 받아야 하는 게
지. 불평만 하면 자꾸 나쁜 업보만 쌓이게 되는 거란다.' 하고 말씀하시
곤 했다. 그리고 나를 고쳐 업으시며 엄마는 가끔 '알겠니?' 하고 후렴처
럼 물으셨다. 나는 그럴 때마다 영문도 모르고 그냥 '응, 그럴께.' 하고
대답을 하곤 했다. 엄마가 아주 조용한 목소리로 알쏭달쏭한 말씀을 하

실 때면 나는 무조건 고개를 끄덕거렸다. '절대 남의 마음 아프게 하지 말거라…… 우리 희영인 참 착하지?' 하시면 엄마의 슬픈 목소리 때문에 유난히 향내가 짙게 밴 엄마의 등에 얼굴을 묻으며 '나 착할게, 정말이야 약속!' 하고는 얼른 새끼손가락을 엄마 얼굴 앞에 내밀곤 했다. 이런 엄마와의 대화에서 나는 어렴풋이 엄마도 가끔 많이 슬프구나 하는 것은 알았지만 엄마의 슬픔이 어디에서 오는지는 오랫동안 알지 못했다.

엄마의 슬픈 그림자였던 나의 아버지. 나는 일 년이면 서너 번 아버지를 만날 수 있었다. 아버지는 가끔 바람을 가득 담은 바바리를 펄럭이며 조용히 울 안으로 들어오시곤 했다. 나는 아버지를 참으로 자랑스러워했다. 매일 보는 동네 친구들의 술주정뱅이 아버지들과는 비교할 수 없을 만큼 잘생긴 멋쟁이기 때문이었다. 그러나 아버지에 대한 기억은 지극히 조금밖에 없고 그것도 내 나이 일곱 살까지에서 끝이 났다.

선물을 한아름 안고 찾아왔던 아버지가 하룻밤 묵고 다녀가신 어느 가을날, 바람이 몹시 차게 불어대던 그 저녁에 작은 우리 집 대문 안으로 대단히 화려한 양장을 한 젊은 여인이 불쑥 들어섰다. 마치 아버지가 그렇게 오신 것처럼. 어린 내 눈으로 보기에도 도시에 사는 멋쟁이 마나님 행색이었다. 엄마보다 훨씬 어려 보이던 그 부인 앞에서 엄마는 낡은 앞치마로 손을 문지르며 자꾸 우셨다. 엄마는 그 부인이 가고 난 다음에도 오래도록 우셨고 그날 이후 다시는 아버지를 만나지 못했다. 엄마는 서둘러 짐을 꾸렸다. 나는 어린 마음에도 무슨 슬픈 일이 생겼다는 것은 짐작을 했지만 엄마에게 왜 갑자기 이사를 하느냐고 물을 수가 없었다. 난 아버지가 우리가 떠난 곳을 몰라 못 찾아오면 어쩌나 걱정이 되어 잠이 오지 않았다. 궁리 끝에 나는 밤에 몰래 나와 들마루 밑에 수북히 모아놓았던 공깃돌을 풀주머니에 담아 쌓아놓은 이삿짐 보따리에 끼워놓았다. 그리고 이사가는 길에 엄마가 언젠가 들려준 동화에서 배운 방법대로 공깃돌을 중간 중간에 떨어뜨렸다. 그러나 기차를 타는 바람에 내 공깃돌은 기차 개찰구 앞에서 끊어지고 말았다. 나는 오랫동안 아버지가 다시 우리에게 오지 못한 이유가 그 때문이라고 믿었다. 이미 어른이 된 지금도 가끔 기차를 탈 때면 개찰구 앞에서 멈칫거리며 두리번거리곤 한다. 아주 예전에 아버지에 대한 그리움을 다 지워버렸는데도.

이사를 한 후 엄마는 절에 가지 않으셨고 더 이상 아버지 이야기도 해주지 않으셨다. 나도 엄마에게 아버지가 보고 싶다는 말을 절대 하지 않았다. 그것은 엄마의 마음을 많이 아프게 하는 말이라는 것을 알고 있기 때문이었다. 어쩌다 내가 꿈 속에서라도 아버지를 만난 날이면 엄마의 얼굴이 더욱 슬퍼 보였다. 엄마는 여전히 착한 아이가 되라고만 하셨지 딸인 내가 아버지가 보고 싶어 마음이 아플 때는 어떻게 하라는 말은 일러주지 않았다. 그래서 사람이 그리워 가슴이 아플 때는 나도 그냥 엄마처럼 몰래 우는 수밖에 없었다.

나는 스무 살에 한 남자를 사랑하기 시작했다.

형은 가을 바람 같았다. 하늘이 너무 투명해 눈이 부시던 그날도 나는 형을 만나러 바삐 서둘러 집을 나섰다. 햇살은 아직 따사로웠지만 옷 사이로 스미는 바람은 몸을 움츠리게 할만큼 차가운 늦가을이었다. 약속장소에 형이 먼저 와 있었다. 형은 누군가를 만나기 위해 수선스럽고 어둠침침한 다방에 앉아 있는 것을 싫어했다. 그래서 우리는 늘 한산한 길목을 약속장소로 택했다. 그리고 나는 형이 길가에서 서성거리지 않게 하려고 항상 약속시간보다 먼저 나가서 기다리곤 했다. 기다리는 동안의 설렘도 행복이었다. 그래서 형이 약속시간보다 아무리 늦게 나와도 나는 화를 내지 않았다. 그런데 그날은 형이 나보다 먼저 나와 있었다. 그래서 나는 또 한 번 행복했다. 형이 나를 기다리고 있다…… 푸른 물기가 남아 있던 플라타너스 가로수 잎을 모조리 떨어버릴 듯이 서걱거리는 바람 속에 형이 서 있었다. 휘청거리는 마른 체구는 그냥 서 있는 것이 아니라 미처 땅에 뿌리내리지 못한 가로수처럼 안간힘으로 버티고 있었다.

풀기가 빠진 낡은 갈색 바바리의 깃을 올리고 어깨를 한껏 움츠리고 있었으나 형의 눈은 허공을 응시하고 있었다. 내가 옆으로 가까이 다가가 주머니에 손을 넣고 있는 형의 팔을 흔들었을 때야 나를 바라보았다.

"왔어?"

"무엇을 그렇게 보고 계셨어요?"

"응, 바람."

"바람을요?"

"이곳의 바람은 세상이 썩는 악취가 나. 아, 보리밭을 휘감는 싱싱한 바람 냄새가 맡고 싶다……"

"보리밭의 바람 냄새요?"

인근에 보리농사를 짓는 곳이 있던가? 나는 바쁘게 기억을 찾아내려고 애썼다. 바람 냄새 싱싱한 보리밭…… 마음이 급해졌다. 영화를 꼭 형과 함께 보기 위해 며칠을 기다렸고 오늘이 마지막 상영이라는 사실은 중요하지 않았다. 형이 보고 싶다는 보리밭 위의 바람을 보러 가는 것이 더 중요한 일처럼 여겨져 몸이 달았다. 그러나 불행하게도 나는 서울 어느 근교에서 보리농사를 짓는지 알지 못했다.

"형, 정말 미안해요. 보리밭이 어디에 있는지 알 수가 없어요. 또 지금 막연히 교외선 기차를 탄다고 해도 곧 어두워질 테니 캄캄한 밤에 바람이 보일려는지도 모르고……"

나는 이렇게 말하는 순간 경기도 가평이 고향인 친구를 생각해냈다. 급히 공중전화 부스로 뛰어들어가 다이얼을 돌렸다.

"여보세요? 응. 나 희영이야. 혹시 너희 시골 집 가는 쪽으로 보리밭이 있니?"

"갑자기 웬 보리밭은?"

"그 보리밭을 꼭 가봐야 할 일이 생겨서 그래."

"글쎄 집에 갈 때마다 차창 밖으로 언뜻 보리밭을 보았던 기억은 있지만 확실하지는 않아. 그런데 지금 이 계절에 보리밭은 왜 찾니? 보리는 이미 여름에 다 수확을 했을 텐데……"

"아참 그렇겠구나……"

여름이 이미 지났다는 것이 내 잘못인 양 미안했다. 공중전화 부스에서 힘없이 나와 처음 약속대로 극장으로 향하면서 형에게 사과했다.

"형, 미안해요. 내년 보리가 필 무렵에 우리 가평 쪽으로 교외선 타고 나가 보아요. 그곳에 보리밭이 있데요."

"보리밭? 왜 갑자기 보리밭을 보러 가자는 거지?"

"네? 형이 보리밭에 일렁이는 바람 냄새를 맡고 싶다고 했잖아요."

"아— 그랬나? 그냥 문득 보리밭만을 그린다는 어떤 화가의 그림이 생각났어. 청청한 수염을 곧추세운 보리들이 바람에 일렁이는 그 그림이 꽤나 인상적이었거든……"

형을 알고 나서부터 나는 늘 이런 식이었다. 형이 원하는 것이 곧 내 원이 되었다. 형의 입에서 나오는 소리 하나 형의 몸짓 하나에도 바람개비 같은 내 가슴은 심하게 소용돌이쳤다. 형의 입가에 엷게 스미는 미소에도 내 가슴은 뜨거운 기쁨이 일었다. 형의 앞에서 나는 맹목이 되었다. 형의 눈빛이 오래 머무는 곳에 질투를 느꼈고 형이 내뿜는 고른 숨소리,

섬세한 형의 손끝에 닿아지는 물건 하나도 모두 내가 살아가는 의미가 되곤 했다.

미니 스커트의 안내자가 손전등으로 찾아준 번호 자리에 앉았을 때는 영화가 상영된 지 꽤 지난 시각이었다. 그러나 그 영화의 줄거리에 대해서는 충분한 사전 지식이 있던 터라 내용을 따라가기란 그리 힘들지 않았다. 그러나 잠시 후 형의 머리가 내 어깨에 무겁게 실려왔다.

"헛된 짓이야."

형은 다시 몸을 추슬러 의자 깊숙이 기대어 앉으며 신음같이 중얼거리더니 이내 고른 숨을 내쉬었다. 화면에서는 히스크리프가 바람이 세차게 불고 있는 폭풍의 언덕에서 돌아선 사랑을 향해 울부짖고 있었다.

형은 늘 세상에서 제일 어리석은 짓이 사랑타령이라고 말하곤 했다. 제일 징그럽고 질긴 올가미는 사랑한다는 말이라고도 했다. 할 일 없는 부류들의 유희에나 써먹을 못된 짓거리라고도 했다. 그래서 형의 창백하고 투명한 이마와 마른 턱과 목으로 비쭉비쭉 자란 수염을 며칠이라도 못 보는 날이면 그리움에 병들어 신음을 하면서도, 형의 어깨에 하얗게 떨어져 내린 살비듬을 보며 가슴이 저려 눈물이 나면서도, 내가 할 일 없는 한심한 부류에 넣어질까봐 한 번도 사랑한다는 눈짓을 하지 못했다. 행여나 올가미에 걸릴까봐 부담스럽다고 바람처럼 훌훌 떠나버려 형의 모습을 다시는 볼 수 없는 일이 생길까 두려워 나는 늘 씩씩한 몸짓으로 마음을 감추는데 일류배우가 되어 있었다. 나의 연기력은 아주 훌륭했다. 형은 내가 다른 여자애들처럼 굴지 않아서 편하다고 했다. 만나도 부담이 없는 후배라서 좋다고 했다. 그래서 나는 사 년 가까이 그의 뒷모습을 향해서만 사랑을 음모하고 그리움에 숨막혔다.

그토록 오래 한 사람을 향한 내 집착에 대해 친구는 내가 사랑에 빠진 것이 아니라 사랑한다는 그 사실에 더 빠져 있는 것이 아니냐며 지독히 어리석고 바보스런 환상이라고 악담을 했다. 그 말이 사실이었는지 모른다. 나는 그 즈음 누구라도 사랑하지 않고는 못 배길 만큼 외로웠으니까. 형을 안다는 사실조차 행복했다. 형에 대한 그리움을 가슴에 품는다는 것은 정말 달콤하고 황홀한 느낌이었다. 깨어나기 힘든 도취였다. 형의 뒷모습을 따라다니던 내 눈은 늘 안타까움으로 흔들렸고 입술은 하얗게 탔지만 그 도취에서 벗어나고 싶다는 생각은 결코 한 번도 하지 않았다. 어차피 사람을 사랑한다는 것은 죄를 잉태하는 행위이다. 사람을 사랑한다는 것은 집착이고 그 집착은 욕심을 낳게 마련이니 그 욕심이 만들어 내는 죄야 피할 수 없는 것, 내밀한 범죄의 유혹이여! 지극히 내성적이던 이십대의 내 사랑은 이렇게 처음부터 일방적이었고 비밀스러웠다. 촌스러웠다.

졸업을 앞둔 마지막 겨울방학이었다. 우리들은 선운사로 졸업여행 겸 수련회를 갔다. 형을 알고 나서부터 내게 제일 고통스러운 시간은 방학이었다. 엄마는 방학하는 날로 시골집으로 나를 불러 내렸다. 갑작스럽게 서울로 이사를 온 그 다음해 나는 초등학교에 입학을 했고 내가 고등학교를 다닐 때까지 엄마와 서울에서 살았다. 그러나 내가 대학에 들어가자마자 엄마는 기다렸다는 듯이 직장을 옮겨 떠나왔던 그 시골로 다시 내려갔다. 그러고는 다 큰 처녀가 학교도 안 가면서 객지에서 빈둥거리면 못쓴다며 방학이면 고향으로 내려가 엄마와 같이 있기를 원했다. 엄마의 말씀이 없다 해도 시간만 허락하면 엄마와 같이 지내고 싶었다. 그러나 형을 안 그해부터 방학조차 싫어지기 시작했다. 형을 볼 수가 없다는 것은 참기 힘든 고통이었다. 먼발치에서라도 형을 볼 수만 있다면 그어떤 희생도 감수할 수 있었다. 어느 해인가는 이학기 개강을 하고도 거의 세 달 가까이 형의 모습은커녕, 소식도 끊어진 적이 있었다. 텅 비어버린 폐허에 홀로 서 있는 아득한 느낌. 아무 일 없다는 듯이 돌아가는 세상에 분노했고, 그러면서도 여전히 먹고 자며 아무 일 없는 듯이 학교에 다니고 있는 내 모습이 용서되지 않아 비참해지던 그 혼돈의 시간들. 그 절망감. 그런데 이번에는 졸업을 앞둔 마지막 방학이라는 이유로 엄마는 여행을 허락하셨다. 같은 동아리활동을 하고 있던 형은 졸업반은 아니었지만 우리와 동행을 했던 것이다.

그해 첫눈이 일찍 내린 탓인지 십이월 초순의 선운사 가는 길에는 제법 잔설이 남아 깊은 겨울 모습을 하고 있었다. 겨울산사로 들어서는 우리 일행을 맞이하는 동승의 얼굴도 반색이었다. 아마 한유해진 신도들의 발길에 꽤나 심심했던가보다.

네시, 스님들의 새벽 예불을 함께 하며 하루를 시작했다. 온갖 번뇌를 백팔번의 절에 담아 마치고 나면 우리는 조찬시간까지 선방에 들어 좌선을 했다. 모두들 벽을 향해 결가부좌를 틀고 앉아 깊은 심호흡을 하며 비스듬히 눈을 바닥에 깔고 명상에 들었다. 무아경, 그러나 나는 도저히 마음을 비워낼 수가 없었다. 맞은편 문 쪽에서 등을 보이고 앉아 있는 형의 호흡이 내 안의 숨결처럼 들려왔다. 형을 처음 본 신입생 새내기 때부터 잠시도 쉬임 없이 형을 향해 더듬이를 세우고 있던 내 신경은 극도로 긴장되어 파르르 떨리고 있었다. 건드리면 끊어질 듯했다. 이 겨울이 지나면 나는 아무런 기약도 없이 시골로 내려갈 테고 형은 여전히 서울에 남는다는 것을 생각할 때마다 견디기 힘든 고통으로 가슴이 들끓었다. 염주 알을 굴리며 무한한 사랑으로 중생을 감싸안으시는 자비로운 관세음보살을 수없이 불러보았지만 마음에 평화가 오질 않았다. 색즉시공, 공즉시색…… 열심히 반야심경도 외워보지만 포기할 수 없었다. 졸업 후에 이미 마련된 순탄한 직장으로 진로를 결정한다면 형과는 영영 인연을 끊게 되는 결과가 올 것 같아 고통스러웠다. 더욱이 속으로만 뜨겁게 쌓아놓던 사랑한다는 말조차 형에게 한 마디 소리되어 질러보지도 못하고 헤어지게 된다는 생각이 나를 자지러지게 했다. 그러나 이 모든 것은 마음 안에서의 싸움일 뿐이었다. 말해버리면 형이, 바람 같은 내 사랑이 그냥 하얗게 흔적없이 연기처럼 사라질지도 모른다는 두려움 때문에 오히려 나를 감추기에 급급했다. 괜한 욕심으로 형을 바라보는 기쁨까지 잃고 싶지는 않았다.

그냥 형을 가까이 바라볼 수 있는 것만으로 충분히 행복했던 그때 내게 위로가 되던 말은 '정녕 내 사랑이면 그 영혼 안에 내 집 주시리. 그 영혼의 세월 나눠주시리. 정녕 내 사랑이면' 이라는 시 한 구절이었다. 그런데 결국 형의 영혼 한 귀퉁이도 훔쳐내지 못하고 이제 형을 볼 수 없는 곳으로 떠날 시간이 다가오고 있었던 것이다.

나는 좌선을 하면서 무념무상의 상태로 들어가려는 노력보다는 가슴을 저리게 하는 이 애정의 전류가 텔레파시가 되어 형에게 전달될 수 있다면 하는 소망 때문에 엉뚱한 번뇌에 사로잡히곤 했다. 법당을 나올 때면 예전에 엄마에게서 맡았던 그 향내가 내 옷에서도 진하게 배어 나왔지만 마음에서 끓어오른 욕망 때문에 다리가 후들거렸다.

형은 누구 앞에서도 약한 모습을 보이지 않았다. 늘 잔기침을 하는 창백한 얼굴이지만 단단한 입매는 누구의 동정도 허락하지 않았다. 말이 없고, 어쩌다 하는 말마디마다 냉소적인 느낌이 묻어나서 차가운 인상이라 처음 형을 본 사람들은 자주 추위를 느꼈다. 그러나 누구보다도 정겹고 약한 사람이라는 것을 나는 알고 있었다.

내가 새내기 대학생이 되어 처음 불교학생회 동아리를 기웃거리고 있을 때, 형은 이학년이었다. 그러나 동아리에서 베테랑 소리를 듣는 묵은 학생이었다. 형이 입학한 것은 이미 오 년 전이었던 것이다. 유신사태로 소란스러웠던 우리의 대학 시절에는 그런 동지들이 많았지만 형도 몇 번의 구속을 반복하면서 어렵게 학년을 넘어가고 있었다. 그러나 가끔 형의 얼굴 가득 넘치는 환한 웃음은 너무도 천진해 보여 고참에게서 풍기는 고리타분함도, 어려운 세상을 사는 젊은 영혼의 고통스런 일그러짐도 찾을 수가 없었다. 형은 늘 우리 앞에 조용히 나타났다가 소리없이 사라지곤 했다. 그러나 형의 자리는 언제나 뚜렷하게 빛나곤 했다. 이제 형과 함께 동아리를 한 지도 사 년, 나는 졸업을 며칠 앞두고 있는데 형은 아직도 사학년 한 학기를 더 다녀야만 되었다.

오전의 공동 프로그램이 끝나면 오찬 후 저녁예불까지는 자유시간이었다. 선운사로 내려온 지 며칠이 지나고 있었다. 그날도 우리는 산사 입구에 세워진 서정주 시비를 둘러보는 산책로를 따라 한 바퀴 돌아 들어와 약간은 무료하게 오후 시간을 보내고 있었다. 그때 누군가가 형에게 손금 좀 봐달라고 했다.

"형이 손금을 볼 줄 알아요?"

"아이구 이런, 희영 씨가 아직도 선규 형의 솜씨를 모르는구먼. 자리 깔고 길로 나서지 않아서 그렇지 그 방면에서는 뚜르르 알려진 도사인걸."

누군가가 옆에서 귀띔을 했다. '선규 형이 지난번에 피해 다닐 때 실제 광화문 지하도에서 자리 펴고 점쟁이 노릇도 했었는데……' 막상 당사자는 싱긋 웃고 심드렁하게 드러눕는데 친구들은 형의 곁에 바짝 다가가 손을 내밀었다. 한가로움에 장난스러운 기분도 들었지만 사실 삼학년인 영혜를 제외하고는 모두 졸업을 앞둔 친구들인지라 다가올 앞일에 걱정도 많았고 불안감도 있었다. 그런 탓인지 한사코 거절을 하는 형을 기어이 일으켜 앉혔다. 형도 못 이기겠다는 듯이 손을 내밀어보라고 했다. 친구들은 호기심으로 앞다투어 형의 앞으로 다가가 앉았다.

한 친구는 기분 좋은 소리를 들은 탓인지 만족스러운 표정으로 물러나 앉으며 형이 일러준 대로 졸업하자마자 결혼이나 해야겠다고 낄낄거리며 손금을 털었다. 나는 아까부터 가슴이 울렁이고 있었다. 그렇게 용하다면 행여 내가 형을 흠모하고 있음이 손금에 드러나 눈치채게 되는 것은 아닐까? 하는 두려움이 일었다. 내 마음을 읽어주기를 그렇게 염원했으면서도 행여 들킬까 덜컥 겁이 나기도 했다.

"희영 씨 뭐 해? 빨리 손을 내밀어, 선규 형 기다리잖아."

"아니 나는 안 볼래요. 손금 따위로 내 운명을 점친다는 것은 어리석은 미신이야."

"어이— 희영 씨 보기보단 겁쟁인데, 그게 아니라 괜히 형에게 마음을 들킬 것 같아 두려운 거 아냐? 졸업식에 꽃다발 가져다줄 애인이 언제 생기겠는지 궁금하지도 않다는 말이지?"

친구들의 짓궂은 농담에 나는 당혹스러웠다. 그래서 더 완강히 손을 내밀기를 거부했다.

"그래 희영이 말이 맞아, 다 쓸데없는 짓이야. 운명이 다 뭐 말라비틀어진 개 뼉다귀야."

형은 뒤로 물러나 벽에 등을 기대고 앉으며 싱긋 웃었다.

막상 형이 싱겁게 나의 손금을 보기를 포기하자 서운하고 화가 났다. 그렇게 내게 관심이 없다니. 내 운명이 어떤 모습으로 손금 위에 똬리를 틀고 앉아 있는지 전혀 궁금하지도 않단 말인가.

"형, 나도 보겠어요. 믿을 수는 없지만 형이 진짜 점쟁이 실력이 있는

지 봐야지."

내가 다가가 앉자 옆에서 아까부터 싱글거리고 있던 영혜가 불쑥 한 마디 거들었다.

"선규 오빠, 희영이 언니 손금 좀 잘 봐주세요. 언제 시집갈 수 있는지, 우리 오빠와 인연이 진짜 없는 건지. 그렇게 좋아서 데이트 신청을 해도 냉정하게 딱 잡아떼어서 우리 오빠가 지금 상사병에 걸려 죽을 지경에 있거든요. 인연이 없다면 일찌감치 불쌍한 우리 오빠에게 단념하라고 해야겠어요."

활달하고 붙임성 있는 영혜는 오빠의 상사병 이야기를 까르륵거리며 재미있게 하고 있었다. 영혜 오빠와 형은 같이 입학을 한 동기였다. 형이 몇 번의 휴학을 거듭하는 동안 영혜 오빠는 장학생으로 학교를 마쳤고 대기업에 총망받는 사원이 되어 있었다. 둘은 사는 방법이나 성격이 확연히 달랐지만 우정은 깊었고 형이 어려움에 있을 때마다 큰 도움을 주는 것도 영혜 오빠라고 했다.

영혜는 그런 인연으로 신입생 오리엔테이션이 끝나고 동아리 모임 소개가 있자 곧바로 불교학생회로 들어왔고 누구보다 열심히 활동을 하고 있었다. 이번 여행에도 자진해서 선배들 뒷바라지를 하겠다며 앞장서서 따라나섰던 것이다.

행사가 있을 때면 나는 영혜네 집에 자주 들러 늦도록 작업을 같이했다. 자취방을 갑자기 비워야 될 사정이 생겨 지난해에는 영혜 엄마의 친절로 그 집에서 보름 정도 머문 적이 있었다. 그때 영혜 오빠의 눈빛이 조금은 뜨겁다고 느꼈지만 상사병이라니 금시초문이었다.

"영혜야, 너 왜 그렇게 수다스럽니? 그리고 내가 황진이라도 된다던? 상사병은 뭐고, 죽게 된 것은 뭐니?"

영혜는 내가 정색을 하고 화를 내자 얼굴을 붉히며

"언니 미안해, 언니도 우리 오빠 심정을 아는 줄 알았지."

투명하고 곱살한 영혜의 표정이 금방 울상이 되었다.

나는 형을 쳐다보았다. 형은 여전히 벽에 등을 기댄 채 천장을 쳐다보고 앉아 있었다. 그러다 형의 눈빛이 스르르 감겼다. 형광등 빛 때문일까? 얼굴도 더욱 창백해져 있었다.

"영혜 씨가 먼저 손금을 봐. 어디 우리의 예쁜 마스코트 영혜 씨의 운명은 어떠한가, 짜자 짠— 기대하시라, 개봉박두!"

조금 어색해진 분위기를 떨쳐버리기라도 하듯 익살스럽게 한 친구가 수선을 떨었다.

형이 이제 더 이상 손금을 보지 않겠다고 일어섰다. 다 객쩍은 짓이라고 하며 서둘러 나가려 하자 영혜가 형을 불러 세웠다.

"선규 오빠, 내 손금을 봐줘야지요."

잠시 멈칫하던 형이 그만 하자고 했으나 영혜는 짐짓 어리광스런 투정으로 그의 옷자락을 잡았다. 형은 다시 주저앉아 영혜의 손끝을 잡았다.

"영혜가 양띠던가? 복이 많구먼, 부모 복도 많고 신랑 복도 있네, 어이구 자식 복은 넘치는구먼. 적어도 농구팀은 만들 수 있겠는데……"

"농담 마세요. 징그럽게."

주변의 선인심까지 받아가며 영혜는 발그레해진 얼굴로 나앉았다.

"형, 나도 봐줘요."

나는 조금은 과장된 몸짓으로 불쑥 형에게 손을 내밀었다.

"손이 참 예뻐."

그 말은 아마 나만 들었지 싶었다. 내 손을 잡으며 거의 입술 안에서 숨소리에 묻어나온 말이었다 그렇지만 그 여운은 이미 내 가슴에서 아릿한 전율을 일으키고 있었으며 온몸을 돌아 형이 잡은 손끝까지 저려 왔다.

"어디 보자. 희영인 뱀띠렸다. 그런데 쯧쯧 독이 없구나…… 하기야 네가 독을 가졌다 해도 나같이 미련스러운 돼지에게 걸리면 꼼짝도 못하고 먹히고 말걸. 희영아, 너는 가장 선한 척 웃고 있는 죽은 돼지머리 앞에서도 조심해야 한다. 죽었다고 우습게 보면 큰일나. 귀신도 그 앞에선 꼼짝을 못하거든. 그런데 몇 월 생이지? 십이월이던가? 오라, 집을 지키는 착한 구렁이구나. 편안하게 잘 살 거야. 이크, 생명선이 이렇게 긴 것을 보니 땅꾼에게 잡힐 걱정은 안 해도 되겠네. 아흔아홉 파파 할머니가 되도록 오래 살겠다."

내 손바닥을 들여다보고 있던 형의 눈길이 잠시 일렁이듯 나를 바라보았다.

"그런데 이제 보니 손금에 이렇게 샛강이 많아서 희영이가 울보였구나."

내가 울보라니. 형이 그것을 어떻게 알았을까? 나는 언제나 형의 앞에서는 씩씩하고 명랑한 후배였다. 형 앞에서 눈물을 보인 적이 없었던 것 같은데…… 형의 등뒤에서 흘렸던 눈물을 보았나? 덜컥 겁이 났다. 다 들켜버리면 형을 잃어…… 나는 잔금이 많아 늘 부끄럽던 내 손을 얼른 형의 손에서 빼려 했다. 그러자 형은 시침을 뚝 떼고 진짜 할아버지의 목소리를 흉내내면서 짓궂게 내 손을 이리 저리 흔들어 보았다.

"울보공주 데려갈 바보 온달이 언제 나타나려는지 어디 보아야지……"

"금방 구렁이라더니 또 울보공주래. 형 말 못 믿겠어요. 나 이제 안 볼래요."

나는 씩씩한 후배의 모습으로 눈을 흘겼다. 문득 형이 잡고 있는 내 손끝으로 힘이 느껴졌다. 짓궂게 웃고 있는 형의 눈빛이 너무 깊어 빠져버릴 것 같았다. 그러나 형은 잡고 있던 내 손을 툭 털어버리고는 벌떡 일어나더니 빠르게 밖으로 나가버렸다. 고개를 들었을 때는 이미 형의 뒷모습이 열린 문밖의 댓돌 아래로 내려서 사라지고 있었다. 가슴이 몹시 뛰었다. 눈을 감았다. 형의 눈빛이 남아 어른거린다. 정말 내 손금 어느 골에서 뜨거운 강물이 흐르고 있음을 발견했을까? 형의 가슴 어느 구석에 내 마음 들어설 자리 있었나? 형이 사라진 법당 뜰에는 어둠이 서서히 내리고 있었다. 서너 아름이 넘는 느티나무가 잔가지들을 펴고 겨울 바람을 한껏 껴안고 수런거렸다. 문득 형이 하던 말 한 마디가 바람 소리처럼 들린다. '나 같은 돼지……' 그럼 형도 돼지띠였나? 나는 그 어둠의 허공에서 오랫동안 잊어버리고 있었던 부산의 한 남자를 기억해내었다.

　나는 중학생이 되면서부터 이마에 여드름이 나기 시작을 했다. 국어 선생님의 짓궂은 농담에 의하면 이마에 나는 여드름은 누군가의 사랑을 받는 증거이고 뺨에 나는 것은 사랑하는 사람이 생긴 표시라고 했다. 나는 시간만 있으면 세수를 했다. 비누로 문지르는 것으로 부족해 거친 수건으로 힘주어 밀곤 했다. 벌겋게 된 내 얼굴을 보며 엄마는 사춘기 때라 얼굴에 많이 신경을 쓰는 줄 알았지만 사실 나는 내가 누구를 사랑할까봐, 누가 나를 사랑할까봐 두려웠다. 그때까지 내가 본 사랑의 전부는 엄마의 눈물과 기억조차 희미해진 아버지의 눈빛이었다. 여드름 때문에 그런 슬픈 일이 내게 일어나게 할 수는 없었다.

　아무리 닦아도 이마뿐 아니라 뺨에까지 돋기 시작한 여드름 때문에 더욱 혼란스러운 나날을 보내고 있던 중학교 삼학년 가을쯤이었다. 그

당시 가장 인기가 있었던 유행가는 고혹적인 입술을 가진 여가수 김추
자가 아오자기 월남치마를 입고 부르던 '월남에서 돌아온 김상사'였다.
우리나라가 단군 이래 처음으로 남의 나라 전쟁에 끼어들었던 시절이었
다. 피가 붉은 젊은이들이 백마, 청룡, 비들기부대 등의 깃발 아래 열대
의 나라로 실려갔고 온 나라안의 첫 뉴스는 월남에서 전해오는 승전소
식이었다.

여학생들은 이국의 땅에서 전쟁을 하고 있는 젊은이들을 위해 열심히
위문 편지를 썼다. 그리고 월남에서 날아온 야자수 그림엽서와 분홍빛
사연이 담긴 작은 선물들이 배달될 때면 교실은 소란해지곤 했다. 그러
나 나는 친구들의 그 호들갑스런 모습들을 경멸했다. 그래서 위문편지
쓰기를 거부했다. 담임은 학교 대표로 글짓기 대회를 나가곤 하는 내가
위문편지만은 절대 안 쓰겠다고 버티는 것은 단순히 담임에 대한 반항이
라고 하며 자주 벌을 주곤 했다. 그래도 차라리 교무실로 불려가 꾸지람
듣기를 자청하였다. 그러던 어느 날 잠시 실습을 나왔던 교생께서 참전
기를 들려줌으로 해서 나는 고집을 꺾었다. 직접 월남전에 참가했었다는
그 선생님은 전쟁터에서의 비참함을 너무도 실감 있게 전해주었다. 잠시
전까지 같이 농담을 하던 전우가 쓰러져 피를 흘리며 죽어가는 전선에서
오직 위안이 되는 것이 있다면 잠시 전투가 멈추고 나무 그늘에서 고국
에서 온 그리운 사람들의 편지를 읽는 시간인데 너희들이 그 기쁨도 되
어주지 못한다면…… 표정까지 진지해진 그 선생님의 이야기에 우리들
은 눈물까지 찍어내며 단체로 한아름의 위문편지를 쓰고 말았다. 물론
그 뭉치에는 내 편지도 들어 있었다.

한 달 후부터 답장들이 날아오기 시작했다. 친구들은 쓸 때의 투정은
다 잊고 답장을 기다리고 있었다. 별 기대도 하지 않고 있었던 내게도 뜻

밖의 답장이 날아왔다. 그것도 세 장이 넘는 두툼한 사연이었다. 파월 되어 받은 첫 편지가 내 것이었고, 내 이름이 자기 초등학교 단짝이었던 친구와 같고, 무엇보다도 아저씨라고 부르는 것이 마음에는 안 들지만 할 수 없이 아저씨로 쓰고 있으니 진짜 아저씨면 답장은 할 생각도 말라던 건방진 내 말이 마음에 들어 답장을 하게 되었다던가.

아무튼 그것이 인연이 되어 아저씨와 나는 사 년 가까이 편지를 주고받았다. 무섭게 슬프고, 또 지독하게 우울하고. 그러면서도 좋아하는 것도 많고 하고 싶은 것도 많았던 사춘기의 그 소란스러운 심정들을 군인 아저씨에게 수다스럽게 쏟아놓곤 했다. 아무리 투정을 부려도 자상하고 따뜻하게 받아주고 다독여주었다. 사실 그 당시 위문을 받은 것은 군인인 아저씨가 아니라 나였던 것이다.

아저씨가 귀국을 하고 고향인 부산에 내려가서 취직을 하고 사회인으로 자리잡으면서도 위문편지는 이어졌다. 아저씨의 편지는 사춘기 여학생의 갈등과 방황을 다정하게 다독여주고 따뜻하게 껴안아주기를 게을리 하지 않았다. 그러면서도 자신이 사회인으로 적응해가는 낯설음 속에서 내 편지가 커다란 위안과 기쁨이라고 늘 고마워했다. 그는 언제나 착하고 든든한 아저씨였다. 지금 생각해보면 기억에서도 가물가물해진 그리운 아버지에 대한 정을 그에게서 느끼고 있었는지 모르겠다. 아무튼 나는 그 즈음에도 여전했던 여드름을 더 이상 박박 밀지 않았다.

아저씨는 내게 선물하기를 좋아했다. 월남에 있을 때에도 작은 선물들을 자주 보내주었다. 그리고 사회인으로 복귀하여 첫 월급을 탔을 때는 까뮈 전집 다섯 권을 보내왔다. 다 큰딸에게 배달된 그 선물의 커다란 부피에 엄마는 당황해하셨지만 고등학교 이학년생인 나는 그 책들의 난해함에 당황했다. 까뮈의 작품들을 이해할 수가 없었다. 재미도 없는 어려운 책이었다. 그래서 선물을 받고도 고맙다는 말 대신에 아직 순정 만화를 좋아하는 나를 우습게 보는 것 같아 화가 난다고 답장을 했다. 학교에서 단체 입장한 〈사운드 오브 뮤직〉 영화를 보고 와서 나도 마리아처럼 살고 싶다고 편지를 했더니 그도 그 영화를 감명 깊게 보았다며 결혼식장으로 들어가는 마리아를 바라보는 철문 밖의 수녀님들이 인상적이었다는 답장을 보내왔다. 아저씨는 내 말을 걸음장치 없이 늘 그대로 받아주곤 했다.

고등학교 삼학년이 되면서 나는 일방적으로 아저씨의 편지만을 받았다. 답장을 쓰지 않기로 작정을 했던 것이다. 입시준비로 편지를 쓸 여유가 없기도 했지만 사실은 차츰 고개를 들기 시작한 두려움 때문이었다. 언제부터인가 그의 글 속에는 마음씨 착한 아저씨가 아닌 다른 모습의 감정을 발견하게 되었다. 사랑이라는 말에는 아직도 엄마의 눈물을 떠올리며 알레르기 반응을 일으키던 때였지만 아저씨는 그런 표현을 쓰는 법이 없었기 때문에 오랜 편지 왕래에도 갈등은 없었다. 그래서 나는 일기를 쓰듯 편지를 했다. 그러던 어느 날 나는 편지를 중단해버렸다. 농담처럼 쓴 아저씨의 편지 내용 때문이었다. '꿈에 희영이가 아저씨 색시가 되었더라. 그런데 참 행복한 기분이었단다. 깨고 싶지 않더라……' 나는 당황했다. 색시가 된다? 엄마처럼?

첫 편지부터 겉봉투에 빠짐없이 번호를 매겼었는데 그때쯤 봉투에는 300이란 숫자가 넘어가고 있었다. 그러나 답장을 쓰지 않기로 결심한 후부터 그에게서 오는 편지를 뜯어보지도 않았다. 그대로 와이셔츠 상자에 넣어버렸다. 그렇게 몇 달이 지나면서 어느 날부터인가 그도 지치기 시작했는지 서서히 소식이 뜸해졌다. 졸업식을 며칠 앞두고 그에게서 한 장의 엽서가 날아왔다. 내용을 안 볼 수가 없었다. 나는 미련하고 참을

성이 많은 돼지야. 희영아. 네가 아무리 나를 물어도 나는 상처나지 않는 다고 했지? 나는 너를 놓아줄 수 없어! 그가 온 힘을 다해 악을 쓰고 있는 것 같았다. 언젠가 나는 세상 사람들이 싫어하는 뱀띠라서 슬프고 그 래서 독을 더 품었기 때문에 아저씨를 물지도 모르니 조심하라고 했던 적이 있었다. 아저씨는 자기는 돼지띠인데 돼지는 워낙 지방층이 두꺼워 서 물려도 독이 퍼지지 않으므로 돼지가 뱀을 잡아먹을 수도 있으니 오 히려 조심하라고 하며 우스운 이야기를 주고받은 적이 있었다.

그러나 나는 그 엽서도 상자에 던져버렸다. 얼마 후 다시 낯선 필체의 엽서가 왔다. 간호사가 대필하는 것이라며 작업장에서 졸음을 못 참아 그만 실수로 많이 다쳤는데 꼭 한 번 만나보고 싶다는 사연이었다. 내가 삼학년이 되던 해에 그는 야간대학에 등록을 했던 것이었다. 그러나 나 는 낡은 아저씨의 사진 한 장과 함께 모든 편지를 고향 다락방 상자에 담 아둔 채 서울로 올라왔다.

나는 결국 아저씨와 인연을 끊었다. 그런데 이상한 것은 어쩌다가 아 버지를 떠올릴 때면 아저씨의 모습이 먼저 나타나 겹쳐지곤 했다. 사실 아저씨의 얼굴은 단 한 장의 낡은 사진에만 남아 있을 뿐이었다. 두 서너 번 답장이 오고 간 후에 보내온 것이었는데 야자수나무 아래에서 거수 경례를 하고 있는 검게 탄 얼굴은 사람 좋은 선한 웃음을 머금고 있었다. 입술과 턱 부위만 선명했고 이마와 눈은 모자 그늘에 가려 있는 사진이 었다. 그래서 나는 몇 번 전화를 통해 들었던 강한 부산 사투리에 섞인 웃 음소리와 아저씨의 미소 띤 입술만을 기억할 뿐이었다. 분명 내 아버지 를 닮진 않았다. 그런데도 이상하게 아저씨의 웃음소리는 아버지의 얼굴 에서 살아나곤 했다. 그러나 나는 끝내 아저씨를 찾지 않았다. 아버지에 대한 그리움이 두려워 내가 그리 야멸찼었는지.

갑자기 형의 기침소리에 정신이 들었다. 형은 여행을 떠날 때부터 감기기가 있었던지 밤이 되면 미열과 함께 기침을 했다. 잔기침 때문에 벽에 기대어 앉은 그에게 영혜가 무릎으로 다가가 걱정스레 이마를 짚고 있었다. 아무래도 내일은 시내로 나가 약을 지어다 먹던지 서울로 올라가야 할까보다고 걱정을 했다. 서울 가면 이번에는 반드시 자기네 병원에 가서 치료를 받아야 한다고 다짐을 하는 영혜는 마치 어른스런 누나 같았다. 기침 때문에 눈을 감고 있는 형의 얼굴은 더욱 창백했고 입술은 하얗게 힘주어 다물어져 있었다. 나는 아무 말도 못했다. 아니 할 수가 없었다. 자꾸 눈물이 나왔다. 그냥 선방을 나와 별이 쏟아지고 있는 밤하늘을 올려다보았다. 밤바람은 가슴까지 서늘하게 스며들고 있었다.

그해 선운사에서 돌아와 시골집으로 내려온 나는 졸업식 날이 되어서야 서울로 올라갔다. 대학원을 희망하던 내 꿈은 엄마의 간절한 설득에 포기해야 했다. 엄마는 사 년 동안 끌고 다니던 내 자취 짐을 재빨리 정리해서 내려오셨다. 이미 이야기가 되어 있는 직장에 첫 출근할 때 입을 내 옷까지 챙겨놓고 계셨다.

졸업식장에서 나는 형을 볼 수가 없었다. 아니 선운사에서 돌아온 후 형을 한 번도 만날 수 없었다. 한아름의 꽃다발을 안겨주는 영혜 오빠와 영혜가 눌러대는 카메라 앞에서 웃고 있었지만 내 마음은 허공에서 바람에 흔들리며 통곡하고 있었다. 아무도 형의 소식을 알고 있지 못했다. 영혜도 그녀 오빠도 형에 대해서는 이야기하기를 꺼려하는 것 같았다. 바람결에 형이 입산했다는 소문도 들었지만 정확하게 행방을 아는 사람은 없었다. 결국 그렇게 두려워하던 일이 일어나고 만 것이다. 형은 바람처럼 흔적도 없이 영영 내 앞에서 사라져버린 것이다. 그러나 지금도 가끔 생각해본다. 정말 전혀 형을 만날 길이 없었던 것일까? 그토록 오랫동안 소원하던 형의 마음 한자리를 그렇게 쉽게 포기해버릴 수가 있었던가? 나도 알 수 없다. 형의 눈빛이 내게 머물렀을 때의 그 행복감 뒤에서 꿈틀 대던 고통의 의미를.

　고향에서의 직장생활은 평탄했다. 그러나 그뿐이었다. 바쁜 일상의 흐름에 나는 서서히 익숙해지고 있었다. 그러던 어느 일요일이었다. 문득 한가로운 오후의 아득함이 짜증스러웠고 그래서 무슨 일이든 땀을 흘리며 몰입하고 싶었다. 그래서 아주 오랫동안 사용하지 않던 다락방을 치우자고 마음먹었다. 서울로 떠난 그해부터 닫혀져 있던 다락에는 먼지가 두껍게 쌓여 있었다. 그러나 그 먼지구덩이 속에는 마치 전생의 흔적처럼 추억을 지닌 여러 물건들이 구석구석에 웅크리고 있었다. 초등학교 때 검사를 받으며 꼬박꼬박 쓰던 일기장에서부터 하얗게 빛 바랜 앨범까지 내가 커온 흔적들이 고스란히 먼지에 덮여 잠들어 있었다. 딸에 대한 엄마의 지극한 애정은 딸이 쓰던 물건 하나조차 소홀히 버리지 않았다. 이런 엄마의 애정이 부담스럽다. 언젠가 이웃에 살던 친척 어른께서 엄마에게 하던 말을 들은 다음부터는 더욱 그러했다. 그때 그분은 '희영이 저것이 아들만 같았어도 그 잘난 양반 가문에서 그렇게 죽자고 좋아하는 자네들을 이렇게 갈라놓고 몰라라 내치지는 않았을 걸세. 아무려면 장손일 텐데……' 엄마는 그런데도 내가 딸이라는 것에 대해서 원망하는 말은 한 번도 하지 않으셨다. 그 이야기를 들은 이후 나는 가끔 엄마에게 짐이 되었다는 생각을 했고 세상살이에서도 늘 빚만 지고 사는 기분을 떨쳐 버릴 수가 없다.

　곰팡내 나는 묵은 책들이 쌓여 있는 구석 깊숙한 곳에서 나는 뜻밖에 낯익은 와이셔츠 상자 하나를 발견했다. 의식적으로 감추어놓은 듯 책들

밑바닥에 깔려 있었다. 편지뭉치가 가득 들어 있는 커다란 상자. 그 상자 속에 수북히 쌓여 있는 군인아저씨의 편지. 갑자기 온몸에 알 수 없는 전율이 일었다. 뜯어보지도 않았던 한 다발의 편지들과 그 사이에 누렇게 빛 바랜 사진도 들어 있었다.

이학년이었던가, 어느 날 강의실로 찾아온 선배가 밖에서 누가 찾는다고 일러주었다. 부산에서 누가 나를 만나러 올라왔다는 것이었다. 나는 직감적으로 아저씨가 왔음을 알았고 차마 강의실까지 찾아오지 못한 그의 선한 망설임에 마음이 아팠다. 그러나 결국 아저씨는 그날 오후 내내 교정을 서성거리다 돌아갔고 모진 나는 빈 강의실에서 어둠이 짙어지기를 기다리고 있었다. 새삼 나의 냉정함에 소름이 돋았다. 내 모진 행위가 스스로도 용서하기 싫었다. 그러나 어쩔 수 없었다. 아저씨의 애정에 대한 내 매몰참의 빚 갚음일까? 그때 나는 한 점의 온기까지 다 모아 한 남자를 사랑하기 시작했던 것이다.

묵은 먼지를 털고 그 상자를 소중히 꺼내 내려왔다. 그리고 소중한 추억을 정리하듯 그의 낯익은 주소가 적힌 편지봉투에서 편지들을 빼어 번호대로 한 데 묶기 시작했다. 마치 내 사춘기의 일기장을 펼치듯 그 편지들을 차곡차곡 정리를 하면서 나는 또 한 번 가슴이 서늘해지는 아픔을 느꼈다. 편지들은 여러 색과 모양의 편지지로 쓰여졌는데 묶어보니 그 색색의 묶음들이 마치 커다란 단락처럼 그대로 드러났다. 그 당시는 미처 알지 못했던 아저씨의 진심을 읽어낸 듯했다. 내 아픔에는 민감히 반응하면서 그 아픔에만 연연했을 뿐 남의 마음은 헤아리기조차 거부했던 나의 오만한 아집, 엇갈려 엮어진 인연이 새삼 깊은 생채기가 되어 되살아났다.

삼백여 통의 편지는 두 묶음의 두터운 책이 되었다. 맑은 영혼을 가졌던 나의 군인아저씨. 그 무게만큼 마음이 무겁기도 했지만 세월은 모든 아픔까지도 소중하게 품을 수 있는 여유를 가져다주었다.

　나는 또 그렇게 아무 일 없이 직장생활을 하고 있었다. 이미 익숙해진 엄마와의 단출한 생활에 아무런 불편이 없었다. 그러나 엄마의 조바심은 날이 갈수록 커져만 갔다. 엄마는 결혼하지 않은 딸과 같이 사는 것이 조금도 행복하지 않다고 했다. 서른을 한 달 남겨놓은 어느 늦가을, 드디어 나는 엄마 마음을 아프게 하지 말라는 눈물어린 성화에 더 이상 거슬릴 이유를 찾지 못한 채 맞선 보는 자리에 나가고 말았다. 벌써 몇 번의 실패에도 불구하고 엄마의 지칠 줄 모르는 집념에 또 한 번 그 어색한 순간을 맞이하게 되었던 것이다. 시골스런 냄새가 아직 그대로 배어 있는 허름한 다방 문을 열고 들어서자 창가에 자리를 잡고 있던 한 남자가 슬며시 일어나 아는 시늉을 했다. 그 남자의 표정도 나만큼이나 아무 기대도 없이 등을 떠밀려 나온 듯 보였다. 편안해졌다. 그래서 부담 없이 우리는 형식적인 결혼조건 맞추기 게임을 했다. 이미 소개로 알고 있는 서로의 직업을 다시 묻고, 취미를 묻고, 가족사항을 소개했다. 가족 이야기가 나오면 나는 번번이 내게도 세상에서 제일 멋있게 생긴 아버지가 있음을 밝히고 싶어 입술이 탔다. 그러나 나는 이번에도 그렇게 말하지 않았다. 누가 일러준 적도 없지만 어릴 때 아버지는 외국 유학 중에 불의의 사고로 돌아가셨다고 했다. 공식적인 질의응답을 끝내고 식은 커피를 마시며 새삼스럽게 쳐다본 눈앞의 남자는 편안한 눈빛을 가지고 있었다. 그의 수식 없는 말투는 담백했다. 감성보다는 이성적인 면이 훨씬 두드러지는 인상이었다. 벽시계가 요란한 종소리를 내며 시간을 알리고 있었다. 겨우 삼십 분 정도 지났다. 그가 어떤 마음으로 지금 앉아 있는지, 내 마음에 들고 안 들고는 상관이 없었다. 이번에는 너무 일찍 헤어지지 말자.

엄마의 간절한 부탁이지 않는가. 문득 탁자 위에 놓인 조그마한 물건 하나가 눈에 띄었다. 열두 가지의 동물 그림이 그려진 구멍 하나에 동전 백 원을 넣으면 그날의 운세가 나오는 자판기 같은 기계였다. 나는 손지갑에서 동전을 꺼내 뱀이 그려진 구멍에 동전을 넣었다. 삼 센티미터 정도의 세로종이에 한 뼘 정도 돌돌 말려진 운세가 뚝 떨어졌다. 오늘은 당신의 길일입니다. 만사 형통할 운세, 동남쪽에서 귀인을 만날 운세라. 맙소사. 이왕이면 다홍치마라지만 기분 좋은 말은 다 적어놓았군.

"댁도 한 번 해보실래요?"

내가 하는 짓을 비죽이 웃으며 바라보고 있던 그가 깔끔스럽게 대답을 했다.

"나는 그런 것은 믿지 않습니다."

아니 누가 믿어서 이런다던가? 다만 당신과 시간을 길게 끌자니 이러는 거지. 엄마의 소원이라서 오래 앉아 있자니 별 우스운 여자로 취급받는 것 같아 불쾌감이 들었다. 그냥 일어나버릴까 싶었다. 그가 내 일그러지는 표정을 읽었나보다. 말을 추슬렀다.

"믿지는 않지만 호기심이 생기는군요. 내 것도 한 번 봐주실래요? 돼지 띱니다."

"지금 무슨 띠라고 하셨어요? 돼지띠요?"

"네, 무엇이 잘못되었나요?"

"아, 아니요."

그가 펼쳐본 그 쪽지에는 어떤 운세가 쓰였었는지 나는 모른다. 아무튼 그날 우리는 저녁을 먹고 술집에 들러 가볍게 술도 마시고 다음날 다시 만날 약속을 하고 밤늦게야 헤어졌다. 대문을 열어주던 엄마는 내게서 풍기는 술 냄새에 놀라워하면서도 내일 다시 만나기로 했다는 소리에 반색을 했다. 그리고 한 달 후에 나는 그 남자와 결혼을 약속했다. 엄마는 한 달이 모자라 결국 내가 서른을 넘겨서 시집을 가게 되었지만 사실 아홉수에 가는 것보다 잘된 일이라며 좋아하셨다.

"희영아, 시어머니가 되실 그 어른이 널 그리 좋다고 하는구나. 얼마나 고마운 일이니…… 이제 난 원도 한도 없다. 희영아, 시부모 공양 잘해야 한다. 귀염받으며 잘 살아야 이 엄마 소원을 이루는 거다. 알았지?"

나는 이제 엄마의 말뜻을 정확히 알아듣는다.

혼자 사는 엄마와 헤어진다는 것이 상상했던 것보다는 쉬웠다. 내 스스로도 놀라우리만큼 아무 망설임도 없이 엄마와의 공동의 삶을 편안하게 정리했다. 어느 순간 눈물이 핑 돌기도 했지만 이것은 엄마가 입버릇처럼 소원하던 일이기도 하였으니 망설일 이유가 없다고 마음먹었다. 그리고 엄마의 허리가 휘청거릴 지경으로 정성스럽게 마련해주는 신혼살림 보따리 속에 나는 잊지 않고 편지 묶음도 끼워넣었다. 친정아버지의 선물 대신.

결혼 피로연에서 어떤 친구가 짓궂은 질문을 했다. 결혼 얘기만 나오면 펄쩍 뛰며 마다하더니 웬일로 갑자기 가게 되었느냐? 무엇에 홀렸는지 솔직하게 답을 하라고 했다. 나는 망설임 없이 이 남자가 돼지띠였기 때문이었다고 대답했다. 장내는 웃음바다가 되었고 축하객들은 돼지를 좋아하는 신부를 위해 축배를 들었다. 사실 생각없이 순간적으로 나온 대답이었지만 잠시 내가 한 말에 놀랐다. 사실 그때까지는 그것을 인식하지 못하고 있었다. 그러나 내가 결혼을 작정한 이유는 그가 돼지띠여서가 아니라 전혀 감정이 묻어나지 않는 깔끔한 그의 목소리 때문이었다. 적어도 그 목소리 때문에 마음 아플 일은 없을 것 같았다.

전생이니 업보니 하는 단어들은 엄마와 헤어지던 날 더 이상 나를 껄끄럽게 옥죄이지 못하도록 다 버리고 왔다. 그런데도 가끔 바람 부는 날이면 한 번도 드러내본 적 없는 내 꿈들이 창 틈을 비집고 들어와 펄럭거린다. 작은 동작에 문득 묻어나는 낯익음, 보리밭에서 불어옴직한 선선한 바람에 갑자기 풀려 나오는 기억의 실타래, 이런 것들과 마주칠 때면 솔직히 아직도 현기증이 인다. 그러나 그 현기증 때문에 울거나 당황하는 일은 없다. 그것은 이미 아픔이 삭아 영원한 그리움으로만 남은 고향 같은 것. 변함없이 뺨을 스치는 바람이 있어서 좋다.

　우리의 결혼이 인연이었으면 어떻고, 우연의 일치로 맺어진 것이라면 어떤가. 중요한 것은 이 남자와 함께 하는 내 결혼생활은 한 문장 정도의 단순하고 편안한 삶이 될 것이라는 것이다. '그 후 그녀는 아들 딸 낳고 남편과 해로하며 잘 살았다.' 하는. 결혼은 이만하면 족하지 않겠는가.

겨울나무

좀처럼 기운을 차릴 수가 없었다.
병 때문만도 아니고 억울함이나 서러움은 더욱 아니었다.
다만 나 자신에게 너무 화가 나서 견딜 수가 없었다.
거의 한 달을 중환자처럼 앓다가 일어났다.

그가 죽었다. 댓돌을 내려오면서 문득 그런 생각이 들었다. 마당 가득 내려앉은 석양이 검붉은 핏빛이었다. 나는 황급하게 대문을 열고 나섰다. 마음이 바빴다. 빨리 그에게 가봐야 한다는 생각에 한길로 뛰어 내달았지만 지나가는 차가 눈에 띄지 않았다. 잠시의 기다림이 천 년 같았다. 뛰기 시작했다. 구령처럼 엉엉 소리를 내어 울면서 뛰었다. 그에게 가야 한다. 그의 영혼이 떠나기 전에 그를 꼭 만나야 한다. 그러나 절실함이 커질수록 걸음은 점점 무거워졌다. 아무리 앞으로 내딛으려 해도 제자리였다. 결국 그의 집 대문이 마주 보이는 건너편 한길까지 와서는 더 이상 한 발자국도 내딛지 못하고 거친 숨만 토하며 주저앉았다. 이잉—잉 내 울음 같은 회오리바람만이 꼬리를 끌며 달려가 그의 대문을 흔들었다.

그가 죽었다는 소식은 새벽 꿈에서 울며 깨어난 그날 오후에 퇴근을
한 남편에게서 들었다.

"병신 같은 놈, 내 그럴 줄 알았어. 혼자 온갖 청승을 다 떨더니 기어이
혼자 죽어버렸다는군. 병원에 가서 치료를 받으라고 그렇게 성화를 해도
고집을 부리더니. 이제 겨우 세상맛 알 만한 나이에 그렇게 죽어? 에이,
지지리도 못난 놈."

남편은 내쳐 욕인지 탄식인지 모를 소리를 중얼거리며 와이셔츠를 벗
고 잠바로 갈아입더니 서둘러 나갔다. 상가에 밤샘을 하러 가는 모양새
였다. 현관문이 닫히는 소리에 나는 한참 잊고 있었던 숨을 급히 토해 냈
다. 그가 퇴근길을 급히 서둘러 들어왔다가 다시 나간 시간은 삼십 분도
채 안 되었지만 내게는 전생에서 이생을 넘나들 만큼의 길고 아득한 시
간이었다.

그가 정말 죽었다. 이젠 이 세상에 그가 없다. 이럴 수도 있었구나……
아찔한 현기증이 일면서 어깨에서부터 기운이 빠져 내렸다. 무릎이 후들
거렸다. 이대로 주저앉으면 영영 일어날 것 같지 않았다. 마른 침을 한
번 크게 삼켰다. 그리고 짐짓 일 바쁜 아낙처럼 서둘러 안방으로 들어갔
다. 남편이 벗어놓은 와이셔츠와 양말, 옷걸이에 걸려 있던 옷들까지 모
두 걷어다가 물통에 담그고 아직 풀기가 가시지 않은 이불 홑청도 뜯어
서 물에 집어넣었다.

지난달에 장가를 들어 분가를 한 큰아들이 썼던 빈방에 들어가 옷장을
열었다. 제 계절이 아니라 미처 가져가지 않은 옷들이 차곡차곡 개켜져
있다. 꼼꼼한 성격대로 빈자리지만 완벽하리만큼 정리 정돈이 되어 있
다. 나는 서랍에서 약간 누런 때 흔적이 남아 있는 흰 양말 몇 켤레를 겨
우 찾아내어 들고 나왔다.

작은아들 방에 들어가 옷장을 열었다. 내년 봄이면 제대를 할 아들의 옷장에는 학교에 다닐 때 입었던 옷들이 깨끗하게 손질이 되어 가지런히 걸려 있다. 그러나 옷장 아래에는 지난달 형 잔치에 외출 나왔다가 아무렇게나 벗어 던져놓고 간 옷들이 잔뜩 흩어져 있다. 횡재한 것 같은 뭉클한 기분으로 한아름이 넘도록 빨랫감을 걷어들고 나왔다. 수돗물이 철철 넘치고 있는 물통에 그 빨랫거리들을 모두 담갔다.

밤새 목욕탕 바닥에 쪼그리고 앉아 빨래를 했다. 염색된 옷들이 하얗게 바래도록 오래 비볐다. 헹군 물이 맑아질 대로 맑아져 방금 퍼올린 우물물처럼 되어서야 빨래를 세탁기에 넣어 탈수를 했다.

베란다 천장에 매달린 빨랫줄에도, 거실에 놓아둔 실내 빨래걸이에도 이젠 더 이상 널 공간이 없었다. 나는 재빠른 동작으로 끈을 찾아다가 벽에 걸린 액자를 떼어놓고, 그 못에 줄을 매고는 거실을 가로질러 빨래를 널었다. 그러나 아직도 널지 못한 빨래들이 탈수된 채 함지에 수북하게 남아 있었다. 더 이상 널기를 포기하고 남은 빨래를 욕실에 놓아둔 채 마른 짚단 쓰러지듯 소파에 풀썩 주저앉고 말았다. 바깥은 이미 아침 햇살로 훤하게 깨어나고 있었다.

이젠 손끝조차 움직일 힘도 남아 있지 않는 듯했다. 소파에 뉘어진 내 몸이 지푸라기 같다. 그런데 이건 또 어디서 들리는 소리인가? 가슴 바닥에서부터 통곡 같은 울림이 환청처럼 들려왔다. 심장이 경련을 일으키듯 저리다. 다리를 올려 세워 가슴에 대고 두 손으로 각지를 껴 끌어안았다. 젖은 앞섶이 축축하게 가슴에 베어 들자 이번에는 온몸이 떨리기 시작했다. 그가 정말 죽었단다……

안개가 걷히면서 아침 햇살이 유리창 안으로 환하게 스며 들어왔다.

현관문이 열리면서 남편의 목소리가 따라 들어왔다. 현관문을 또 잠그지 않고 자고 있나보군. 아무튼 평소에 문단속을 잘 하라고 그렇게 여러 번 지적을 했어도 소용이 없다니까. 밤새도록 현관문을 걸지 않고 있었음에 대해 신경질적 반응을 보이며 거칠게 질책하는 남편의 목소리가 꿈결처럼 아득하게 들렸다. 미처 기운을 차리지 못한 나는 그냥 소파에 쪼그리고 앉은 채 들어서는 남편을 물끄러미 바라보았다. 남편은 순간 주춤하는 듯했다. 가끔 외박을 하고 들어올 때면 그렇게 소파에 웅크리고 앉아 텅 빈 눈빛으로 자신을 바라보는 나를 가끔 발견하곤 했던 기억 때문일 것이다. 그러나 이번 외박은 사정이 다르지 않는가? 남편의 목소리가 갑자기 거칠게 갈라지며 높아졌다.

"뭐하고 있는 거야? 빨리 아침 상 차려. 얼른 샤워하고 출근해야 돼."

"……"

"아니 당신 밤새 빨래를 했어? 웬 빨래가 이렇게 많아? 온 집안에 잔뜩 널어놓았잖아? 세탁소라도 차린 거야? 당신 왜 그래?"

방으로 들어가려다 말고 집안을 휘돌아본 남편의 표정이 심하게 일그러졌다. 눈빛이 날카롭게 내 얼굴에 와서 꽂혔다. 그제야 나는 소파에서 일어나 부엌으로 걸어가며 집안을 둘러보았다. 베란다에서부터 마루, 안방에까지 마치 가을 갈대숲에 들어선 것처럼 온 집안에 빨래가 흐드러지게 널려 있었다.

세상에, 내가 무슨 짓을 한 거지? 도대체 어디서 이렇게 많은 빨래가 나왔지? 내가 밤새 이 많은 것들을 다 빨았단 말인가? 비틀거리며 부엌으로 가고 있는 내 뒤통수로 남편의 혀 차는 소리가 따라왔다. 잠시 후 욕실 문이 열리며 한층 신경질적인 고음이 집안을 흔들었다.

"아니, 당신 정말 미쳤어? 여기도 또 빨랫더미야?"

　벌거숭이가 된 채로 남편은 문을 열고 나를 향해 소리를 버럭 질렀다. 욕실 바닥에 놓여 있던 빨래통을 마루로 던지듯 내놓고는 거칠게 욕실 문을 닫았다. 나는 황급하게 빨래가 담긴 대야를 집어들었다. 그러나 집 안 어느 구석을 둘러보아도 이젠 더 이상 널어놓을 공간이 없었다. 나는 잠시 대야를 든 채 거실 한가운데 엉거주춤하게 서 있었다. 이것들을 다 어떻게 해야 하나……

　말끔하게 샤워를 하고 나온 남편은 나를 한 번 흘낏 노려보더니 급하게 차려놓은 아침상은 본 척도 하지 않고 출근을 해버렸다. 나는 아무 생각이 없는 로봇처럼 주섬주섬 꺼내놓았던 반찬들을 다시 냉장고에 넣고, 식탁을 치워버렸다. 그러고는 안방에 들어가 아무렇게나 벗어 던져진 남편의 옷을 재빨리 주워 들었다. 이 옷도 빨아야지…… 그러나 빨래를 보면서 험상궂게 일그러지던 남편의 얼굴이 떠올라 만져서는 안 될 것을 만진 것처럼 얼른 잠바를 옷걸이에 걸었다.

　돌아서다 말고 주춤했다. 옷걸이에 걸린 잠바의 주머니가 불룩했다. 주머니 밖으로 커다란 황색 봉투가 삐죽하게 나와 있었다. 뭘까? 남편의 옷 주머니에 손을 대는 것이 조금 망설여졌지만 내 손엔 어느새 봉투가 들려졌다. 그 봉투는 오래 전에 봉해졌던 것 같이 모서리가 많이 구겨져 있었다. 그러나 우표를 붙인 자국은 없었다. 봉투 앞면을 들여다보는 순간 나는 소스라치게 놀라고 말았다. 서영인, 분명 내 이름이었다. 흐르듯 쓰인 글씨체가 낯익었다. 그렇다면 그가 내게 남긴 물건이란 말인가?

　나는 떨리는 손으로 단단히 밀봉된 봉투를 뜯었다. 봉투 속에는 뜻밖에도 작은 문고판 책이 한 권 들어 있었다. 기탄잘리, 인도의 시성 타고르의 시집이었다. 그런데 그 책이 눈에 많이 익었다. 어디서 보았더라? 맘

소사! 이건 언젠가 내가 그에게 생일선물로 주었던 책이 아니던가. 책 뒷
장에는 내가 써넣었던 글씨가 아직도 작게 웅크리고 있었다.

'재석 오빠, 생일 축하해. 글라라.'

얇은 표지 모서리가 희끗희끗 낡아져 있어 여러 번 읽혀진 흔적이 역
력했다. 책장을 후르륵 넘겨보다 말고 나는 숨이 멎는 두려움을 느꼈다.
책갈피마다 활자 사이 여백에 낯익은 그의 글씨가 빽빽하게 박혀 있었
다. 그의 영혼이 불쑥 내 눈앞에 나타난 것 같은 기분이었다.

―이 가냘픈 갈대의 피리를 당신은 언덕과 골짜기 너머로 지니고 다니
셨으며, 이 피리로 영원히 새로운 노래를 부르고 있습니다. 당신의 영원
히 사라지지 않는 손길에 나의 작은 가슴은 즐거움에 젖어들어서 말로
표현할 수 없는 소리를 외칩니다. ―기탄잘리 1

너를 보았다. 반가운 마음에 네 이름을 너무 크게 불렀나보다. 그 소리에
스스로 놀라 그만 꿈에서 깨어나고 말았다. 내 방정맞음이 원망스럽다. 다시
만나면 소리쳐 부르지 않으리. 네 영혼과 영원히 함께 할 내 침묵의 삶! 안
전한 일치, 그 기쁨 안에서 내 남은 생명을 태우리라.

―당신이 나에게 노래를 부르라고 명령하실 때, 나의 가슴은 자랑스러
움으로 인하여 터질 것만 같습니다. 나는 당신의 얼굴을 바라보면서 뜨
거운 눈물을 흘립니다. 나의 생명 속에 깃들여 있는 거칠고 어긋난 모든
것들이 한 줄기의 아름다운 화음으로 녹아들고 있습니다. 나의 찬미는
바다를 날아가는 새처럼 즐겁게 날개를 펼칩니다. 나는 당신이 나의 노
래를 듣고 있다는 사실을 알고 있습니다. ―기탄잘리 2

내게도 이런 찬미의 노래를 부를 수 있도록 허락하소서. 오늘도 난 당신이 허락하지 않는 사람을 향해 사랑의 송가를 준비합니다. 그녀가 내 노래를 들을 수 있기를 갈망합니다. 사랑의 열병에 귀먹고, 말조차 잊은 지 이미 오래지만 아직도 부르고 싶은 노래가 많아 목이 탑니다. 단 한번이라도 좋으니 내 노래를 허락해주소서. 아니면 차라리 이 숨을 거둬 가소서. 제발 이 병든 육체를 빨리 무덤 속에 던져버리소서. 끝이 보이지 않는 이 질긴 갈망은 정말 견디기 힘든 천형입니다.

—잠시 동안이라도 당신의 곁에 있을 수 있는 은혜를 기다리고 있습니다. 지금 처리하고 있던 일은 나중에 하도록 하겠습니다. 당신의 모습을 바라보지 않으면 나의 마음은 안정도 휴식도 없습니다. 나의 일은 끝없는 고통의 바다에서 허덕거리는 것이 됩니다. —기탄잘리 5

영인아. 넌 지금 어디 있니? 병 때문이 아니라 그리움이 너무 깊어 난 더 이상 숨을 쉴 수가 없어. 난 네가 필요해.

가을 깊은 산 속에서 얼굴 붉히며 서걱거리는 나무들, 마른 바람에 취한 낙엽의 비틀거림, 햇살이 지난 자리마다 비어가는 들녘, 짙어지는 달 그림자, 서서히 익숙해지는 조락의 냄새, 죽음의 냄새…… 내 천사 클라라가 거기 서서 웃고 있구나. 죽음이여, 내 희망이여.

놀랍게도 기탄잘리 시집 한 권 속에는 빈 여백마다 이렇게 그의 글이 적혀 있었다.

"오빠, 생일 축하해. 자, 이건 선물! 내가 제일 좋아하는 타고르의 시집이야.”

“기탄잘리? 갖고 싶었던 것인데 정말 잘됐네…… 고마워.”

“정말? 맘에 든다니 다행이네. 그런데 참, 오빠는 언제 내게 선물 줄 거야? 벌써 삼 년이 넘었잖아?”

“아니, 무슨 선물? 뭐가 삼 년이 넘었다는 거야?”

“어머나, 기가 막혀서. 몇 년 전 내 생일날 오빠가 한 말 기억 안 나? 받고 싶은 선물을 말하라기에 오빠가 영세받는 것이 제일 소원이라고 했더니 그러마고 약속했잖아? 그래서 미리 ‘프란체스코’ 라는 세례명도 오빠를 위해 지어놓았는데 매년 슬쩍 넘어가더니 이젠 아예 약속마저 잊었다는 거야?”

“미안, 미안해. 그렇지만 정말 그 약속은 무리였어. 대신 다른 것으로 해주면 안 될까? 가령, 매일 네게 편지를 보낸다든지…… 뭐든지 말해봐. 이젠 다 들어줄께.”

“피, 다른 선물은 필요 없어. 이젠 그 말도 안 믿어.”

“영인아, 오빠가 죽을 때까지 장가도 가지 말고 너만 처다보고 살까? 그렇게 하라고 하면 그럴 수 있어.”

“세상에, 그건 말도 안 돼.”

“정말 이번에는 약속 지킬 거야. 말해봐.”

“그럼 좋아. 첫 번째 약속은 시키는 대로 약 잘 먹고 빨리 건강해지는 것, 그리고 두 번째는 이 책 다 읽고 나서 여기 실린 시처럼 멋진 글로 답장해주기!”

“그게 다야? 답장이라, 그거라면 얼마든지 가능하지. 좋아.”

“오빠, 답장이 먼저가 아니라 건강해지는 것이 먼저 꼭 지켜야 될 약속이야, 알았지?

"알았어, 시키는 대로 할게. 그런데 영인아, 지난번에 만난 내 친구 병훈이 말야. 너 어떻게 생각하니?"

"병훈 씨? 뭘 어떻게 생각해? 그냥 오빠 친구라니까 그런가보다 싶었지 뭐."

"그런데 말야. 그 친구가 네게 관심이 꽤 많더라. 너도 그 친구가 맘에 들었지? 어쩐지 그날 쬐끔 더 예쁘게 굴더라. 애교도 부리고 말야."

"어머나 별꼴이야. 재석 오빠가 괜히 친한 친구라고 소개를 시켜놓고, 또 억지로 같이 올라가라고 성화를 해놓고는 무슨 소리야?"

"하긴. 그 친구도 눈이 삐었지. 요렇게 억지나 부리는 말괄량이 아가씨가 어디가 좋다고 자꾸 만나게 해 달라는 건지."

"오빠! 자꾸 그렇게 엉뚱한 소리 할 거야? 나, 그럼 이제부터 오빠도 다신 안 보러 올 거야."

"미안, 미안. 그럴 수는 없지. 이렇게 예쁜 영인이를 못 보고 사는 세상? 아이구, 생각하기도 싫어…… 아니 어쩜 너를 보지 말아야 세상에 대한 이 미련도 홀가분하게 벗어버릴 수 있겠구나."

"오빠, 지금 무슨 말을 하는 거야? 정말 지금도 속상해 죽겠는데, 나 자꾸 울게 만들 거야?"

"미안하다. 그런데 영인아, 정말 그 친구에게 흥미가 없다는 얘기지? 그렇게 전한다. 후회 안 하지?"

"응. 절대 후회 안 해."

책을 다시 봉투에 넣고, 화장대 서랍에서 열쇠를 꺼내 낡은 문갑을 열었다. 오랜만에 열어본 서랍에는 지난 추억을 담고 있는 몇 가지 물건들이 가지런히 놓여 있었다. 일기장, 영세 때 찍은 사진, 색이 바랜 십자가 매달, 선물로 받았던 하트형 브로치, 만년필, 그리고 몇 장의 편지들……
나는 그 물건들 위에 책이 담긴 봉투를 넣고 문갑을 닫았다.

찬장에 있는 그릇들을 꺼내 닦기 시작했다. 몇 개의 유리컵이 깨졌다.
그러나 아깝다는 생각이 들진 않았다. 찬장 유리 문틀도 떼어내 닦고, 집
안 구석구석을 닦고 또 닦았다. 거실 한쪽에 한나절을 그냥 놓아두었던
빨래들도 다시 맑은 물에 한바탕 헹궈서 손으로 비틀어 짰다. 오후가 되
면서 꾸둑꾸둑 겨우 마른 옷가지들을 걷어놓고 그 자리에 다시 빨래들을
가득 널었다. 짧은 가을 햇볕이 저만큼 물러간 오후, 거실은 깊은 정적에
쌓였다. 가끔 조금 열린 창문 사이로 찬바람만이 스쳐 들어와 빨래들을
가볍게 흔들고 있었다.

나는 일하기를 멈췄다. 종일 일을 찾아내 정신을 차릴 수 없을 만큼 몸
을 놀려보았지만 헛수고임을 알았다. 온 신경은 점점 날카롭고 예민해져
서 한순간도 문갑 속에 넣어둔 책에서 마음을 떼어내지 못했다. 결국 나
는 방에 들어가 조심스럽게 그 책을 꺼내들고 나와 햇살이 비켜간 마루
한 귀퉁이에 쪼그리고 앉았다.

책 중간쯤을 펼쳤다. 간지로 끼워진 종이 여백에 깨알보다 더 작은 글
씨로 시 한 편이 쓰여져 있었다.

문득 다가와 길을 막는 사람

미움이라 해라
진이 빠지게 욕이라도 퍼부어
눈앞에 밝히는 이 아득함
그 흙탕물에 딩굴 수 있었으면 좋겠다

다 환상이다

보이는 것마다 둥둥 뜬구름이다

차라리 사랑이라 해라

불길 없는 이 화기

재로 남은 지귀志鬼가 되어

바람에라도 흩어질 수 있었으면 좋겠다

생을 다 살라 바쳐도 풀어내지 못할 화두話頭

너는 내게 누구인가?

선덕여왕을 짝사랑하다가 가슴에서 인 불길에 스스로 타 죽었다는 천민 지귀? 이게 무슨 소리인가? 누구와 천 년이 넘어 이 생에서 다시 그 고통스런 사랑으로 만났다는 말인가? 정말 내가 묻고 싶은 말이다. 당신은 내게 누구인가?

나는 책을 집어던지고 벌떡 일어났다. 그에게 가봐야겠다. 내일 아침이면 한줌의 재로 강에 뿌려진다는데 그 전에 가서 따져봐야 한다. 그러나 난 현관 쪽으로 단 한 발도 내딛지 못한 채 여전히 어둠이 내리는 컴컴한 거실에 앉아 있었다.

무겁고 컴컴한 정적을 긁어내는 듯한 전화벨이 길고 날카롭게 울렸다. 남편이었다. 퇴근길에 그의 빈소로 직접 갔다가 내일 장례까지 챙기고 올 테니 그리 알란다.

"그런데 여보, 나……"

"왜?"

"나도 가봐야 하는 거 아닐까요?"

"……"

"아니에요. 안 갈래요."

"잘 생각했어. 참, 아침에 벗어놓은 겉옷 주머니에 그 녀석이 당신에게 남긴 봉투가 있을 거야. 짐을 소름끼칠 정도로 다 정리해놓았더라구. 몇 가지 유품은 다 봉투에 담아서 줄 사람들 이름을 적어놓았던데 그 봉투에 당신 이름이 적혀 있길래 내가 가져왔지. 책 같던데 봤어?"

"……네."

"무슨 책이었어?"

"시집인데 예전에 내가 생일선물로 주었던 거예요."

"싱거운 놈! 참 당신도 그 녀석이 성당에 다녔다는 거 알고 있었나? 교우들이라면서 몇이 와서 연도를 해주던데, 당신 몰랐어?"

"몰랐어요. 그럼 영세도 받았겠네요? 본명이 뭐래요? 연미사라도 올려주었으면 좋겠는데……"

"프란치스코라고 하던가? 아무튼 괘씸해. 어째서 그걸 내게도 말하지 않았던 게지? 아무튼 알다가도 모를 놈이야. 그리고 참, 난 내일 오후에 출근하겠다고 미리 회사에 양해를 구해놓았으니까 내일 낮에 잠깐 집에 들렀다가 나갈 거야."

"알았어요."

재석 오빠에게 갑자기 징집영장이 나온 것은 대학 이학년 여름방학이 끝나갈 무렵이었다. 그 이유를 오빠는 설명하지 않았지만, 오빠가 학과 대표를 맡고 있었던 관계로 학내 대모에 자주 앞장서게 되자 경찰 공무원이었던 오빠네 집에서 서둘러 군에 지원 신청을 했던 것이었다.

　대부분의 남자들은 군대에 다녀오면 더 강인해진다고들 했다. 그러나 재석 오빠는 군대생활에 그렇게 적응을 하지 못한 듯했다. 힘겨워하던 군생활을 무사히 끝내고 복학은 했지만 오빠는 이미 많이 지쳐 있었다. 몸도 마음도 예전의 생기를 되찾지 못했다. 어려서부터도 그렇게 건강이 좋았던 것은 아니었다. 그러나 복학을 하자마자 결핵성 폐렴을 앓게 되었고, 어쩔 수 없이 휴학을 했다. 오빠는 시골에 있는 외가에 내려가 일년 가까이 요양생활을 했다.

　현재 남편인 병훈을 만난 것은 재석 오빠가 시골에 내려가 있을 때였다. 오랜만에 찾아간 재석 오빠에게 그가 먼저 와 있었다. 군대에서 만난 친구라고 하였다. 서글서글하고 붙임성이 있는 그는 우스운 이야기를 많이 알고 있었다. 유복하게 자란 청년답게 매사에 자신만만했고 거리낌이 없었다. 재석 오빠와 나는 서로 몇 마디 말도 못 나누고 온전히 그의 말에 끌려 웃다가 헤어졌다. 올라오는 길에서도 그는 오랫동안 알고 지냈던 사이처럼 스스럼없이 행동했다. 나는 그의 태도가 무례하다는 생각을 했지만 어느 사이에 나는 그의 생각대로 움직이고 있었다. 기차가 들어올 시간을 기다리는 동안 잠시 찻집에 들어가 기다리자는 그의 제안에 따라갔다가 결국 막차를 놓치고 말았다. 그래서 할 수 없이 버스를 탔다. 집에 오기 위해서는 중간지점에서 내려 다시 다른 노선버스로 갈아타야 했는데 그 마지막 버스까지 이미 떠난 시간이라 결국은 택시를 대절해서 돌아오게 되었다.

　그는 젊은 여성을 밤에 혼자 돌려보내서는 안 된다고 하면서 기어이 집 앞까지 데려다주었다. 그때 마침 대문 앞에 나와 서서 늦도록 나타나지 않는 나를 애타게 기다리고 있던 엄마와 마주치게 되었다. 배짱도 좋게 그는 친한 사이처럼 인사를 했다. 그렇지 않아도 내가 재석 오빠를 만나러 간 것이 마음에 걸려 조바심을 하고 있던 엄마는 한밤중에 낯선 남자와 나타나자 사색이 되었다. 그러나 그는 엄마에게 그날 늦어진 사연을 친절하게 설명했고, 죄송하다며 다시 한 번 정중히 사과를 했다. 엄마는 그 사람의 해명에 안심이 되었는지 내게 더 이상 추궁하거나 야단을 치지는 않았지만 그 후 그 사람에 대해서 유난한 관심을 나타내기 시작했다.

재석 오빠네와는 아버지들끼리 고향 친구사이였고 우리도 어려서부터 이웃으로 살면서 소꿉친구로 함께 자랐다. 그래서 말로 확인을 해본 적은 없었지만 우린 서로에게 유일한 짝꿍이라는 것을 의심해본 적이 없었다.

그런데 재석 오빠가 군대에 가게 되었을 때부터 엄마는 내가 오빠에게 면회를 자주 가는 것을 은근히 꺼려하는 눈치였다. 제대를 하고 다시 휴학하면서 시골에 내려가 있는 재석 오빠를 만나러 갈 때마다 엄마와 말다툼을 해야 했다. 더욱이 병훈을 한 번 만난 다음부터는 오빠에 대한 엄마의 태도는 더 냉정해졌다. 그래서 가끔은 재석 오빠에게 가는 길을 병훈과 함께 동행할 것이라고 거짓말을 하며 엄마의 허락을 받아내곤 했다. 그 즈음 엄마는 병훈을 나의 든든한 보디가드쯤으로 믿고 싶은 눈치였다.

그러나 난 그와 일부러 동행한 적은 거의 없었다. 그가 싫은 것은 아니었지만 그와 같이 있으면 재석 오빠와 나는 늘 그의 들러리가 되는 기분이 들었다. 대화에서도 항상 그는 주인공이었고 우리의 역할은 관객이었다. 그가 하자는 대로 웃고 고개를 끄덕였고 그가 이끄는 대로 따라다니게 되곤 했기 때문에 나는 몹시 속이 상했다.

그러던 어느 날 병훈을 뜻밖의 장소에서 만났다. 우리는 같은 해에 졸업하게 될 동급의 대학생이었지만 학교도 다르고 입학 년도도 다른 탓에 서로 만날 이유가 아무것도 없었다. 그런데 우연인지 인연인지 그가 우리 동아리에 모습을 나타냈던 것이다. 각 대학 연합으로 열린 행사가 있었는데 그 자리에 그가 있었다. 그는 고참들의 무리 속에서도 여전히 중심역할을 하고 있었다.

나는 다시 책장을 넘겼다. 뒤로 넘어갈수록 빈 공간이 그의 글씨로 더욱 빼곡하게 메워져 있었다. 어떤 글은 인쇄된 글자 사이를 타넘어 다니며 쓰였고, 글자 위에 겹쳐 써진 글도 있었다.

며칠을 흐리고 비가 오더니 오랜만에 날이 활짝 개었다.
청산은 나를 보고 말없이 살라 하고
창공은 나를 보고 티없이 살라 하네
사랑도 벗어놓고 미움도 벗어놓고
물처럼 바람처럼 살다가 가라 하네.
오늘은 종일 내 입술에서 이 노래가 맴돈다. 아침 창을 열다가 문득 올려다본 하늘이 유난히 맑았던 탓인지 산에서 마음껏 마신 봄바람이 가슴에 아직도 가득 남아 있다. 바람처럼 물처럼 그렇게 살다 그렇게 흔적 없이 사라지리라.

눈을 감으니 커다란 돌덩이가 머리를 치고 가슴을 굴러 발등에 맞고 떨어진다. 보이지 않는 몸 속의 모든 장기들이 긴장하고 통증을 호소한다. 그러나 나는 웃으며 영인이의 남편, 병훈과 술 한 잔을 했다. 영인이가 살고 있는 내 가슴에서는 오늘도 계속 멍이 들고 피가 흐른다. 언제쯤 내가 죽어

피같이 붉은 꽃을 피울 수 있으려나.

아님을 알면서도 아님을 인정하지 않고 싶다. 짧은 희망에 운명을 건 바보. 우연한 동일성에 매달려 삶을 가두어버린 인생, 그래도 아직 난 지치지도 않고 운명적 만남에 매달리고 있다.

앵무새에게 아침마다 '안녕하세요.'를 가르치고 있다. 일 년이 되어도 여전히 비명처럼 날카롭게 짹짹거릴 뿐이다. 혹 집이 마땅치 않아서 그런가 싶어 오천원을 주고 송판으로 만든 새 둥지를 사다가 넣어주었다. 그런데 앵무새는 그 나무둥지가 낯선 침입자라도 되는 줄 아는지 계속 쪼아 구멍을 내더니 이제는 반 토막도 안 남았다. 멍청한 것 같으니…… 풀어놓아준다 한들, 자유롭게 해준다고 한들 네가 살 수 있을 것 같으냐? 아무리 싫어도 네 생명은 이 철창 안에서만 보장받을 수 있는 거야. 쓸데없는 희망은 빨리 포기하는 것이 좋아. 그래야 진짜 자유로워지는 거야. 너도 주인을 닮아 아직도 그걸 인정하지 못하니 바보구나. 너도 바보, 나도 바보! 바보들이 사는 둥지.

오랜만에 병훈을 만나 술을 마셨다. 그리고 일어서서 집으로 향했다. 그러나 한참 후 나는 성당 마당 수돗가에서 구토를 하고 있었다. 새벽 종소리에 눈을 뜬 곳은 마당에 서 계신 성모님 발 밑. 내가 왜 그곳에서 잠들었을까? 요즘은 하는 일마다 이 모양이다. 며칠을 죽을 듯이 앓았다.

젊은 미망인은 두 눈이 퉁퉁 부은 얼굴로 다가와 남편의 친구에게 물었단다. '보상금은 얼마나 받을 수 있다고 하던가요?' 나는 하느님께 두 눈이 퉁퉁 부은 얼굴로 찾아가 물어보았다. '이 인내의 대가로 당신은 내게 무엇을 보상해주실 건가요?'

시집이 나왔다고 출판사에서 몇 권을 보내왔다. 네 번째 시집, 나는 어쩌자고 이런 무모한 짓을 또 저질렀을까? 아직도 미련을 떨치지 못하는 어리석음의 흔적을 남겨 뭘 어쩌자는 것인지. 뭘 증명해 보이고 싶은 것인가? 이 우둔한 아우성……

"오빠, 나 병훈 씨와 결혼할 거야."
"영인아…… 저, 정말이니?"
"응."
"……잘 생각했어. 그 친구라면 널 행복하게 해줄 거야."
"오빠, 그 말밖에는 내게 하고 싶은 말이 없어?"
"……"
"나…… 만일 오빠가 하지 말라고 하면 안 할 거야."
"……"
"진짜 내가 병훈 씨랑 결혼하는 거 축하하는 거야?"
"축하해."
"놀랍지도 않아? 내가 왜 갑자기 결혼하기로 했는지 왜 묻지 않아?"
"알고 있어. 지난번에 병훈이가 와서 네 얘기를 하더라."
"뭘 알아? 오빠가 나에 대해 아는 게 뭐야? 오빠가 진짜 내 맘 알아? 내가 왜 졸업도 하지 않고 서둘러 결혼을 하려는지 그 이유도 알아?"

"……알아…… 그 친구는 널…… 꼭 행복하게 해줄 거라고 했어."

"내 행복을 보장해주겠데? 오빠에게 그렇게 약속했어? 내 맘도 모르면서 오빠가 무슨 자격으로 그런 약속을 받아? 오빠가 내 행복을 책임질 수 있어?"

"……"

"……오빠, 미안해…… 아니 용서해줘."

"용서라니?…… 영인아, 난 널 용서할 자격이 없는 놈이야. 내 마음은…… 아냐. 중요한 것은 병훈이가 널 사랑한다는 거야. 그 친구를 나는 믿어."

"오빠, 나 병훈 씨하고 결혼하지 말고 오빠 곁에 있으라고 말해줄 순 없겠어?"

"……"

"오빠…… 제발; 떠나지 말라고 한 마디만 해줘."

"영인아, 이러지 마. 병훈인 좋은 남편이 될 거야. 건강하고, 좋은 직장에 다니고 또 우리 집처럼 책임질 가족이 많이 있는 것도 아니고…… 그동안 말을 하진 않았지만 사실 난 네가 부담스러웠어."

"내가 부담스러웠다고? 오빠 그 말이 진심이야?"

"임마, 그럼 내가 너를 연인쯤으로 여기는 줄 알았어? 넌 내게 그냥 소꿉친구이고, 귀여운 동생일 따름이야. 알았어? 그러니 이제부턴 쓸데없는 생각하지 말고 많이 먹고 기운 좀 차려. 넌 이 세상에서 제일 행복하고 예쁜 신부가 되야 해. 알았지?"

"오빠, 제발……"

"영인아, 결혼식에는 아마 참석하지 못할 거야. 선물도…… 없어. 그러나 이것만은 잊지마. 내가 이 세상에서 숨을 쉬고 있는 한 너를 지켜볼 거야. 그러니 잘 살아야 돼. 내가 바라는 것은 그것 뿐이야."

　재석 오빠에게 다녀온 그날 나는 병훈의 청혼을 받아들였다. 그리고 그해 가을에 첫 아들을 낳았다. 결혼식을 치룬 지 일곱 달 만에 낳은 아이는 자기 아빠를 판박이처럼 닮아 있었다. 어느 날 갑자기 거칠게 다가와 내 꿈과 희망과 사랑을 빼앗아버리고 남긴 흔적. 고통과 절망, 분노와 두려움 속에서 잉태된 생명. 대학도 졸업하기 전에 그의 청혼을 받아들일 수밖에 없게 만든 걸림돌…… 절대로 사랑할 수 없을 것 같았던 생명이었다. 그러나 가슴에 안겨 퉁퉁 불은 젖을 맛있게 빠는 아이의 심장소리를 들으며 나는 서서히 남편에 대한 미움을 잊었다.

　더 이상은 아이를 낳지 않겠다고 스스로 다짐했지만 삼 년 터울로 둘째 아들을 낳았다. 남편의 절대적인 지지자였던 친정 엄마는 작은손자가 중학교에 들어가던 해에 돌아가셨다.

　엄마가 돌아가신 후에도 남편은 여전히 나를 지배하는 절대자로 군림했다. 처음 만났을 때부터도 그랬던 것처럼 결혼생활에서도 내 생각은 아무 의미를 가지지 못했다. 내 뜻이라는 것은 오로지 남편의 생각과 같을 때만 가치가 있었다. 그러나 그것을 불평하지는 않았다. 주부로, 어머니로 살아가는데는 오히려 내 자의식이 걸림돌이 된다는 것을 나는 일찍 깨달았다.

　매일이 똑같은 일상에 안주하여 평범한 주부로 사는 생활 속에서 아이들은 순탄하게 자라주었다. 어느 날 문득 내 가슴까지 올라오는 아이의 큰 청바지를 힘겹게 빨아 널면서 뿌듯하게 차오르는 기쁨을 맛보기도 했고, 깨끗하게 다림질 된 옷을 산뜻하게 입고 나서는 남편의 뒷모습을 보면서도 가끔 만족했다. 남들처럼 나도 외출 때에 어떤 옷을 입어야 할지 몰라 거울 앞에서 한참 동안 이 옷, 저 옷을 입어보며 늘어난 체중을 고민했다. 옷 투정도 했다. 삶이란 다 이런 것이려니, 이렇게 사는 것이 바로 행복이고, 잘 산다는 것이려니 믿었다. 세월이란 불가능한 것도 가능케 하는 능력이 있어 재석 오빠에 대해서도 거의 잊고 지낼 수 있었다.

그가 우리 집과 가까운 이웃 마을에서 혼자 살고 있다는 것은 오래 전에 알고 있었다. 그가 이 시대의 대표적인 시인으로 문단의 주목을 받고 있고, 많은 사람들이 애독하는 시집도 몇 권씩 출판했다는 소식은 신문기사를 보고 알았다. 아직도 지병에 시달리고 있고, 그 때문에 결혼도 하지 않고 홀로 살고 있다는 것도 여러 잡지에 실린 단편적인 인터뷰 기사를 보아 알고 있었다.

남편은 가끔 그를 만나는 눈치였다. 그러나 한 번도 내 앞에서 그에 관한 이야기를 화제에 올리지 않았다. 나 또한 물어보지 않았다. 어쩌다 불현듯 그가 생각날 때가 있었다. 그때마다 이유도 뚜렷하지 않은 눈물이 흘렀다. 그러나 그것뿐이었다. 남편을 꼭 닮은 큰아들을 장가보내고, 막내가 군대에 들어가도록 내가 할 수 있는 일은 그것뿐이었다.

책을 덮었다. 자꾸 억울하다는 생각이 스믈스믈 목구멍으로 기어올라 견딜 수가 없었다. 어둠이 짙어진 집안을 더듬어 스위치를 찾아 눌렀다. 갑자기 환해진 집안이 낯설다. 아이들의 재잘거림이 끊긴 후론 저녁이 되면 오래 비워둔 빈집처럼 더욱 을씨년스럽다.

남편이 들어오지 않는 밤이 새삼 낯선 것은 아니었다. 홀로 잠드는 일에 익숙해진 것은 이미 오래 전이었다. 남편이 다른 여자를 보고 다님을 눈치챈 것은 결혼하고 일 년이 넘어서면서부터였다. 남편의 곁에는 항상 여자가 있었다. 그러나 남편은 한 번도 그런 일로 나를 힘들게 하지는 않

았다. 생활비를 궁핍하게 주거나, 집안 대소사를 소홀히 하는 경우도 없
었다. 트집을 잡아 괴롭히거나, 여자를 집안으로 끌어들여 분란을 야기
시키는 법도 없었다.

요즘 만나고 있는 여자는 꽤 오랫동안 사귀다 헤어졌던 것 같은데, 다
시 만나는 눈치였다. 들어오지 않는 날이 부쩍 잦아졌다. 그러나 남편은
여전히 출장이니, 야근이니, 상가 집 밤샘이니 하며 여러 가지 이유를 들
어 내 맘을 편하게 해주려 애를 썼다.

언젠가 여러 날이 걸리는 출장 길을 남편은 그 여자와 동행했었다. 그
러나 그런 사실을 내가 알고 있으리라는 것을 남편은 눈치채지 못했다.
감정을 내색하지 않는 데 너무도 익숙해 있던 나로서는 여느 때와 다름
없는 표정으로 출장에서 돌아온 남편을 맞이했고, 그것이 크게 힘들지도
않았다. 오히려 남편이 내 눈치를 살피는 듯했고, 미안한 표정을 저녁 내
내 감추지 못했다. 잠자리에 들어서도 의식적으로 다정하게 대해주려고
몹시 신경을 썼다. 한 차례 거친 숨이 지나가자 이내 돌아누워 잠이 든 남
편의 등을 보고서야 나는 긴 숨을 내쉬었다. 그 숨이 신호라도 되었는지
밤새 가슴에선 찬바람이 휘몰아쳤고 그렇게 내내 싸늘하게 얼어드는 마
음을 녹여내느라 나는 밤새 뒤척여야 했다. 그러나 그런 고통스러운 감
정은 처음 얼마 동안뿐이었다. 남편의 습관적인 외도에 난 빠르게 익숙
해졌고, 스스로 위로하는 법도 다양하게 터득하고 있었다.

그래서 이제는 남편이 들어오지 않아도 편안하게 잠들 수 있게 되었
다. 그런데 오늘밤은 달랐다. 이 집이 너무 낯설었다. 어느 한구석 내 손
길이 닿지 않은 곳이 없이 온전히 내가 가꾸어온 집임에 틀림없는데 모
든 것이 생경했다. 불쑥 낯선 땅에 홀로 남겨진 것 같은 두려움, 등골이
오싹하는 이 낯가림, 소름이 돋았다. 이 낯선 상황에서 벗어날 수만 있다

면 이대로 삶이 끝나도 아쉽지 않겠다 싶을 만큼 끔찍한 느낌이다. 젊은
나이에도 잘 참고 잘 지내던 내가, 널모레면 손자를 보게 될 나이에 이 무
슨 사치스런 감정이란 말인가.

　그날부터 시작된 기침이 며칠이 지나도 멈출 기미가 보이질 않았다.
감기몸살 따위로 누워본 적이 없었는데 이번에는 일주일 가까이 일어나
지도 못하고 심하게 앓았다. 처음 며칠 동안 남편은 약을 사다주고, 냉 수
건도 가져다 이마에 덮어주곤 하였다. 그러나 일주일이 넘도록 내가 병
을 추스르지 못하고 앓자, 남편은 더 이상 참을 수 없다는 듯 신경질적으
로 불평을 털어놓았다. 그렇게 빨래를 했으니 젊은 몸이라도 성하지 못
할 거다. 그 나이에 무슨 망령된 짓이었느냐, 거울을 봐라. 이젠 마음대
로 몸이 움직여주지 않는 쭈그렁 나이가 되었다는 것을 제발 잊지 마라.
남편이 퉁명스럽게 윽박지르는 소리가 먼 산 메아리처럼 아득하게 들려
왔다. 감기로 며칠씩 누워 앓는 힘 빠진 마누라가 보기에 딱해서 하는 소
리겠지만 남편의 그런 불평이 평소처럼 심상하게 들리지 않았다. 다시
이빨이 딱딱 마쳐질 만큼 온몸에 경련이 일었다.
　좀처럼 기운을 차릴 수가 없었다. 병 때문만도 아니고 억울함이나 서
러움은 더욱 아니었다. 다만 나 자신에게 너무 화가 나서 견딜 수가 없었
다. 거의 한 달을 중환자처럼 앓다가 일어났다.

“나, 이제 떠나겠어요.”
“떠나? 어디 여행이라도 하겠다는 거야?”
“아니, 당신을 떠나겠다구요.”
뭐?…… 지금 뭐라고 했어? 그럼 이혼이라도 하겠다는 얘기야? 당신 앓

고 나더니 정신이 어떻게 됐나보군.”

“난 지금 그 어느 때보다도 맑은 정신으로 하는 말이에요. 우리 이제 헤어져요.”

“당신 미쳤어? 왜 그래? 당신 나이가 지금 몇 인지나 알아? 쉰이야 쉰! 내가 잘해주니까 아직 청춘인 줄 아나본데 당신 내일 모레는 할머니가 된다구. 알아? 자, 쓸데없는 소리하지 말고 자리나 펴. 나 피곤해 일찍 자 야겠어.”

“제발 단 한 번만이라도 내 말 좀 진지하게 들어주세요.”

“왜 그래? 내가 어제 안 들어왔었다고 지금 질투하는 거야?”

“아니에요. 그런 마음은 예전에도, 지금도 없어요.”

“그럼 왜 그러는 거야? 도대체 헤어지겠다는 이유가 뭐야? 다른 놈이 라도 생겼다는 거야?”

“지금은 어떻게 당신에게 설명해야 할지 모르겠어요. 다만 확실한 것 은 내가 이제껏 남의 인생을 훔쳐서 살아왔다는 생각 때문에 더 이상 견 디기 힘들어요.”

“아무리 생각이 모자라는 여자라고 해도 그렇지, 비싼 밥 먹고 나이 오 십에 겨우 생각해낸 것이 그거야? 남의 인생을 훔쳤다는 것은 도대체 무 슨 소리야? 갱년기 마누라들은 다 조금씩 이상해져서 골치가 아프다고 친구들이 투덜거리더니 당신에게도 아마 그런 증상이 일어나고 있나보 군. 아무튼 좋아. 잠시 떠나보고 싶다면 친구들과 여행이라도 다녀와. 바 람 좀 쏘이고 오면 다 나아질 거야.”

“어떻게 생각해도 좋아요. 당신에 대해서는 어떤 원망도 없어요. 이제 껏 집안을 지켜주신 것도 고맙게 생각해요. 이제 당신도 내 눈치보지 말 고 그 여자와 행복하게, 떳떳하게 사세요.”

"당신 지금 무슨 소리하는 거야?…… 그럼 그 여자를 알고 있었어? 그 것 때문에 이러는 거야?"

"아니에요. 절대 그건 아니에요…… 질투심이거나 당신에게 불만이 있어서도 아니에요. 다만 내 마음이 편하고 싶을 뿐이에요."

"언제부터 알고 있었던 거야?…… 그 여잘 만났어?"

"그건 중요하지 않아요. 그리고 지금 내 결심은 그 여자와는 아무 상관이 없으니까 당신이 미안해하거나 설명하려고 애쓸 필요는 없어요."

"그럼 당신…… 혼자 어떻게 살겠다는 계획은 있는 거야?"

"아직 구체적인 계획은 없어요. 우선은 그냥 혼자 있고 싶어요. 당신 그늘에서 사는 것보다야 많이 힘들겠지만 참고 견뎌볼 생각이에요."

"좋아. 더 이상 붙들진 않겠어. 그러나 힘들면 언제든지 도움을 청하라구. 이 집은 당신 거니까."

"고마워요. 그리고 당신도 이제껏 사랑하며 기다려준 그 여자에게 잘해주세요. 내가 직접 만난 적은 없지만 그 오랜 세월 당신만을 바라보며 살아온 그 여자. 비난할 생각은 조금도 없어요. 오히려 부러워요. 그 여잔 당신에게 사랑받을 권리가 충분히 있어요."

"여보……"

두 달 후 나는 트럭에 짐을 싣고 그가 한때 살았던 시골로 이사를 했다.

동행

늦봄의 따가운 햇살은 밭둑에 놓았던 쥐불을 끌어올려
산자락에 마른 잡목들을 맹렬하게 태우고 있었다. 붉은 불꽃과 검은 연기는
아지랑이 속에서 어지럽게 흔들리며 하늘로 날아올랐다.
바로 그 시각, 산불이 환히 바라다보이는 아파트 창문에서 한 노인이
날개가 부러진 새처럼 추락하고 있었다.

소인국에 성큼 들어선 걸리버의 두 다리 같은 고층 아파트 두 동이 야산을 뒤로 넓게 펼쳐진 밭 한가운데 불쑥 솟아 있다. 짙은 안개가 걷힌 들녘에는 아지랑이가 피어 늦봄의 햇살 속에서 보이는 풍경마다 어지럽게 흔들린다.

한낮을 지나면서 회색의 아파트는 서서히 그림자를 마당으로 길게 뉘이며 낮잠이 들었다. 세상의 모든 소음들도 잠이 든 듯 온 동네가 적막 속에 싸여 있다. 백여 가구가 벌떼처럼 사는 아파트지만 바람 한 점도 없는 나른한 봄날의 오후는 개미 기어가는 소리도 들릴 만큼 한적했다. 아파트 울타리에 듬성듬성 심겨진 나무들만이 서서히 잠겨오는 그늘 속에서 앙상한 줄기를 부르르 떨며 서 있다. 준공검사를 받기 위해 급하게 옮겨 심겨진 정원수들은 두 번째 봄을 맞이했지만 뿌리내림이 아직 여의치 않

아 조심스레 내민 잎사귀마다 빈혈기가 완연하다.

한순간이었다. 폭풍 전야의 번개처럼 갑자기 나타난 소방차의 사이렌소리에 한낮의 고요가 날카롭게 깨지며 온 마을이 술렁이기 시작했다. 사람들이 웅성거리며 경비실 앞으로 모여들기 시작했다. 일부의 사람들은 긴 여운을 남기며 뒷산 쪽으로 달려가는 소방차소리를 따라 아파트 뒷담 쪽으로 몰려갔다. 그곳에서는 산비탈에서 검게 피어오르는 연기가 보였고 물을 뿜는 붉은 소방차의 모습도 어슴푸레 보였다. 그리고 잠시 후, 그들 사이에서 찢어질 듯 경악하는 몇 사람의 비명소리가 났고, 경비실 앞마당에서 웅성거리던 사람들까지 소리를 따라 우르르 아파트 건물 뒤로 뛰었다.

아파트에서 오백 미터쯤 떨어진 뒷산에서 갑작스럽게 산불이 발생했고, 출동한 소방차에서 거센 물줄기가 불꽃을 향해 쏟아지던 그 순간에 한 노인이 아파트 십오층 창문에서 뒷마당 잔디밭으로 떨어졌던 것이다.

마을 뒷산에 번졌던 산불은 산자락에 일궈놓은 밭고랑을 따라 겨우내 쌓였던 낙엽들과 잡목들을 약간 태웠고 재빨리 출동한 소방차에 의해 이십여 분 만에 맥없이 꺼졌다. 노인의 시신도 경비원의 발빠른 신고로 경찰과 119구급대에 의해 신속하게 병원으로 옮겨졌다. 한 시간도 안 되는 사이에 벌어진 소동이었다.

사건 현장은 다 마무리가 되었지만 사람들은 쉽게 그 자리를 뜨지 못하고 잠깐 사이에 일어난 이 엄청난 사건들을 저마다 분석하느라 술렁거렸다.

"영은 엄마는 직접 봤데매?"

"봤지. 그때 마침 우리 애와 놀이터에 있었거든. 갑자기 저 길 건너 야산에서 연기가 나더라구. 누가 밭두렁에 쥐불을 놓다가 산불로 번졌는지 불자동차가 여러 대 몰려가기에 불 구경났구나 싶었지. 그런데 갑자기 뭔가가 하늘에서 내 옆으로 풀썩 떨어지더라구. 큰 새가 급히 날개를 접고 내려앉는 것 같다고나 할까? 아무튼 무심히 내려다봤다가 얼마나 놀랐는지.”

영은 엄마라 불린 여자는 자신의 표현에 스스로 만족해하며 호들갑스럽게 가슴을 두 손으로 감싸며 엄너리를 쳤다.

“어마나, 그 형상이 아주 끔찍했겠네요.”

뒤늦게 나온 젊은 새댁은 못내 아쉬운 표정으로 주위 사람들을 둘러보며 연신 사람들의 입방아에 귀를 기울였다.

“그런데 말야, 세상에 희한하기도 하지. 글쎄 멀쩡하더라구. 피도 흐르지 않고 그냥 엎드려져 있는 거야. 그래서 처음엔 노인이 불 구경하려고 잔디밭으로 들어오다가 둔덕에 걸려 넘어진 줄 알았다니까.”

영은 엄마는 자신을 둘러싼 채 호기심 어린 표정을 짓고 있는 사람들을 둘러보며 목소리에 힘을 주었다.

“그럼 도대체 어떻게 떨어졌다는 거유?”

아까부터 칭얼거리는 손자를 업고 어르던 노인이 참견을 하고 나섰다. 그러자 옆에서 영은 엄마의 이야기를 듣던 젊은 새댁도 한 마디 거들었다.

“글쎄, 그건 제가 베란다에서 빨래를 널다가 보았잖겠어요. 앞동 창문에서 커튼 같은 것이 휙 날아 떨어지길래 창틀에 널어놓은 홑이불이 바람에 날려 떨어지나보다 했지 뭐예요.”

“나두 봤어. 아이를 재우려고 누웠다가 사이렌소리가 굉장히 요란하게 들리길래 가까운 곳에서 불이 났구나 싶어서 얼른 일어나 창 밖을 내다보았지. 그때 저 창문에서 뭐가 날리더라구. 나는 빈 라면상자를 누가 창 밖으로 던지는 줄 알았다니까. 사람이 떨어지는 것이라곤 생각도 못했지 뭐야."

"그럼, 정말 저 창문에서 떨어졌단 말이오?"

사람들은 일제히 여자의 손가락을 따라 건물 꼭대기를 쳐다보았다. 하늘 가까이 까마득한 곳에 열려진 창문 밖으로 커튼 자락이 휘날리고 있었다.

십오층 아파트에서 노인 추락하다!

이것은 권태로운 한낮을 화들짝 흔들어 깨울 만큼 쇼킹한 사건이 아닐 수 없었다. 현장을 목격한 사람들이나 뒤늦게 전해들은 사람이나 궁금하기는 마찬가지였다. 직접 목격한 여자들은 사람들의 질문에 벌써 몇 번째 똑같은 대답을 하고 있었고, 너나없이 좀더 실감나게 사건을 진단하느라 열심이었다.

그런 사람들 사이에서 아까부터 부지런히 무엇인가를 노트에 적고 있던 남자가 그 여자들에게 불쑥 말을 붙였다.

"그러니까 저 뒷산자락에서 불이 나던 바로 그 시각에 노인이 떨어졌단 말씀입니까?"

여자들은 갑자기 끼어든 낯선 남자 목소리에 흠칫 비켜서며 일제히 그를 바라보았다. 그들은 곧 그 남자가 부지런히 적고 있는 메모지와 앞가슴에 매달려 있는 카메라를 보았다. 여자들은 갑자기 긴장을 하며 어깨를 으쓱거리는가 하면 어떤 사람은 손가락을 펴서 머리를 쓸어 빗었다.

"한 이십 분쯤 타다가 꺼졌으니까 산불이라고 할 것도 못 되지요."

"불자동차가 요란하게 사이렌을 울리며 우리 아파트 앞을 지나간 지 오 분쯤이나 되었을까? 아무튼 얼마 안 되어서 일이 벌어진 거예요."

이야기를 받아 적던 기자는 고개를 들어 자신을 둘러싸고 있는 여자들을 천천히 둘러보며 질문을 던졌다.

"그런데 노인이 왜 떨어져 죽었을까요? 혹시 그럴 만한 그 집 사정을 아는 사람 있습니까?"

갑작스럽게 던져진 색다른 질문에 순간 사람들은 입을 다물었다. 그제야 사람들은 그 노인이 누구인지, 왜 떨어졌는지 알지 못했다는 사실을 깨달았다. 노랗게 쏟아지는 봄 햇살 사이를 슬렁슬렁 지나던 마른 바람도 잠시 숨을 멈추었다.

"그러고 보니 이상하네, 그 집에는 노인이 없는데……"

한 여자가 중얼거리자 목소리가 찌렁찌렁한 반장댁이 나섰다.

"맞어! 한 달 전쯤인가 엘리베이터에서 퇴근하는 그 집 새댁을 만났는데 시어머니가 갑자기 쓰러져 입원을 했기 때문에 병원에 다녀오는 길이라고 했어…… 그러면서 아무래도 혼자 계시는 시아버지를 모셔 와야 될 것 같다고 하더니…… 그렇담, 그 노인은……?"

사람들은 새로운 추리를 시작하며 수군거렸고 남자는 카메라를 꺼내 이곳 저곳을 찍어대기 시작했다.

동연은 최 노인의 영정을 노려보았다. 핏발 돋은 붉은 눈빛으로 벌써 한 시간째 눈싸움이라도 하는 듯 꼼짝도 하지 않고 응시하고 있었다. 영정 속에 최 노인은 눈두덩이 축 늘어져 금방이라도 지지감길 것같이 실눈을 겨우 뜨고 있었다. 그러나 동자만은 조금도 흔들리는 기색없이 고집스럽게 동연을 마주 보고 있었다.

영정 앞에 켜놓은 촛불이 심하게 흔들렸다. 사월의 밤바람이 열린 창문으로 들어와 향 연기로 자욱해진 방 안의 공기 속을 휘저었다. 매운 향

냄새를 잔뜩 머금은 바람 한 점이 영정을 쓰윽 문질러 영정을 두른 검은 리본 끝을 흔들었다. 그러나 최 노인은 여전히 고집스럽게 동연의 눈빛을 받아내며 입술 끝을 약간 말아 올린 채 어색하게 비죽이 웃고 있었다. 동연은 붉게 충혈된 눈에서 드디어 울컥울컥 눈물이 쏟아지기 시작하자 더 이상 버티지 못하고 자리를 박차고 일어났다.

종일 상제 노릇하랴, 몰려오는 조문객들에게 먹일 음식을 마련하랴 분주하게 들락거리던 화영은 객실 한쪽 구석에서 벽에 기댄 채 지친 선잠이 들어 있었다. 한쪽에서는 초저녁부터 벌어진 조문객들의 화투판이 절정에 이르고 있었다. 여기저기서 오늘은 패가 풀리지 않아 계속 쌍피를 본다고 투덜거리는 소리가 들린다. 그러나 누구 하나 일어날 기색없이 줄담배를 피워대며 연신 화투 패를 두드린다. 동연은 밖으로 나왔다. 캄캄한 허공을 향해 멀리 침을 뱉었다. 그러나 바짝 마른 입 안에서는 단내만 날뿐 헛기운만 빠졌다. 동연은 기어이 뱃속 바닥에 있는 찌꺼기까지 다 뱉어내려는 듯 땅에 주저앉아 퉤 퉤! 녹슨 펌프질 소리를 내며 계속 침을 끌어올렸다. 자꾸 뱉었다. 그러나 땅에 떨어지는 것은 입에서 나오는 침이 아니라 붉은 눈자위에서 질펀하게 쏟아져 내리는 눈물덩이였다.

조문객을 받느라고 영안실 마당에 쳐놓은 천막 안에서도 동료 친지들이 대여섯 명씩 둥그렇게 무리 지어 앉아 술을 마시고, 화투판을 벌이고 있었다. 동연은 사람들을 피해 영안실 건물을 돌아 담벼락 사이로 난 좁은 귀퉁이로 들어섰다. 골목에는 거대한 쓰레기 봉투들과 재활용으로 넘길 종이상자들과 빈 술 상자들이 쌓여 있었다. 동연은 담벼락에 기댄 채 과일이 담겼던 빈 스티로폼 상자 위에 쪼그리고 앉았다. 동연은 자신도 이 쓰레기들과 함께 날이 밝기 전에 청소차에 실려 하치장에

버려졌으면 좋겠다는 생각을 하며 가슴으로 무릎을 끌어안고 그 위에 얼굴을 묻었다.

"왜 이 구석에 앉아 계셔요? 어디 갔는가 싶어서 한참을 찾았잖아요."

화영의 손에 들려진 손전등의 빛이 너무 눈부셨다. 동연은 두 손으로 허공을 휘저으며 빛을 가렸다.

"속이 아파서 그래요? 토했어요? 빈 속에 깡술을 그렇게 마구 마셨으니 속이 무사할 리가 없겠지…… 그렇다고 이렇게 더러운 곳에 앉아 있을 게 뭐예요? 아무튼 말릴 수가 없다니까……"

화영은 청승스러운 고집은 부자가 똑같다니까 하고 튀어나오려는 말을 얼른 입 안으로 삼켰다. 컴컴하고 지저분한 쓰레기더미 속에 쪼그리고 앉아 졸고 있는 동연을 발견한 순간 화영은 화가 울컥 솟았다. 그러나 상처입고 쓰러진 새처럼 축 늘어져 있는 남편이 한없이 안쓰럽기도 했다. 화영은 손전등을 끄고 동연의 어깨 밑에 손을 넣어 안듯이 일으켰다. 팔을 잡힌 채 아무런 말없이 따라 나오는 동연의 얼굴을 불빛에서 보는 순간 화영은 등줄기가 오싹해졌다. 입술은 하얗게 타 들어가 갈라져 있었고, 핏기는 온통 눈으로 몰린 듯 창백한 얼굴에 눈동자만 붉게 충혈되어 있었다. 화영은 숨통이 꽉 막히는 것 같은 서러움이 울컥 치밀어 검은 하늘을 향해 몇 차례 긴 호흡을 했다.

걸을 힘조차 남지 않은 듯 자꾸 비틀거리는 남편을 부축해 한길로 나와 택시를 잡았다. 자정이 훨씬 지난 시각에 술에 취한 듯 비틀거리는 남자와 소복을 입은 여자 손님을 태운 운전기사는 연신 백미러로 뒤를 흘끔흘끔 쳐다보았다. 택시에서 내려서 아파트로 들어오면서도 화영은 애써 동연의 눈을 피했다. 동연도 곧 허물어질 듯 몸의 균형을 잃고 있었으나 시선은 어두운 허공을 응시하고 있었다. 엘리베이터를 타고 올라가면서도, 현관문을 열고 들어서면서도 아무도 입을 열지 않았다. 화영은 이불을 펴고 물끄러미 벽에 기대어 서 있는 동연의 겉옷을 벗겼다.

"한숨 푹 자고 아침에 샤워하고 나와요."

동연은 자리로 쓰러지듯 누웠다. 화영은 물끄러미 남편의 얼굴을 내려다보았다. 동연의 감은 눈에서 다시 눈물이 베어나왔다. 화영은 돌아서서 나가려다 말고 도로 주저앉아 동연의 흘러내린 머리칼을 쓸어 올리고 눈물을 손등으로 닦아주었다. 동연은 눈을 감은 채 화영의 손목을 잡았다. 동연의 손바닥은 불처럼 뜨거웠다.

"혼자 두지 마, 잠깐만 나하고 있어."

화영은 동연에게 손목을 잡힌 채 집에 사다놓은 해열제가 있던가 생각했다. 그렇지 않아도 몸이 약한 사람이 그 충격 속에서 밤바람을 쐬고 앉아 있었으니 또 한 번 크게 앓겠구나 싶어 걱정이 되었다. 동연은 환절기만 되면 심하게 계절병을 앓는 약골이면서도 스스로 몸을 사릴 줄 몰랐다. 화영은 아스피린이라도 찾아볼 생각으로 동연에게 잡힌 팔을 빼며 일어나려는 순간 동연은 화영을 와락 이불 속으로 끌어들였다.

"가지마."

믿어지지 않을 만큼 절박한 몸짓으로 화영을 낚아채듯 끌어안았다. 동연의 손놀림이 아주 거칠었다. 사면초가로 몰린 병사가 사생결단으로 매달리듯 화영의 가슴을 마구 풀어헤쳤다. 절박한 전투를 치르듯 화영의 몸 속으로 파고들며 동연은 울고 있었다. 잠시 후 화영은 젖은 얼굴을 힘없이 가슴에 묻는 동연을 가만히 받아 안았다. 푸— 긴 한숨을 내쉬며 돌아눕는 동연에게 이불을 덮어주고 화영은 흐트러진 옷깃을 여미고 일어섰다. 거실의 불을 끄고 현관문을 나서는데 등뒤에서 괘종시계가 무겁고 길게 두 번을 울었다.

　병원 영안실로 돌아오니 한쪽에서는 여전히 평소 동연과 형제처럼 지내던 R과 몇몇 친구들이 한결 약해진 손놀림으로 화투 패를 돌리고 있었다. 화영은 영정 앞에 와 앉았다. 녹아내려 짧아진 초를 빼고 새 초로 갈아 끼웠다. 새로 피어오르는 불꽃은 흰 벽에 긴 그림자를 만들었다. 화영도 영정 앞에 다가가 앉아 불꽃 따라 흔들리는 그림자가 되어 시아버지 최 노인을 바라보았다.

　최 노인에게 진주댁의 갑작스런 죽음은 슬픔을 훨씬 넘어선 절망에 가까운 공포였으리라.

　중소기업에 다니던 최 과장은 쉰한 살이 되던 해에 갑작스럽게 퇴직을 당했다. 하루아침에 출근할 직장을 잃은 그는 더 이상 바깥출입을 하지 않았다. 일체 사람들과의 인연도 끊어버렸다. 그는 온종일 혼자 화투를 던지며 세월만 낚았다. 그 외의 소일거리라면 가끔 마당 한쪽에 일궈놓은 조그만 텃밭에 나가 풀을 뽑고 채소를 돌보는 것이 전부였다. 해가 지면 으레 밥상 대신 술상을 청했고 몽롱하게 취해야만 잠을 청했다.

　그는 술을 마시지 않고는 잠이 들지 못했다. 그는 사회로부터 완전히 소외된 낙오자라는 사실을 인정할 수 없었다. 자신보다 못난 자들도 승진을 하고, 아직도 사회인으로 활개를 치는 꼴이 말짱한 정신으로는 용납되지 않았다. 세상을 향해 소리라도 지르고 욕이라도 해보려면 술이 필요했다. 그러나 사실 그가 술의 힘을 빌지 않으면 잠 못 드는 큰 이유는 무엇보다도 두려움 때문이었다. 퇴직을 하고 한동안 그는 회사에서 자기 책상이 하루아침에 없어졌던 것처럼 자신의 생명도 하루아침에 거둬질 것이라는 강박관념에 시달리면서 고질적인 불면증을 앓았다.

술만이 그에게 용기를 주었다. 술에 취하면 그토록 거대하고 두렵던 세상이 만만해졌다. 쫓겨난 자신의 처지를 강변할 이유도 쉽게 떠올랐다. 술에 취하면 그는 때를 기다리는 강태공이었고, 어지러운 세상이 역겨워 스스로 모든 것을 훌훌 털어버리고 초야에 묻힌 소동파였다. 세상이 자신을 버린 것이 아니라 세상이 너무 더러워 그 스스로 세상을 등져버린 이태백이 되었다. 그래서 그는 늘 술을 마셨고 그제야 편히 잠들 수 있었다. 처음에는 가족들도 그의 분노와 절망을 이해하려고 노력했다. 그래서 가족들의 묵인 하에 그는 서서히 술에 취하지 않으면 불안한 알코올 중독자가 되어갔다. 결국 불면증을 치료하기 위해 마시기 시작한 술이 어느새 그를 옴짝달싹도 할 수 없게 만드는 올가미가 되어버렸다.

이렇게 술에 취해 세월을 낚는 동안 그는 나이를 먹었고 그에 따라 몸도 빠른 속도로 노쇠해졌다. 그래서 환갑이 되었을 때는 누구나 그를 최 노인이라고 부르는데 주저하지 않았다.

사회생활을 포기한 지 십 년이 넘으면서 최 노인은 성격도 급격히 노화되었다. 처음에는 외아들인 동연이 대학도 중도에서 포기한 채 일찍 생활전선으로 뛰어들어 가족의 생계를 책임지도록 한 것을 몹시 괴로워했다. 그러나 아들에 대한 미안함은 언제부터인가 노여움으로 바뀌었다. 더 이상 아버지의 말에 귀를 기울이지 않는 자식, 가족을 부양하게 되었다는 명목으로 아버지의 권위를 인정하지 않고 감히 충고를 하려 드는 아들이 괘씸했다. 그러나 다 큰 자식을 꿇어앉히고 야단을 칠 용기가 도통 생기질 않았다. 술기운을 빌어 큰소리를 내질러 보지만 그것도 전처럼 가족들에게 권위가 서질 않았다.

　진주댁은 부자지간에 큰소리가 나는 것을 피하기 위해 식사를 겸상으로 차리지 않았다. 그렇게 되자 한 집안에 살면서도 최노인과 동연이 마주치는 일이 극히 드물어졌다. 그 대신 최 노인의 술 주정은 고스란히 진주댁이 받아야 되는 몫이 되고 말았다. 진주댁은 번번이 뚜렷한 이유도 모른 채 술 취한 남편에게서 거친 욕설의 봉변을 뒤집어쓰곤 했다. 그러나 진주댁은 여전히 저녁이면 술상을 차렸다. 스스로 만든 울타리에 갇힌 채, 한때 큰소리를 치며 으스대던 화려한 젊은 시절을 되새김질하는 것으로 겨우 체면을 지키려는 종이 호랑이 같은 남편이 안쓰러웠다. 기운 없이 방 한구석에 축 늘어져 있는 남편의 모습을 보느니 차라리 술이 취해 큰소리를 치는 것이 오히려 낫다고 생각했다. 그러나 최 노인의 주정을 받아주다가도 너무 심하다 싶으면 어느 순간 진주댁이 갑자기 맞불을 놓듯 이제 그만해요! 하고 소리를 지른다. 그러면 그것으로 끝이었다. 기세 좋게 부풀던 풍선이 바늘에 찔려 맥없이 바람 빠지듯 진주댁의 날카로운 한 마디에 최 노인의 주정은 순간에 푸욱 수그러들곤 했다. 최 노인에게는 가장 만만한 사람도 아내였지만 가장 어려운 상대도 아내였다.

　동연은 집으로부터, 아버지의 암울한 그늘로부터 하루빨리 벗어나고 싶었다. 학기 중간에 군대를 다녀왔으나 복학을 포기하고 빨리 자립하고 싶은 욕심에 취직을 했다. 그리고 서둘러 결혼을 하고 분가를 했다. 한참 정책적으로 서울 도심의 공장을 지방으로 분산 이전시키는 시절이라 동연이 사는 마을에도 농공단지가 조성되었다. 논밭이 메워지고 산이 깎이면서 공장들이 곳곳에 생기자 이층집도 거의 없던 동네에 고층 아파트가 들어섰다. 동연도 새로 취직한 직장이 가깝다는 이유를 들어 임대 아파트를 하나 얻어 신혼살림을 차렸다.

썰렁한 오십여 평 대지에 지어진 낡은 한옥에는 최 노인과 진주댁만 남았다. 진주댁은 나이보다 젊은 혈색을 지니고 있었으나 최 노인은 뱃골이 꺼지고 허리가 굽어지면서 더욱 왜소해졌다.

동연이 가끔 집에 들를 때마다 최 노인은 취해 있었고 어김없이 부모를 모시기 싫어 나간 놈이라고 질타를 당했다. 그러나 최 노인의 취한 목소리는 어느새 허허로운 바람소리처럼 기운이 빠져 있었다. 더구나 며느리인 화영이 앞에서는 말소리조차 웅얼웅얼 기어드는 듯했다. 언젠가 며느리에 대한 최 노인의 저자세가 우습다는 듯이 진주댁이

"나나 동연이에게는 그렇게 지독하게 술 주사가 심한 양반이 며느리 앞에서는 한없이 얌전해지니 도대체 그게 무슨 조화예요?"

하며 짐짓 트집을 하자 최 노인은 정색을 하며

"저 아이가 우리 동연이 아이를 낳아 우리 가문에 대를 이어줄 애인데 내가 함부로 대할 수야 없지."

하고 대답을 했다. 진주댁은 어이없는 표정을 지으며

"나도 당신 아들을 낳아 이 집안에 대를 이었는데 당신은 나를 함부로 대하잖아요. 이건 너무 불공평하다고 생각하지 않나요?"

하고 진주댁이 일부러 퉁명스럽게 말하자

"당신은 동연이 어미이기 이전에 내 마누라잖소. 당신이 곧 난데 감출 게 뭐 있고, 무슨 소린들 못할까."

하였다. 그런 최 노인의 설명을 들으며 진주댁은 피식 웃고 말았다. 부부라서 어떤 허물도 감출 필요가 없다는 최 노인의 말에 진주댁은 어이가 없었지만 더 이상 따질 말을 찾지 못했다.

화영도 늘 자상하고 예의바른 시어머니보다 최 노인에게 더 마음이 쏠렸다. 시아버지가 불효 막심한 놈이라고 막무가내로 동연을 몰아세울 때

면 안타깝기도 했지만 그런 말 속에는 누구보다도 동연에 대한 미안함과
더불어 의지하고 기대는 마음이 숨어 있음을 화영은 쉽게 알아차릴 수
있었다. 동연은 아버지의 모습을 꼭 닮아 있었다. 스스로 약점이라 생각
되어 부정하고 싶은 자신의 모습을 꼭 빼 닮은 아들, 그 아버지. 그러나
같은 극끼리는 서로 밀어내는 자석처럼 만남 그 자체만으로도 그들은 서
로에게 끊임없이 상처를 주었다.

　삼월초, 꽃샘추위가 기승을 부리던 날이었다. 가벼운 봄옷차림으로
외출을 했던 사람들은 저녁이 되자 급강하한 날씨로 인해 모두 혼비백
산하여 종종걸음을 치고 있었다. 얼마 전부터 생활설계사라는 보험 사
원으로 취직을 한 화영도 퇴근길을 서둘러 시댁으로 갔다. 최 노인이
종가집 맏상주인지라 일 년에도 열 번 이상 제사가 있었다. 직장생활을
하게 된 화영으로서는 여간 신경이 쓰이는 일이 아니었다. 그러나 진주
댁은 언제나 일하는 며느리의 힘을 덜어주기 위해 고사리, 도라지 등
제수반찬 따위는 미리미리 챙겼다. 덕택에 화영은 퇴근길에 사온 과일
과 과자 등을 꺼내 씻고 깎아 담아 크게 서둘지 않고도 제사상을 차릴
수 있었다.
　밤이 깊어지자 진주댁은 최 노인이 제사를 지내기 전에 손을 씻을 수
있도록 따뜻한 세숫물을 받아 마루로 들여놓았다. 재래식 한옥이라 실내
에 세면실이 없었다. 진주댁은 날이 따뜻하게 풀리기 전까지는 항상 최
노인의 세숫물을 마루 끝에 떠놓아주었다. 화영은 늘 이런 광경을 보며
바로 옆에 있는 물건도 멀리 있는 바쁜 아내를 불러 집어 달라고 말하는
이 집 남자들의 게으른 습성은 아마도 시어머니의 저런 지나친 정성스러
움에서 비롯되었을 것이라고 생각했다. 아무튼 마루에서 손을 씻은 최

노인은 열려진 현관문 밖을 향해 대야의 물을 휙 버렸다. 마당에 질펀하게 버려진 물은 어둠이 깊어지면서 살얼음으로 변했다.

제사 준비를 대충 마칠 무렵 초인종소리가 들렸다. 동연의 인기척이 났다. 늦어지는 아들의 귀가를 초조한 마음으로 기다렸던 진주댁은 반색을 하며 대문을 열어주기 위해 급히 일어났다. 신을 신고 댓돌 아래 마당으로 내려서는 순간 그만 살짝 얼은 물에 미끄러지면서 그대로 넘어지고 말았다. 크게 다치지는 않았으나 진주댁은 그로부터 거의 두 달 가까이 뼈에 금이 간 팔목에 깁스를 하고 살아야 했다.

그 사건으로 인해 최 노인은 한동안 술도 자제하며 아내를 간호했다. 남편의 지극한 보살핌을 받으며 진주댁은 결혼하고 이런 호강은 처음이라며 쑥스러운 웃음을 짓곤 했다. 오른팔에 깁스를 한 채 살림을 하자니 매사가 불편하기 그지없었다. 당장 식사를 만드는 것도 힘이 들었다. 그때마다 최 노인은 자진해서 부엌으로 들어와 파를 까주기도 하고 감자를 벗겼다. 마늘을 까서 손수 찌어주기까지 하였다. 남자가 부엌에 드는 것은 체통이 깎이는 일이고, 가정 교육을 못 받은 요즘 젊은것들이나 하는 짓이라던 최 노인이 기꺼이 설거지까지 도맡았다.

진주댁이 팔을 다쳐 고생을 하게 되자 자연스럽게 두 집을 합치는 문제가 거론되었다. 동연도 더 이상은 고집 피울 일이 아니다 싶었다. 그래서 우선 생활하기 편리한 아파트로 당장 짐을 옮기자고 제안을 했다. 그러나 진주댁은 마다했다. 비록 낡은 한옥이라 생활하기 불편하지만 이십 년 동안 살아오면서 정이 든 집이라 떠날 생각이 추호도 없다는 것이었다. 더구나 평생 땅을 밟고 살아왔는데 새삼스레 벌집 같은 아파트 생활을 하고 싶지 않다고 했다. 최 노인도 그 아찔하게 높은 건물 꼭대기에서 자야 한다는 생각만 해도 저승살이만큼이나 낯설고 으스스하다고 반대를 했다. 그렇다고 젊은 부부에게 불편하기 짝이 없을 낡은 주택으로 이사를 오랄 수도 없는 사정이라 결국 살림을 합치자는 말은 공염불로 끝나고 말았다.

햇살이 열려진 현관문을 넘실거리며 들어와 마루를 따뜻하게 비췄다. 마늘을 까느라 둥그렇게 굽히고 있는 최 노인의 어깨에도 봄 햇살이 포근하게 내려앉아 있었다. 진주댁은 남편의 뒷모습을 물끄러미 바라보며 더없이 편안한 마음이었다. 더 바랄 것이 없었다. 다만 한 가지 걱정이 있다면 남편을 이 세상에 혼자 남겨두고 자신이 먼저 떠나게 되면 어쩌나 하는 것이었다. 명이야 하늘의 뜻이지만 할 수만 있다면 직접 수발을 하다가 남편의 주검을 거둬 묻어주고 따라갔으면 하는 바램을 가졌다.

지난 가을에는 너무 아파서 이 겨울을 못 넘기고 아무래도 죽겠다고 엉그럭을 놓는 최 노인의 성화에 못 이겨 보약을 한 재 지어왔다. 진주댁은 약을 달여 내밀면서 '이것 먹고 당신이 나보다 너무 오래 살면 안 되는데.' 하고 중얼거렸다. 최 노인은 일그러진 시선으로 아내를 노려보면서 남편 죽기를 바라는 흉한 년이라고 소리를 질렀고 약사발은 마당으로 내동댕이쳐졌다. 그 일로 인해 진주댁은 최 노인의 생트집과 심술을 한동안 참아 받아야 했다.

생에 대한 최 노인의 애착심은 평소에도 유난했다. 맘이 약한 그로서는 죽음에 대해, 그 알 수 없는 세상에 대한 두려움이 너무 컸던 것이다. 어떤 신앙도 가져본 적이 없는 최 노인으로서는 죽음이라는 단어가 떠오를 때마다 늘 두려움으로 다가왔다. 마치 아무 예고도 없이 회사에서 밀려나야 했던 그 참담함처럼 그렇게 어느 날 갑자기 다가올 것 같은 죽음! 그 낯설음…… 최 노인으로서는 두렵지 않을 수 없었다. 그러나 진주 댁은 요즘 들어 죽음을 꽤나 현실적으로 받아들이는 태도였다. 최 노인은 그것이 늘 못마땅했다. 그래서 진주댁이 죽음에 대한 이야기를 꺼낼 때마다 방정스럽다며 펄펄 뛰었고, 행여 말이 씨가 될까봐 몸을 사렸다.

그런데 진주댁이 먼저 쓰러졌다.

깁스를 풀고 그동안 가늘어졌던 팔에도 힘이 붙어지던 어느 날 갑자기 쓰러졌던 것이다. 평소 혈압이 조금 높았지만 위험할 정도는 아니었다. 그런데 아무런 징조도 없이 갑자기 쓰러져 의식을 잃었고, 병원으로 실려가 뇌출혈의 진단을 받고 수술을 했다. 혼수상태가 오래도록 계속되었다. 깨어난다고 해도 언어장애와 함께 한쪽 수족 마비는 어쩔 수 없을 것이라는 진단이 나왔다.

장기적인 입원이 불가피하게 되자 당장 최 노인의 거취가 문제가 되었다. 남은 가족으로서는 무엇보다 당장 해결해야 할 문제는 병원에서 혼수상태에 있는 진주댁이 아니라 혼자 남게 된 최 노인이었다. 당장 아들네로 거처를 옮겨야 될 형편이었다. 그러나 최 노인은 완강히 거부했다. 이유인즉 진주댁이 퇴원해 돌아와서 자기가 집을 비운 것을 몹시 서운해 할 거라는 것이었다. 절대 이 집에서 한 발자국도 움직일 수가 없다는 최 노인의 표정은 너무도 절실했다. 진주댁의 부재는 곧 그의 죽음과 같은 절대적인 절망이었다.

강제로 간단한 짐과 함께 아파트로 옮겨온 날부터 최 노인은 거의 의식을 잃을 만큼 술에 취한 채 살았다. 주정 또한 날로 더 심해졌다. 어느 날 새벽에 머리를 벽에 박으며 가슴을 쥐어뜯는 듯한 아버지의 울음소리를 들은 동연은 아내에게 더 이상 술을 사다 드리지 말라고 다짐을 받았다.

금주를 선언하자 최 노인은 아들의 눈치를 보기 시작했다. 아들이 집에 있는 기색이면 거의 숨소리조차 조심하며 이불을 눌러쓰고 방에서 나오지 않았다. 그러다 동연이 출근을 하면 방문을 열고 나와 화영을 불렀다. 술 한 잔만 달라고 청하는 최 노인의 얼굴 표정은 참혹할 만큼 외로워 보였다. 화영은 차마 거절할 수가 없었다. 식사를 하는 조건으로 술을 사다 주면 최 노인은 여전히 빈 속에 허겁지겁 술만 마셨다. 그러고는 네 어머니가 집에 와서 나를 찾고 있을 테니 빨리 집에 가봐야 한다며 온종일 마루를 서성거렸다.

결국 혼수상태에서 깨어나지 못하고 쓰러진 지 열흘 만에 진주댁은 영영 세상을 뜨고 말았다. 남편 앞에 먼저 가지 않기를 그토록 소원했지만 결국 진주댁은 술 취한 최 노인을 아들 손에 맡기고 숨을 거두고 말았다. 세상의 모든 온갖 조화를 다 인간이 지배할 수 있다 해도 죽음의 시간만은 인위적으로 선택할 수 없는 것이고 보면 애당초 진주댁의 소원은 허망한 바람이었던 것인지도 모른다.

화영은 조심스럽게 어깨를 흔드는 바람에 화들짝 놀라 눈을 떴다. 벽에 기대앉은 채 새벽잠이 들었던가보다. 눈앞에는 어느새 샤워를 하고 왔는지 R이 비누 냄새를 풍기며 서 있었다. 그러나 R은 아주 난처하고 침통한 표정으로 동연이 파출소로 사건조서를 받으러 갔다고 일러주었다. 화영은 서둘러 R을 따라나섰다. 밖은 이미 해가 중천에 오른 밝은 아침이었다. 동연이 밤에 앉아 있던 골목도 청소차가 지나갔는지 깨끗하게 치워져 있었다.

동연은 조서를 꾸미는 경찰 앞 의자에 머리를 깊이 숙이고 앉아 있었다. 무릎 위에 놓인 두 손은 부들부들 떨고 있었다.

"자, 그럼 마지막으로 한 가지만 더 묻겠는데요, 우리가 어제 현장을 조사한 바로는 술이 취한 채 불구경을 하려고 창문 앞에 놓인 의자에 올라갔다가 실족사 하신 것으로 판명이 났어요. 의사의 말에 의하면 크게 외상이 없었다는 것이 그 증거가 된다더군요. 스스로 뛰어내릴 경우엔 몸이 순간 긴장되었기 때문에 심하게 부서진다는 거예요. 그런데 외상이 별로 없는 것으로 보아 술이 취한 몽롱한 상태에서 순식간에 떨어진 것으로 보는 것이 더 타당하다는 거지요. 그렇지만 주변 정황으로 보아 자살로 보는 견해도 있어요. 실족사로만 보기엔 창틀의 높이도 그렇고, 얼마 전 상처를 하고 몹시 괴로워했다는데 그런 점에서…… 그러나 이미 판명은 났으니까 달라질 것은 없습니다. 다만 그냥 서류상 확인절차가 필요해서 묻는 말이니까 대답해주십시오. 혹시 만에 하나, 아버님이 자살을 한 것일 수도 있지 않겠습니까?"

출근하여 막 업무를 시작하려고 부산스럽게 서랍을 여닫던 파출소 안이 일제히 찬물을 끼얹듯 조용해졌다. 화영이 어린아이처럼 엉엉 소리를 내어 울음을 터트렸기 때문이었다. 그동안 참아 왔던 눈물이 봇물 터지듯 한꺼번에 쏟아졌다. 동연도 울음을 참느라고 입술을 악물자 창백한 뺨이 부르르 떨렸다.

화영은 돌아와 최 노인의 영정 앞에 앉아서도 눈물을 쉽게 거두지 못했다. 다 불쌍했다. 가족의 생계를 책임져야 하는 무거운 짐을 진 채 늘 숨막혀 자지러지던 나약한 남편도 불쌍했고, 그 자식이 불쌍해 묵묵히 최 노인의 시중을 짊어지려고 애쓰다가 먼저 가시느라 차마 떨어지지 않는 발걸음 때문에 눈도 못 감은 시어머니도 불쌍했고, 무엇보다 오랫동안 가장으로서의 권위를 잃은 채 술기운에 의지해 살다가 서둘러 시어머니를 따라간 시아버지도 불쌍했다.

시간이 지날수록 영안실은 문상객들로 붐볐다. 뒤늦게 소식을 듣고 달려온 친척들도 있었다. 어려서 한 동네 살다가 자식들을 따라 이사를 가는 바람에 한동안 소식을 끊겼었다는 김 노인은 최 노인의 영정 앞에 앉아 오래도록 넋두리를 했다.

"아직도 저승갈 길 멀리 둔 청청한 나이에 어쩌자고 그 귀한 생목숨을 끊었단 말인가. 이 사람아, 지독한 양반아, 그리도 빨리 가고 싶던가? 마나님 없이는 한시도 살기 싫던가? 에그 못된 사람. 나 같은 사람도 이렇게 질기게 사는데, 자식들 가슴에 못 박아놓고 서둘러 저승길 들어서니 기분이 좋은가? 소똥에 구르며 살아도 이승이 저승보다 낫다는 말도 못 들어봤는가?…… 하기야, 어디 나라고 살고 싶어 사는 줄 아나? 젊어서야 자식들 때문에 악착스럽게 살았지만 지금이야 죽지 못해 사는 게지…… 자네가 부럽네."

그는 아내를 교통사고로 잃고 육 년째 자식들과 함께 홀아비로 살고 있다고 했다. 그는 잔에 술을 철철 넘치게 따라 영정 앞에 올렸다.

"이 술이 먹고 싶어 어찌 저승에 갔노? 거기에도 술이 있다고 하던가?"

그는 곁에 서 있는 동연 쪽으로 엉거주춤 돌아앉았다. 문상을 받으며 내내 넘어오는 눈물을 참느라 잔뜩 찡그리고 서 있던 동연은 그가 손을 잡아당기자 힘없이 풀썩 주저앉았다. 김 노인은 동연에게도 할 말이 많았다. 자신의 신세한탄까지 곁들인 끝없는 넋두리에 동연의 얼굴은 점점 더 창백해졌다.

화영은 동연의 얼굴을 바라보면서 눈물을 닦았다. 더 이상 울지 말자, 생명도 죽음에서 비롯되는 것이니 죽지 않는 생명이 어디 있으랴. 화영은 눈물을 주체하지 못하는 자신에게도 스스로 좀더 냉정해지자고 다짐을 했다. 꽃잎이 피었으면 떨어지는 것이 당연한 순리 아닌가. 비바람에 흔들려 피기도 전에 떨어지든, 햇볕에 살갗을 태우며 오래 버티다 떨어지든 죽음 앞에 무엇이 다르단 말인가. 달라질 것은 아무것도 없다. 그러니 이승을 떠나는 사람의 죽음 앞에서 살아남은 우리가 할 수 있는 것은 그냥 있는 사실을 그냥 받아들이는 수밖에…… 화영은 스스로를 다그치며 자꾸 흐트러지는 정신을 곧추세웠다.

죽음이란 어쩌면 우리가 살아가면서 가장 은밀하게 품고 있는 마지막 희망 카드인지도 모른다. 그래서 절망적이다 싶을 때마다 구원처럼 우리는 쉽게 죽음이라는 자살카드를 꺼내 들고 싶은 유혹에 시달리는 것이 아니겠는가. 그러나 생명이란 무엇보다도 운명적인 색깔을 지닌 카드이기에 그 누구도 자유 의지로 꺼내 던질 수 있는 것은 아니다. 죽음의 때는 선택되는 것이 아니라 이미 예정된 시간의 단절일 뿐이다. 그냥 운명이다. 그런데 지금 나는 무슨 생각을 하며 이렇게 자꾸 울고 있는 것인가……? 어쩌면 나는 지금 죽은 이에 대한 애도보다도, 갑작스럽게 닥친 죽음으로 인해 치러야 하는 황당함, 이 일에 대한 부담감이나 자기 연민 때문에 이렇게 눈물을 흘리는 것인지도 모른다. 화영은 자조 섞인 결론을 내리며 마른침을 삼켰다.

화영은 눈물처럼 녹아내린 짧은 초를 내려놓고 새 초로 갈아 꽂았다. 검은 테를 두른 흰 초. 문득 결혼식 날 주례상에 꽂힌 청홍의 촛불을 켜던 두 어머니의 모습이 떠올랐다. 자식의 새로운 삶을 촛불로 밝혀 축복해주셨던 분들. 친정어머니는 붉은 초에, 시어머니는 푸른 초에 떨리는 손길로 불을 당겼다. 좌석으로 돌아가 앉은 친정어머니는 결국 눈물을 흘리셨지만 시어머니는 내내 담담한 표정으로 식을 지켜보았지.

화영은 꼭 한 달 전에 시어머니의 영정 앞에 촛불을 밝혔었다. 병원 중환자실에서 열흘을 있는 동안 각오를 했었던 탓에 화영은 시어머니 앞에서는 조금은 담담한 심정으로 촛불을 밝혔었다. 그러나 한 달 만에 다시 치르게 되는 시아버지의 죽음 앞에서는 참담해지는 기분을 억제할 수가 없었다. 그러나 이제는 화영 자신이 다 감당해야 할 몫이었다. 한낮의 달빛처럼 촛불은 제 그림자도 없이 환하게 타올랐다.

그날 아침은 여느 날과 다름없이 시작되었다. 동연이 출근하고 나자 최 노인은 슬며시 방문을 열고 나왔다. 현관을 힐끔 쳐다보며 다시 한 번 동연이 없음을 확인한 최 노인은 방에서 나와 식탁에 앉았다. 화영이 곰국을 데워 상을 차리면서 최 노인의 얼굴을 살폈다. 얼굴이 부석부석하고 눈이 충혈되어 있었다. 속이 많이 불편하시냐고 묻자 최 노인은 지난밤에 한숨도 잠을 잘 수가 없었다고 했다. 화영은 다른 아침과 다름없이 소주 한 잔을 가득 따라 국 그릇 옆에 놓았다.

"곰국을 진하게 끓였으니까 밥을 조금 넣어 다 잡수신 다음에 해장술 한 잔 드세요. 그리고 되도록 낮잠 시간을 줄여보세요. 그래야 밤에 잠이 잘 오지요. 낮에 종일 누워 계시니까 밤에 잠을 못 주무시잖아요."

화영은 식탁에 마주 앉으며 수저를 집어 최 노인에게 내밀었다.

"어미야, 어젯밤에도 말이다 네 어미가 나타나서 나를 자꾸 데려가려고 성화를 하지 않겠니? 생전에도 그렇게 나를 앞세우겠다고 우기더니 아직도 그 미련을 못 버렸나보더라…… 못된 여편네 같으니라구…… 이왕 그렇게 저승길로 서둘러 떠날 것 같아 겁이 났거든 차라리 같이 가자고 할 것이지…… 못된 여편네 같으니라구…… 나를 이렇게 혼자 두고지 혼자 가버리고는 무슨 염치로 나를 오라고 꼬드겨. 꼬드기긴…… 아가야. 네 어미는 원래 예전에도 그렇게 제멋대로였단다…… 못된 여편네 같으니라구……"

최 노인은 연신 못됐다면서 국그릇에 숟가락을 담그고 자꾸 휘저었다. 화영은 최 노인의 축 늘어진 어깨를 바라보며 가슴이 찌릿했다. 아무리 자주 옷을 갈아입혀 드려도 홀아비의 외로움이 덕지덕지 묻어나 청승스러워 보였다. 화영은 깊게 심호흡을 했다. 아무리 창문을 열고 숨을 크게 쉬어봐도 자꾸 가슴이 답답해졌다. 뭉턱뭉턱 기운이 빠져나가는지 점점 왜소해지는 최 노인의 웅크린 모습을 외면하며 화영은 슬쩍 작은 술잔을 치우고 머그 컵에 소주를 가득 부어 시아버지 앞에 내밀었다. 흐릿하게 풀어져 있던 최 노인의 눈빛이 갑자기 뜻밖의 선물을 받은 어린아이처럼 빛났다. 입가에 굵게 그어져 내린 주름살은 실죽실죽 치켜 올려지는 웃음으로 인해 더 깊은 골을 만들었다.

"난, 이제 너만 믿고 산다. 아가야 고맙다."

최 노인의 표정은 웃고 있으나 어느새 눈 꼬리에는 눈물이 맺히고 목소리는 축축하게 젖어들었다. 진주댁이 병원으로 실려간 후로 최 노인은 걸핏하면 울었다. 화영은 그런 최 노인을 바라볼 때마다 나이가 들면 아기가 된다는 말이 하나도 틀림이 없음을 실감했다.

"아가야, 오늘은 밖이 따뜻하니?"

"예, 이젠 완전히 봄이에요. 한낮에는 초여름 날씨구요. 아버님도 이제는 잠깐잠깐 산책도 해보세요. 밖에 나가 조금 걸어다니면 다리에 힘도 생기고, 운동을 하면 입맛도 좋아지고, 밤에 잠도 잘 올 거예요."

화영은 최 노인이 아파트로 옮겨온 이래 한 번도 바깥 출입을 하지 않았음을 상기하며 이번 일요일에는 동연과 함께 억지로라도 가까운 공원에 모시고 나가봐야겠구나 생각했다.

"네 어미가 하두 성화를 해서 나도 이번 겨울이 지나고 날이 풀리면 같이 외출을 하기로 맘먹었단다. 그런데 못된 여편네가…… 그렇게 같이 나가보자고 안달을 하더니 지 혼자 훌쩍 가버렸구나……”

최 노인은 새 모이만큼 식사를 하고는 머그 잔에 가득 따라놓았던 소주를 단숨에 마셨다. 최 노인이 마지막 방울까지 잔을 기울여 마시고 방으로 들어가자 화영은 서둘러 식탁을 치우고 출근 차비를 했다.

화영이 급히 현관문을 나서려는데 등뒤에서 최 노인이 급히 불러 세웠다. 화영이 돌아보며 왜 그러시냐고 하자 최 노인은 잠시 머뭇거렸다.

“하실 말씀 있으세요? 급한 것이 아니면 저녁에 얘기하세요. 시간이 없어요.”

최 노인은 떠듬떠듬 어렵게 말문을 열었다.

“아가야, 혹시 네 어미가 쓰던 물건들을 다 어쨌는지 아니? 아직도 가금동 집에 다 있겠지?”

화영은 왈칵 짜증이 났다. 그렇지 않아도 시간이 늦어 바쁘게 서두르는 판에 불러 세워놓고는 웬 엉뚱한 말인가? 화영의 대답이 야멸차게 울렸다.

“다 정리해서 없앴어요. 돌아가신 분이 쓰던 물건을 남겨놓아 뭐하겠어요?”

최 노인은 화영이 쉽게 다 없애버렸다고 하자 잠시 크게 놀라는 빛이었다. 몹시 낙심한 목소리는 힘없이 잦아지고 있었다.

“네 어미가 늘 어깨에 걸치고 있던 붉은 머플러가 있는데……”

화영은 버스시간 때문에 더 이상 머뭇거릴 수가 없었다. 그러나 최 노인의 표정이 너무도 절절해서 차마 못들은 척하고 나올 수도 없었다.

“갑자기 그것은 왜 찾으세요?”

“아, 아니— 그냥 궁금해서…… 실은 어젯밤 꿈에 네 어미가 하필이면 그걸 흔들며 나를 부르지 뭐냐.”

최 노인은 무슨 말을 더 하려다가 어지러운 듯 벽을 의지하고 돌아서 방으로 들어갔다. 화영은 그 뒷모습을 향해 다녀오겠다는 말을 남기고 서둘러 집을 나섰다. 오늘 아침에 왜 자꾸 돌아가신 어머니 말씀을 하시는 것일까?…… 버스를 타고서도 화영은 잠시 시어머니가 겨울 내내 목에 두르고 계셨던 그 불꽃 무늬의 머플러를 생각했다. 삼우제를 지내는 날 산소에 가져가 태워버린 옷가지 속에서 활활 타 들어가던 머플러.

화영은 동료들과 점심식사를 하러 나섰다. 건널목을 건너려고 신호등 앞에 서 있었다. 그때 소방차들이 요란한 사이렌을 울리며 내달려 지나갔다. 화영은 언제 들어도 기분 나쁘고 섬뜩한 소리라는 생각을 하며 긴 여운을 남기고 멀어져가는 불자동차를 바라보았다. 모습은 이미 사라졌는데 사이렌소리는 여전히 귀에 쟁쟁하게 남았다. 화영은 문득 불안해졌다. 혹시 가스 불을……? 낮에 데워 잡수시라고 가스렌지 위에 곰국을 올려놓고 나왔는데…… 휴일을 맞아 어제는 종일 습기가 차서 곰팡이가 핀 베란다의 벽을 닦아내는 대청소를 했었다. 의자에 올라가 천장에 긴 곰팡이 얼룩까지 닦는 요란을 피웠다. 환기를 시킨다고 활짝 열어놓았었는데 창문을 닫았던가? 의자는 창 앞에 그대로 놓아둔 것 같기도 하고…… 한 번 떠오르기 시작한 불안은 계속 방정맞은 생각으로 연이어졌다.

"난 밖에 나왔다가 저놈의 사이렌소리만 들으면 꼭 우리 집에서 불이 난 것 같아 불안해 죽겠더라구. 그래서 한 번은 정말 택시를 타고 집으로 달려간 적도 있었다니까."

옆에 섰던 동료도 같은 느낌을 받았는지 불안했던 자신의 경험을 털어놓았다. 화영은 길 건너 공중전화 부스를 바라보며 집에 전화를 해봐야겠구나 생각했다. 초록색으로 바뀌는 신호등을 보며 한길로 내려서면서도 화영은 불안감이 쉽게 가시지 않았다.

　늦봄의 따가운 햇살은 밭둑에 놓았던 쥐불을 끌어올려 산자락에 마른
잡목들을 맹렬하게 태우고 있었다. 붉은 불꽃과 검은 연기는 아지랑이
속에서 어지럽게 흔들리며 하늘로 날아올랐다. 바로 그 시각, 산불이 환
히 바라다보이는 아파트 창문에서 한 노인이 날개가 부러진 새처럼 추락
하고 있었다.

새벽 창이 밝아지면 나는 덜 깬 잠을 털어내며 마당으로 나선다. 호미와 전지가위를 찾아들고 울 안 텃밭의 풀도 매고 나무들도 손질한다. 해가 중천으로 오를 때쯤이 되면 문득 배고픔을 느끼지만 일 욕심에 한낮이 되어야 허리를 편다.

나는 소도시에서 태어났고 번화한 도심의 소음 속에서 자랐다. 잠시 서울에서 학교를 다녔지만 결혼과 동시에 다시 고향 그 자리로 돌아와 산다. 생각해 보면 내 삶의 반경은 참으로 좁다. 활동 공간만 좁은 것이 아니라 삶의 모습도 지극히 단순하다. 한약방 집에 쉰둥이 딸로 태어나 아버지의 유난한 편애 속에 아무 사고도, 걱정도 없이 대학까지 마치고 잠시 직장생활을 하다가 남자를 만나 결혼하고 두 딸을 얻었다. 자만하지 못하게 적당히 부족하고, 비굴하지 않을 정도로 안정된 생활. 기쁨도 슬픔도 적당히 감추고 받아 안을 줄 아는 능청만 제법 늘어가는 전형적인 이 시대의 아줌마다.

꽤나 길게 내 소개가 되었다. 한껏 멋을 부려 설명해서 그렇지 사실 한 줄이면 된다. ‘지극히 보편적인 삶을 살아온 지독히 평범한 여자.’

이런 내가 갑자기 소설을 쓰겠다고 했을 때 어떤 시인이 피식 웃었다. 소설은 아무나 쓰는 줄 아느냐고. 포장된 길만 걸어온 사람이 질펀한 인생을 알기나 하겠느냐고, 치열한 경쟁과 혼란과 갈등과 애증을 이해할 수 있느냐고, 되짚어 우려낼 그럴듯한 추억이 하나라도 있겠느냐고 했다. 하기야 내 삶이 수필적인 것은 사실이다.

그럼에도 불구하고 마흔을 훌쩍 넘긴 나이에 나는 소설을 쓰기 시작했다. 비록 되짚어 우려낼 추억은 없으나 지금도 가슴 속에서 꿈틀거리는 그리움이 있기 때문이다. 버리지 못한 욕망, 아직도 이루고 싶은 꿈. 이것을 나는 소설 이외의 다른 어떤 것으로도 풀어낼 수 없었다.

나는 언제부터인가 쉰이 되길 기다렸다. 막연했지만 쉰 살이 되면 누구의 내가 아닌, 그냥 나로 살 것 같았다. 그런데 이제 내 나이 쉰. 그동안 발표했던 소설들을 모아 한 권의 책으로 묶게 되었고 또 하나의 그리움인 산골생활도 성취되었다. 나는 참 운이 좋은 여자다. 아침마다 새소리를 들으며 흙을 만지고, 자연스럽게 거칠어지는 내 손이 참으로 대견스럽다.

　텃밭에서 연하게 올라오는 상추를 한 소쿠리 뜯어들고 들어왔다. 늦은 아침을 먹고 컴퓨터 자판 앞에 앉았다. 어제는 서울로 올려보낸 소설 원고의 교정을 보자는 연락을 받았다. 기쁘면서도 두렵다.

　내게 소설이 무엇인지를 처음 맛보게 해주신 고 권운상 선생님, 살아 계셨다면 양말 한쪽을 벗어들고 술 한 잔 더 하자고 당장 달려오셨을 그분이 오늘따라 그립다. 내게 소설 입문의 길을 열어주시고 오늘이 있기까지 알뜰히 챙겨주시는 정 선생님, 작품 평을 기꺼이 해주신 이 선생님, 그리고 가족들에게도 지면을 통해 고마운 마음을 전하고 싶다. 책의 출판을 흔쾌히 맡아주신 '연인' 출판사에도 감사 드리며 무궁한 발전을 빈다. 오늘이 있기까지 사랑으로 지켜 보아주신 여러분과 이 한 권의 책을 나눌 수 있어서 정말 기쁘다.

2002년 7월에
독작골 산들네에서
이덕자